# 창랑지수 1
# 沧浪之水

# 창랑지수 1
## 沧浪之水

옌 쩐(閻眞)  지음
박혜원 · 공빛내리 옮김

滄浪之水淸兮,可以濯吾纓;
창 랑 지 수 청 혜, 가 이 탁 오 영,

滄浪之水濁兮,可以濯吾足.
창 랑 지 수 탁 혜, 가 이 탁 오 족.

창랑의 물 맑으면 내 갓끈 씻으면 되고
창랑의 물 흐리면 내 발 씻으면 되지

비봉출판사

## 창랑지수 1

초판인쇄 | 2003년 7월 25일
초판발행 | 2003년 7월 31일

저  자 | 옌쩐(閻眞)
역  자 | 박혜원 · 공빛내리
펴낸곳 | **비봉출판사**
주  소 | 서울 마포구 합정동 419-13 합정하이빌 102호
전  화 | (02)3142-6551~5
팩  스 | (02)3142-6556
E-mail | beebooks@hitel.net / bbongbooks@hanmail.net
등록번호 | 2-301(1980년 5월 23일)
ISBN | 89-376-0309-8  03820

값 9,500원

# 창랑의 물 맑으면...

굴원屈原이 조정에서 쫓겨나서 강호를 떠돌아다니며 시를 읊고 못가를 거닐고 있었는데, 그 안색은 초췌하고 몸도 비쩍 말라 있었다.

한 어부가 그를 보고 물었다.

"선생은 그 유명한 삼려대부三閭大夫가 아니시오? 어쩌다가 이 지경이 되었소?"

굴원이 말했다.

"온 세상이 더러운데 나 혼자 깨끗했고, 모든 사람들이 술 취해 있는데 나 혼자 정신이 맑았소. 그래서 쫓겨나게 되었소."

어부가 말했다.

"성인聖人은 외부 사물에 얽매이지 않는다고 했소. 세상 사람들이 모두 더러우면 왜 함께 흙탕물 튀기면서 살지 않고, 모든 사람들이 술 취해 있으면 왜 당신도 술지개미라도 먹으며 같이 취하지 않고, 뭣 때문에 매사를 심각하게 생각하고 고상하게 행동하다가 스스로 쫓겨나는 신세가 된단 말이오?"

굴원이 말했다.

"내가 듣기로는, 갓 목욕하고 나온 사람은 반드시 갓을 털고 나서 쓰고, 갓 목욕하고 나온 사람은 반드시 옷을 털고 나서 입는다고 했소. 어찌 자기의 깨끗한 몸에 더러운 것이 닿게 한단 말이오? 차라리 강물에 뛰어들어 물고기의 밥이 될지언정, 어찌 이 깨끗한 몸에 세속의 더러운 먼지를 덮어쓴단 말이오?"

이 말을 듣고 어부는 빙긋이 웃으면서 노를 두드리고 떠나가며 노래를 불렀다.

"창랑의 물 맑으면 내 갓끈 씻으면 되고,
창랑의 물 흐리면 내 발 씻으면 되지."
(滄浪之水 淸兮, 可以濯吾纓 ; 滄浪之水 濁兮, 可以濯吾足.)
　창 랑 지 수　청 혜,　가 이 탁 오 영 ;　창 랑 지 수　탁 혜,　가 이 탁 오 족.

(*『초사楚辭』「어부漁父」에서)

# 역자 서문

"현실은 냉혹한 모순 덩어리로 내가 상상하는 것보다 훨씬 더 추악하고 강력하다."

중국이 내게 가르쳐 준 교훈이다.

나는 20대의 5년을 중국인들과 더불어 살았다. 그들의 여유로움과 당당함이 나에겐 참으로 편안하게 느껴졌고, 유쾌하고 따뜻한 인연들이 대부분이었다. 그렇지만 때때로 나를 움츠러들게 했던 것은 그들의 너무나도 현실적인, 또 그래서 악마적으로까지 느껴지던 그런 면모들이었다. '상술'과 '정치'가 트레이드마크처럼 되어 있는 민족. '현실'을 종교로 섬기는 사람들.

이 소설은 그러한 '중국인'들의 특성이 어떻게 형성되었는지, '중국'이라는 환경이 그 안에 몸담고 살아가는 사람들을 어떤 모습으로 '사회화'시키는지, 그 과정을 적나라하게 보여준다. 지대위池大爲라는 한 농촌 출신의 인텔리, 한 이상주의자가 위생청衛生廳이란 관청 조직에 들어가 겪게 되는 사건들과 각 사건에 직면했을 때 그가 느끼는 심리적 갈등을 통해서, 그리고 그에 대처해 나가는 방법들을 통해서, 우리는 너무나도 익숙한 우리의 성장통成長痛을 떠올리게 됨과 동시에 중국적 현실의 지독함에 치를 떨게 될 것이다. 그리고 그가 겪는 좌절, 현실에 순응하게 되는 과정, 나아가 그의 출세기는 어떤 무협지보다도 흥미진진하여 손에 땀을 쥐게 한다.

　현실은 그렇게 호락호락하지 않다고 배웠지만, 그러나 나는 다행히도 '그래서 어떻게 살 것인가' 하는 문제에 대해서는 별로 걱정을 하지 않는다. 역시 중국에서, 중국인들로부터, 호된 단련을 받은 턱이리라. 물론 나의 이런 자신감이 범 무서운 줄 모르는 하룻강아지의 호언일 수도 있을 것이다. 하지만 적어도 나의 부모님께서 내게 보여주신, 그리고 나의 친구들이 내게 접하게 해주었던 현실은 여전히 따뜻하고 아름다운 것이었다. 우리가 꿈꾸고 우리의 후손들에게 마련해주어야 할 '현실'도 마찬가지여야 할 것이다. 결코 이상이 사라진 물질과 권력의 횡포만 있는 그런 현실을 그들에게 남겨주고 싶지는 않다.

　이 책을 번역하면서 나는 가끔 이 책이 독자들에게 '처세술'이나, 피곤한 이상을 접게 되는 계기, 혹은 현세적 성공의 지침서로 이용되지 않을까 우려하기도 했다. 그러나 이 소설은 어디까지나 중국, 중국인, 중국사회란 특수한 맥락에서 쓰여진 작품이라는 점을 기억해주기 바란다. 나의 경험에 의하면, 이 소설은 중국인을 속속들이 이해하는 데는 최상의 텍스트가 될 것이다. 그러나, 현실이란 결코 불변의 진리나 종교가 아니며, 그것은 결국 내가 살고 있고 나와 나의 동시대인인 당신들이 함께 빚어가는 것이란 점을 명심해주기 바란다.

2003. 7. 20

박 혜 원

**차 례**

## 1. 아버지의 초상肖像

아버지의 초상肖像을 발견한 것은 아버지의 유물을 정리하던 때였다. 아버지께서는 이미 돌아가셨으나 돌아가신 일이 생생한 꿈만 같았다.

그날 아버지를 산에 모시고 토담집으로 돌아오면서 나는 더 이상 비통함을 느낄 수 없었다. 극도로 슬펐으나 그것도 계속되니 더 이상 슬픔을 느낄 수 없었다. 내가 평소 할머니, 아주머니, 고모, 형수, 할아버지, 외숙부, 숙부 등의 호칭으로 불렀던 산골 사람들은 모두 집 안에 둘러서서 서로 말들을 주고받았다.

"사람은 한 번 죽으면 다시 돌아올 수 없는 법이야."

"하느님이 데려가시겠다면 모택동毛澤東 주석도 어쩔 수 없는 법이지."

방안에는 연기가 자욱했다. 진삼다秦三爹 영감은 계속 담배를 나팔 모양으로 말아서 옆 사람들에게 권하고 있었다. 그 담배 냄새는 내겐 매우 익숙했다. 가공하지 않은 산촌의 막담배에서만 이렇게 짙고 매운 냄새가 난다. 아버지께선 생전에 한 번 앉으시면 몇 시간이고 등잔불 아래에 줄곧 앉아 계시곤 하셨다. 천천히 나팔 담배를 말아 등잔불에 가져가 불을 붙여 피우시고, 한 대를 다 피우시고 나선 또 다시 한 대를 말기 시작하셨다. 그렇게 한 마디 말도 없이 하룻밤을 보내곤 하셨다.

황혼의 등잔불 빛은 방안에 있는 사람들의 그림자를 벽 위에 드리워 그것을 한참동안 보고 있으면 묘한 환각상태에 빠져든다.

그렇게 보내던 밤에 나는 아버지와 마주앉아 학과공부를 하다가 아버지의 어깨너머로 벽 위에 드리워진 아버지의 그림자를 보고 있었다. 꿈쩍도 하지 않는 그림자를 뚫어지게 쳐다보다가 그 그림자가 아주 선명하지 않다는 것을 발견했다. 아마도 벽이 울퉁불퉁해서 그런 것 같았다.

이제 그런 날들은 가버렸고 다시는 돌아오지 않을 것이다. 아버지께선 이제 저 산 속, 적막한 땅 속 깊은 곳에서 영원히 잠들어 계실 것이다.

밤이 깊어가자 사람들은 하나둘 흩어져 갔다. 나는 등잔불 아래 잠시 앉아 있다가 문지방 위에 걸터앉았다. 그날 밤 따라 바람은 유난히 셌고, 유난히 깨끗했고, 바람결에는 마른 풀잎 냄새가 묻어났다. 산촌 사람들만이 구별해 낼 수 있는 냄새였다. 달은 없고 별들만 하늘에 드문드문 흩어져 먼 산의 흐릿한 윤곽을 두드러지게 했다. 얼마나 오랜 세월 동안 산들은 저렇게 침묵을 지켜 왔을까. 산촌 사람들이 아니고는 상상조차 하기 어려울 것이다. 문득 바람결에 어떤 소리가 묻어왔다. 이미 여러 해 동안 들어왔던 소리, 누군가를 부르는 것 같기도 하고 하소연하는 것 같기도 한 소리. 고개를 들어 하늘의 별을 바라보다가 나는 시간이 시작되던 까마득한 옛날에는, 하늘이 시작되는 머나먼 그곳에는, 반드시 어떤 존재가 있을 것이라는 생각이 들었다. 그렇지만 아버지께선 이미 돌아가셨고, 한 번 돌아가시면 다시 돌아오지 못한다. 사람이 어떻게 이렇게 가볍게, 이렇게 쉽게 죽을 수 있는 건지, 나는 도무지 이해할 수가 없었다. 그러나 이는 어쩔 수 없는 사실이다.

몸은 극도로 지쳤으나 머리는 극도로 맑았다. 도저히 잠을 이룰 수가 없어서 나는 아버지께서 남기신 물건들을 정리하기로 했다. 몇 벌의 옷, 몇 십 권의 의학서적, 그것이 전부였다. 대들보 위에 놓여 있던 부드러운 소가죽 상자를 내리고 그 뚜껑을 열었다. 퀴퀴한 냄새, 비밀스레 깊숙이 감춰져 있었던 어떤 것에서 나는 그런 냄새가 났다. 등불을 가져다 비추자 안에 책이 몇 권 놓여 있었다. 손바닥으로 상자 바닥을 쓰다듬는데 중간에 한 부분이 불룩 튀어나와 있는 것이 느껴졌다. 등잔불을 가까이 들이대고 자세히 살펴보았다. 뭔가의 모서리가 분명하게 보였다. 심장이 마치 따로 살아서 움직이는 듯 쿵쿵 뛰었다. 찬찬히 들여다보니 진홍색 융단 한 쪽이 칼로 찢어져 있었다. 조심스레 손을 넣어 그것을 꺼낸 다음 등불 아래로 가져가 보았다. 아주 얇은 책 한 권이 나왔다. 『중국 역대 문화명인文化名人 소묘素描』라는 책이었다.

표지는 이미 갈색으로 바래여 있었다. 상해북신서국上海北新書局에서 중화민국 28년에 발행된 것이니, 계산해 보니 이미 38년이나 된 책이었다. 가만히 책을 펼쳐보니 첫 페이지에는 공자상孔子像이 있었고, 그 왼쪽 아래에 세로로 "자신의 욕망을 극복하고 예로 돌아가니, 만세의 사표이다(克己復禮, 萬世師表)"란 글이 연필로 적혀 있었다. 아버지의 필적이었다. 그 페이지를 넘기자 공자의 일생을 소개한 짧은 문장이 있었다. 그 다음에는 맹자상孟子像이 있었고, "목숨을 버리더라도 옳음을 취했으며 인간 본성의 선함을 믿었다(舍身取義, 信善性善)"는 글이 있었다.

이어서 굴원屈原의 "충성을 다했으나 쫓겨났다. 인간의 감정이 그것을 어찌 감당할 수 있었으랴(忠而見逐, 情何以堪)"는 글이 있었고, 사마천司馬遷의 "부친과의 약속을 이루었으니 그 중함이 태산보다 더하다(成一家言, 重於泰山)", 혜강嵇康의 "자신을 돌아보아 부끄러움이 없었고, 밖으로 풍속을 어김이 없었다(內不愧心, 外不負俗)", 도연명陶淵明의 "부귀는 뜬구름과 같다. 울타리 아래서 국화 꽃 따니 이 또한 즐겁구나(富貴如雲, 采菊亦樂)", 이백李白의 "왕후장상들을 우습게 보고 가슴 속에는 장한 기개 품었었다(微傲王侯, 空懷壯氣)", 두보杜甫의 "은하수처럼 많은 근심걱정, 천하와 천추 때문이었다(耿耿星河, 天下千秋)"라는 글이 있었다. 그리고 소동파蘇東坡의 "군자의 유풍은 그 은덕이 만고에 미친다(君子之風, 流澤萬古)", 문천상文天祥의 "죽음인들 어찌 두려워하랴, 일편단심을 역사에 비춰 본다(雖死何懼, 丹心汗青)", 조설근曹雪芹의 "성스럽구나 참는다는 것은, 눈을 밟아도 흔적이 없다(聖哉忍者, 踏雪無痕)"는 글과, 맨 마지막으로 담사동譚嗣同의 "사직을 두 어깨에 메려 했으니 간담이 곤륜산만 했다(肩承社稷, 肝膽昆崙)"는 글이 적혀 있었다.

모두 열 두 사람이었다. 그 초상들은 펼쳐 보고 있으니 피가 머리로 좍좍 솟고 온몸이 부들부들 떨려 왔다. 어떤 몽롱하면서도 강렬한 감정이 나를 엄습했지만, 나 자신도 그 이유를 정확히 알 수 없었다. 책을 덮으려다가 맨 마지막 갈피에 종이 한 장이 끼어 있는 것을 발견했다. 한 젊은 현대인의 초상화였다. 약간 찌푸린 미간에 눈매는 평화로웠고 입술은 굳게 다물고 있었다. 한 줄 서명은 벌써 상당히 흐릿해져 있었지만 자세히 보니 알아볼 수 있었다.

"지영창池永昶의 자화상. 1957년 8월 8일."

그 아래에는 만년필로 가로로 쓴 글이 있었다.

"높은 산 바라보고 넓은 길 걸어가리.
비록 도달할 수 없더라도 마음은 그것을 향하리".

(高山仰止, 景行行止, 雖不能至, 心向往之)

바로 이십년 전에 그려진 아버지의 초상화였던 것이다! 나의 거친 숨소리가 밤을 배경으로 확대되어 마치 문 밖에서 들려오는 소리 같았다. 산바람이 윙윙 소리 내며 울어대는 가운데 하늘이 밝아왔다.

## 2. 하늘엔 눈이 있다

십년 전, 아버지께서는 나를 데리고 이 삼산요三山坳라는 산촌으로 오셨다. 1967년, 내가 열 살 때의 일이다. 아버지께서는 내가 태어나던 해에 우익분자로 분류되었다가 1962년에 그 오명을 벗으셨지만, 계급정리 운동 때 결국 현縣 중의원中醫院에서 쫓겨나셨다. 지난 십년간 아버지는 이 일대에서 의원으로 일하시면서 죽어가는 사람들을 수도 없이 살리셨다. 그러던 분이 사흘 전 갑자기 쓰러져서 다시는 일어나지 못하신 것이다.

그날도 나는 산에 올라가 약초를 캐려던 참이었다. 마을을 막 벗어나는데 누가 내 이름을 외쳐 부르는 소리가 들렸다.

"대위大為야! 네 아버지가 쓰러지셨다!"

나는 대바구니를 내던지고 되돌아서서 달리기 시작했다. 집 앞에 도착하자 아버지께선 바닥에 누워 계셨고, 마을 사람들은 그 주위에 둘러선 채 어쩔 줄 몰라 하고 있었다. 달려가 아버지의 인중을 꼬집어보았지만 아무런 반응도 없었다. 나는 울음을 터뜨렸다. 진삼다秦三爹 영감이 말했다.

"보건소로 옮기자!"

누군가가 들고 온 대나무 안락의자에 남죽楠竹을 두 개 얽어매어 금세 들것을 만들었다. 마이호馬二虎와 진사모秦四毛가 들것을 들고 출발하고, 몇몇 젊은이들은 그 뒤를 따라가면서 교대할 준비를 했다. 나는 비틀거리면서 뒤를 따르다가 몇 번이나 넘어져 턱에서 피가 났지만 아무런 감각도 없었다. 중간쯤 왔을 때 아버지의 몸이 자꾸만 아래로 미끄러지자 진 영감이 자기 허리띠를 풀어 아버지의 몸을 들것에 묶어 매려고 했다. 그런데 갑자기 묶던 손을 멈추고 나를 바라보았다. 나는 놀랍고 두려운 생각에 물었다.

"왜 그래요?"

진 영감은 아버지의 손을 잡으면서 말했다.

"대위大爲야, 네 아버지 몸이 식기 시작하는구나."

의사는 아버지께서 뇌일혈로 돌아가셨다고 말했지만, 나는 아버지께서 그런 병을 앓고 있다는 말을 전혀 들어보지 못했기 때문에 도무지 믿을 수가 없었다. 그러나 아버지의 몸은 이미 싸늘하게 식어 있었다. 나는 아버지의 온몸을 위아래로 어루만지고, 손을 아버지의 몸 밑으로 밀어 넣어 등을 만져보면서 따뜻한 부분을 찾아보려고 했다. 웃옷을 벗기고 가슴에 뺨을 대고 자세히 귀를 기울였다. 차가운 기운이 전해졌고, 점점 더 분명하게 느껴졌다. 결국 나는 절망했다. 아버지를 들어 메고 삼산요로 돌아오자 온 마을 사람들과 이웃 마을에서까지 많은 사람들이 와 있었다. 진 영감이 말했다.

"지池 선생에겐 후손이 있으니, 법도대로 합시다."

마馬七爹 영감이 자기 몫으로 준비해 두었던 관을 들고 와서 가슴을 두드리면서 내게 말했다.

"내 이 뼈다귀, 아직 삼년, 오년은 문제 없겠지. 안 그래?"

내가 마 영감께 고맙다고 절을 하자, 마 영감이 말했다.

"내가 네 절을 받았으니 이 관은 네 아버지께 드리지. 네 아버진 정말 좋은 분이셨다."

아버지께서는 살아 계실 적에 종종 이렇게 말씀하셨다.

"사람 좋다는 건 정말 수지맞는 거다. 제일 수지 맞는 장사야."

그때마다 나는 아버지의 그 말뜻을 대충은 알아들었지만 완전히 이해하지는 못했었다. 당신 자신은 늘 손해만 보시면서 뭐가 그리 수지맞는다는 것인지 충분히 납득할 수 없었던 것이다. 하지만 이제는 그 말뜻을 이해할 수 있을 것 같았다. 사람 좋다는 것은 정말 수지맞는 일이군요!


대나무 장막을 치고 그곳을 빈소로 삼았다. 나는 그곳에 꿇어앉아 아홉 근 세 냥의 종이돈을 태웠다. 그리고 그 재를 베주머니에 담아 아버지께 베개 삼아 고여 드렸다. 밤을 새우던 그날 밤, 마이호馬二虎가 산 아래로 내려가서 꽹과리패를 불러오고 조화弔花 두 개와 폭죽, 종이돈 묶음을 사왔다. 저녁에는 푹 익힌 고기요리 다섯 상을 차려내어 어른들을 대접하고, 나머지 사람들은 각자 사발 하나씩을 들고 밥솥에서 퍼 담은 밥 위에 국을 부은 다음 다진 고추를 한 줌 얹어서 그것을 제삿밥 삼아 먹었다. 아홉시가 되자 꽹과리패가 연주를 시작했다. 만가輓歌를 부르는 사람이 곡조를 넣어 소리쳤다.

"효자는 나와서 절을 하라!"

내가 계속 가만히 있자 마 영감이 내 옆구리를 쿡 찌르는 바람에 나는 시신 앞에 무릎을 꿇었다. 꽹과리패가 연주를 멈추고 폭죽 한 묶음을 터뜨리고는 다시 날라리를 불기 시작했다. 나는 평생에 그렇듯 처량하고 슬픈 곡조를 들어본 적이 없었다. 마치 하늘에서 날아오는 소리인 듯 곡조가 가슴 속으로 파고들었다. 시신 옆에 지핀 여섯 더미의 화톳불에서 자욱한 연기가 피어오르고 불빛이 사람들의 얼굴을 비추고 날라리가 울리고 있으니, 흡사 인간 세상이 아닌 듯했다.

이튿날 새벽 발인을 앞두고 사람들은 서둘러 만든 수의를 아버지께 갈아입히고, 아버지 생전의 분부대로 흰 천으로 시신을 감싸기 시작했다. 몇몇 청년들이 나를 아버지 시신에서 떼어냈으므로 나는 멀찍이 떨어져서 그들이 고인에게 수의를 갈아입히고, 시신을 흰 천으로 감싸고, 생석회를 듬뿍 집어넣은 다음 다시 흰 천으로 한 겹 한 겹 덮는 것을 바라보았다. 모든 것이 다 준비되자 사람들은 나를 부축해 가서 마지막으로 아버지의 얼굴을 보게 했다. 아버지께서 그곳에 누워 계신 모습을 보았다. 얼굴만 내놓고 주무시는 것처럼 누워 계셨다. 이것이 마지막이라는 생각이 드는 순간, 나는 갑자기 슬퍼져서 몸부림치며 울다가 기절을 했다. 만가를 부르던 사람이 장엄하게 외쳤다.

"떠날 때가 되었다!"

폭죽이 터지기 시작했다. 청년 둘이 관 뚜껑을 덮자 마 영감이 그 위로 올라가서 길게 세 번 읍(揖)을 한 후 대나무 못을 박기 시작했다. 내가 몸부림치면서 관 위로 달려들자, 진 영감이 말했다.

"법도대로 해라!"

청년 둘이서 나를 꼭 붙잡고 땅바닥에 꿇어앉혔다. 상여꾼의 우두머리가 소리쳤다.

"어이야, 일어섯!"

상여꾼 열여섯이 관을 들고 일어섰다. 상여의 가운데 있는 장대 앞쪽에는 양 날개를 꽁꽁 묶은 수탉을 세워 놓고, 뒤쪽에는 커다란 은색 종이학을 세워놓았다. 나는 아버지의 초상을 들고 앞장서 걷다가 상여를 교대할 때마다 매번 몸을 돌려 상여꾼들에게 절을 했다. 날라리 소리가 산간 소로(小路)에 처량하게 울려 퍼졌다. 날라리 소리가 일단 멈추면 이번에는 북과 징 소리가 울리기 시작하고, 그 메아리 소리가 사방 산 위로 퍼져 나갔다.

장지에 도착하니 구덩이가 이미 파여져 있었다. 진 영감이 수탉을 끌어내려 죽인 다음 그것을 거꾸로 들어 피를 구덩이 속으로 뚝뚝 떨어뜨렸다. 그리고는 두 줄의 굵은 밧줄로 관을 매달아 천천히 아래로 내려놓았다. 나는 구덩이 옆에서 무릎을 꿇고 앉아 고개를 숙였다. 진흙 냄새가 물씬 났다. 저 세상의 냄새. 떫은 비린내가 느껴졌다. 나는 아버지께서 나를 떠나 다시는 돌아올 수 없는 먼 곳으로 가시는 모습을 바라보고 있었다.

아버지를 장사 지낸 다음날, 진사모秦四毛 씨가 나를 찾아와서 말했다.

"여기 이 편지, 자네 거야. 전날 우체부가 자네 갖다 주라면서 나한테 준 건데, 내가 자네 부친께 드렸었지. 그런데 자네 부친께선 이 편지를 보시고 그냥 곧바로 쓰러지셨어. 내가 요 며칠 정신없이 바빠서 이 편지를 주머니에 쑤셔 넣고 다니면서 그만 깜빡했지 뭔가."

나는 그 편지를 받아 보았다. 그것은 바로 북경 중의학원北京中醫學院의 합격통지서였다. 내가 합격했다니! 그리고 아버지께선 이 편지 때문에 돌아가셨다는 것이다.

당시 아버지께선 이 편지를 받은 다음에도 한참을 편지 봉투만 뚫어져라 쳐다보시면서 말씀하셨단다.

"아마도, 아마도… 에이, 대위 녀석 돌아오면 그때 뜯어보지."

그러나 역시 참을 수 없었던 아버지께선 결국 그 편지를 뜯어보셨고, 그리고는 갑자기 고개를 치켜들고 큰 소리로 웃기 시작하셨단다. 한 손을 머리 위로 치켜 올리면서 큰 소리로 외치셨단다.

"그럼, 하늘엔 눈이 있지. 공정함이 시간의 길목에서 기다리고 있었던 게야!"

그리고는 그대로 쓰러지셔서 다시는 일어나지 못했던 것이다.

이 합격 통지서가 왜 아버지께 그처럼 엄청난 충격을 주었는지 나는 완전히 이해할 수 있었다.

내가 태어나던 그 해(1957년), 아버지는 우파로 분류되셨다. 사실 아버지는 정치에 별로 흥미가 없었기 때문에 "백화제방百花齊放", "백가쟁명百家爭鳴"(이것은 1956년 중국 공산당의 정풍운동 당시 나온 표어들인데, 당에 대한 자신의 의견을 솔직하게 말하도록 권장되었다. ─역 자) 당시에도 별다른 이야기를 하지 않으셨다. 그 당시 아버지의 동료인 주도부朱道夫는 정풍회의 석상에서 현縣 중의원中醫院의 오吳 서기에게 세 가지 의견을 제시했는데, 당시 오 서기는 매우 허심탄회하게 그 의견을 받아들이는 듯했다. 그러나 일주일 후 사정은 돌변하여 주도부가 내놓았던 그 세 가지 의견은 당을 향한 공격으로 간주되었다. 생각지도 못했던 일을 당하게 된 주도부는 그제야 조직을 향한 자신의 일편단심, 공표된 죄상과 당시 자신의 발언 사이에는 너무나 큰 차이가 있다고 눈물을 흘리며 호소했다. 그리고는 그날 회의에 참가했던 사람들을 찾아다니면서 증인이 되어 달라고 애걸했지만, 모두들 침묵으로 일관했다. 그러던 어느 날 저녁, 주도부가 아버지를 찾아왔다. 그는 문에 들어서자마자 땅 바닥에 무릎을 꿇고 아버지께 제발 나서서 공정한 말 한 마디만 해달라고 사정을 했다. 그리고 아버지는 주저 없이 승낙하셨다. 아버지는 그저 사람 된 도리를 다하기 위한 최소한의 원칙을 실천하는 의미에서 그렇게 하겠다고 했을 뿐, 여러 사람들 앞에서 어떤 사실을 진술한다는 것이 무엇을 의미하는지, 그런 것을 따져볼 정도로 정치적 상상력이 풍부하지 못하셨던 것이다. 주도부는 당시 아버지의 손을 부여잡고 거듭거듭 말했다.

"당신이야말로 정말 좋은 사람, 좋은 사람입니다!"

그러나 아버지의 증언은 아무런 효과가 없었다.
오吳 서기가 웃으면서 아버지께 물었다.
"정말 그렇습니까? 다시 한 번 생각해 보시지요."
아버지는 엄숙하게 고개를 끄덕이며 말씀하셨다.
"제 인격을 걸고 보장합니다."

오 서기가 다시 웃으면서 말했다.

"당신의 인격이 그 정도로 값어치 있는 것이오?"

그리고는 아버지의 눈앞을 손가락으로 찍어대면서 말했다.

"다시 한 번 잘 생각해 봐요. 자세히 생각해 보란 말이오!"

아버지께선 화를 내시면서 말씀하셨다.

"그게 얼마나 오래된 일이라고 내가 잘못 기억하고 있다는 거요? 사람은 언제나 실사구시實事求是를 해야지."

오 서기는 아버지께 반문했다.

"당신의 말은, 그러니까 조직에선 실사구시를 제대로 실천하지 않고 있다는 뜻이오?"

바로 그해에 내가 태어났다. 아버지께선 그 몇 분 동안의 대화가 여러 세대에 걸친 희생을 대가로 할 줄은, 그처럼 엄청난 대가를 치러야 할 줄은 전혀 상상도 못하셨을 것이다. 내가 네 살 때인 1961년, 할아버지께선 그 일 때문에 화병을 얻어 식사도 못하시다가 결국 굶어 돌아가셨다. 나는 어릴 적부터 주위로부터 멸시에 찬 눈빛을 받으며 자라다가, 네 살 때에는 배가 고파서 하루 종일 어른들에게 먹을 것을 구걸한 적도 있었다. 훗날 아버지께서 말씀해 주셨는데, 그 시절엔 어른들조차도 굶어서 온몸이 퉁퉁 붓는 등 고생들을 했는데, 어린 나는 곧잘 문턱에 걸터앉아 밥그릇을 입에 꼭 대고는 밥 한 그릇을 뚝딱 해치우곤 했단다.

문화혁명文化革命이 시작되자 아버지는 타도의 대상이 되었다. 사람들은 아버지께 고깔모자를 씌워 징을 쳐대면서 조리를 돌렸다고 한다. 그때 나는 초등학교 3학년이었는데, 뭐가 뭔지 알 수가 없었다. 아버지는 좋은 사람이 아니었던가? 좋은 사람이 어떻게 조리돌림을 당할 수 있단 말인가? 아버지가 좋은 사람이 아니라면, 아버지는 왜 맨날 나한테는 좋은 사람이 되라고 하셨을까? 그때 내 머리 속에는 반동 세력黑帮, 잠복 간첩潛伏特務 같은 단어들로 가득했다. 정말 어떻게 그런 단어들과 아버지를 감히 연결시킬 수 있단 말인가! 같은 반 친구들이 "창과 칼 대신 펜을 잡고 힘을 모아 반동세력을 때려 부수자!"는 노래를 함께 불러댈 때, 나는 정말이지 땅에 갈라진 틈이라도 있으면 거기로 들어가 숨고 싶었다. 그 후 사람들은 곧 아버지를 잊어버리고 살아있는 호랑이와 자본주의의 앞잡이들走資派을 잡으러 다녔다. 그때 주도부는 곧잘 우리 집으로 와서 아버지와 얘기를 나누곤 했다. 두 사람은 동병상련同病相憐의 처지에 있었다. 그러던 1967년 말, 「인민일보」에 "우리에게도 두 손이 있다. 도시에서 빈둥대며 밥만 축내진 않는다." 라는 제목의 글이 실렸다. 그리고 주도부가 갑자기 나서서 아버지를 고발했다. 그는 아버지가 일찍이 어떠어떠한 반동적인 말들을 했었다고 하면서, 그때 자기가 했던 말들은 뱀을 굴속에서 끌어내기 위한, 즉 지영창池永昶으로 하여금 그 사상을 보다 확실하게 폭로하도록 하기 위한 미끼였을 뿐이라고 주장했다.

이렇게 해서 아버지께선 깊은 산 속의 작은 마을인 삼산요로 쫓겨 내려오게 되셨던 것이다. 그리고 어머니는 이러한 현실을 받아들일 수 없어서 다섯 살짜리 여동생을 데리고 집을 나가셨다. 주도부는 이처럼 아버지를 고발한 공로를 인정받아 현에 남아 있을 수 있었다. 그 누구도 우리 식구만큼 절실히 "집안이 패망하니 처자가 뿔뿔이 흩어진다"는 말의 무게를 느껴보지 못했을 것이다. 중학교를 졸업할 때 나는 성적이 우수했음에도 불구하고 고등학교에 진학할 수가 없었기 때문에, 산으로 돌아와 인민공사의 사원社員이 되었다. 그러나 아버지께선 곧 나름대로 당신의 위치를 찾으셔서 그 일대에서 유명한 시골의사가 되셨다.

내 운명은 이미 정해져 있는 듯했다. 아버지는 내게 맥 집는 법, 약초 캐는 법, 약 제조법을 가르쳐 주셨다. 나는 아버지를 존경했지만 마음속으론 이러한 운명에 강하게 반항하고 있었다. 그렇게 오년이 지나자 나 역시 한 사람의 시골의사가 되었다. 나는 운명에 따르기로 결심하면서 내 운명에 어떤 전환점이 올 것이라는 사치스런 기대를 모두 버렸다. 내가 철이 들고 난 이래로 아버지께선 한 번도 나를 때리거나 꾸짖으신 적이 없었다. 딱 한 번, 내가 절망 중에 무심코 몇 마디 원망의 말을 한 적이 있었다. 그런 개돼지만도 못한 주도부 같은 인간을 왜 변호해 주셨느냐고 원망했던 것이다. 그런데 뜻밖에도 아버지께선 갑자기 화를 내시고 몸까지 부들부들 떠시면서 나를 손가락으로 가리키며 말씀하셨다.

"이놈아! 네가 아직 사람 되는 법을 배우지 못했구나, 사람 되는 법을!"

아버지의 몸이 떨리는 것을 보면서 나는 후회했다. 아버지께서 신성시하시는 것, 절대 모독해선 안 될 것을 내가 건드렸던 것이다. 당시 아버지께선 말씀하셨다.

"내 평생 가진 거 하나 없어도 그저 청백淸白하게 살기만을 바랐었다. 내가 죽거든 흰 천으로 내 몸을 싸다오. 절대로 잊지 말거라."

사람들이 내 혼담을 꺼내기 시작했을 때에도 나는 극구 사양했지만, 한 걸음 한 걸음 거부할 수 없이 다가오는 거대한 운명의 그림자가 느껴졌고, 나는 절망했다.

．

그날, 중학교 동기인 호일병湖—兵과 유약진劉躍進이 삼산요에 와서 내게 놀라운 소식을 전해 주었다. 중국의 대학들이 입학시험으로 학생들을 뽑기 시작했다는 것이다. 내가 말했다.

"고등학교도 못 가게 하는데, 대학에 들여보내 주겠냐?"

그들은 서로 쳐다보더니 아무 말도 하지 않았다. 친구들이 가고 난 후 나는 이 소식을 아버지께 말씀드렸다. 그리고 그날 저녁, 아버지께선 한잠도 못 주무시고 등잔불 아래서 머리를 푹 숙이신 채 줄담배만 피워대셨다. 나는 잠든 척하고 있었지만, 이불을 입으로 꼭 물고 있었는데 눈물이 베개를 흥건히 적셨다. 다음날 아침 일찍 아버지께서 내게 말씀하셨다.

"내 좀 내려갔다 오마."

그리고 읍내로 나가셨던 아버지께서 저녁에 가쁜 숨을 내쉬면서 돌아오셨다.

"너도 시험 볼 수 있단다! 내가 물어보았는데, 너도 응시할 수 있단다!"

이렇게 말씀하시면서 아버지께선 주먹으로 흙벽을 치셨다. 살갗이 찢어지고 피가 나기 시작했다. 그 후 세 달 동안 나는 정말 목숨 걸고 공부를 했고, 십일월에 전 성省 입학시험에 응시했다.

그날부터 아버지께선 매일같이 문턱에 앉아 시골 우체부가 다니는 작은 길 쪽만 바라보고 계셨다. 일주일에 딱 한 번 배달되는 편지를 아버지는 매일같이 그렇게 기다리고 계셨다. 결과가 나오기 시작했다. 유약진과 호일병 모두 입학통지서를 받았다. 유약진은 무한武漢대학교 철학과로, 호일병은 복단復旦대학교 신문학과로 가게 되었다. 나는 아버지의 그 뭔가를 기대하는 듯한 눈빛을 차마 마주할 수가 없어서 사타구니에라도 머리를 처박고 싶은 심정이었다. 아버지께서 말씀하셨다.

"떨어졌다 해도 그게 어찌 네 탓이냐? 아마도 사람들이 정치적 배경을 따지는 모양이지."

나는 속으로 생각했다.

"성적이 모자라서 떨어진 거라면 내년에 또 응시하면 되지만, 만약 정치적 배경 때문이라면 제 한평생은 물 건너갔네요."

나는 속으로 내가 시험을 망쳤기를 간절히 빌었다. 그래야 다음해에도 희망이 있기 때문이었다. 정말이지 입학 통지서가 결국 오게 될 줄은 생각도 못했다. 그리고 그 때문에 아버지께서 돌아가실 줄은 더더욱 생각지도 못했다.

북경으로 떠나기 전에 나는 아버지의 무덤으로 가서 무덤 앞에 무릎을 꿇었다. 정오의 햇살이 따스하게 내 몸을 비추고, 마른 풀을 흔들던 바람이 내 머리카락을 날려댔다. 이름 모를 새들이 보이지 않는 곳에서 노래를 불렀다. 매 한 마리가 혼자 하늘을 빙빙 돌다가 갑자기 화살처럼 절벽 가운데로 꽂혀 들어갔다. 무덤은 봉긋이 송곳 모양으로 쌓아올린 작은 흙무더기로, 비릿한 진흙 냄새가 아직도 남아 있었다. 아버지께선 이미 돌아가셨는데, 나는 아직도 살아 있다. 가슴에 맺힌 원한은, 그것이 도대체 누구에 대한 것인지 알 수가 없었다. 나는 흙을 한 줌 집어 입에 넣고 천천히 씹다가 삼켜버렸다. 겹겹이 물결치는 듯한 산등성이들이 햇볕 아래 조용히 누워 있었다. 산에는 일년, 십년, 백년 같은 그런 시간 자체가 아예 존재하지 않는 것 같았다.

　북풍이 윙윙 소리 내며 부는 것이 마치 하늘 저 편에서 부르는 소리 같았다.

# 3. 그녀의 향기

대학에 들어간 직후, 나는 아버지의 일생에 대해 찬찬히 생각해 보았다. 아버지를 생각하면 내가 다 억울했다. 그렇게 좋은 사람이, 그렇게 뛰어난 재능을 가진 사람이 어떻게 한평생을 그렇게 비참하게 살 수 있단 말인가? 사람 좋다는 것이 말이야 쉽지만, 아버지처럼 그것을 실천하기가 어디 그리 쉬운 일인가? 그리고 그 망할 놈의 주도부한테 아버지는 그렇게까지 해 줄 가치가 있었을까? 그놈의 주도부는 돌아서자마자 아버지를 물어뜯었는데….

그러나 나는 이런 문제들에 너무 오래 매달려 있을 수가 없었다. 그 시절 내 마음은 시야를 천하로 넓혀가려는 격정으로 충만해 있었다. 하루하루를 무의미하게 보낸다거나, 자기 자신만을 궁극적 목적으로 삼는 그런 생활에 결코 만족할 수 없었고, 자아自我를 중심으로 하고 사사로운 이익을 반지름으로 하는 그런 작은 원 안에 나 자신의 시야를 가두어 둔다는 것은 상상조차 할 수 없었다. 나는 그런 범인들의 철학은 경박하기가 새의 깃털같다고, 가소롭고 일고의 가치도 없다고, 생각했다. 다른 사람들이 세속적인 방식으로 세계를 체험하겠다면 그거야 그 사람의 불쌍한 선택일 뿐, 나 자신은 절대로 그런 길을 택할 수 없다고 생각했다. 마치 어떤 신비스런 목소리, 내 영혼 깊은 곳에서 우러나오는 목소리가 나를 일깨워주는 듯했다. 나는 나 개인뿐만 아니라 천하를 위해 살도록 운명지어졌다. 그것이 내 숙명이고, 나에게 다른 선택의 여지는 없다. 나는 속으로 물질의 소유와 향유를 인생의 최고목표로 삼는 인간들을 돼지라 불렀으며, 정신적으로 나와 그들 사이에 분명한 선을 그음으로써 정신적인 우월감을 느꼈다. 인간이라면 마땅히 보다 의미 있는 것을 추구해야 하며, 그 의미야말로 생활보다 훨씬 중요하다. 그렇지 않다면 어떻게 사람이라고 할 수 있겠는가?

그 즈음 농촌개혁이 막 시작되었다. 나는 여름 방학에 호일병, 유약진과 함께 가방을 메고 구산현丘山縣의 마을들로 조사를 떠났다. 이런 저런 부류의 사람들을 만나 사정을 파악하고, 농민들이 말한 내용들을 작은 노트에 기록했다. 저녁에는 풀숲에서 잤는데, 겁나게 달려드는 모기를 부채로 쫓으면서 우리는 낮에 알게 된 사실들에 대해 이야기했다. 여러 각도에서 분석하고 토론하다 보면 웅장한 결론에 도달하곤 했다. 풀숲에 누워 끝없는 하늘의 별들을 바라보고 있으면 정말이지 "우주의 입장에서 보면 천하가 작게 보이는" 그런 호연지기浩然之氣를 느낄 수 있었다. 우리가 어떤 결론을 내리느냐에 따라 민족의 앞날, 혹은 인류의 운명이 결정되기라도 할 것처럼, 한 문제를 가지고 한밤중까지 논쟁을 벌였다. 그렇게 이십여 일을 돌아다니다가 유약진네 집에 도착한 우리는 문을 걸어 잠그고 불과 며칠 안에 재빨리 삼만여 자의 조사보고서를 작성해 국무원으로 부쳤다. 바다에 돌멩이 하나 던져 넣는 격이었지만, 우리 셋은 마치 무슨 큰일이라도 해낸 듯한 기분이었다.

대학 4학년 때인 1981년의 어느 봄날 저녁. 도서관에서 기숙사로 가던 중이었다. 생활관의 흑백텔레비전으로 축구경기를 중계하는 바람에 사람들이 모여 떠드는 소리로 주위가 소란스러웠다. 평소 축구경기를 즐겨 보지 않던 나였지만, 그날은 친구들의 정서에 감염되어 뒤쪽에 의자를 갖다 놓고 그 위에 서서 게임을 보았다. 중국과 사우디 팀의 경기였다. 중국이 2:0으로 지고 있다가 결국에는 3:2로 역전승을 거두었다. 경기가 끝나자 모두들 흥분해서 미칠 지경이었다. 기숙사 밖에서 학생들이 고함을 지르자 모두 벌떼처럼 모여들기 시작했다. 어떤 학생은 어둠 속에서 의자 위에 올라서서 연설을 시작했고, 어떤 학생은 빗자루에 불을 붙여 횃불로 삼았다. 그때 위층에서 누군가가 트럼펫을 불기 시작하자 무수히 많은 학생들이 그 트럼펫 소리에 따라 노래를 부르기 시작했다.

"일어나라, 노예 되기를 거부하는 자들이여. 우리의 살과 피로 다시 만리장성을 쌓자…."

불빛이 학생들의 얼굴을 비출 때, 그 얼굴들에 눈물 꽃이 반짝거렸다. 이어서 학생들은 손에 손을 잡고, 여덟 명이 한 줄이 되어, 자발적인 시위 대열을 만들었다. 시위 대열에 끼어 걸으면서 내 마음은 신성한 감정으로 가득차 올라 목숨이라도 아낌없이 내놓을 수 있을 것 같았다. 나는 갑자기 문천상文天祥이나 담사동譚嗣同 같은 사람들이 떠올랐고, 그 순간 뼈와 골수에 사무치도록 그들을 이해할 수 있었다. 그때 내 왼손을 잡고 있던 여학생이 갑자기 소리내어 울기 시작했다. 나는 희미한 횃불 빛을 빌어 그녀를 쳐다보았다. 다름 아닌 같은 반의 허소만許小曼이었던 것이다. 앞에서 누군가가 외친 "단결! 중화 부흥!"이란 구호는 곧 그날 밤의 구호가 되어 전 캠퍼스의 상공으로 울려 퍼졌다.

그날이 3월 20일, 북경의 거의 모든 대학들에서 교내 시위가 벌어졌다. "3.20 사건"으로 우리는 며칠 동안이나 흥분상태에 빠져 있었다. 나는 흡사 내 영혼이 성결의 세례라도 받은 듯, 사회적인 책임의식도 극도로 분발되었다. 나는 자신의 신념을 굳혀갔다. 해가 동쪽에서 뜨는 것처럼 의심할 여지가 없고 바뀌거나 움직일 수 없는 신념을.

시위가 있은 며칠 후, 나는 운동장 가에서 우연히 허소만과 마주쳤다. 내가 고개만 끄떡 하고 옆을 지나가는데 그녀가 뒤에서 나를 불렀다.

"지대위!"

나는 얌전하게 멈추어 서서 몸을 돌려 그녀를 바라보았다. 그녀는 움직이지도 않고 아무 말도 없이 그 자리에 가만히 서서 웃고만 있었다. 나는 잠시 멍하게 서 있다가 말을 꺼냈다.

"허소만, 왜, 무슨 일이야?"

"뭐, 무슨 일이 있어야만 부를 수 있다는 법이라도 있니?"

나는 그 자리에 어색하게 서 있었다.

"그게, 그게⋯."

내 말이 채 끝나기도 전에 그녀는 고개를 가볍게 까딱거렸다. 나에게 오라고 하는 것 같았지만, 나는 내가 잘못 이해했나 싶어서 여전히 장승처럼 서 있었다. 그녀는 손을 들더니 집게손가락을 가볍게 까딱까딱 거렸다. 나는 마치 명령이라도 받은 듯 그녀 쪽으로 걸어갔다.

"나 그저께 약리분석 수업 빼먹었거든. 네 노트 좀 베끼고 싶은데, 좀 줘 볼래?"

나는 책가방에서 노트를 꺼냈다. 그녀는 노트를 받아들고도 아무 말 없이 계속 나를 쳐다보며 웃고만 있었다. 순간 내가 당황해서 말했다.

"허소만, 또 뭐 필요한 거 있어?"

그녀는 계속 나를 빤히 쳐다보다가 말했다.

"없어."

나는 그녀의 눈길을 피해 그녀의 발을 쳐다보았다. 그녀가 싱긋 웃으면서 불렀다.

"지대위!"

나는 고개를 번쩍 들면서 물었다.

"허소만, 무슨 일 있어?"

그녀는 입을 오므리고 웃으면서 말했다.

"아무 것도 아냐!"

가만히 서 있는데도 이마에선 땀이 났다. 나는 팔을 들어 소매로 땀을 닦았다. 그녀는 피식 웃더니 손목을 위아래로 우아하게 흔들면서 말했다.

"아무 것도 아냐, 가봐!"

며칠 후 수업시간에 그녀는 같은 반 친구들이 모두 보는 앞에서 노트를 내게 돌려주었다. 옆에 있던 남학생들이 다들 놀라서 내게 눈길을 보냈다. 노트의 표지는 깔끔하게 포장되어 있었고, 안에 몇 군데 찢어졌던 부분도 전부 테이프로 붙여져 있었다. 나는 속으로 매우 감동했지만 다른 쪽으로는 감히 상상도 할 수 없었다. 허소만이 나 같은 놈한테 어디 가당키나 한가? 그녀는 우리 과뿐 아니라 전교에서 유명한 미모의 소유자였다. 기숙사의 남학생들은 종종 창가에 붙어 서서 그녀가 식당에서 밥을 타서 남자 기숙사 아래를 지나 여자 기숙사로 돌아가는 모습을 넋을 잃고 바라보곤 했다.

한번은 그녀가 식당에서 죽을 먹고 있을 때였다. 다른 과의 남학생 하나가 그녀 옆에 앉아 어떻게 말을 좀 붙여보려고 하는데, 그녀가 수저를 그릇에 '탕!' 소리 나게 던지더니 다른 자리로 가버리는 것이었다. 그녀는 북경 출신인 데다가 아버지는 군軍 간부라고 하니, 무슨 말을 더 하겠는가! 듣자 하니 우리 반에만 그녀를 쫓아다니는 남학생이 여덟이나 있는데, 반 친구들은 그들을 팔로八老라고 불렀다. 그런 여학생인지라, 나는 여태 그녀를 마치 하늘에서 내려온 사람처럼 경이원지敬而遠之의 태도로 대해 왔던 것이다. 나와 그녀가 무슨 특별한 관계를 맺는다거나 하는 따위의 생각은 꿈에도 해 본 적이 없었다.

대학생활 3년 동안, 나는 여학생들과 별로 이야기를 나눠본 적이 없었다. 허소만은 더 말할 것도 없었다. 그렇다고 해서 내가 스스로를 하찮게 여기거나 했던 것은 아니었다. 사실 나는 내심 교만까지 부렸고,

그런 교만함을 공부 쪽에서, 특히 시험 결과로 드러내 보이려고 노력했다. 동시에 나는 또 매우 현실적으로 나 자신을 바라보았다. 매달 이십일 원의 학비보조금으로 살아가던 나는 변변한 옷 한 벌 없었고, 캔버스 천으로 만든 군용 가방으로 책가방을 대신했다. 전교에서 그런 낡은 가방을 쓰는 사람이 몇이나 되었을까?

이전에 기숙사에서 남학생들이 허소만이 메고 다니는 가방이 인조 가죽이냐 진짜 가죽이냐를 두고 얼굴과 귀가 온통 새빨개지도록 말씨름하는 걸 보았다. 그래서 나중에 알아본 결과, 그 가방은 진짜 가죽, 그것도 호주에서 수입한 송아지 가죽으로 만들어진 것이었다. 이런 차이들만 보더라도, 나는 정말이지 한 번도 나와 허소만이 무슨 특별한 관계로 묶일 수 있다고 생각조차 해 본 적이 없었다. 어차피 내 것이 될 수 없다면 생각한들 무슨 소용이 있겠는가? 내 마음은 흐르지 않는 물처럼 평온했고, 그 소위 팔로八老들처럼 짝사랑 때문에 전전반측輾轉反側, 밤에 잠 못 이루거나 하는 일은 없었다. 이런 이유로 나는 허소만의 친절한 마음씨에 잠시 감격했을 뿐, 좋은 아이라는 생각 외에 다른 상상은 전혀 하지 않았다.

어느 날 밤 내가 교실로 자습하러 갔을 때였다.
막 자리에 앉으려는데 허소만이 들어왔다.
"지대위! 너도 여기 있었구나!"
내 앞으로 와서 이렇게 말하더니 다시 몇 줄 뒤로 가서 앉았다. 책을 보면서 나는 뒤통수가 계속 저릿저릿한 것을 느끼고 뒤돌아보고 싶은 것을 몇 번이나 꾹 참았다. 눈앞의 책이 점점 흐릿해지고 내 온 신경이 뒤에 앉아 있는 그녀에게로 쏠렸다. 그런데 잠시 후 허소만이 내게 오더니 모르는 문제를 묻는 것이었다. 그러나 불행히도 나는 두서없이 뜻 모를 대답만 해주고 말았다. 그녀가 가고 난 후 나는 얼마나 안타까웠는지 모른다. 몇 년에 한 번 올까말까 한, 뭔가 보여줄 수 있는 좋은 기회였는데 오히려 체면만 구겨버렸으니…. 그녀가 나를 얼마나 우습게 생각할까?

한 번만 더 기회를 달라고 간절히 기원하고 있을 때였다. 무슨 텔레파시라도 통한 것처럼, 그녀가 내게로 건너왔다. 이번에는 제법 조리 있는 설명을 해줄 수 있었다. 그녀의 머리에서 묘한 꽃향내가 났다. 도저히 참을 수 없었던 나는 자세히 설명하는 척하면서 코를 그녀 머리 가까이 대고 힘껏 그 향내를 들이마셨다. 그날 저녁 침대에 누워서까지 나는 마음이 가라앉지 않았다. 그녀의 엷은 꽃향내가 계속 내 전신을 간지럽히고 있었던 것이다.

이튿날 저녁 나는 같은 교실로 가서 허소만을 다시 볼 수 있기를 은근히 기대하고 있었다. 아홉시가 되어도 그녀가 오지 않자 마음이 불안해졌다. 하지만, 한편으로는 스스로를 타이르듯 말했다.

"그게 몇 년에 한 번 있을까말까 한 일이지, 그런 일이 연달아 두 번이나 일어나겠어?"

그렇게 생각하자 마음이 가라앉았다. 허튼 생각 말아야지, 그게 말이나 되냐? 이런 생각을 하고 있을 때 그녀가 교실로 들어섰다. 나는 정말 내 눈을 믿을 수가 없어서 눈에 힘을 주어 깜박여 보았다. 역시 그녀였다. 그녀는 살짝 웃었고, 나도 그녀를 향해 고개를 끄덕였다. 하지만 곧 고개를 숙이고 책에 집중하는 척했다. 그녀는 내 왼쪽 앞자리에 앉아 펜을 꺼내어 뭔가 쓰기 시작했다. 내 머리가 도저히 말을 듣지 않고 저절로 조금씩 기울어졌다. 나는 비스듬히 뜬 눈으로 그녀의 옆모습을 훔쳐보기 시작했다. 코면 코, 귀면 귀, 심지어 머리카락 한 올 한 올까지 어느 것 하나 있어야 할 제자리에 반듯하게 놓여 있지 않은 것이 없었다. 그녀의 머리가 움직일 때마다 나는 얼른 책으로 고개를 돌렸다. 그러기를 몇 번, 나는 보고 또 보다가 그만 정신이 나가버렸다. 그녀가 갑자기 고개를 돌렸을 때, 나는 고개 돌리는 것도 깜빡 잊고 여전히 입을 약간 벌린 채 그녀만 멍하니 쳐다보고 있었다. 그녀가 추궁하는 뜻으로 눈을 깜박이자, 나는 그제서야 내가 실수했음을 깨닫고 얼른 눈을 책으로 돌렸다. 책에 무슨 내용이 쓰여 있는지, 한 글자도 눈에 들어오지 않았다.

그 뒤로 나는 그 교실에 감히 다시 갈 수가 없었다. 허소만이 누군데, 그리고 나 지대위는 또 누구고? 이게 어디 가당키나 한 일인가? 그렇게 가까운 거리에서 그녀를 살펴볼 수 있었다는 것만으로도 내겐 이미 충분한 사치였다. 그게 내 맘대로 되는 일도 아니고 말이야. 나는 한 번도 여자 사귀는 쪽으로 재능을 키운다거나 발휘하겠다는 생각을 해본 적이 없었다. 그것은 불가능할 뿐 아니라 내 성격에도 맞지 않았다.

그후 어느날 도서관에서 허소만과 정면으로 부딪쳤을 때, 그녀는 나를 불러 세우더니 말을 걸었다.

"지대위, 너 요즘 왜 계속 나를 피하니?"

밑도 끝도 없이 불쑥 던진 이 질문에는 많은 의미가 담겨 있었지만, 나는 감히 내 상상을 더 진전시킬 수도, 그 말의 정확한 의미를 이해할 수도 없었다. 그녀와 얘기를 하는 동안에도 내 눈은 계속 양옆을 살피고 있었다. 친구들이 이런 나를 보고 '구로老九'라고 놀릴까봐 두려웠기 때문이다.

"지대위, 너 뭘 그렇게 불안하게 살피니?"

나는 별수 없이 그 팔로八老에 대한 소문을 말해주었다.

"그런 일이 있었니? 그래, 그럼 가봐. 우리 내일 저녁 같은 장소에서 보는 거다?!"

그녀는 내 대답을 기다리지도 않고 그냥 가버렸다.

이튿날 나는 감히 그녀의 말을 거역할 수가 없었다. 그러나 한참을 그 교실에서 기다렸지만 그녀는 나타나지 않았다. 나는 속이 근질근질한 것이 도저히 참을 수가 없어서 일층까지 뛰어 내려갔다가 다시 올라오고, 그렇게 열 몇 번을 혼자 오르락내리락 하다가 소등을 알리는 벨이 울리자 그제야 맥이 탁 풀렸다. 내가 혼자 공연한 오해를 했었나? 상대는 그냥 무심코 던져본 말인데 나만 심각하게 받아들였던 것인가? 하지만 나는 마음속으로 그녀가 원망스러웠다. 그 쪽에서 정말 그럴 마음이 없었다면, 나도 괜히 헛된 생각 품지 않았을 터였다. 왜 가만히 있는 나를 들쑤셔서 마음만 산란해지게 만드느냐 말이다. 이렇게 한 번 뒤숭숭해진 마음 언제 다시 가라앉을는지.

이튿날 수업시간에도 허소만의 모습은 보이지 않았다. 다른 여학생들에게 물어보고 싶었지만 그럴 수는 없었다.

저녁 식사 전에 기숙사에서 왕귀발汪貴發과 오외伍巍가 이야기하는 소리가 들렸다. 허소만이 독감으로 인한 위경련으로 학교 병원에 입원했다면서, 자기들은 이미 병문안을 다녀왔다고 했다. 나는 심장이 계속 쿵쾅거렸지만 아무 일 없는 척하다가 문을 나서자마자 냅다 학교 병원으로 뛰었다. 그러나 병실 문 앞에서 벌써 몇 명의 남학생들이 침대 주위에 둘러 서있는 것을 보고 얼른 다시 물러나왔다. 나는 창밖에서 왔다갔다 하면서 그녀와 단둘이 만날 기회가 주어지기를 기다렸다. 그러나 사람들이 끊임없이 들락거렸고, 일단 들어갔다 하면 삼십 분, 혹은 한 시간이 되어서야 나왔다. 날이 어두워진 후에는 키가 크고 체격이 건장한 남자가 한 명 더 오더니 그녀의 침대 앞에 한참이나 앉아 있었다. 그것을 보고 나는 안절부절못했다. 이대로 그냥 들어가 볼까 하고도 생각했다. 같은 반 친구인데 뭘. 하지만 곧 용기를 잃고 말았다. 돌봐주는 사람도 있고 지켜주는 사람도 있는데 네가 뭐라고 저길 들어가? 기숙사로 돌아가서 다른 친구들과 같이 올까 하고 생각도 해봤지만, 내가 입을 열면 다른 사람들이 내 생각을 알아차릴 것 같아서 말을 꺼낼 용기가 나지 않았다. 다시 병원으로 돌아왔을 때 그 남자는 아직도 가지 않고 있었다. 면회 시간이 끝나고 그 남자가 나오는 것을 보면서 나도 잠시 그 뒤를 따라 걷다가 그냥 기숙사로 돌아와 버렸다.

이튿날 아침 나는 수업도 들어가지 않고 수업시간 종이 울리자마자 곧바로 학교병원으로 달려갔다. 하나님이 보우하사! 그녀의 침대 앞에는 아무도 없었다. 허소만은 매우 흥분한 듯 말했다.

"대위, 너! 왜 더 일찍 오지 않았어?"

"어쨌든 너야 돌봐주는 사람 많잖아."

"나는 계속 너를 기다렸는데…."

"사실은 어제 저녁에 왔었는데 사람들이 계속 오기에, 문 닫을 때까지 지키는 사람이 있기에, 그냥 돌아갔었지."

그녀가 웃으면서 말했다.

"이 바보야! 그냥 아는 사람이야, 별것 아니라고. 온다는 사람한테 내가 오지 말라고 할 수는 없잖아?"

이렇게 말하는 그녀의 눈 속에 담겨진 의미가 확실한 것 같기도 하고 불확실한 것 같기도 해서 나는 도무지 종잡을 수가 없었다. 우리가 이야기하는 동안 그녀는 한 쪽 손을 담요 밑에서 천천히 꺼내어 무심결에 그런 것처럼 침대 가장자리에 놓여 있는 내 손에 대더니 멈추었다. 내가 가만히 있자 그녀의 얼음장 같이 차가운 손가락이 내 손을 더듬어 손등 위를 가볍게 잡았다. 그리고 다시 천천히 더듬어 올라가서 내 손목 위를 어루만지다가 마지막에는 내 오른손을 꼭 잡았다. 점점 따뜻해질 때까지 꼭 잡고 말했다.

"난 네가 좋아."

그녀의 눈에서 순간 점화될 것 같은 어떤 에너지가, 기묘한 빛이 스며나왔다. 나는 감동해서 울고 싶었다.

"정말? 그럴 리가, 그럴 리가…."

"왜 정말이 아니란 거야? 누가 안 된데?"

내 손을 더욱 힘껏 잡는 그녀의 손바닥에서 일종의 습하고 따뜻한 기운이, 일종의 갈망이 전해져 왔다. 온통 그녀의 손에 집중된 내 모든 감각으로 그녀 손바닥 한가운데가 톡, 톡, 박자를 맞추듯 고르게 떨리는 것을 느낄 수 있었다. 마치 거기에 자그마한 심장이 뛰고 있는 듯했다.

한참 행복해 하던 차에 그녀 어머니가 그녀를 데리러 왔다. 내가 "아주머니!" 하고 인사를 했지만, 그녀는 아무 말 없이 고개만 끄덕였다. 그녀의 어머니가 퇴원하기 위해 짐을 싸는 모습을 보면서 나는 그저 그 자리에 우두커니 서 있을 뿐이었다. 나의 두 손발이 몹시 거추장스럽게 느껴졌다. 그녀 어머니가 그녀를 부축할 때에는 나도 달려가서 돕고 싶었지만, 곧 앞으로 뻗었던 손을 도로 움츠리고 말았다. 허소만이 말했다.

"지대위, 이 짐 좀 들어줘."

나는 가슴이 훈훈해져서 그물 가방을 받아들었다. 그때 군인 하나가 들어오자 그녀 어머니가 말했다.

"이李 기사, 이 물건들 차에 갖다 실어요."

나는 고분고분 그물 가방을 건네주었다. 기사가 차에 시동을 거는 동안에도 나는 차 옆에 멍하니 서 있었다.

허소만이 말했다.

"대위, 나 금방 좋아질 거야."

내가 손을 들어올리자마자 차가 출발했다. 기숙사로 돌아와서 나는 오른손을 코에 대고 냄새를 맡아보았다. 맡고 또 맡았다. 그리고 머뭇거리면서 손으로 뺨을 어루만지다가 얼굴이 뜨거워지고 부끄러워서 웃음이 나왔다. 천천히 옷을 벗고는 전신을 위아래로 한 번 어루만졌다.

## 4. 사랑과 사상

이렇게 나와 허소만은 서로의 마음을 확인했다. 불가사의한 일이 이렇게 발생하다니…, 나는 행복한 마음에 이 세계가 하나의 허구虛構인가 보다고 생각했다. 나는 마음이 놓이지 않아서 결국 그녀에게 물어보았다. 멋있는 남학생들도 많은데 어떻게 나를 좋아할 수 있느냐고.

"걔네는 지나치게 똑똑하잖아! 보고 있으면 너무 가벼워서 공중에 떠다니는 애들 같아."

나는 여전히 마음이 놓이지 않아 몇 번이나 더 물어보았다.

"좋으니까 좋고, 사랑하니까 사랑하는 거지 뭘 그렇게 꼬치꼬치 캐물어?"

그리고 또 말했다.

"내가 그렇게 사람 보는 눈이 없는 줄 알아? 두율명杜聿明의 딸을 봐! 그 많은 귀공자들이 둘러싸고 있어도 하나도 눈에 안 차 하더니, 결국 평민의 아들인 양진녕楊振寧한테 홀딱 반했잖아. 그게 뭔 줄 알아? 그게 바로 안목이라는 거야!"

그 말을 듣고 나는 부끄러워졌다. 내 어디에 그런 엄청난 장래성이 숨어 있다는 것인지… 그 후 나는 흠뻑 취한 듯 즐거운 나날을 보냈다. 그녀의 손을 잡고 있으면 내 손의 열기가 그녀를 녹여버릴까봐 겁이 날 정도였다.

허소만과 사귄다는 사실이 나를 크게 분발시켰다. 무엇이라도 이루어 내지 못하면 그녀를 볼 면목이 없었던 것이다. 그녀의 일거수일투족이 너무나 마음에 들었다. 심지어 그녀가 화를 내는 모습까지 사랑스럽게 느껴졌다. 대만의 한 작가가 자기 책에서, 자기 아내가 "아시아에서 가장 아름다운 여인"이라고 쓴 것을 읽고, 나는 그야말로 헛소리 하고 있다고 생각했다. 마음 같아서는 그 작가를 한 대 쳐서 코를 납작하게 만들어 주고 싶었지만, 이런 저런 생각 끝에 그를 용서해주기로 했다. 그 작가는 아마도 북경 중의학원의 허소만을 본 적이 없었을 테니 말이다.

허소만으로 인해 나는 몇몇 친구들한테 죄를 짓게 되었다. 그 친구들은 나를 연적戀敵으로 생각했다.

오외伍巍가 말했다.

"대위, 너 정말 뜻밖이다. 네가 가끔 시험에서 대박 터뜨리는 것은 보았지만, 다른 방면에서까지 대박을 터뜨릴 줄은 정말 몰랐는데?"

나는 솔직하게 말했다.

"그러게 말이야, 나도 생각 못했던 일이야."

그렇게 말하면서도 한편으로는 나 스스가 한심스럽게 여겨졌다. 이런 식으로 나오는 녀석한테 왜 나는 아무런 반격도 못한단 말인가? 그래서 얼른 덧붙였다.

"아니 도대체, 누구누구는 누구 거라고 정해 놓은 거라도 있냐?"

왕귀발汪貴發이 한편에서 끼어들었다.

"자식, 생각지도 못했는데 백조를 낚아채다니…"

왕귀발 저 자식은 지난 몇 년간 걸핏하면 나를 놀려먹곤 했다.

한번은 내가 밖에서 돌아왔을 때였다. 기숙사에서 몇몇이 아령 한 쌍을 들고 뭔가 얘기하고 있었다. 왕귀발이 말했다.

"지대위, 방금 우리 중에 누가 두 손에 이걸 들고 십 분 동안 견딜 수 있는지 시도해 봤는데, 아무도 성공 못했거든. 너 한 번 해볼래?"

내가 말했다.

"그게 뭐 어렵다고."

아령을 받아 들고 약 오 분 정도 지나자 왕귀밸이 엄숙한 표정으로 시계를 보며 말했다.

"금방 끝나, 금방."

그때 나머지 몇 명이 웃기 시작했다. 그러더니 몸까지 앞뒤로 흔들어 대면서 아주 큰 소리로 웃는 것이었다. 그제야 나는 속았다는 것을 깨달았지만, 결국 이를 악물고 십 분 동안 버텼다.

오외가 말했다.

"아, 하도 웃어서 배꼽이 다 아프네."


그랬던 왕귀밸이 지금 또 나한테 시비를 걸고 있는 것이다. 나는 잠시 숨을 멈추고 불쑥 한 마디 내뱉었다.

"너, 이 두꺼비 같은 새끼!"

그가 약이 바짝 올라서 말했다.

"야, 지대위! 왜 욕을 하고 난리야? 내가 너한테 무슨 말 했다고 그래?"

"그러는 너는. 내가 너 보고 무슨 욕을 했다고 그러는 거야?"

둘이서 싸우기 시작하자 오외가 얼른 뜯어말렸다.


허소만과 사귀면서 나는 그녀가 집에서, 또 남학생들 사이에서 응석받이로 자라서 영 버릇이 없고 제멋대로라는 것도 알게 되었다. 그녀가 원하는 것은 언제나 토론의 여지가 없는 절대명령이었다. 처음에는 나도 참았다. 그녀를 위해서라면 이 정도는 물론이고 평생을 참으래도 참아야지. 그럼. 그러나 시간이 지날수록 불가피하게 사소한 충돌이 발생했다. 그때마다 그녀는 세상의 억울한 일은 다 당한 것 마냥 눈물을 줄

줄 흘렀다. 그러면 나는 남자로서의 고집을 꺾고 웃는 얼굴을 보이며 심각한 자아비판에 들어가야 했다. 나는 그녀가 멋대로 구는 것은 참을 수 있었지만, 그 멋대로의 행동 뒤에 숨어 있는 의미, 즉 높은 곳에서 나를 내려다보며 그녀가 마치 나에게 무슨 은혜라도 베풀고 있다는 식의 그런 의미는 절대로 용납할 수 없었다.

내가 더욱 받아들이기 힘들었던 것은 그녀의 수직적인 등급 관념等級觀念이었다. 그녀의 인생관은, 사람은 본래 태어날 때부터 상급 인간과 하급 인간으로 나뉘어 있으며, 그 두 부류의 인간은 피와 골수까지도 완전히 다르다는 것이었다. 그 차이는 유전인자에 의해 결정되는 것으로 절대 바뀔 수 없다고 그녀는 믿고 있었다. 그에 반해 나의 인생관은 다분히 평민적인 것이었다. 나는 저 산골짜기의 아이들은 그저 적합한 환경이 주어지지 않아서 그렇지, 사실 그 아이들도 다른 어느 누구보다 어리석거나 못난 것은 아니라고 생각했다.

내가 말했다.

"나 역시 산골 출신인데, 그렇다면 나도 하급인간이겠네?"

그녀가 말했다.

"너는 다르지. 그렇지 않으면 고등학교도 안 나온 네가 어떻게 대학 시험에 붙어서 그 동네를 벗어날 수 있었겠니? 다른 사람들은 못 나오고 그냥 사는데 말이야. 그리고 너희 아버지는 대학까지 나오셨다면서? 그런 차별된 무언가가 네 핏속, 머리 속, 뇌수 속에 흐르고 있는 거라고."


우리는 몇 번에 걸쳐 논쟁을 벌였지만 나는 결국 그녀를 설득하지 못했다. 나중에 그녀가 자기 집으로 나를 데리고 갔을 때, 나는 그녀가 어떤 환경에서 자랐는지 알게 되었다. 그 집은 내가 북경에서 본 집들 중에서 가장 좋은 집이었다. 방 다섯 개, 거실 두 개가 딸린 집이었는데, 전체 구조를 파악하기 위해 집 안을 몇 번이나 둘러봐야 했다. 대학 교수들의 집은 그에 비하면 정말 너무나 초라한 편이었다. 허소만 혼자서 방 하나와 거실 하나로 이루어진, 즉 집 속의 집에 살고 있었다. 내가 자리에 앉자 가정부가 곧 차와 간식을 내왔고, 이어서 근무병은 뜨거운 물을 아래에 내려놓고 쓰레기통을 들고 나갔다. 나는 눈과 입을 쩍 벌리고 강한 충격을 받은 채 앉아 있었다. 사람과 사람 사이의 차이가 하늘과 땅의 차이보다 더 크구나! 정오 무렵 그녀의 어머니가 돌아왔다. 그녀의 손짓이며 발걸음에서 일종의 고귀한 분위기가 느껴졌다. 특히 핸드백을 내려놓는 동작이 너무나 우아해서 내 뇌리에 깊은 인상을 남겼다. 그곳에 앉아서 심한 스트레스를 느끼고 있는데, 허소만이 말했다.

"이 쪽은 지대위, 내가 말한 적 있지요, 엄마?"

나는 그녀의 어머니에게 기가 죽어서 그녀가 물어보는 이런 저런 문제에 제대로 대답도 못하고 횡설수설 얼버무렸다. 가까스로 식사를 끝내고 허소만의 방으로 돌아온 다음에야 겨우 숨을 돌릴 수 있었다. 허소만이 말했다.

"여기가 바로 우리 사랑의 작은 보금자리가 될 거야."

나는 속으로 생각했다.

"차라리 빈민굴이 편하겠다."


몇 달 간 사귀면서 나는 허소만이 나에 대해 크게 잘못 생각하고 있다는 것을 알게 되었다. 그녀는 그녀가 바라는 것은 모두 내게는 신의 뜻과 같을 것이라고 착각하고 있는 듯했다. 왜냐하면, 그녀는 허소만이고 나는 지대위에 지나지 않으니까. 나도 최대한 나를 억누르고 그녀에게 맞춰보려 했지만 반항하고 싶은 충동이 점점 강렬해졌다. 가끔은 내가 어떻게 하면 그녀가 기뻐할지 뻔히 알면서도 막상 상황이 닥치면 괜히 엇박자를 놓게 되었다. 그녀의 목표는 나를 상등급 인간으로 길러내는 것, 상류사회의 멋과 감수성을 가진 인간으로 만드는 것이었다. 나는 그것은 불가능한 일이라는 것을 알고 있었다. 내가 그녀 머리 속에 평민의

식을 채워 넣을 수 없는 것과 마찬가지로 불가능한 일이었다. 나도 그렇게 끝도 없이 나 자신을 억누를 수는 없었다. 설령 그것이 허소만을 위해서라 할지라도…. 혈관을 따라 흐르는 아버지의 피가 이미 나의 체험 방식을 결정해버렸다. 신비로운 유전자의 비밀번호가 이미 선택한 방향을 고집하는 이상 나로서도 어쩔 수 없는 일이었다.

나는 허소만으로 하여금 진실된 나의 모습, 비록 가난하고 내세울 것 없는 가정에서 태어났지만 의지만은 굳건한 그런 놈이라는 것을 깨닫도록 해야 했다. 허소만은 나를 데리고 다니면서 몇몇 잘나가는 친구들과 만나도록 했다. 몇 번은 나도 그녀와 함께 갔지만, 그들과 내가 도무지 안 맞는다는 사실만 확인했다. 나는 그들의 우월감이 참으로 가소롭다고 생각했지만, 본인들은 너무나 진지했다. 심지어 한 번은 허소만이 그들에게 우리 아버지가 성省에서 유명한 한의사이자 한의학원의 교수였다고 소개한 적도 있었다. 당시 나는 속이 엄청 뒤틀렸지만 달리 어쩔 도리가 없어서 그냥 고개만 끄덕거렸다. 나중에 화를 내면서 말했다.

"내가 언제 너한테 그렇게 말했냐?"

"그 애들 엄청 따진단 말이야. 너희 아버지가 교수 정도도 안 된다고 그러면 아마 너를 이상하게 생각할 거야."

"그자들이 어떻게 생각하든 그게 무슨 상관이야? 자기들이 뭐라고."

"무슨 걱정이야, 가서 조사해볼 리도 없는데. 제발 나를 좀 이해해줘."

아마도 내가 그녀를 이해해줬어야 했는지도 모르겠다. 그녀 식의 사고방식에 따라 사람을 만나려면 체면처럼 중요한 것도 없을 테니까. 그러나 나중엔 그런 식으로 내 배경을 꾸며 말하는 것이 그녀의 입버릇처럼 되어 누구에게나 그런 식으로 말했다. 내가 아무리 화를 내도 소용이 없었고, 그녀 역시 전혀 개의치 않고 계속 그렇게 말하고 다녔다.

"대위, 너무 심각하게 생각하지 마. 나도 친구들한테 뭐든 내세울 게 있어야 할 거 아냐."

"네가 그렇게 하는 건 나를 불 위에 얹어 놓고 구워대는 거나 마찬가지야. 그런 상황에 처할 때마다 나는 쥐구멍에라도 숨고 싶은 심정이라고."

둘이 그렇게 한참 싸우다가 결국 내가 물러서고 말았다. 나는 그녀에게 화를 낼 자격도 없지, 그녀는 허소만이니까. 그저 나 자신을 억누르는 수밖에 없었다.

점차 허소만에 대한 나의 감정이 변하기 시작했다. 그녀 역시 그랬을 것이라고 생각된다. 그것은 일종의 불길한 징조였기 때문에 낭떠러지 옆으로 말을 달릴 때처럼 정신을 똑바로 차려야 했다. 그러나 언제까지나 스스로를 속일 수 있을까? 하루 이틀이면 모르지만 평생을 그렇게 나를 속이면서 살 수 있을까? 그녀 앞에서 나는 지나치게 수동적이었다. 뭔가 나의 노력을 통해 그런 국면을 전환시켜보고 싶었지만, 그러나 웬만큼 노력해서는 변하는 것이 하나도 없었다. 여자란 원래 사랑받고 보호받을 대상인데, 보호하고 싶은 연민의 감정이 없다면 사랑의 감정 또한 뿌리를 잃게 마련이다. 꼭 얼굴에 분칠도 안 하고 연지만 찍는 것처럼, 그러니까 기초화장도 안 하고 색조화장만 하는 것처럼 오래 갈 수가 없는 것이다.

나는 제멋대로 구는 허소만에게 반항하기로 결심했다. 만약 나까지 그녀가 내게 과분한 상대니까 내가 굽히고 들어가야지 하고 생각한다면, 앞으로 끝도 없지 않겠는가? 하루는 그녀가 나더러 인민예술극장에 연극 <밝은 달이 처음으로 비출 明月初照人>를 보러 가자고 졸라댔다. 저녁에 실험이 있다고, 이미 준비까지 다 해놓아서 안 된다고 했지만, 그녀는 계속 졸라댔다. 이번에는 나도 끝까지 응하지 않았다. 그녀는 의외라고 생각하는 듯했다. 옥신각신 다투던 중에 그녀가 말했다.

"오늘 네가 안 가겠다는 것은 네 마음속에 내가 없다는 거야. 달리 해석할 길이 없잖아?"

내가 여전히 웃으면서 변명하려 하자, 그녀는 나의 말을 잘랐다.

"그래서? 가겠다는 거야, 안 가겠다는 거야? 자, 하나, 둘, 셋…."

나는 이를 악물고 말했다.

"안 가!"

"다시 한 번 생각해봐. 잘 생각해봐."

나는 다시 생각해볼 것도 없이 말했다.

"생각 끝났어!"

"네가 날 사랑한다고 하지만, 그 사랑이 아주 뼛속 깊이 사무칠 정도로 절실하지는 않은 모양이구나."

그리고 덧붙였다.

"나와 같이 가고 싶다는 사람 쎄고 쎘어."

그녀는 말을 마치고 고개를 돌려 가버렸다. 잠시 후, 나는 그녀가 다시 나를 찾아와주기를 바랐지만, 그녀는 오지 않았다. 잠시 내가 가서 잘못했다고 사과해야 하나, 하는 생각도 들었지만, 곧 생각을 바꾸었다. 이런 것까지 잘못이라고 인정해버리면 나는 평생 잘못만 저지르고 살게 될 것이다. 아주 고통스러운 가운데 며칠 밤을 뜬눈으로 지새우며, 나는 허소만이 결코 내 여자가 아니라는 사실을 깨달았다. 아마 지금쯤 그녀도 나 지대위를 위해 희생하겠노라 다짐했던 그 위대한 낭만적 감정으로부터 조금씩 깨어나고 있을지도 모른다. 결국 우리의 혈관 속에는 너무나도 다른 피가 흐르고 있었던 것이다.

그 일은 그렇게 끝났다. 왕귀발을 비롯한 친구들은 나에 관해 애매하면서도 정확한, 그리고 악의에 찬 말들을 하고 다녔다. 그러나 나는 못 들은 척 참았다. 아버지께서도 그때 이렇게 참아 오셨겠지? 이렇게 생각하자 나는 마음이 가벼워지면서 조금은 위안이 되는 것 같았다. 평민도 그 영혼의 고귀함을 지킬 수 있는 것이다!

졸업 후 허소만은 위생부衛生部로 갔고, 나는 이불만 둘둘 말아 대학원생 기숙사로 옮겨 새로운 학생생활을 시작했다.

그 후 3년 동안 나는 고대의 의서들을 연구하는 동시에 많은 명인들의 책을 찾아 읽었다. 그 책을 읽으면서 나는 한 가지 사실을 발견했다. 그런 위대한 인물들은, 굴원屈原에서 조설근曹雪芹까지, 비참한 운명에 초라한 말년을 보내지 않은 이가 거의 없었다는 것이다. 나는 특히 아버지의 그 『중국 역대 문화명인 소묘』에 나오는 인물들의 일생을 모두 찾아보았는데, 정말 그 주인공들을 생각하면 내가 다 억울할 지경이었다.

수많은 밤을 아버지의 책을 뒤적이며 보냈다. 그 책을 한참 바라보고 있노라면 나는 그 인물들을, 그리고 정신적 원칙을 절대명령으로 삼으셨던 아버지를 이해할 수 있을 것 같았다. 아무리 막대한 대가를 치르더라도 그것만이 진정한 인간이 되는 길이었다.

3년이란 세월은 빠르게 흘렀다. 그 기간에 허소만이 딱 한 번 나를 찾아왔다. 그녀는 이미 결혼을 했다고 했다. 그러면서 나더러 반드시 공산당 입당을 신청하라고 신신당부하기에, 나는 그녀 말을 따라 신청서를 적어냈고, 매우 순조롭게 입당이 받아들여졌다.

하루는 학과의 인사책임자가 찾아와서 나더러 학교에 남을 생각이 있는지 물었다. 나는 바라던 바라고 대답했다. 나는 이미 마음의 준비를 하고 있었다. 약리학藥理學을 전공하는 대학원생 네 명 중에 내가 발표한 논문 숫자가 가장 많았던 것이다. 며칠 후에 그와 마주쳤을 때 그가 나를 길가로 끌어당기면서 말했다.

"누가 당신이 맘에 든대."

그가 말하는 사람은 바로 같은 과의 강姜 교수의 딸이었다. 나도 한 번 본 적이 있는데 인상이 아주 좋았다. 속으로는 한 번 시도해 볼만하다고 생각했지만 그런 낌새를 보이기가 영 부끄러웠다. 그는 내가 망설이는 것을 보고 말했다.

"일만 잘 되면 자네한테는 여러 모로 도움이 되지."

나는 그가 연구와 관련된 이야기를 하는 줄 알았다.

"저야 뭐 그쪽 전공도 아닌데요."

그가 말했다.

"학문적인 것도 학문적인 거지만 개인적인 발전, 북경에서의 발전을 생각해 봐."

강 교수의 말이 얼마만큼의 무게를 갖고 있는지는 나도 익히 잘 알고 있었다. 나의 지도교수님이 아무리 잘 나간다고 해도 강 교수님에 비하면 한참 떨어진다는 것도 알고 있었다. 그렇지만 이런 일을 내가 학교에 남는 문제와 연결시키다니, 그건 아무래도 받아들이기 어려웠다. 너무 기회주의자 같아 보이지 않을까?

내가 대답했다.

"생각 좀 해보고요."

그는 매우 의외라는 듯이 말했다.

"가능한 한 빨리 답을 주게."

그리고는 애매한 말을 덧붙였다.

"졸업 후 배정 문제를 요 며칠 안에 다 결정해야 하거든."

기숙사로 돌아와서 이런 저런 생각 끝에 나는 결정을 내렸다. 그 아가씨와 마음이 맞을지 어떨지 한번 시도는 해 볼 수 있지만, 그건 졸업 후에 생각할 문제이지 그쪽에 신세부터 지고 관계를 시작할 수는 없는 노릇이었다. 나는 그 인사책임자를 찾아가지 않았다. 그 후 그와 마주쳤을 때, 그가 심문하는 눈빛으로 나를 쳐다보기에 나도 그저 모호한 웃음을 지어 보였다. 그 순간 그의 표정이 싹 가시는 것을 알 수 있었다.


반 달 후에 결과가 발표되었다. 학교에 남게 된 것은 내 동급생이었다. 나는 억울했지만, 그러나 누구를 찾아가서 무슨 말을 한단 말인가? 나는 벙어리 냉가슴 앓는다는 말이 무슨 뜻인지 알 것 같았다. 천 가지만 가지 원칙들이 있어도 그 제1조는 항상 이해관계라더니, 현실에서 부딪치는 문제들이 이런 미묘한 데에서 다 결정되는구나.

지도교수님은 내게 약품검사국藥檢局에 가지 않겠느냐고 물었지만, 나는 대답했다.

"저는 성省으로 돌아가겠습니다."

그러나 북경에서 팔년의 세월을 보내면서 북경에 대한 감정이 남달라졌던 모양이었다. 나는 스스로를 위로하면서 말했다.

"북경이 뭐가 좋다고. 북경의 제일 좋은 점은 단지 들어오기 어렵다는 것뿐인데."

그렇지만 한편으로는 그때 내가 만약 조금만 머리를 굴려서 일단 인사책임자의 말에 응했더라면 그 다음에는 어떻게 되었을까, 생각해 보았다. 그랬으면 이렇게 억울한 일은 안 당했겠지? 하지만 만약 그랬으면 나 지대위가 여전히 지대위일 수 있을까?

북경을 떠나기 전날 밤 나는 답답한 마음에 마지막으로 북경의 거리를 돌아다녔다. 며칠 동안 밤새도록 차분히 생각한 끝에 내 신념은 더욱 굳어져 있었다. 현실 속에서 그 형체를 드러내지 않는 수많은 힘들이 나를 둘러싸고 밀어붙이더라도, 아무리 그에 저항하는 것이 불가능해 보이더라도, 나는 내가 옳다고 생각하는 길을 가리라. 고독하더라도, 가난하고 초라해지는 것도 겁나지 않는다. 나는 지식인이 아닌가.

여름날 밤. 나는 북경의 거리를 어슬렁거리다가 새벽 세시가 지나서야 담을 넘어 기숙사로 돌아왔다.

## 5. 위생청 사람들

그 무덥던 날 나는 오전에 성ሸ 위생청 마당에 들어섰다. 나는 위생청 사무실에 신고한 다음 관련 서류를 중의中醫연구원에 제출해야겠다고 생각했다. 사무실 건물 앞의 등나무 덩굴에 묘하게 마음이 끌려 그쪽으로 발걸음을 옮겼다. 등나무 잎들이 햇빛이 뚫고 들어올 틈도 없이 빽빽하게 하늘을 메우고, 암녹색의 줄기는 마치 소녀의 팔목에 비치는 실핏줄처럼 구불구불 감겨 올라가고 있었다. 주렁주렁 드리워진 열매 꼬투리에 붙어 있는 솜털이 몹시 귀여웠다. 초록색 잎사귀 그늘 아래서 땀을 식히는 동안 묘하게 마음도 가벼워지기 시작했다.

사무실에는 젊은 청년 한 명만 남아 책상에 머리를 박고 뭔가를 쓰고 있었다. 내가 헛기침을 하자 그 청년은 고개를 들고 나를 한 번 힐끗 보더니 다시 머리를 숙였다. 어쩔 수 없이 내가 입을 열었다.

"동지! 저 배속配屬 신고하러 왔습니다만…"

그는 고개는 그대로 두고 눈꺼풀만 천천히 위로 치켜뜨면서 말했다.

"할 말 있으면 하시죠."

나는 파견증을 책상 위에 놓으면서 손가락 끝으로 자연스럽게 '의학석사'라는 글자 위에 줄을 그었다. 그는 눈을 비스듬히 뜨고 나를 한번 보더니, 웃는 듯 마는 듯한 웃음을 짓고는 또 나를 무시했다. 나는 소파 쪽으로 물러나서 신문을 들고 훑어보기 시작했다. 마음속으론 내가 방금 그렇게 손가락으로 줄을 그었던 것이 부끄러웠다. 한참이 지났는데도 그는 나한테 신경을 써 줄 기미가 전혀 보이지 않았다. 나는 어쩔 수 없이 다시 걸어가 크게 숨을 들이쉬고 천천히 말했다.

"동지, 저는 북경에서 이곳 중의연구원으로 배속된 사람입니다. 이미 동의서도 받았고요."

그는 나의 목소리를 흉내내면서 말했다.

"동지, 지금 마馬 청장님께 올릴 보고 자료를 쓰고 있는 것이 안 보입니까? 마 청장님 일이 중요합니까, 아니면 그쪽 일이 중요합니까?"

그는 두 손의 손가락들을 모아 만지작거리면서 머리를 양쪽으로 흔들었다.

"어느 쪽이 우선인가요?"

나는 속에서 뭔가가 치밀어 올라와서 파견증을 들고 그냥 자리를 뜨려고 했다. 그러나 사무실 입구에 이르렀을 때, 이것도 하나의 관문인데 어떻게든 무사히 통과해야겠다는 생각이 들었다. 할 수 없이 몸을 돌려 물었다.

"그럼, 동지는 언제쯤 내 일을 도와줄 수 있습니까?"

그는 차 한 모금을 입에 머금더니 착잡한 표정을 지으면서 삼켰다. 그리곤 입술을 빨면서 천천히 말했다.

"오후에 오시오, 오케이?"

말꼬리를 길게 끌어올리는 것이 경멸의 뜻인지 비웃는 것인지 알 수 없었다.


내가 오후에 다시 찾아갔을 때, 그 젊은이는 마치 오래 기다렸다는 듯, 마치 누가 박격포 발사 버튼이라도 누른 듯, 의자에서 벌떡 튀어 올라 문으로 달려와서 나를 맞았다. 손을 뻗어 악수를 청하는 그의 동작에 내가 미처 반응하지 못하고 손도 늘어뜨린 채 우두커니 서 있었다. 내가 정신을 차려 손을 내밀었을 때는 그의 손은 이미 움츠러든 후였지만, 그는 곧 다시 손을 뻗어 내 손을 잡고는 힘껏 흔들어댔다. 그는 나더러 소파 위에 앉으라고 한 다음, 스탠드 선풍기를 내 쪽을 향해 돌리고 시원한 물까지 찻잔에 따라주면서 말했다.

"저는 정소괴丁小槐입니다. 처음 뵙겠습니다."

방금 전까지 도둑고양이 보듯 하던 사람이 어떻게 갑자기 황태자 대접을 하는 것인지 영문을 알 수가 없었다. 나는 파견증을 꺼내면서 말했다.

"이것 좀 처리해 주십시오."

그가 말했다.

"일단 앉아서 더위부터 좀 식히세요, 유劉 주임께서 하실 말씀이 있답니다. 마 청장님이 따로 분부하셨거든요."

그는, 자기는 재작년에 의과대학을 졸업하고 위생청에 남게 되었다고 했다. 그리고는 한숨을 쉬면서, 위생청에서 온통 잡일에 심부름만 하면서 허송세월 하고 있다고, 의사가 되어 환자를 보거나 연구직에 종사하는 편이 나을 걸 그랬다고 말했다. 내가 말했다.

"그래도 위생 '청'인데요. 상어는 비늘 조각 하나가 붕어보다 크다고 하지 않습니까. 전도유망하지요."

나는 그렇게 말하면서 손가락으로 위쪽을 가리켰다. 그는 마치 머리를 목에서 털어내기라도 하려는 듯이 힘차게 머리를 흔들면서 말했다.

"앞길이 캄캄해요. 정말 전망 없답니다. 기껏해야 부과장副科長 정도까지 올라간 다음에 퇴직하는 것인데, 이것도 어디까지나 꿈이지, 가능할지 모르겠어요."

정소괴와 얘기를 주고받다가 어떻게 마 청장의 신상에 관한 이야기가 나왔다. 나는 마 청장을 이미 알고 있었다. 사년 전 우리 반 열두 명 학생들이 중의연구원에서 실습을 한 적이 있는데, 그때 그가 바로 중의

연구원 원장으로 있었던 것이다. 그때 문밖에서 발걸음 소리가 들렸다. 정소괴가 말했다.

"유劉 주임께서 오셨나 봅니다. 그럼 두 분 말씀 나누세요."

말이 끝나자 과연 문 앞에 쉰 남짓 된 사람이 나타났다. 그는 문 안으로 들어서자마자 얼른 내 앞으로 다가왔다. 나는 일어서자마자 그에게 손부터 붙잡혀버렸다.

"유 주임님, 안녕하십니까, 안녕하십니까. 유 주임님, 네, 네."

"그쪽에 대해선 저희도 이미 알고 있습니다. 우리는 당신이 위생청에 남아서 행정을 맡아 줬으면 합니다. 사실은 이것도 다 청장님의 뜻입니다. 마 청장님께서 직접 그쪽 이름을 지명하셨거든요."

나는 뜻밖이라고 생각하면서 말했다.

"저는 원래 중의연구원으로 가려고 했는데요."

"그쪽도 고학력의 인재가 필요하긴 하지만 위생청에서도 더욱 필요로 하지요. 그러니까 위생 '청' 아닙니까."

그러더니 머리를 정소괴 쪽으로 돌리며 말했다.

"안 그런가?"

정소괴는 머리를 계속 끄덕이면서 말했다.

"그럼요, 그럼요, 그래도 '청' 인데요."

유 주임이 말했다.

"내가 서舒 원장한테 전화해서 마 청장님 뜻이라고 말하지요."

"그게, 저는 행정업무는 자신 없습니다."

"그걸 어떻게 압니까? 저는 그렇게 생각하지 않습니다. 지대위 씨를 청에 남기자는 것은 마 청장님께서 직접 지시하신 일입니다, 마 청장님께서."

말을 하면서 그는 몸을 앞으로 기울이고 오른손의 둘째손가락으로 차 탁자 위를 톡톡 찍었다. 마 청장이 일부러 나를 지명해서 위생청에 남게 하라고 하셨다니, 그때 내가 마 청장에게 그렇게 깊은 인상을 남겼던가? 내 자존심이 의외의 존중을 받게 되자 나는 가슴속이 훈훈해지는 것을 느꼈다. 잠시 동안 어쩔 줄 몰라 망설이다가 말했다.

"내일 결정하면 안 될까요?"


나는 호일병에게 전화를 걸어 그와 의논하려고 했다. 그는 몇 년 전에 성省 방송국에 배속된 이래 계속 그곳에서 <사회경위社會經緯>라는 프로그램을 맡고 있었다. 잠시 후에 그가 차를 몰고 나를 맞으러 왔다.

"유약진한테 가보자."

유약진은 화중대학華中大學에서 교편을 잡고 있었다. 셋이서 함께 저녁을 먹으면서, 나는 위생청에서 나를 붙잡아 두려 한다는 얘기를 꺼냈다.

유약진이 말했다.

"행정방면에서 무슨 할 일이 있겠냐? 결국엔 남는 것 하나 없이, 평생 동안 하다못해 베개 삼을 책 한 권도 못 내고 말 거야. 그렇다고 네가 행정업무인들 제대로 해낼 수 있겠어?"

호일병이 말했다.

"의사가 돼서 환자를 받게 되면 그냥 그렇게 환자 뒤치다꺼리만 하다가 끝나지만, 위생청 안에서 지위가 올라가면 온 성의 인민들이 다 우러러볼텐데."

내가 말했다.

"그거야 청장쯤 올라가야 되는 거고…"

"헌법에 지대위는 청장 되지 말라는 규정이라도 있냐? 큰일을 하려면 큰물에서 놀아야지."

유약진이 말했다.

"석사까지 되어 가지고 남의 개 노릇이나 하겠다는 거야?"

호일병이 말했다.

"개에서부터 올라가지 않은 사람 어디 있냐?"

이튿날 위생청에 갈 때까지 나는 여전히 결정을 못 내리고 있었다.

유 주임이 말했다.

"어, 늦었네. 마 청장님은 성 정부에 잠깐 가셨는데… 자네와 직접 얘기를 나누고 싶다고 하시더군."

그 말을 듣는 순간, 나도 모르게 이렇게 말하고 말았다.

"청에 남아서 이런저런 잡일이라도 하라고 하신다면…."

유 주임이 즉각 말했다.

"아니, 우리가 자네에게 잡일을 시킨다고? 청은 전 성省을 관장하고, 전 성의 정책을 관리하고, 성내의 전체 현縣을 관리하는 곳이야. 그런데 이렇게 큰 기구에 석사 학위 가진 사람이 몇 명인 줄 아나? 자네 하나일세. 자네가 처음이라고! 인재를 키우겠다는 마 청장님의 뜻에 따라서지. 인재를 키우겠다는 거야!"

정소괴가 맞장구를 치면서 말했다.

"그럼요, 그렇고 말구요."

그렇게 말하는 그의 표정이 영 부자연스러웠다.

나는 방 배정 통지서를 받으러 행정과로 갔다.

신申 과장이 위아래로 나를 훑어보더니 말했다.

"지대위 씨? 처음 오자마자 독방을 배정받다니, 위생청에선 여태껏 없었던 일인데…. 마 청장님께서 직접 분부하신 겁니다."

나는 마음속이 훈훈해지면서 위생청에 남기를 잘했다고 생각했다. 윗사람들이 이렇게까지 세심하게 배려해 주다니! 숙소 문제는 그렇다 치더라도, 이런 식으로 인정받기가 어디 보통 어려운 일인가. 사람이 이 세상에서 살아가면서 하는 노력의 절반은 바로 이 '인정'이란 두 글자를 얻기 위해서가 아닌가! 그게 아니라면 성공은 또 무엇 때문에 추구한단 말인가?

신 과장은 내가 방을 보러 가는 데 같이 가겠다고 나섰다. 그럴 필요 없다고 말리자 그가 말했다.

"새로 온 동지를 보살펴주는 것이 바로 우리의 의무지요. 특히 지대 위 씨 같은 인재라면 더군다나 정성껏 모셔야지."

가는 길에 그는 내게 위생청의 상황을 소개해 주었다.

"우리 건물에 근무하고 있는 사람이래야 몇 백 명 안 되긴 하지만, 숙소가 워낙 부족해서 말입니다. 마 청장님도 부임하신 지가 몇 년이나 됐지만 아직도 중의연구원에 살고 계신답니다. 매일 출퇴근하시느라 그 고생하시면서도 행여 다른 사람들이 불편해 할까봐 이사를 안 오시지요. 이게 바로 3.8 정신三八作風 아닙니까!"

독신자 기숙사에 도착해서 4층까지 올라가는데 복도 안이 어두컴컴했다. 신 과장이 어디에서 스위치를 찾아 켰는지 금세 불이 들어왔다. 그 기숙사에 사는 사람들이 복도를 부엌 삼아 양 옆에 식탁이며 연탄난로 등을 늘어놓았기 때문에 중간엔 사람이 겨우 지나다닐 정도의 공간만 남아 있었다. 내가 무엇을 잘못 건드렸는지 바닥에 "꽝!"하고 떨어지는 소리가 났다. 냄비였다. 안에는 죽이 아직도 들어 있는 채로였다. 안으로 들어가자 방은 제법 괜찮았다. 꽤 널찍한 방에 페인트칠도 이미 새로 해놓았고, 창 바로 앞까지 높이 자란 은행나무가 방 안을 제법 푸른 기운을 물들이고 있었다.

신 과장이 말했다.

"빈 방이 세 개 있는데, 일층에 있는 방은 바닥에 미꾸라지를 길러도 될 정도로 습하고, 육층은 여름에 생선을 구워 먹어도 될 정도로 더워요."

내가 여관에 짐을 챙기러 가려는데 신 과장이 또 나를 따라 나섰다. 기숙사 아래까지 쫓아와서 그가 말했다.

"내가 지금 이 자리에 몇 년 동안 있었는지 한 번 알아 맞혀 보겠소?"

"삼년."

그가 머리를 가로저었다.

"좀더 올려 봐요."

"오년은 안 됐겠지요?"

"맞힐 리가 없지. 그걸 누가 맞히겠어. 나라도 못 맞히겠다… 팔년이요, 팔년! 팔년이면 팔로군八路軍이 항일전투를 다 끝낼 시간인데, 그 팔년 동안 한 자리만 지키고 있었다고 생각해 보시오. 이런 식으로 한 이삼년만 더 앉아 있으면 이제 정년이 되고, 그리고 그냥 과장으로 퇴직하는 거지."

"그래도 과장님의 그 진지하고 성실하신 모습은 모두가 익히 보아 알고 있을 것 아닙니까. 사람들의 마음이 바로 가장 정확한 평가가 아닐까요?"

그가 머리를 가로저으며 말했다.

"사람들이 알아준다고? 사람들 백 명, 만 명이 알아주는 것보다 그 한 사람이 알아주는 것이 더 중요해요. 만 명이 나를 좋다고 한들 무슨 소용이오? 그래 봐야 하고한 날 같은 자리만 지키고 있게 되는 걸. 사람이 한 자리에 오래 앉아 있으면 괜히 서글퍼지고 눈앞이 캄캄해지기 마련이오. 사람이 살면 얼마나 산다고…."


여관에 도착해서 신 과장이 상자를 들어 옮기려는 것을 보고 내가 그것을 뺏으면서 말했다.

"이렇게 무거운 걸 신 과장님이 어떻게 드시려고요? 상자 가득 책입니다! 나이로 보나 뭐로 보나 신 과장님께서 드시면 안 되지요."

종업원이 들어와 나에게 잠시 기다리라고 하더니 영수증을 끊어 왔다. 나는 영수증에 사인을 하고 계산을 마쳤다. 신 과장은 뭔가 할 말이 있는데 참고 있는 듯했다. 내가 그를 보고 웃자, 그가 말했다.

"마 청장님과는 옛날부터 아는 사인가요?"

"몇 년 되었지요."

그는 알겠다는 듯이 고개를 끄덕이며 말했다.

"그러니까 마 청장님과는 친척 사이?"

말을 하면서 왼손과 오른손의 집게손가락으로 고리를 만들어 보였다. 내가 고개를 가로젓자 그가 다시 물었다.

"그럼 마 청장님과 부친께서 옛날 함께 일했던 동료?"

이번에는 양쪽 손바닥을 한데 모아 보였다.

"4년 전에 실습을 나갔을 때 한 번 뵈었습니다. 사실 어떻게 생기셨는지 기억도 잘 안 납니다. 마 청장님이 위생청장으로 계신다는 것도 어제 알았습니다."

그는 어깨를 으쓱하더니, 고개를 힘껏 가로저으면서 말했다.

"그럴 리가, 그럴 리가…."

"뭐 이상한 것이라도 있습니까?"

그는 다시 한 번 고개를 가로저으면서 못 믿겠다는 듯이 나를 바라보았다. 내 표정이 매우 진지한 것을 보고 그제야 내 말을 믿겠다는 듯이, 그리고 유감이라는 듯이, 한숨을 내쉬었다.

"그렇다면 마 청장님께서 정말로 인재를 중시하시는 건가?"

"글쎄, 저도 잘 모르겠습니다. 신 과장님 생각은요?"

"아, 당연한 말씀이지, 당연하고말고. 누가 아니랍디까?"

그는 말을 잠시 멈추더니 갑자기 손뼉을 짝짝 소리가 나도록 치면서 말했다.

"아이고, 큰일 났군, 큰일 났어! 난 먼저 가봐야겠어요. 시간이 됐잖아. 늦겠네, 이미 늦었어."

그리고는 벌떡 일어나 곧장 밖으로 뛰어 나가면서 말했다.

"다음에 와서 이사하는 거 도와줄게!"

문도 안 닫고 휙 나가버리는 그의 모습을 보면서 나는 멍하니 서 있었다.

월요일 아침, 나는 사무실 건물에서 마 청장님과 마주쳤다. 그의 얼굴이 기억에 남아 있었다. 달려가서 인사를 해야 할지 말아야 할지 망설이면서 우두커니 서 있었다. 가까이 다가가서 인사를 하면 너무 안달하는 것처럼 보일까봐 자리에 그냥 서 있는데, 마침 계단을 올라가던 마 청장이 나를 보고 먼저 말을 거셨다.

"자네가 지 군小池인가?"

그의 이 한 마디에 나는 크게 감동되었다. 그것이 몇 년 전의 일인데, 첫눈에 나를 알아보다니.

"마 청장님 안녕하십니까?"

나는 간단한 인사말 뒤에 관심을 가져주셔서 감사하다는 말을 덧붙여야 한다고 생각했지만, 왠지 말이 나오지 않았다. 감사야 마음속으로 느끼면 되는 거지 굳이 '감사'나 '은혜' 같은 말로 표현하는 것이 도리어 세속적이라고 여겨졌기 때문이었다. 마 청장이 말했다.

"숙소는 정했나?"

이번에야말로 자연스럽게 감사를 표시할 수 있는 좋은 기회였는데 입에선 고작 이런 대답만 튀어나왔다.

"예, 정해졌습니다.

계단을 올라가면서 마 청장이 말했다.

"자네 인상이 참 좋았어. 그래 내 자네 이름을 보자마자 서舒 원장한테서 자네를 뺏어온 걸세."

나는 다시 한번 기회가 왔음을 느끼고, 이번에는 반드시 이처럼 나를 알아주시는 데 대해 감사의 마음을 표시해야 한다고 생각했다. "청장님께서 이렇게 저를 인정해 주시다니, 정말이지 인연인가 봅니다. 앞으로 위생청을 위해 열심히 일하겠습니다. 청장님의 기대에 어긋나지 않도록 노력하겠습니다." 이런 말이 목구멍까지 올라왔지만, 입가에서만 맴돌고 차마 입 밖으로 내지는 못했다. 나는 그저 고개만 기계적으로 끄덕이면서 말했다.

"감사합니다. 마 청장님!"

아무리 생각해도 너무 밋밋하고 약했다. 아무 인사도 안 한 것이나 마찬가지였다. 지나가던 사람한테 길을 물어보면서도 기본적으로 하는 인사가 "감사합니다"인데 말이다.

사무실에는 창에서부터 문 쪽으로 책상 세 개가 놓여 있었다. 창에서 가장 가까운 책상이 유 주임의 책상이었다. 그저께 유 주임은 중간에 있는 책상을 가리키면서 그 책상을 쓰던 원진해袁震海가 의정처 부처장으로 옮겨갔으니 그 책상을 나더러 쓰라고 했었다. 그런데 오늘 아침 사무실에 들어서자 정소괴가 그 자리에 태연스레 앉아 있는 게 아닌가. 나는 서랍을 열어 보이는 식으로 그에게 암시를 주려고 했다. 그런데 웬걸, 책상 서랍이 잠겨 있었다. 정소괴가 손으로 옆을 가리키면서 말했다.
"저쪽이 자네 책상이야."
아니, 어떻게 주말 동안 책상이 바뀔 수 있지? 가만히 보아하니 그는 주말에도 한가하게 놀고 있지 않았던 것 같았다.
책상의 배열에도 의미가 담겨 있다. 창가 쪽의 볕 잘 들고 통풍 잘 되는 곳은 당연히 유 주임 차지이고, 창가 쪽부터 지위에 따라 놓여지는 것이다. 말로야 누가 어디에 앉건 일하는 데 무슨 차이가 있냐고 할 수도 있겠지만, 책상 위치가 곧 지위의 고하를 나타낸다고 생각하면 그 느낌이 같을 수가 없다. 이런 조그만 차이들이 모여서 수많은 차이, 심지어 매우 커다란 차이를 가져오는 것이다. 사람들은 누가 위이고 누가 아래인지를 이런 사소한 데서부터 구별해낸다.
형편없는 놈이지만 연구 대상이라고 생각하면서 정소괴의 뒤통수를 보았다. 볼수록 눈에 거슬리는 것이 꼭 집어 표현할 수는 없었지만 뭔가 잘못되었다는 생각이 들었다. 하지만 나 지대위가 이런 소인배랑 밴댕이 콧구멍만한 일로 싸우는 처지로 타락해서야 쓰겠나. 그때 정소괴가 일어서더니 보온병을 흔들면서 내 쪽으로 눈짓을 했다. 나는 나도 모르게 자리에서 일어서면서 말했다.

"물 뜨러 내가 다녀오지요."

계단을 내려가면서 영 마음이 불편했다.

"아니, 학력으로 보나 이런저런 자격으로 보나 내가 저 녀석보다 한 수 위인데, 도대체 저놈이 무슨 자격으로 나한테 명령을 내리는 거지?"

나는 내 마음이 약한 탓을 하기 시작했다. 그냥 가만히 앉아서 못 들은 척한다고 저 녀석이 나를 잡아먹을 것도 아닌데, 이런 식으로 한 번 받아 주기 시작하면 나중에 가선 어떻게 손 쓸 수도 없을 텐데. 보온병 두 개 든다고 힘 빠져 죽는 것은 아니지만, 아무래도 그놈 눈빛은 너무나 거슬렸다.

그때 정소괴 역시 양손에 보온병을 하나씩 들고 물을 뜨러 들어왔다. 옆방 마 청장 사무실의 보온병이었다. 뜨거운 물도 귀천이 있다는 것인가? 참 가소롭군! 나는 마 청장이 이런 보온병 두 개 가지고 사람을 평가하지는 않을 것으로 믿어 의심치 않았다. 다시 사무실에 올라왔을 때는 유 주임도 이미 출근해 있었다. 그가 말했다.

"더운 물 뜨러 갔었나? 잘 했네."

그가 그런 식으로 말하는 바람에 마치 앞으로 물 떠 오는 일은 내가 맡아야 할 일처럼 얘기가 되어버렸다. 나는 옆의 책상을 두드리면서 물었다.

"저는 여기 앉을까요?"

나는 속으로 그가 책상을 바꾸라고 말해 주기를 바랐다. 그러나 그가 말했다.

"어떻게 된 거야? 바꾼 거야?"

그리고 다시 웃으면서 말했다.

"됐네, 지 군. 됐어."

나도 달리 어쩔 수가 없었다.

자리에 앉고 보니 정소괴가 방금 전까지 내 책상 옆에 놓여 있던 입식 선풍기를 어느 새 자기 책상 옆으로 갖다 놓았다. 이건 또 무슨 웃기는 짓인가! 이런 식으로 봐주기 시작하면 나중에는 정말 큰일 나겠는걸. 이 놈이 나를 안중에도 두지 않는 게 분명해. 그렇지 않고서야 어떻게 감히. 나는 속으로 "소인배 같은 녀석!" 하고 욕했지만, 곰곰이 생각하면 내가 이런 문제로 저놈과 티격태격하면 나는 또 뭐가 되겠는가 싶었다. 다 쓸데없는 짓이지! 나는 입을 움찔움찔 대면서 가볍게 한마디 뱉었다.

"다 쓸데없는 짓이지."

소리가 너무 작아서 내 귀에나 들렸을 것 같았다. 이런 작은 일들로 재고 따지고 할 가치는 추호도 없었지만, 그러나 목에 무슨 닭 뼈라도 걸린 것처럼 마음이 불편했다. 정소괴 네 놈이 감히, 네 놈이 감히!

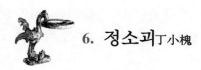

# 6. 정소괴丁小槐

　나는 천천히 환경에 익숙해져 갔고, 사람들도 몇몇 알게 되었다. 출근해서 별로 할 일이 없을 때는 종종 대각선 방향에 있는 감찰실監察室로 놀러가서 막서근莫瑞芹 여사와 이런저런 이야기를 나누곤 했다. 유 주임은 이에 대해 아무 말도 하지 않았다. 내가 막 여사에게 물었다.

　"요 몇 년간 도대체 자리에 앉아서 무슨 일을 했어요?"

　막 여사가 웃으면서 말했다.

　"지대위, 겨우 며칠 앉아 있었다고 답답해하는 거야? 십 몇 년, 몇 십 년 앉아 있는 과장들도 얼마나 많은데! 다 겪어야 할 과정이 있는 거야. 몇 달 지나면 성질이 좀 누그러질 거야."

　"사무실이라는 데가 정말로 사람을 개조하는 곳인가 봐요!"

　"당신이야 그래도 기대주인데, 다른 사람들과는 다르겠지."

　"그럼요, 저야말로 진짜 '기대주'랍니다. 여자들의 기대주!"

　그러자 막 여사는 곧바로 여자 친구에 관한 질문을 했다. 또 내가 아직 혼자라는 이야기를 듣더니 얼른 도와주겠다고 나섰다.

　"무슨 따지는 조건이라도 있어?"

　"그럼요, 세 가지 조건은 반드시 갖추고 있어야지요. 첫째, 사람이어야 한다. 둘째, 여자여야 한다. 셋째, 미혼이어야 한다!"

"정말 하나 소개 시켜줄까? 어때? 우리 바깥양반 병원에서 일하는 간호원들이 하나같이 얼마나 예쁜지 몰라. 얼굴들이 갸름하고 야들야들한 게, 우리 그 양반은 맨날 자기가 너무 일찍 결혼했다고 투덜거린다니까. 결혼하자마자 어디서 그렇게 예쁜 여자들이 마구 쏟아져 나오는지 모르겠다면서."

농담을 하면서 한참 웃고 있는데, 정소괴가 복도에서 부르는 소리가 들렸다.

"지대위! 지대위!"

얼른 사무실로 돌아오자, 정소괴는 고개도 까딱 않고 신문만 보고 있었다. 내가 말했다.

"방금 나를 부른 게 누굽니까?"

"자네가 자리에 없는 걸 마 청장님께서 보시기라도 하면 어쩌려고 그래? 곤란하지 않겠어?"

음흉한 녀석, 별 짓을 다 하는군. 방금 복도에서 지대위는 근무시간에 놀러 다닌다고 소리소리 질러놓고선. 나는 화가 나서 말했다.

"화장실 가는데 휴가 내서 갈 필요는 없지 않나?"

그는 신문을 뚫어져라 보면서 말했다.

"화장실이 막서근 여사네 사무실에 있나? 그럼 그게 남자 화장실인가, 여자 화장실인가?"

나는 화가 나서 이름모를 불덩이가 속에서 치밀어 올라오는 것 같았다. "네가 막 여사한테 가서 물어봐라." 하고 맞받아치고 싶었지만 참았다. 이런 놈하고는 실없이 말다툼이나 할 가치도 없었기 때문이다.


매일 그렇게 책상 앞에 앉아 일다운 일은 하나 하지도 않고 시간만 보내려니 별의별 생각이 다 들었다. 그 생각들은 황량한 초원의 잡초마냥 부지불식간에 자라서 차츰 어떤 모양새를 갖추어 나갔다. 그렇게 흐리멍덩하게 몇 달을 보내고 나니 가을이 왔다. 매일 신문이나 뒤적거리고 잡심부름이나 하면서 시간을 보내려니, 마음도 영 불안하고 또 이상하다는 생각도 들었다. 세상에 이런 식으로 월급 타먹는 사람도 있나? 나는 무슨 일다운 일이 내게 떨어지기만 기다리면서 매일매일을 보냈지만, 그 기대는 번번이 빗나갔다. 하루하루 지나갈 때마다 내 마음은 마치 캄캄한 어둠 속에서 계단을 내려가다 발을 헛디뎠을 때처럼 허공으로 떨어지고 있는 기분이었다. 사람이란 한 줄기 빛을 바라보면서 사는 것이다. 그 빛줄기를 따라 보다 밝은 곳을 향해 전진해 가면서 사는 것이다. 그렇다면 내가 바라보아야 할 그 빛은 도대체 어디에 있는 것일까? 주임 되고, 처장 되고, 그렇게 한 단계 한 단계 올라가는 것이 내 인생의 빛인가? 내가 앉아 있는 이 책상, 내 눈 앞의 이 자리가 내 인생의 한 줄기 빛이란 말인가? 정말 신기하게도 이전에는 아예 신경도 안 썼던 것들이 어느 순간 내가 추구하는 목표가 되어 있는 것이었다. 나도 모르는 사이에 나는 남들이 추구하는 목표를 내 인생의 목표로 삼고 있었다. 이게 도대체 어찌된 일이지? 원리는 잘 모르겠지만, 사무실은 정말로 사람을 개조할 수 있는 곳 같았다.

마 청장이 원진해 부처장을 데리고 회의 참석차 북경으로 떠나던 날, 위생청에선 유자柚子를 한 사람당 두 자루, 백 근씩 나누어 주었다. 정소괴는 나한테, 서徐 기사가 운전하는 차를 타고 갈 테니 마 청장 댁에 유자를 갖다 드리러 같이 가자고 했다.

내가 말했다.

"서 형이랑 둘이 다녀와. 유자 두 자루 나르는데 세 사람씩이나? 세 사람이 백 근 먹어치울 수도 있겠다."

그러자 옆에서 서 기사가 말했다.

"가지, 왜. 같이 가자고."

평소 나와 사이가 좋은 서 기사가 그렇게 말하는 걸 듣고 나서 같이 가기로 했다. 유자를 받으러 노동조합에 갔을 때, 정소괴가 속을 뒤적거려 큰 것을 고르면서 노조의 황黃 주석에게 말했다.

"마 청장님 댁에 갖다 드리려고요."

황 주석도 고르는 일을 도와주었다. 다른 사람들이 정소괴와 같이 온 나를 어떻게 생각할지 신경이 쓰여서, 나는 한쪽 옆에 꼼짝도 않고 서 있었다. 유자를 들어서 승용차에 옮겨 실었다. 중의연구원에 도착해서 정소괴와 내가 유자를 짊어지고 위로 올라갔다. 문이 열리자 정소괴가 마 청장 사모님에게 "심沈 사모님!" 하고 불렀다. 나도 덩달아 그렇게 불렀다. 정소괴가 말했다.

"황 주석이 도와주어 고른다고 골랐는데, 이번에도 별로 신통치가 않네요."

청장 사모님이 말했다.

"위생청은 하여튼 제대로 된 유자는 한 번도 사본 적이 없다니까. 돌아가서 황 주석한테, 이런 걸로 보내려면 아예 보내지 말라고 전해요."

내려오는데 서 기사가 물었다.

"무사히 잘 전달했는가?"

정소괴가 쓴 웃음을 지으며 고개를 끄덕였다. 서 기사가 말했다.

"오늘은 운이 좋군."

돌아올 때 정소괴가 도중에 차에서 내리자 서 기사가 말했다.

"사모님이 별 말 안 했다니, 오늘은 정말 운이 좋네."

"우리가 그 고생해 가면서 유자를 짊어지고 위층까지 올려다 주었는데, 차 한 잔은 커녕 고맙다는 말 한 마디 안 합디다. 그런데 무슨 운이 좋다는 거예요? 오늘 서 형이 같이 가자고 해서 같이 오긴 했지만, 어쨌든 나는 오늘 코가 깨져도 아주 형편없이 깨진 날이었습니다."

"그걸 가지고 코가 깨졌다고? 자네 얼굴을 알리는데 이보다 더 좋은 기회가 어디 있나?"

계속해서 그가 말했다.

"자네가 몰라서 그래. 작년에 정소괴는 거의 인두질당하는 수준이었어."

작년에 정소괴가 유자를 짊어지고 올라갔을 때 청장 사모님은 유자 알이 너무 작다고 불평하면서 차라리 안 받겠다고 유자를 돌려보냈다고 한다. 정소괴는 어쩔 수 없이 그 유자를 다시 짊어지고 내려와서 차에 싣고 돌아와서는, 자기 몫의 유자 두 자루 안에서 큰 것들을 골라서 마 청장 댁에 갖다 드릴 자루에 집어넣고, 그 안에서 작은 것은 빼내고, 그런 식으로 골라낸 다음 다시 유자 자루를 짊어지고 올라갔단다. 그제야 유자를 건네받으면서 사모님은 이렇게 말했다고 한다.

"좋은 건 따로 빼돌려 놓았을 줄 알았다니까."

서기사에게 내가 말했다.

"어쩐지 정소괴가 나더러 같이 가자고 하더라니. 책임 전가 하려고 그랬나 봐요. 유자를 집까지 갖다 주고도 그런 수모까지 당해야 하다니, 천하에 이런 일이 어디 있습니까? 마 청장님은 알고 계십니까?"

"내 생각엔, 이런 작은 일까지야 모르고 계시겠지. 아이, 뭐, 얌체 짓, 별난 짓 같은 거야 다 여자들 성격 아니야?"

"나는 또 정소괴가 마 청장님한테 떨 아부를 나한테 나눠서 떨자고 그러는가 하고 생각했지요."

토요일 오후 퇴근할 무렵 정소괴가 말했다.

"오늘 좀 일찍 가봐야겠는데. 어머니가 입원을 해서 처리해야 할 일들이 잔뜩 쌓여 있거든."

"하늘에서 떨어진 사람 어디 있어? 어머니가 입원했으면 오늘 일찍 가는 것도 일찍 가는 거지만, 아예 휴가를 며칠 내지 그래. 그게 낫지 않겠어?"

그가 퇴근하자마자 원진해 부처장이 북경에서 전화를 걸어왔다. 마청장님이 내일 돌아오실 예정이니 위생청에서 차를 공항으로 좀 보내 달라고 했다. 내가 유 주임에게 보고하자, 그가 말했다.

"정소괴는 못 가니까, 내일은 자네가 한번 나가 보지."

그리고는 손孫 부청장을 비롯한 몇 명에게 전화를 걸고는 나와 함께 기사실로 가서 차들을 수배해 놓았다.

내가 물었다.

"아니 두 사람이 오는데 이렇게 많은 사람들이 마중을 나가요?"

"마중 나가야지, 그럼. 반드시 가야 해."

일요일 아침 기사실에 들어서니 정소괴가 벌써 도착해 있었다. 그가 말했다.

"듣자하니 원袁 부처장이 청장님과 같이 돌아온다고 하기에, 나도 나가 봐야지."

잠시 후에 손 부청장과 유 주임 등 몇 명이 왔다. 사람이 이처럼 많이 모인 것을 보고 나는 걱정이 되기 시작했다. 유 주임이 말했다.

"끼어 타면 다 탈 수 있겠어."

내가 세어 보니, 차 두 대에 기사까지 여덟 명, 게다가 마 청장님과 원진해 부처장까지 합하면 열명. 꼭 끼어 앉을 수 있는 숫자였다.

손 부청장이 말했다.

"어떻게 할까, 유 주임? 너무 비좁지 않을까? 짐도 있는데…"

내가 정소괴를 바라보자, 그는 잽싸게 차 옆으로 달려가서 차문 옆에 딱 붙어 섰다. 나야 가든 안 가든 상관없지만, 사람들이 다 이렇게 모여서 나만 빼놓는다는 건 정말 견딜 수 없이 기분 나쁜 일이다. 나는 유 주임이 나와 정소괴 둘 다 빠지라고 한마디 해 주기를 은근히 바라고 있었다. 그러나 유 주임이 말했다.

"가요! 다 같이 가요. 좁으면 좁은 대로 가는 거지 뭐."

나는 감격해서 유 주임을 쳐다보았다.

안내방송을 듣고 우리는 모두 3번 출구 앞으로 가서 기다렸다. 손 부청장이 앞에서 걸어가고 나는 그 뒤를 따라 걸어갔다. 나는 처음에 인사처의 가▨ 처장 뒤에 서 있었는데, 그때 정소괴가 무심코 그러는 듯이 내 앞으로 끼어들어 출구 앞을 가로막고 서버렸다. 그때서야 뭔가 짚이는 게 있었다. 나는 몇 사람들이 직위에 따라 한 줄로 서 있다는 것을 알아차렸다. 유 주임과 가 처장은 아직도 서로 앞자리를 양보하고 있었다. 이런 앞뒤 순서를 가지고 서로 양보하고 서로 사양한다는 것 자체가 이것이 결코 사소한 문제가 아님을 말해 주고 있었다.

이 일은 조직이나 울타리 안에서의 자신의 지위와 관련된 일로서, 말하자면 상당히 중요한 일이었다. 장난 같고 가소로워도 큰일은 큰일이다. 나야 사실 몇 번째 서건 상관이 없었지만, 다만 정소괴 저놈의 저 닭 창자만한 소갈딱지 하며, 앞으로 달려 나가는 저따위 동작은 정말 그냥 봐주고 넘기기 힘들었다. 매번 양보하다 보면 정말 끝이 없을 것이다.

나의 마음속에서 아주 분명한 충동이 일어났다. 저놈과 한 번 겨뤄보지 않으면 안 된다. 한 걸음도 물러서서는 안 된다. 소인배를 따라 나도 소인배가 되지 않으면 안 된다. "나무는 가만히 있고자 하나 바람이 가만 두지 않는다"고 했다. 하고한 날 피하기만 해서도 안 되고, 어쨌든 나도 군자연할 수만은 없지 않은가? 오늘 돌아가서 얼굴에 철판 깔고 유 주임에게, 나와 정소괴 둘 중 누가 위이고 누가 아래인지 분명하게 정해 달라고 요구해야겠다고 생각했다. 그러나 그때 퍼뜩 정신이 들면서, 내가 어쩌다가 이런 사소한 일에 정신을 쓰고 있는지, 스스로가 불쌍해지기 시작했다. 내가 어쩌다가 이런 지경에 이르렀을까?

차 안에서는 꾹 참고 있다가 위생청에 도착하여 차에서 내리면서 나는 오는 길에 생각했던 말을 정소괴에게 했다.

"다시 병원에 안 가나? 자네 어머니께선 일요일만 기다렸을 텐데, 자네가 이렇게 바쁠 줄 생각이나 하셨겠어?"

정소괴는 의외라는 눈빛으로 나를 보았지만, 내가 자기에게 시비를 걸고 있다는 사실은 알아차리지 못한 듯했다. 그는 실눈을 뜨고 웃음을 지으며 말했다.

"관심 가져줘서 고마우이. 우리 어머니를 대신해서 자네한테 고맙다고 인사드리지. 다른 사람의 일에 이렇게 신경을 다 써주다니."

그리고는 몸을 돌려 가버렸다. 나는 멍하게 서서 속으로 자신에게 말했다.

"역시 안 돼, 너는. 도전을 하려면 몇 수 앞까지 생각을 했어야지. 그리고 체면 구길 용기도 있어야지. 이런 식으로 해서 뭐가 되겠냐?"

나는 역시 군자연하는 것이 몸에 배어서 그렇게 강한 심리적 수용 능력이 없었다. 낯가죽이 너무 얇아서… 사실 소인배 되기도 쉬운 일은 아니다.


연말이 다가오자 정소괴가 나한테 점점 친하게 굴기 시작했다. 별일 없을 때에도 찾아와서 말을 걸기도 하고, 어떤 때는 나한테 어떤 스타일의 여자 친구를 원하는지, 여자를 소개시켜줘도 괜찮을지 등을 묻기도 했다. 그러더니 구내식당 음식이 너무 형편없다고 하면서, 지난 몇 년 동안 똑같은 음식만 먹었더니 요즘은 냄새만 맡아도 속이 뒤집혀질 것 같다고 했다.

내가 말했다.

"나야 뭐 대학시절부터 지금까지 계속 구내식당 밥만 먹었으니, 한 십년 가까이 되니까 이젠 아무런 느낌도 없어."

"먹는 얘기가 나와서 하는 말인데, 우리도 위 생각 좀 해줘야 하지 않겠어? 음식다운 음식 좀 먹여줘야 될 거 아냐?"

그리고는 자기가 사겠다고 밖에 나가서 밥을 먹자고 했다. 나는 의외라고 생각했지만, 돈이야 나중에 내가 앞서 내버리면 그만이라고 생각하고 같이 가기로 했다. 밖에 나가자 나는 간단하게 먹자고 했지만, 그가 말했다.

"어렵게 한번 나왔는데 위를 실망시키면 안 되지."

그러더니 나를 끌고 미풍주가美豊酒家로 들어가서 한꺼번에 요리를 여섯 접시나 시켰다. 심지어 홍샤오紅燒 소스로 요리한 민물생선까지 주문하는 것이었다. 아무리 말려도 듣지 않았다.

"요리 두 접시에 탕 하나면 충분할 텐데…"

그가 손을 들면서 말했다.

"먹자고! 돈이란 게 다 사람한테 서비스 하라고 있는 거 아닌가. 겨울 몸보신에는 민물생선이 최고거든."

"식당 주인이 그냥 하는 이야기를 믿나? 민물고기가 좋으면 얼마나 좋다는 건지 우리가 모르는 것도 아니고 말이야."

식사를 하면서 그는 위생청 안에서의 온갖 일들을 이야기했다. 그 말투를 보아하니 그는 청 내에서 일어나는 일들은 모르는 것이 없는 것 같았다.

내가 말했다.

"맨날 자네와 같이 붙어 앉아 있는데, 어떻게 나는 그런 일들을 하나도 모르고 있었지?"

식사 도중에 나는 화장실에 다녀오겠다고 하고 나와서는 주머니에 돈이 얼마나 들어 있는지 보았다. 반 달치 식비를 한 끼에 다 먹어치웠다. 계산할 때 나는 미리 준비를 하고 있다가 얼른 카운터로 달려가서 돈을 지불했다. 정소괴가 일어서더니 말했다.

"이게 무슨 경우야? 아예 내 뺨을 치지 그래?"

그러더니 계산대로 얼른 달려와서 무슨 일이 있어도 자기가 계산해야겠다면서, 내 돈을 다시 돌려주었다.

내가 말했다.

"뭘 그리 유난을 떠나?"

"오늘은 내 체면 좀 살려주게. 자네 돈은 남겨뒀다가 다음에 한번 사면 될 거 아냐. 나도 그때는 사양하지 않을 테니."

밥 한 끼에 남의 돈 얼마를 먹어치운 건가. 나는 기분이 영 찝찝했다.

양력설이 지나고 정소괴가 말했다.

"내일 성적 우수자 심사가 있는데, 자네 생각은 어떤가?"

"나야 온 지 반 년밖에 안 되는데, 무슨 생각이 있겠어?"

"그야 그렇지만, 그래도 우리 사무실만 빠질 수는 없지 않은가? 누가 우수자로 평가받고 안 받고의 문제가 아니라, 우리 사무실이 지난 한 해 열심히 일한 데 대한 정당한 평가를 못 받는다는 것은 안 될 말이지."

나는 마음속으로, 설마 저 인간이 자기가 나서려는 거는 아니겠지, 하고 생각했다. 그러면 유 주임은?

내가 말했다.

"그래, 우리 사무실에서도 한 명은 받도록 힘써 봐야지. 나야 뭐 자격이 없으니까 그렇다 치고, 유 주임은…"

그가 곧장 말을 이었다.

"자네야말로 정말 좋은 사람이야. 세상에 다투는 일도 없고, 옛 군자의 품격까지 갖추고 있으니 말이야. 나는 아직 그런 경지에 이르지 못했지. 당연히 우선적으로 유 주임을 밀어드려야지. 그런데 만약 유 주임이 굳이 사양한다면, 그렇다고 그냥 포기할 수는 없지 않나. 이건 어느 한 개인의 문제가 아니거든."

"그렇게 된다면 자네를 밀어야겠지."

그는 약간 부끄럽다는 듯이 웃으면서 말했다.

"아, 내가 무슨 염치로?"

"염치없을 것은 또 뭔가? 자네가 안 나서면 다른 부처한테 머리 수 하나 빼앗기는 것밖에 더 되나?"

"그럼 자네만 믿겠네."

이튿날 연말 성적우수자 평가회의가 실시되었고, 나는 감찰실의 기율 검사 위원회 사람들과 한 조組에 속하게 되었다. 회의가 시작되자 다소 긴장된 분위기 속에서 아무도 말을 꺼내지 않기에 내가 먼저 말을 꺼냈다.

"저야 온 지 반 년밖에 안 되고 또 별로 한 일도 없으니까 이번 평가에서 빠지겠습니다."

유 주임도 얼른 정색을 하면서 말했다.

"나야 곧 물러나 쉴 사람이니, 저도 평가에서 빠지겠습니다."

나는 경이로운 눈빛으로 정소괴를 한 번 쳐다보았다. 아니 저 놈은 도대체 어떻게 일이 이렇게 돌아갈 줄 귀신같이 미리 알고 있었는가? 막서근 여사가 빠지겠다고 하자 이어서 몇 명이 더 물러섰다. 둘러보니 아무런 입장 표명도 하지 않고 있는 사람이 칠팔 명 정도 남아 있는데, 그 중에서 세 명만 우수자로 평가될 수 있다. 그 몇 명의 얼굴표정들은 모두 매우 엄숙했다. 정소괴가 한두 마디 농담을 던졌지만 다들 아주 부자연스럽게 웃는 것이 아무래도 긴장감을 감출 수가 없는 것 같았다. 마침내 두 명의 이름이 추천되었다. 정소괴는 나 쪽을 바라보지는 못했지만, 그의 눈가가 눈에 띌 듯 말 듯 떨리고 있었다. 나는 그것이 무슨 뜻인지 알고 있었다. 마음이 영 불편했지만 어쩔 수 없이 입을 열어 정소괴를 추천했다.

그가 말했다.

"다른 동지들의 업적이 모두 저보다 뛰어난 분들인데, 제가 어떻게, 하하…"

이 말을 듣고 나는 마음이 몹시 불편해졌다. 저 인간 저거 쇼하는 것 좀 봐. 나한테 부탁할 때는 언제고 이제 와서 겸손한 척하네. 또 누군가가 다른 두 명을 추천하자 정소괴는 안색이 상당히 뻣뻣해지면서 다시 눈가가 바들바들 떨리기 시작했다. 나를 원격조종하려는 의도로 보였지만, 나는 그냥 못 본 척했다. 내가 네 똘마니냐? 그러나 곧 마음이 풀려서 추천의 말을 몇 마디 보태주었다. 이어서 유 주임이 정소괴를 지지하는 발언을 하자 회의장 분위기에 변화가 생기기 시작하면서 정소괴에게 유리한 쪽으로 흘렀다.

회의가 끝나자 정소괴가 출구에서 내 손을 툭툭 치면서 고맙다는 표시를 했다. 그들이 먼저 가고 난 후, 막서근 여사가 내게 비꼬며 말했다.

"자네 사무실에 아주 사람 좋은 신입사원 하나 들어왔더군."

"평가라는 게 뭐 다 그렇고 그런 거 아닌가요? 원하는 사람이면 누구나 다 받을 수 있는 거고요."

"그 자식, 제가 무슨 배우라고 모른 척 앉아 있는 꼴이라니, 연기력도 형편없으면서 말이야. 가식적이기는…. 정말 못 봐 주겠더라"

그녀는 계속 말했다.

"당신은 마음이 너무 좋아 탈이야. 몇 달 전에 우리 사무실에 와 있을 때, 그때 그 인간이 당신이 놀러나갔다고 고자질하려고 복도까지 나와서 마 청장 들으라고 당신 이름 시끄럽게 불렀던 것도 기억 안 나? 그런데도 그런 인간을 성적우수자로 추천해줘?"

생각해 보니, 정소괴가 함정을 파놓고 내가 뛰어들기만 기다리고 있었던 것 같았다. "세상에는 정말로 공짜 점심이 없다"고 하더니, 그 녀석이 사는 밥 한 끼에 내 입술이 녹아버린 셈이었다.

"어쨌든, 벌레 똥만한 일인데 뭐."

"으이구, 지대위 너만 깨끗하고 고상하냐? 이곳은 손바닥만한 자리라도 서로 차지하려고 피터지게 싸우는 그런 전쟁터라고. 총알이 횡횡 날아다니는데 너 혼자 깨끗하고 고상하겠다고? 그런 식으로 하면 다른 사람만 좋은 일 시켜주고 마는 거야. 다른 사람들은 자네를 받침돌 삼아 밟고 올라서려고 할 거야. 벌레 똥? 그 벌레 똥이 오늘, 내일 계속 쌓여가면 한 통의 거름이 되는 거 몰라?"

막서근 여사의 이 말은 나의 마음을 썰렁하게 만들었다. 하지만 세월이 오래 지나면 사람의 마음이 드러나는 법이다. 다들 장님이 아닌 다음에야, 설마. 그렇다고 나 지지대위가 소인배를 따라 소인배가 될 수는 없는 노릇이지, 암, 그렇고 말고!

# 7. 굴문금屈文琴

　막서근 여사가 굴문금屈文琴이란 여자를 소개해 주었다. 성省 의과대학을 갓 졸업하고 시市 제2병원에서 근무하고 있는 여자였다. 우리가 서로를 알게 된 과정은 공식대로였다.

　일요일 해질 무렵, 나는 은성銀星 극장 문 앞에서 기다리고 있었다. 잠시 후 막 여사가 그녀를 데리고 와서 나에게 극장 표 두 장을 쥐어 주면서 말했다.

　"굴 양小屈을 자네한테 맡기고 가네. 섭섭하게 하면 안 돼."

　제법 큰 키에, 귀에 닿는 가지런한 단발머리 아가씨였다. 얼굴도 제대로 못 보고 극장 안으로 들어갔다. 극장 안은 컴컴했다. 벌써 예고편이 시작되고 있었다. 그녀가 넘어질까봐 걱정이 됐지만, 감히 손은 잡지 못하고 옷소매만 살짝 붙잡고 어둠 속에서 길을 더듬었다. 자리를 찾아 앉은 후에 이름을 묻자, 그녀가 키득거리면서 말했다.

　"막 여사가 말 안 해줬어요?"

　"알면서도 물을 땐 다 이유가 있죠. 인사 트자는 거지요."

　화면에 비친 영상의 빛을 빌어 그녀의 옆모습을 훔쳐보았다. 훔쳐보다가도 그녀의 머리가 살짝이라도 움직이는 것 같으면 얼른 고개를 돌려 다시 화면을 바라보았다.

영화가 끝나고 밖으로 나와서 그녀의 모습을 자세히 보려고 했을 때는 이미 어두워진 후여서 역시 제대로 볼 수 없었다. 자전거에 태워 데려다 주려고 그녀더러 뒷자리에 먼저 앉으라고 했다. 그녀를 태운 후 페달을 밟을 생각이었다. 그런데 그녀가 말했다.

"먼저 타고 달리세요. 제가 알아서 올라탈 게요."

웬걸, 그녀가 달리기 시작하는 자전거의 뒷자리에 단번에 뛰어올라탔다. 나는 속으로 의아해하면서 말했다.

"자전거에 날아오르는 이런 재주가 있을 줄은 정말 몰랐는데요?"

천만뜻밖으로 그녀가 말했다.

"학교 다닐 때 종종 남학생들 자전거 뒤에 타곤 했어요."

내 마음을 들여다보기라도 하는 듯한 그녀의 이런 대범하고 시원스런 대답에 오히려 나 자신의 속 좁음이 부끄러워졌다. 그녀가 내 뒤에서 귤껍질을 벗겨 내 입에 넣어주며 물었다.

"달아요?"

"누가 주는 귤인데 안 달겠어요?"

병원에 거의 다 도착해서 그녀는 자전거에서 뛰어내리며 말했다.

"저 혼자 기숙사로 돌아갈게요."

그리고는 앞으로 걸어가기 시작했다. 나는 급히 그녀를 불러 세웠다.

"이봐요!"

그녀가 고개를 돌리고 아무 말 없이 서 있는 나를 바라보았다. 나는 용기를 내어 물어보았다.

"어때요?"

"그쪽은요?"

"어떻게 생각해요?"

그녀가 풋, 하고 웃으면서 말했다.

"제 생각은요, 음, 먼저 그쪽 생각부터 보고요."

"제 생각에는….."

나는 정말로 아무 말도 떠오르지 않았다. 그렇지만 마음이 급해지자 한 가지 방법이 떠올랐다.

"수요일 저녁 일곱 시에 화평和平공원 남문에서 기다릴게요. 당신이 오든 안 오든 나는 거기서 기다리고 있을 거요."

말을 마친 후 자전거에 올라타고 냅다 페달을 밟았다.

다음 날, 막 여사가 나한테 소감을 물었다. 내가 대답했다.

"정말로 자세히 못 봤어요."

"예쁜 여자 소개시켜줘 봐야 소용없구먼."

두 번째 만나서야 나는 그녀의 얼굴을 자세히 볼 수 있었다. 막 여사 말처럼 고운 인물이었지만, 나는 무의식적으로 그녀를 허소만과 비교하지 않을 수 없었다. 하지만 그녀의 가장 큰 장점은 바로 허소만처럼 유난스런 집안 배경이 없다는 것이었다. 그녀의 어머니는 중학교 교사였고, 아버지는 동평東坪 지역의 부副책임자였는데, 아버지는 그녀가 대학교 삼학년 때 교통사고로 돌아가셨다고 했다. 그리고 그 사고는 그녀의 모든 것을 변화시켰다. 그녀는 모든 것을 깔보는 오만한 분위기나 세상의 좋은 것은 모두 독차지하려는 욕심이 없는 것 같았고, 바로 그 점이 나의 심적 부담을 덜어주었다. 모든 것을 최고로만 갖추려는 여자를 어떤 남자가 견뎌내겠는가? 그러나 얼마 지나지 않아 처음에 가졌던 나의 이런 생각들이 잘못된 것임을 알게 되었다.

그녀가 내 숙소로 처음 찾아왔던 날, 그녀가 복도에서 말했다.

"너무 어두워요."

나는 그녀의 손을 잡아끌면서 말했다.

"어둡죠. 그런데 벌써 일년 넘게 살다보니 이젠 익숙해요. 처음 왔을 때는 다른 사람의 밥솥까지 쳐서 엎은 적도 있었는데."

"이렇게 어두운 데서 얼마나 더 살 생각이세요?"

"이봐요, 아가씨. 이나마 나를 좋게 봐줘서 독방 쓰게 해준 거예요. 일반대학생 출신은 방 하나에 적어도 두 사람, 심지어 세 사람까지도 같이 산다고요."

방 안으로 들어서더니 그녀가 말했다.

"에게, 방이 이게 뭐예요? 위생청의 숙소 사정이 이렇게 빠듯할 줄은 몰랐어요."

"빠듯하다면 빠듯하고 또 넉넉하다면 넉넉하죠. 그게 다 그가 누구냐에 달렸어요."

"그쪽은 석사 출신이잖아요."

"관청이든 어디든, 장長 자리 하나 갖기 전에는 소리 내서 방귀도 못 끼죠. 만약 우리 아버지가 성장省長쯤 돼서 나를 이렇게 끌어준다면 모를까."

나는 다섯 손가락을 모아 집어 올리는 동작을 하며 말했다.

"나도 내 이름 뒤에 장長 자 하나만 붙이면 출세하는 건데. 그렇게 되면 이런 어둠 속을 더듬으며 방에 들어올 필요도 없고…."

얘기하는 중에 그녀가 화장실이 어디냐고 물었다. 나는 문을 열고 복도 끝을 가리키면서, 화장실에서 설거지며 세수할 물도 받는다고 말했다. 한참 후에야 그녀가 돌아왔다. 그녀가 쯧쯧, 혀를 차며 말했다.

"그 공용화장실엔 발 디딜 데도 없어요. 바닥이 온통 오물투성이라 벽돌을 밟고 겨우 들어갔는데, 아휴, 그 정도 냄새면 원숭이도 질식해 죽겠더라. 학교에 다닐 때도 그런 끔찍한 화장실은 본 적이 없어요. 별수 없이 도망쳐 나와 사무실 건물까지 가서 문제를 해결했지 뭐예요."

나는 웃으면서 말했다.

"나야 들어가서 자세히 본 적도 없지만, 좋든 싫든 그게 다 당신네 여자들이 저질러 놓은 일 아닌가요?"

"이런 곳에 어떻게 살림을 차려요?"

"뭐 그쪽에서, 그게 언제가 되었든, 제 2병원에 살림을 차리고자 하면 나는 반대하지 않을 거요. 한 사람이라도 가망 있으면 족하지. 당신 덕 좀 봅시다."

그녀는 손가락으로 턱 수염을 깎는 동작을 해보이며 말했다.

"남자가 창피하게, 여자 덕 볼 생각이나 하고…."

"안 될 게 뭐 있어요? 방송에선 맨날 남녀평등을 외치던데."

그녀는 입을 삐죽 내밀고 목을 앞으로 뻗어 귀신같은 표정을 지었다.

우리는 녹음기를 틀었다. 그녀가 박자에 따라 <달은 나의 마음을 나타내네月亮代表我的心>란 노래를 불렀다. 노래를 다 부르고 나서 그녀가 말했다.

"맞아, 우리 오빠 친구가 성 정부에서 일하는데, 우리 언제 한번 놀러 가요, 예?"

"난 싫어요. 거기 사람들은 모두 귀신같아서, 우리 같은 사람들은 가까이 가기도 전에 우리 잠방이에 묻은 게 무슨 똥인지까지 다 알아 맞히잖아요. 그런 사람들과 노는 게 무슨 재미가 있어요?"

"재미있어야 정상인데… 다들 그런 재미를 바라잖아요. 저도 대위 씨가 뭐 엄청나게 출세한다거나, 그런 것을 바라는 건 아니에요. 그저, 마르크스도 얘기했잖아요, 남들이 가진 것은 나도 가져야 한다고…."

"그럼 당신이 먼저 해봐요. 당신이 앞장서면 내 당신 발자국을 밟고 따라가리다."

그녀가 곧장 대꾸했다.

"남자가 돼서 여자를 앞장세우겠다고요?"

"어쨌든 나는 안 가요. 당신이 정 가고 싶다면 내가 정문까지 바래다주고, 문 앞에서 기다리라면 세 시간이고 네 시간이고 기다리지."

그녀가 입을 삐죽거리며 아양을 떨듯 말했다.

"남자로서 져야 할 책임을 여자에게 떠넘기겠다는 건가요, 지금?"

그리고 소매를 걷어붙이는 척하면서 말했다.

"만약 내가 남자라면, 세계라도 정복해서 당신과 모두에게 보여줄 텐데."

그 다음부터의 화제는, 그녀가 나름대로 이리저리 돌려 말하긴 했지만, 결국은 내가 어떻게 하면 성공할 수 있을까 하는 것으로 귀착되었다. 듣고 있자니 짜증이 났지만, 이제 막 연애를 시작한 사이였으므로 그저 참고 있는 수밖에 없었다. 하지만 가끔은 참지 못하고 대들기도 했다.

"내가 남자 야심가는 적지 않게 보아왔어도 여자 야심가로는 강청江靑밖에 몰랐는데, 알고 보니 당신도 강청에 준하는 여자 야심가네요? 성공에 대한 관심이 이렇게 클 줄이야."

"세상이 원래 그런 거예요. 별 수 없잖아요? 성공하는 사람이 모든 걸 갖고, 실패하는 사람은 모든 걸 잃게 돼요. 대위 씨, 당신도 성공만 하면 힘들게 이런 어두운 방에서 몇 년 씩 더 살지 않아도 될 거예요."

어느 날 나는 그녀에게 별생각 없이 마 청장 사모님이 아프다던데, 하고 전했다. 그녀는 내 말을 듣자마자 정신이 번쩍 드는지 나더러 같이 문병가자고 했다. 내가 말했다.

"당신이 왜 이렇게 흥분해요? 꼭 마 청장 사모님이 아프기를 바라고 있었던 사람처럼."

"이렇게 좋은 기회가 어디 있어요? 꼭 잡아야죠. 언제 이런 기회가 또 오겠어요?"

그러면서 오손을 허공으로 휙 하고 날려 무언가를 꽉 움켜잡아 다시 끌어들이는 시늉을 했다.

"상대가 우리 위생청 기사 아저씨 정도라면, '그래 그 아가씨가 문병 왔었지.' 하고 기억하겠지만, 마 청장 사모님한테야 문병 오는 사람이 어디 한둘이겠어? 그 많은 사람들 하나하나 상대할 여유도 없을 거요."

"그건 병문안 가는 사람의 수준에 달렸어요. 성의 없이 예의상 방문하는 것도 병문안이지만, 진짜 감정이 우러나오는 병문안도 있잖아요. 그런 감정과 정성이 우러나는 정도가 돼야 진짜 수준 높은 병문안이라고 할 수 있어요."

"청장 사모님이 아니라 만약 과장 사모님 정도만 된다면 나도 갔겠지. 그러나 상대가 청장 사모님쯤 되면, 내가 윗사람한테 너무 친한 척하는 것 같잖아. 뜨거운 뺨을 차가운 엉덩이에 갖다 대는 꼴이라고나 할까."

"친한 척할 필요가 있을 땐 친한 척해야 되고, 갖다 대야 하면 갖다 대야죠. 너무 도도하게 굴지 말아요. 이전에야 당신 혼자였지만 이제는 이런 저런 생각해야 하는 것 아닌가요? 남자로서의 책임도 생각해야 하구요."

"그렇게 친한 척하면서 엉덩이에 내 뺨을 갖다 대는 모습, 당신 보기에 좋겠어요? 그게 남자로서의 책임이라고? 이름은 그럴 듯하네."

"그렇다면 남자의 책임을 어떤 식으로 표현해야 하는지 어디 한 번 말해 봐요! 당신이 그 책임을 질 용기가 있다면 나도 당신을 위해 힘을 보탤게요."

"무슨 말인지 모르겠어. 이해가 안 돼."

말은 그렇게 했지만, 그녀의 계속되는 권유를 견디지 못하고 결국에는 같이 가기로 했다.

"이제야 좀 사회생활 해본 사람 같네."

"아, 어색해."

"어색하지 않은 일도 해야 하지만, 어색한 일도 어색하지 않은 척하며 해내야 하는 거예요. 이 정도도 못 견디면 무슨 발전이 있겠어요?"

그녀는 이런저런 궁리 끝에 기다렸다가 문병객이 적은 시간에 가자고 했다. 그래야 청장 사모님의 주의가 우리에게 집중되기 때문이라고 했다. 그래서 저녁에, 그것도 좀 늦은 시간에 가기로 결정했다. 그녀는 선물을 준비하겠다고 했다.

"사과나 몇 근 사 가면 되겠지."

"사과를 청장 사모님한테 선물한다고요?"

그리고는 시장에 막 출하된 신선한 여지를 한 바구니 샀다.

"이런 것은 나도 평소에 비싸서 못 사먹는데…."

"당신이 평소에 먹는 것을 청장 사모님한테 선물해서 뭘 하겠다는 거예요?"

병원 입구에서 그녀는 어떤 사람이 꽃바구니를 들고 다니는 것을 보더니 자기도 하나 사겠다고 했다.

"그만둬요. 조금만 지나면 시들어서 몇 십 위안만 날려버리고 말 텐데."

그렇지만 그녀가 고집했으므로 나는 별 수 없이 꽃을 사며 말했다.

"이번 달 밥은 당신 따라 제2 병원에 가서 얻어먹어야겠소."


병실을 들어서자마자 나는 후회막급이었다. 여러 사람이 병상 옆에 서서 마 청장님과 사모님과 대화를 나누고 있었다. 낯선 사람이 한 명 있었는데, 나중에야 그가 제약회사의 구(邱) 사장이라는 걸 알게 되었다. 간단하게 인사를 마치고 한편으로 비켜섰다. 그런 거물들 사이의 대화에 끼어들기가 좀 뭣했다. 한편, 그녀는 금세 자기 위치를 찾은 것 같았다. 다른 사람들이 마 청장님과 얘기하는 틈을 타 침대머리로 다가가더니 사모님과 이야기를 나누기 시작했다. 우선 병의 상태가 어떤지 자세히 물어보고, 또 어떤 약을 쓰는지 분석해본 후 주의사항을 말해주는 식으로 금방 자기 역할을 연출해 냈다. 나는 그런 그녀 뒤에 서서 별다른 말도 한마디 못하고 줄곧 뻣뻣하게 웃음만 띠고 있었다. 잠시 후에 마 청장님이 그런 그녀를 눈치 채고 말했다.

"지 군이 연애를 하고 있었군!"

사모님이 말했다.

"나는 위생청 사람인 줄 알았어요."

그녀가 말했다.

"시 제2병원에서 일하니까 위생청 사람 맞지요. 마 청장님, 저도 청장님 부하 맞죠?"

그녀에게 이런 능력이 있을 줄이야!

마 청장이 말했다.

"당연하지. 업무상 내가 시 위생국의 양壤 국장을 관리하고, 양 국장이 자네 병원의 요廖 원장을 관리하고, 그 요 원장이 다시 자네를 관리하니까 말이야."

"장군은 병사를 몰라도 병사는 언제나 장군을 알고 있지요."

나는 그녀가 이렇게 주눅 들지도 않고 또 말솜씨까지 이렇게 좋을 줄 정말 몰랐다. 마 청장님은 그녀에게 언제 졸업했고, 어느 과科에 배속되어 있는지, 일은 힘들지 않은지 등을 물었다.

"요 원장님이 저를 산부인과에 배정해 주셨는데요, 낮도 밤도 없어요."

그리고 또 말했다.

"사실 원래는 오관과(五官科: 눈.코.귀.입.몸)에 가고 싶었는데, 그런데 요 원장님께서 동의해 주시지 않았어요."

요 원장 이야기가 나오자 모두들 몇 마디씩 주고받았다. 그녀가 말했다.

"마 청장님, 다음에 요 원장 만나시거든 말씀 좀 해주세요. 마 청장님 말씀이면 요 원장도 성지聖旨 받들 듯 할 거예요."

마 청장이 시원스레 웃으며 말했다.

"자네 병원 일에 내가 어떻게 간섭할 수 있나? 천천히 생각해 보지."

그녀는 뾰루퉁한 표정을 하고 말했다.

"마 청장님, 저한테 신경 써주실 거죠? 저도 청장님 부하잖아요!"

마 청장이 그녀를 가리키면서 다른 사람들에게 웃으며 말했다.

"이제 보니, 지군 여자 친구 정말 대단한 걸!"

떠날 무렵, 그녀는 무슨 할 말이 더 남았는지 문 앞까지 왔다가는 다시 고개를 돌려 청장 사모님과 얘기를 나누었다. 끝까지 무척 아쉽고 섭섭한 표정으로 병실을 떠났다. 병원 문을 나서면서 내가 한 마디도 하지 않자, 그녀가 물었다.

"대위 씨, 기분 나쁘세요?"

"오늘 밤 태도가 너무 지나쳤어요. 꼭 연기하는 것 같았어요."

그녀가 억울하다는 듯이 말했다.

"나는 분위기가 어색하기에 당신 체면 깎일까봐, 그래서 일부러 몇 마디 했던 것뿐이지, 당신 역할 가로챌 생각은 없었어요. 만약 당신이 말을 좀 했으면 나도 그렇게까지는 안 했을 거예요."

"당신은 청장 사모님이 보통 사람들처럼 병문안 와주는 사람에게 하나하나, 무슨 보물이라도 주은 듯이 기뻐하면서, 마음속에 담아 두었던 이런저런 얘기를 다 할 거라고 생각했어요? 사모님은 하루에도 수십 명의 사람을 상대하고, 자기 병 상태에 관해서도 아마 하루에 수십 번은 얘기할 거요. 상태를 물어보려면 상태만 물어보면 되지, 무슨 마 청장님하고 친척이라도 되는 듯이⋯. 나는 마 청장님 얼굴 거의 매일 보지만 당신처럼 친하게 굴지는 않아요."

"우리 같은 평범한 사람이 청장님과 말 한마디 하기가 얼마나 어려운지 알아요? 이런 기회가 있으면 당연히 붙잡아야죠. 이런 기회가 쉽게 오나요?"

"친한 척하려면 당신 혼자 해요. 나까지 끌어들이지 말고."

"당신도 너무 그렇게 도도하게 굴지 말아요. 남자가 능력 있으면 목적만 달성하면 돼요. 사실 어떤 방법을 택하느냐는 상관없어요."

나는 화가 나서 말했다.

"당신에겐 상관없을지 몰라도 나에겐 상관있어요!"

"대위 씨, 사람이 왜 이래요?"

"그래요. 나는 원래 이런 사람이에요. 다시 한 번 생각해 봐요!"

이미 병원 입구였다. 그녀가 말했다.

"저 그만 들어갈게요."

말은 그렇게 했지만 눈은 계속 나를 향하고 있었다. 나더러 데려다 달라는 뜻이었지만, 나는 모른 척 말했다.

"가세요, 그럼."

버스 정류장까지 같이 걸었다. 그녀는 한마디 말도 없이 버스에 올라타고 가버렸다.


며칠 후 마 청장님을 만났을 때, 마 청장님이 말했다.

"우리 집 사람 말이, 자네가 여자 친구 데리고 또 병문안 갔었다며? 우리 집 사람, 자네 여자 친구가 무척 맘에 드나봐."

굴문금이 또 병원에 갔었군. 그냥 대충 대답하고 넘어가려고 했지만 솔직하고 싶은 억누를 수 없는 충동이 솟았다.

"이번엔 그 친구 혼자 간 겁니다. 저한테는 아무 말도 없었습니다."

"아, 그래? 자네는 이번에는 안 갔었군."

그리고 또 말했다.

"그, 자녀 여자 친구 이름이 뭐였더라? 깜빡 잊어버렸어. 그녀가 나에게 준 임무가 하나 있었는데…."

그는 노트를 꺼내 받아 적고는 고개를 끄덕였다. 마 청장이 이렇게 진지하게 받아들이다니. 그녀가 이렇게 유능할 줄이야. 무無에서 유有를 만들어 낸다더니, 그녀가 바로 그러했다. 게다가 마 청장 줄을 잡게 되다니. 사실 생각해 보면 별 것도 아닌데, 이런 거부감은 어쩌면 나 자신의 심리적 장애에 불과한지도 모른다. 나는 그 자리에 우두커니 서서 속으로는 그녀에 대한 원망으로 속이 부글거렸다. 그녀는 일을 이렇게 빈틈없이 처리하는데, 나는 먼지만 뒤집어 쓴 꼴이 되고 말았다. 솔직히 말해서 그녀가 가고 싶으면 가는 것이다. 그건 그녀 마음이고, 내가 이런 식으로 복잡하게 생각할 문제가 아니었다.

하지만, 만약 그녀가 다른 사람한테도 이렇게 잘 했다면 나도 감동스럽다고, 참 좋은 아가씨라고, 생각했을 것이다. 그렇지만 상대는 마 청장 사모님이 아닌가! 나는 도저히 그녀를 좋은 쪽으로 생각해 줄 수가 없었다. 나도 나 자신을 설득하려고 애써 보았다. "무슨 생각이 그렇게 복잡하냐? 심 사모님은 환자잖아!" 그렇지만 나는 바보가 아니었다. 나 자신을 속일 수가 없었다. 도저히 나를 설득할 수가 없었다.

나는 굴문금이 다시는 나를 찾아오지 않을 거라고 생각했다. 그러면 뭐 어때. 그렇지만 며칠이 더 지나자 속으로 은근히 그녀를 기다리고 있는 나 자신을 발견했다. 내가 지금 그녀에 대해 느끼는 원망이나 분노가 사실은 전혀 근거가 없는 게 아닐까? 이렇게 생각했다가 다시 부정하고, 그렇게 엎치락뒤치락 하다 보니 그녀에 대한 나의 감정이 정말 어떤 것인지 나도 알 수가 없었다. 또 일주일이 지나자 그녀가 찾아왔다.

"출장 갔었어요."

"성 인민 병원으로?"

그녀가 살짝 웃으면서 말했다.

"벌써 알고 있었어요? 당신이 가기 싫어하는 것 같기에 당신 대신 가 봤어요."

"그래요? 당신한테 고맙다고 해야겠네."

"대위 씨, 그렇게 비꼬지 말아요. 당신이 어떻게 생각하는지 알아요. 하지만 그분이 최고 높은 어른인데 그럼 어떻게 해요? 당신이 그 어르신한테 잘 한다고, 가까이 가려 한다고 사람들이 이상하게 생각할까봐 걱정하는 거예요? 사실 그럴 필요 없어요. 다른 사람들도 이게 다 정상이라고 생각해요. 그 어르신이 제일 높은 분이고, 그분만이 문제를 해결할 수 있는데 누가 뭐라고 하겠어요. 당신이 화내고 고집 부린다고 바뀔 일이 아니에요. 물론 저는 당신을 이해해요. 그러니까 당신도 저를 좀 이해해줘요. 어쨌든 서로 얼굴 붉힐만한 문제는 아니라고 생각해요."

생각해 보니 한 마디 한 마디가 다 이치에 맞는 말이었다. 그녀가 무無에서 유有를 만들어 내어 그 줄을 잡겠다는데, 그것은 그녀의 능력이고 또 나한테도 좋은 일 아닌가! 이렇게 생각하자 마음속의 원망이 눈 녹듯이 사라졌다.

# 8. 사슴을 가리켜 말이라 하다

마 청장은 전 위생청 직원을 소집하여 회의를 열었다. 회의에서 그는 위생부의 정신을 역설하고, 전 성省의 약물관리 업무의 강화를 지시했다. 그는 하북河北과 호남湖南 지역의 가짜 약으로 인한 인명피해 사례 몇 건을 소개하더니 이마를 찌푸리고 말을 멈추었다. 족히 일 분이 넘는 시간이 흘렀다. 귓속말을 하던 사람들도 얼른 입을 다물었다.

마 청장이 말했다.

"우리 성에서 이런 큰 문제가 터지지 않는다고 누가 보장할 수 있습니까? 나도 감히 보장 못하는데 말입니다. 나는 언제 폭발할지 모르는 화산火山 입구에 앉아 있는 기분입니다. 이렇게 전전반측 밤에 잠 못 드는 기분이 어떤 것인지 모르는 사람도 있을 겁니다. 과거에 모 부서에서 평소 자잘한 부정행위들을 범한 적들이 있었습니다만, 큰 원칙을 위반하지 않는 한 위생청에서도 굳이 추궁하지 않았습니다. 사람인 이상 어느 정도 실수는 피할 수 없는 것이니까요. 하지만 실수에는 절대 저질러서는 안 되는 것들도 있습니다. 그 경계선을 일단 넘어서면 그 다음엔 만회할 길이 없습니다."

이어서 더욱 강경한 어조로 말했다.

"지금 내가 여러분들 앞에서 듣기 거북한 말을 했지만, 문제가 터진 다음에는 이미 늦습니다. 위생청의 명예는 우리 모두의 명예이지, 나 마 수장馬垂章 개인의 명예가 아닙니다. 감히 위생청 얼굴에 먹칠을 하려 드는 사람, 누구입니까? 그런 사람은 자신의 행동이 초래할 결과까지 생각해보십시오. 쉽게 말해서, 여러분, 이 직장에 계속 남아 있기 싫습니까? 여러분은 이 직장 떠나서 무슨 일을 할 수 있을 것 같습니까? 어디로 갈 수 있을 것 같습니까? 좀 심하게 말해서, 그런 과오를 저지르는 사람이 있다면 집에 들어앉아 있지도 못합니다. 형사 책임 피할 수 없습니다. 이런 이치가 아직도 이해되지 않는 사람 있으면, 어디 손 한 번 들어 보세요."

그는 사방을 둘러보고 말했다.

"손 드는 사람 없군요. 모두들 이해했다는 뜻으로 알겠습니다."

단상 아래에 앉아 이런 말을 듣고 있자니, 한마디 한마디가 다 이치에 맞는 말이기는 했으나 속은 별로 편치 않았다. 심지어 일종의 굴욕감마저 들었다. 청장의 위세가 저 정도로 당당할 수도 있구나! 사건의 심각성을 이용해서 자신의 권위를 분명하게 세우고 있었다. 마 청장도 정말 보통이 아니다. 리더십이 뭔가? 바로 저런 게 리더십이다.

나는 주위 사람들의 안색을 살폈다. 모두들 별로 달라 보이지 않았다. 내 왼쪽에는 위생청 안에서 한가하기로 유명한 안지학晏之鶴 선생이 앉아 있었다. 이십 년 전만 해도 위생청의 브레인으로 통했지만, 요즘에는 별볼일 없다. 지난 몇 년 동안은 책상만 있었지 하는 일이 하나도 없어서, 종종 근무 시간에 도서실에서 다른 사람들과 장기를 두고 있기도 했다. 그런데도 그를 찾는 사람은 아무도 없었다. 그런 그가 지금은 진지한 얼굴로 단상을 바라보면서 마 청장의 말 한 마디 한 마디에 고개를 가볍게 끄덕이고 있었다. 다른 사람들은 나처럼 이런 상황이 부자연스럽다고 느끼지 않는 것 같았다. 오랜 기간 길들어진 사람들이라 그런지 자신의 역할과 그에 상응하는 마음가짐까지 모두 숙지하고 있었다. 이

곳이야말로 사람을 길들이기에 정말 좋은 곳이군. 이곳에선 자기도 모르는 사이에 어떤 분위기, 어떤 상태에 녹아들게 된다. 왜곡된 가운데서 비틀렸다는 감각을 상실하고, 굳건하던 마음은 마치 오이로 꽹과리를 쳐대는 것처럼 토막토막 잘려져 나가떨어지고 만다. 이것이야말로 바로 윗사람들이 원하는 효과다.

나는 자리에 앉아 어깨를 으쓱하고 입술을 상하 좌우로 움직이며 주위 사람들을 비웃었다. 실눈을 뜨고, 고개를 슬며시 까딱거리면서 희미한 웃음을 웃었다. 나한테는 이런 비판적 사고능력이 있다는 것이 만족스러웠다.

회의가 끝나고 안지학 선생이 내게 말했다.

"한 판 죽이러 갈까?"

"갑시다! 근심걱정 떨쳐버리는 데는 장기만한 것이 없죠."

도서실에 도착하여 장기판을 펼치면서 그가 말했다.

"자넨 아직 젊어서 인생의 맛을 모르네."

애매한 웃음을 지으며 안 선생이 이어서 말했다.

"무슨 걱정 있어? 걱정도 없으면서 괜히 그런 말하지 말게. 듣기 안 좋아."

나는 알 듯 모를 듯했다.

"걱정 없는 사람이 어디 있습니까? 그런데 그 말이 듣기 거북합니까?"

그가 장기 알을 움직이며 말했다.

"한 판 붙어 보자고!"


위생청에서 약품관리 강화에 관한 문건 초안 작성에 들어갔다. 유劉 주임은 나더러 수원隨園호텔에 가서 이 작업에 참여하라고 지시했다. 우선 재무처財務處에 가서 비용을 수표로 받고, 퇴근 후 일층에서 차를 타라고 했다. 옆에 있던 정소괴가 그 이야기를 듣고 안색이 확 변했다. 입을 약간 벌린 채 유 주임을 쳐다보았다. 이전에는 이런 기회가 생기면 모두 자기가 갔던 것이다. 유 주임이 내게 말했다.

"마 청장님이 자네를 직접 지명하셨어."

이것이 우리 청의 관례였다. 문건 초안을 잡을 때는 사람들을 뽑아 호텔에서 며칠 묵으면서 작업하게 하는 것이다. 사람들은 이것을 일종의 특별대우로 생각했다. 호텔에 묵고 안 묵고야 별문제 아니었지만, 윗사람의 눈에 들었느냐 아니냐 하는 중요한 문제가 걸려 있었기 때문이다. 이전에는 이런 기회는 모두 정소괴의 차지였다. 그래서 한 번은 나도 유 주임에게 슬쩍 불만을 표시했었다.

"무슨 일 있으면 모두들 돌아가면서 맡도록 합시다."

"그 친구는 자기가 가는 데 익숙해져서, 자기를 안 보내면 불만스러워 할 거란 말이야."

입 밖으로 내지는 않았지만, 나는 속으로 투덜거렸다.

"나는 뭐, 아무 불만 없을 줄 아시오?"

나는 너무 군자연하는 게 문제야. 그렇지만 역시 아무 말도 하지 못했다. 그랬는데 지금 마 청장님께서 직접 나를 지명하셨다니, 마음이 금세 훈훈해졌다. 역시 그 사람이 어떤 사람인지 조직에서도 보면 안다니까. 내가 어제 마 청장님께 불경한 마음을 품었던 것이 생각났다. 내 마음가짐이 문제야, 마음가짐이 문제라고!


오후 내내 정소괴는 당나귀 얼굴을 하고 있었다. 누구 보라고 그러는 거냐? 저런 놈은 아예 상대를 하지 말아야지. 그렇지만 퇴근 시간 무렵 아무래도 내가 그의 기회를 빼앗은 것 같은 생각이 들어 미안했다. 별로 할 말은 없었지만 그래도 말을 붙여 보았다.

"어머니 병환은 좋아지셨어?"

"응."

"퇴원할 때 유 주임한테 차 좀 내 달라고 부탁해봐."

"응."

저런 표정을 짓고 있으면 자기에게 기회가 올 줄 아는지. 저 인간은 크든 작든 좋은 것은 전부 자기 혼자 처먹는 게 당연하다고 생각한다. 당연할 뿐만 아니라 그것이 하늘의 뜻인 양, 행여 그렇게 못하면 엄청 억울한 일이나 당한 듯이 유난을 떤다. 뭐 저런 인간이 다 있냐! 정말 어떻게 떼어버릴 수도 없고 말이야. 도대체 적당한 선에서 그만 둘 줄을 모른다. 피하면 피할수록 낯짝을 들이대면서 상대를 코너로 몰아붙이려고 한단 말이야. 이렇게 된 바에야, 미안하지만, 나도 소인배가 되어서 너하고 정면으로 붙어보는 수밖에 없겠다. 내가 봐줄 줄 아냐?

수원호텔에 온 사람들은 모두 처장, 과장급이었다. 원진해 처장이, 마 청장님은 저녁때나 돼야 오실 거라고, 먼저 식사를 하라고 했다. 요리도 좋았고 술도 좋았다. 이게 웬 떡이냐. 게다가 더 좋았던 것은 이렇게 함께 둘러앉아 담소하는 분위기, 사람을 매료시키는 그런 분위기였다. 직장이 하나의 울타리라면, 그 울타리 안에는 몇몇 핵심 인물들을 둘러싼 또 하나의 작은 울타리가 존재한다. 그 작은 울타리 안에 있는 몇몇 사람들이 모든 이익을 독식하게 마련이다.

포커판이 벌어졌다. 마침 내가 선을 할 차례에 마 청장이 들어오셨다. 모두들 자리에서 일어났다. 원진해는 카드를 내려놓고 얼른 마 청장을 맞이했다. 마 청장이 말했다.

"모두들 노세요, 계속 놀아요."

그리고는 곧바로 나갔다.

원진해는 뉴스를 봐야겠다면서 카드를 내려놓았다. 그러나 텔레비전은 정작 몇 분 보지도 않고 나가버렸다. 내가 말했다.

"뉴스 볼 것도 아니면서 카드는 왜 그만 둔 거예요? 방금 기차게 좋은 패가 들어왔었는데…"

소蘇 처장이 나를 보고 웃으면서 말했다.

"그 사람들은 더 중요한 일이 있잖아. 자네 바둑 둘 줄 아나?"

"언제 한 수 보여드리겠습니다."

"그거 좋지, 좋고말고."


나는 원진해 처장과 같은 방에 묵었다. 그가 밤에 돌아와서 나를 흔들어 깨웠다. 시계를 보자 한 시가 다 되어가고 있었다. 내가 물었다.

"누가 이겼어요?"

"초보자가 어떻게 감히 고수를 이겨?"

그가 불을 끄고 물었다.

"정소괴 그 인간 어때?"

"그저 그렇지요."

나는 모호하게 대답했다.

"다루기 힘든 사람이지?"

"너무 자기 생각만 하는 것 같아요."

"지난 이 년 그 인간한테 들볶이느라 애 많이 먹었어. 일마다 다 나서려고 하는데 뭐 제대로 하는 게 있어야지. 그런 놈은 눌러버려야 해! 동풍이 서풍을 누르지 않으면 서풍이 동풍을 누른다고. 지금은 동풍이 서풍을 누른 거지?"

"서풍이 되게 불고 있습니다. 안 그래도 이번에 자기를 부르지 않았다고, 하마터면 크게 틀어질 뻔했어요."

"그 인간 제일 짜증나는 게 바로 자기 분수를 모른다는 거야. 조만간 자네가 그냥 틀어버려. 그러면 오히려 편해."


둘째 날 마 청장이 모두를 불러 모아 회의를 열었다. 나는 서기를 맡았다. 마 청장은 요점만 이야기하고는 자리를 떴다. 원진해가 포켓볼을 치러 가자고 했다.

"문건 초안은 작성 안 해요?"

"자네 기록해 놓은 거 있잖아. 나중에 시간 내서 한꺼번에 써."

그리고는 황 처장을 보고 말했다.

"괜찮겠지요?"

황 처장이 말했다.

"석사 출신한테 보고서 작성을 맡기다니, 소 잡는 칼로 닭 잡는격인걸."

정오에 모두들 낮잠 자는 동안 보고서를 쓰기 시작했다. 금방 다 쓰기는 했지만 분량이 세 페이지밖에 안 됐다. 이렇게 많은 사람들이 와서 겨우 요 정도 성과밖에 못 낸다는 것이 꺼림칙해서 문장 앞에 감상적인 문장을 몇 개 더 써넣었다. 여전히 만족스럽지는 않았지만 더 이상 할 말도 없었다. 오후에 소蘇 처장이 읽어보고 나서 말했다.

"괜찮군, 괜찮아. 그런데 앞 쪽에 있는 이 서정적인 문장들은 없어도 돼. 우리 위생청 문건의 격식이 있으니까. 창의적일 필요 없다고."

저녁에 내가 원진해 처장에게 물었다.

"마 청장님 스위트룸은 체크아웃 안 해요? 하룻밤에 백 몇 십 위안, 거의 제 한 달 월급과 맞먹는 돈인데요."

"그 정도 돈에 위생청이 망하기라도 할까봐? 소농小農 의식! 만약 청장님 돌아오시면 뭐라고 말씀드리겠어?"

이튿날 밤에도 마 청장님은 호텔에서 주무시지 않았다. 그 스위트룸은 체크아웃하지 않은 채였다. 나는 속이 매우 언짢았다. 위생청에 돈이 아무리 많아도 이런 식으로 물 쓰듯 할 수는 없는 거잖아? 그래, 나는 소농 의식이다! 나는 산골짜기에서 십 년을 보냈고, 그 사람들이 어떻게 사는지도 다 아는데, 그런 내가 그 극도로 빈곤하고 고된 생활을 어찌 잊을 수 있겠는가. 사람이 양심이 있어야지.

위생청으로 돌아와 재무처에 회계보고를 했다. 불과 며칠 동안 이만 칠천여 위안이나 썼다. 돈을 이렇게 쓸 수도 있다는 것을 처음 알았다.

고赫 처장에게 사인을 부탁하면서 나는 속으로 긴장했지만, 그는 그냥 한번 쓱 보더니 순순히 사인을 해주었다. 그리고는 이런 말을 덧붙였다.

"당신네들 그 보고서가 일천 자字 좀 넘으니까 한 자당 평균 십구 위안元 오 마오毛씩 치였군."

월요일에 출근하자 정소괴는 여전히 시무룩한 표정이었다. 누구 보라고 저렇게 청승을 떠나? 하긴 나도 이젠 저 인간이 왜 저렇게 유난을 떠는지 알 것도 같았다. 며칠 후에 내가 먼저 그에게 말을 걸었다.

"다음에 호텔에 가서 문건 작성할 일 생기면 자네가 가. 나는 잠자리를 가려서 호텔에서 묵는 게 영 별로거든. 어디 잠을 제대로 잘 수가 있어야지."

사실 나는 그런 식으로 돈 허비하는 것을 보아 넘기기 힘들었던 것이다. 차라리 내 눈에 안 띄면 좀 낫겠지. 정소괴가 말했다.

"아냐, 사양할 것 없어. 가야 할 사람이 가는 거지."

말하는 것 하고는. 정말 재수 없는 놈이다.

그 문건에 기초해서 전 성省의 약재 시장에 대해 한 차례 대 정돈을 단행하게 되었다. 현재의 열일곱 개 대형시장 중에서 여덟 개만 남기기로 했다. 어디 어디를 남길 것인가? 청에서는 먼저 사람을 보내 실정을 조사하고 그에 기초해서 다시 지방정부와 협의하기로 했다. 각 지방정부에서 모두 자기네 시장을 남기려 할 것이므로 위생청도 그들을 설득할 증거자료가 필요했다.

나는 정소괴와 오산吳山 지역으로 조사나가게 되었다. 계획대로라면 그곳에 있는 세 시장 중에 단 한 군데만 남길 수 있었다. 기차 안에서 정소괴가 말했다.

"아마 우리 조가 맡은 임무가 가장 쉬울걸. 벌써 대충 결정 났으니까."

"아직 가지도 않았는데 벌써 결정이 나다니, 그럼 우린 왜 가는 거야?"

"우리가 일단 가야 사람들이 우리가 아무런 근거도 없이 결정한 것이 아니라는 것을 알지. 성 차원에서 결재할 때도 근거가 있어야 하고. 안 그러면 우리 위생청 혼자 힘으로는 어림도 없지. 지방정부에서 온갖 고생해 가면서 세워놓은 시장을 선뜻 철거하려고 하겠어?"

"녹명교鹿鳴橋, 마당포馬塘鋪, 가시구街市口 세 개 시장 중에서 두 개를 없애는데 지금부터 어디 하나를 정해 놓기에는 너무 이르지. 비밀리에 찾아가 본 다음에야 결론을 내릴 수 있는 거지."

"찾아가 볼 필요도 없어. 다 가짜 약들을 팔아서 화근이 된 거야. 그렇지 않다면 위생부가 이렇게 큰 결정을 내렸을 리 없지."

"정말이지 모두 다 고만고만한데, 그걸 모조리 다 없앨 수는 없고. 어쨌든 하나는 종자를 남겨두어야지."

"마당포를 남겨두어야지."

"마당포는 운봉현云峰縣에 있는데, 생각해보니 마 청장님의 본적지가 거기 아냐? 하지만 마 청장님께서 그런 것 신경 쓰시겠어? 우리한테 그런 뜻을 내비치신 적도 없잖아."

"말이야 그렇게 하셨지만, 에이, 마 청장님이 현縣 공상국工商局의 증曾 국장이 자기 고등학교 동창이라고, 무슨 문제 있으면 찾아가 보라고 했잖아. 그게 그 뜻이지."

나는 정소괴가 오버한다고 생각했다. 마 청장 말 한마디를 이리 꼬고 저리 꽈서 분석해서 나름대로는 행간의 뜻을 읽었다고 하는데, 그렇게 복잡하게 생각할 건 또 뭐람. 높은 사람의 말이라고 다 숨은 의중이 담겨 있는 것도 아닌데, 받아들이는 인간들이 오버하는 바람에 의미심장한 말로 변해버리는 것이지. 내가 말했다.

"마 청장님이 그러실 리가 없어. 얼마나 원칙을 중요시하시는 분인데."

그러자 정소괴가 말했다.

"그래? 그렇다면 나로선 더 할 말이 없네."

먼저 녹명교에 도착했다. 그곳은 조그만 진鎭이었지만 철로에 근접해서 역驛이 있었다. 기차에서 내려 먼저 여관에 짐을 풀어놓고 곧바로 약재시장으로 향했다. 이 시장은 전국적으로도 어느 정도 이름이 나 있는 곳이었다. 길을 따라 칠팔십 개의 상점들이 영업 중이었고, 다음 골목으로 들어가자 점포가 백여 개 되는 시장이 또 나타났다.

우리는 약재를 사러 온 상인으로 가장해서 한 집 한 집 들러보았다. 정소괴는 중약中藥에 대해 잘 모르는지 쉴 새 없이 이 약 저 약을 들었다 놓으면서 내게 눈짓을 했다. 눈짓하는 것을 보아하니, 정소괴는 진짜와 가짜를 전혀 구별하지 못하고 있었다.

이십여 개 점포를 둘러보았다. 열등품을 가지고 상등품이라고 한 곳도 적지 않았지만, 내가 약재의 품질을 지적하자 그들은 곧바로 가격을 깎아주었다. 한 점포에서는 황기黃芪가 색깔도 이상하고 냄새도 아주 약했다. 맛을 보자 물에 한 번 삶아낸 것임을 알 수 있었다. 이미 약 성분은 없어진 것이다. 점포 주인이 말했다.

"어때요, 맘에 들지요? 여기 황기는 모두 굵은 줄기에서 잘라낸 것들이지요. 이 조각을 한번 봐요!"

정소괴가 말했다.

"그러게요. 조각도 크고 색깔도 좋네요."

내가 말했다.

"우리 사장님도 좋아하시니 한 근 달아 주시오."

그가 무게를 다는 동안 나는 장부를 적는 척하면서 점포 번호를 적었다.

이틀간 녹명교에 머물면서 가짜 약재를 파는 점포 네 군데와 가짜 나귀 아교(나귀 가죽을 삶아 만든 아교로, 일종의 영양제—역자) 파는 점포 두 군데를 찾아냈다. 이 정도 큰 시장에 가짜 약재 파는 곳이 이것밖에 안 되다니, 의외였다. 정소괴가 초조하게 좀 더 자세히 조사해야 한다고 우기는 덕에 다시 하루를 더 머물렀다. 가짜 약을 파는 곳 두 군데를 더 찾아냈다. 내가 말했다.

"여기 시장은 관리가 웬만큼 잘 되고 있는 것 같은데."

"잘 되긴 뭐가 잘 된다는 거야. 별로인걸. 가짜 약을 파는 가게가 여섯 군데나 되는데, 이게 잘 되는 건가?"

마당포馬塘鋪에 도착하자 상황은 완전히 딴판이었다. 시장에 들어서자 한 장사꾼이 석밀石蜜을 판다고 외치고 있기에 우리는 다가가서 물어보았다.

"주인장, 장사 잘 돼요?"

"내 꼴 보세요. 장사는 내 꼴보다 더 엉망이라오."

그러면서 고개를 양쪽으로 내저었다. 내가 석밀 한 근에 얼마냐고 물어보자, 그가 말했다.

"이건 운남성雲南省의 원시림에서 채취한 야산 꿀이오. 암석에 붙어 있던 건데 한 벽이 몽땅 다 꿀로 되어서 삼십팔 층이나 돼요. 당신 지금 기침하시오? 기침하거든 이거 한 덩어리 골라 물에 타서 마셔 봐요. 그 자리에서 기침이 멎을 거요."

또 중약中藥 책에 나와 있는 설명을 내게 보여주며 말했다.

"내 말은 못 믿어도 책은 믿겠지요? 적어도 내가 인쇄한 것은 아니니까."

나는 석밀 몇 덩어리가 저쪽에 쌓여 있는 것을 보고 냄새를 맡아 보았다. 냄새가 어쩐지 이상했다. 그렇지만 한 층 한 층 포개져 있는 벌집 하며 그 위에 자란 푸른 이끼까지, 벌집은 만들어 낼 수 있는 게 아니었다. 정소괴가 말했다.

"이건 진짜야, 이건 진짜라고."

내가 다시 한 근에 얼마냐고 물어보자, 주인이 말했다.

"이십 위안."

"팔 위안 합시다."

"사장님, 무슨 농담을 그렇게 하시오? 좋소, 좋아, 한 근에 십 위안! 당신한테 팔아서 한 푼이라도 남긴다면 내가 당신 바짓가랑이 사이에 있는 그 물건이오."

내가 자리를 뜨는 척하자 그가 말했다.

"돌아와요, 돌아와. 팔 위안에 드릴게. 명색이 약잰데 가격이 무슨 썩은 양배추만도 못하구먼, 무슨 놈의 세상이!"

그리곤 칼로 한 근을 베었다. 나는 또 다시 점포 번호를 적으면서 속으로 중얼거렸다.

"석밀 한 근에 팔 위안."

그곳에서 멀찍이 갔을 때, 정소괴에게 말했다.

"이건 황색 설탕을 가지고 집에서 벌을 쳐서 만든 거야. 내 말을 못 믿겠거든 돌아가서 물에 타서 한 컵 마셔봐. 완전히 설탕물이지. 진짜처럼 잘도 만들었군."

마당포에 머문 이틀 동안 가짜 약재 파는 점포를 마흔여 곳이나 찾아냈다. 나중에는 증거물 사들이는 것도 귀찮아졌다. 다 가져갈 수도 없었다. 정소괴가 초조한 표정으로 물었다.

"이번에 돌아가서 뭐라고 보고하지?"

"마 청장님이 딱히 무슨 지시를 내리신 것도 아니니, 사실대로 보고하면 되겠지 뭐. 녹명교를 없애고 마당포를 남기자고? 사람이 양심이 있어야지."

"어쨌든 자네가 알아서 하게. 보고서도 자네가 쓰고."

다음으로 가시구街市口 시장으로 갔다. 한마디로 개판이었다. 풍인과(瘋人果: 사람을 미치게 하는 과일—역자)를 개여주羅漢果라고 속여 파는 곳도 있었다. 사람이야 죽거나 말거나 신경도 쓰지 않는 것 같았다.

위생청에 돌아온 후 보고서를 써서 약정처로 넘겼다. 녹명교 시장을 남겨두자고 건의하면서 그 이유로 비교적 양호한 관리상황과 편리한 교통 등을 들었다. 황 처장이 보고서를 보더니 말했다.

"마당포의 상황이 그렇게 나쁘던가?"

오후에 다시 내게 전화를 걸어 잠시 오라고 했다.

"지대위, 이번 보고서 데이터의 정확성에 대해 자신하나?"

"저와 정소괴가 한 집 한 집 돌아다니며 조사한 겁니다. 문제 있는 점포의 번호와 어떤 가짜 약을 파는지도 상세히 적었습니다. 절대 정확합니다."

"자네가 어디는 대충 보고 어디는 더 꼼꼼히 보고 그랬다던데? 그렇다면 수집한 데이터가 정확하지 않을 수도 있잖아."

정소괴가 뒤에서 무슨 말을 한 거군! 뻔했다. 황 처장이 마당포를 남기고 싶어하는 것을 알고 정소괴가 그에 합세한 것이 분명했다.

"누가 제 데이터가 정확하지 않다고 합디까? 누군지 불러다 내 앞에서 말해보라고 하세요! 감히 그렇게는 못할 겁니다."

"이 자료들은 참고로 하겠네. 그렇지만 개별 지방은 다시 가서 조사할 수도 있네."

문을 나서면서 속이 쓰렸다. 정소괴 이놈 자식!"사슴을 가리켜 말이라 하더라도 정도껏 해야지! 사실 노루인지 말인지는 중요하지 않다. 윗사람이 원하는 것이 노루인지 말인지가 중요하다. 설령 윗사람이 말로써 하지 않았더라도 아랫사람들이 알아서 그 속을 꿰뚫어 보고 알아서 일들을 처리한다. 사실조차 윗사람의 뜻대로 움직이니, 제기랄, 권력이란 얼마나 좋은 거냐! 하지만, 그래도 역시 나는 양심에 따르고 싶다.

그 후에 들으니 세 개 시장이 재조사에 들어간다고 했다. 그 중에는 마당포도 포함되어 있었다. 나는 모르는 척했지만 마음이 싸늘해졌다.

세상일이라는 게 너무나 자명한 사실조차 저런 식으로 해석될 수 있구나! 너무나 황당하고, 우습고, 또 너무 무서웠다. 이럴 수는 없는 일이다! 그렇지만 내가 아무리 안 된다고 말해도 이것이 사실이었다. 어떻게 해야 하나? 방법이 없었다. 그렇지만 그나마 위로가 되었던 것은 녹명교 시장이 폐쇄되지 않았다는 것이다.

하루는 장기를 두다가 분을 참지 못하고 안지학 선생께 이 일을 이야기했다. 나를 한참 뚫어져라 쳐다보던 그가 갑자기 입을 열었다.

"자네는 뭘 믿고 나한테 이런 얘기를 하나? 자넨 내가 누구누구와 어떤 관계에 있는지 모르나? 한두 다리만 건너면 바로 그 누구누구의 귀에 들어갈지도 모르는데."

나는 기겁을 했다. 공포로 질식해버릴 것 같은 분위기에 짓눌려 피가 몽땅 머리로 솟는 것 같았다. 그가 웃으면서 말했다.

"보아하니, 자네도 머리가 남들보다 못하진 않구먼."

"그러게, 배운 사람들이 세상을 향해 바른 도리道理를 말해야죠. 그렇지 않으면 이 세상이 뭐가 되겠어요."

그가 보일 듯 말듯 웃으면서 말했다.

"도리? 자네가 말하는 게?"

"도리는 도리입니다. 누가 말하든 도리는 도리에요."

그가 가볍게 웃으면서 말했다.

"한 판 붙어 보세!"

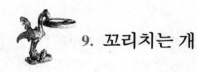

# 9. 꼬리치는 개

마 청장님이 나와 정소괴를 데리고 안남安南 지역으로 검사를 나가게 되었다. 그제야 안지학 선생님이 아무 말도 안 했다는 걸 알게 되었다. 안남에 도착했을 때는 이미 일곱 시가 넘어 있었다. 차가 위생국에 도착해서 내가 말했다.

"아무도 없는 건 아니겠지요?"

서徐 기사가 말했다.

"누가 오느냐에 달렸지. 만약 자네 혼자 온다면 아무도 없겠지만, 오늘은 더 늦게 도착해도 기다리는 사람이 있을 거야."

이층 사무실로 올라가 보니 과연 사람들이, 그것도 여섯 명이나 기다리고 있었다. 마 청장을 보자 은殷 국장이 말했다.

"기다리느라 애 먹었습니다. 아무리 늦어도 다섯 시에는 오실 줄 알았는데 일곱 시가 되어도 안 오시기에 다들 바짝 긴장했습니다. 혹시 안 좋은 일이라도 생겼나 해서…."

정소괴가 말했다.

"마 청장님께서 풍원豊源에서 아주 멋진 강연을 하시느라 시간이 좀 늦어졌습니다."

이렇게 말하면서 마 청장 옆으로 가서 내 앞을 가로막고 섰다. 마 청장이 말했다.

"여기는 지군이오."

그리고는 나를 앞으로 불러냈다.

"북경 중의대학 석사 출신이오. 내가 우리 청에 남도록 했지요."

은 국장은 악수를 하면서 나의 손을 힘껏 잡았다. 그 다음에 정소괴하고 악수를 했다. 정소괴는 눈을 내리깔고 아무 얘기도 하지 않았다. 나는 생각했다.

"역시 마 청장님 사람 보는 눈은 있구나. 네가 나를 깔아뭉개려 한다고 깔아뭉갤 수 있을 줄 알았냐?"

누구와 악수를 먼저 하느냐. 사소한 일일 수도 있는 문제가 이런 상황에서는 더할 나위 없이 중요한 문제일 수도 있구나!

저녁 식사 후 은 국장 등 몇몇이 우리를 신록神鹿호텔로 바래다주고 호텔 지배인에게 우리를 잘 모시라고 신신당부까지 했다. 마 청장은 스위트룸을 사용하고, 나머지 방 두개가 있었다. 정소괴가 혼자 방을 쓰고 싶다고 하자, 서 기사가 말했다.

"코 골아도 괜찮은 사람, 나하고 한 방 같이 쓰자."

그의 코고는 소리는 유명했다. 코고는 소리가 벽을 뚫을 정도로 시끄러워서 매번 출장 때마다 청장님 옆방은 사용하지 못하게 했다. 정소괴가 말했다.

"나도 코를 좀 심하게 골아서."

다른 사람은 전혀 배려하지 않는 그의 모습을 보고 내가 말했다.

"그러면 코 고는 사람 둘이서 한 방 쓰면 되겠네. 자기 코고는 소리 자기가 듣는 셈이니…"

정소괴가 말했다.

"그러면 서 형 혼자 한 방 쓰시오."

서 기사가 딴 방으로 가자 정소괴가 작은 종이상자를 열었다. 두유를 만드는 기계였다. 그는 마 청장님께 드릴 두유를 만든다며 콩을 갈기 시작했다.

"마 청장님은 콩가루 타서 만든 두유는 입에도 안 대셔. 맛이 좋지 않거든."

정소괴가 콩 국물 끓일 장소를 찾으러 나갔다. 마 청장님은 몸을 씻고 우리 방으로 와서 문을 열고 한번 둘러보았다. 나는 무슨 일이 있나 싶어서 마 청장님을 따라 나섰다. 마 청장님이 바둑판을 꺼내며 말했다.

"지대위, 듣자 하니 자네도 바둑을 좀 둔다며?"

"잘 두지는 못합니다."

그때 정소괴가 뜨거운 두유를 받쳐 들고 들어왔다. 탁자 위에 두유를 내려놓고 자리를 잡고 앉으면서 말했다.

"마 청장님, 바둑 한 수 가르쳐 주십시오. 오늘은 세 점 접어주세요."

"오늘은 다섯 점 접어주지."

"그러면 오늘은 꼭 한 판 이겨야겠습니다. 대위, 내가 이기는 것 보라고."

그러면서 또 말했다.

"우리가 마 청장님하고 바둑을 두는 것은 마치 이귀李鬼가 이규李逵를 만난 꼴이지(이귀와 이규: 둘 다 수호지에 나오는 인물들임—역자)."

바둑을 두면서 마 청장이 별 생각 없이 말했다.

"갈아 신을 양말을 가져오는 걸 깜박했어."

그러자 정소괴가 말했다.

"그럼 제가 나가서 사오겠습니다."

그렇게 말하면서 나를 쳐다봤다. 얼떨결에 나도 말했다.

"제가 한번 내려가 볼까요?"

내가 돌아와서 말했다.

"전부 문을 닫았습니다."

이때 정소괴는 이미 한 판 지고 나서 다시 한 판을 더 두려는 차였다. 나는 그냥 방으로 돌아왔다.

밤늦게야 돌아온 정소괴는 다시 세숫대야를 들고 나가더니 한 참이 지나도 들어오지 않았다. 나는 보온병에 물이 떨어진 것을 보고 컵을 들고 물을 뜨러 나갔다가 복도 끝 전기난로 옆에 서 있는 정소괴를 보았다. 그는 나를 보더니 얼른 뭔가를 감추는 것 같았다. 전기난로 위에 놓인 양말 두 켤레가 눈에 들어왔다. 정소괴가 마 청장님의 양말을 빨아 말리던 중이었던 것이다. 나는 못 본 척하고 물만 받아 돌아왔다. 한밤중에 그가 들어와서 물었다.

"여태 안 잤어?"

그리고는 드러누워 책 한 권을 꺼내들었다. 흘낏 보니 『바둑 첫걸음』이었다. 내가 물었다.

"늦었는데 그만 안 자고 무슨 책을 보나?"

"이 책!"

그가 자기 책을 들어올리면서, 나는 무슨 책을 보고 있느냐고 물었다.

"하몽요何夢瑤의 『의편醫編』."

"전공 파고드는 것도 좋지. 나중에 자네가 당대의 이시진李時珍이 되면, 나는 회고록에 쓸 제일 좋은 자료를 갖게 되는 셈이니까."

내가 말했다.

"나도 사실은 바둑을 좀 더 배워두고 싶은데. 배워두면 좋지."

이튿날 아침잠을 깨자 마 청장님이 나를 부르시더니 말했다.

"밖에 나가서 양말 파는 데 있나 찾아보고, 있으면 두 켤레만 좀 사다 줘, 순면으로."

조금 후 내가 양말을 사다 드리자 마 청장이 말했다.

"정소괴 그 친구 말이야, 참 마음씨가 고와. 어젯밤에 내 양말을 빨아다가 말려 놓기까지 했더군. 일어나 보니 어쩐지 양말이 보이지가 않는 거야. 양말 두 켤레가 같이 널려 있던데, 아마 다른 사람 양말하고 같이 빨았나봐. 그런데, 이런 곳의 세숫대야는 쓰면 안 돼. 무좀은 아주 쉽게 전염되거든. 내가 어느 해엔가 호텔 슬리퍼를 신었다가 무좀에 걸린 적이 있는데, 약이란 약은 다 써 봤지만, 하여튼 정말이지 그놈의 무좀균은 일본놈들보다 더 질기더군."

정소괴는 양말 한 켤레를 가지고 저 유난을 떨면서 마 청장님이 자기를 깔볼까 걱정도 안 되는지 궁금했다. 아침 식사 때 그가 고개를 숙여 마 청장님의 발을 보고 자기가 빤 양말을 신지 않고 있는 것을 발견하더니 얼굴이 굳어져버렸다.


오전에 은殷 국장의 업무보고를 들었다. 정소괴는 자연스럽게, 또 고의로, 노트를 내 앞에 툭 던져놓았다. 나는 마 청장과 노트를 번갈아 바라보았다. 마 청장은 못 본 척 고개만 끄덕였다. 어쩔 수 없이 내가 펜을 들고 발표 내용을 기록했다. 그는 엄숙한 표정으로 보고를 들으면서 간간히 한두 문제를 물어보았고, 마 청장은 얼굴에 별다른 표정이 없었다. 보아 하니, 그는 정말로 마 청장의 마음을 꿰뚫고 있는 것 같았다. 언제 침묵해야 하고, 언제 한두 마디 끼어들어도 괜찮은지 훤히 다 알고 있는 것 같았다. 오후에 은 국장이 마 청장님을 모시고 지구 위원회로 간 사이, 나와 정소괴는 부국장들과 함께 구체적인 업무의 세부사항에 대해 상의했다. 무巫 부국장이 말했다.

"청에서 온 동지들께 몇 가지 보고드릴 문제가 있습니다."

내가 서둘러 말했다.

"보고가 아니라, 다같이 토론해 보도록 합시다."

정소괴는 단정하게 앉아 손으로 볼펜을 돌리고 있었다. 그렇지만 아무 것도 적지 않고 그저 고개만 끄덕끄덕하면서 가끔 흠, 흠, 소리나 낼 뿐이었다. 나한테 기록하라는 표시였다. 나는 못들은 척 무시했다. 말하는 도중에 그는 걸핏하면 무 부국장의 말을 자르고 온갖 위세를 부리면서, 이것저것 물어댔다. 비록 마 청장이 우리더러 그곳에 남아서 실무를 논의하라고 하긴 했지만, 그에게 회의를 주재할 권한까지 준 것은 아니었다. 도대체 저 인간은 뭘 믿고 저렇게 세도를 부리는 건지 알 수가 없었다. 몇몇 부국장들은 나이도 지긋한 분들 같은데, 저분들 체면을 봐서라도 어떻게 저럴 수가 있단 말인가? 더욱 믿기 어려웠던 것은, 전혀 불편한 기색 없이 그를 위생청 간부 대접하는 사람들, 묻는 말에 매우 공손하게 한 마디 한 마디 대답하는 사람들의 모습이었다.

그들의 그런 태도에 한층 탄력을 받은 정소괴가 드디어 흥분하기 시작하더니 나중에는 머리까지 비상하게 돌아가는 것 같았다. 제시되는 문제마다 핵심을 짚어냈고, 심지어 어떤 부분에서는 자신의 평소 실력을 넘어서기까지 해서 나를 놀라게 했다. 너도 평소에 머리를 쓰기는 쓰는구나! 이렇게 되자 그들은 더욱 정소괴를 대단한 인물로 여기고, 가끔 내가 끼어들어 묻는 질문에도 그를 보면서 대답했다. 그는 흥분해서 얼굴까지 발그레해졌고, 상당히 신나는 표정을 지었다. 정말 가소로웠다. 뭐가 또 그렇게 신이 나냐? 그래, 네 마음대로 해봐라! 그의 얼굴에 점점 더 윤이 나고 혈색이 좋아질수록 그 사람들의 태도는 더욱 공손해졌으며, 심지어 누군가의 입에선 "정 주임"이란 말까지 나왔다. 그는 그 말을 굳이 정정하려 들지도 않았다. 나는 그들을 보면서 마음속으로 끊임없이 한숨을 쉬었다. 그들을 보면서 내가 다 낯이 뜨거워지는 것을 느꼈다.

저녁 식사는 호텔에서 하기로 했다. 우리가 먼저 식당에 가서 마 청장님을 기다렸다. 지구위원회地區委員會의 동董 서기도 온다고 했다. 동 서기는 십여 년 전 마 청장과 함께 약 이년간 티베트 구호작업에 참여했었다. 식당 입구에 도착하자 위생국 인사과의 소肖 과장이 나오면서 말했다.

"룸이 다 예약되어 버렸습니다."

무 부국장이 침통한 표정으로 말했다.

"오전에 지시한 일인데 아직도 처리가 안 됐어? 동 서기님까지 오신다고 말했잖아! 좀 있다가 자네가 은 국장님께 말씀드리게. 동 서기님이 홀에 앉아 식사하시게 생겼다고 말이야."

소 과장이 말했다.

"제가 오전에 방군小方에게 지시해서 요리까지 다 예약해 놓았는데, 그만 룸 예약하는 것을 잊어버렸습니다."

내가 말했다.

"다른 식당으로 바꿀 순 없습니까?"

그러자 무 부국장이 말했다.

"웬만한 집은 여기밖에 없습니다. 동 서기님도 손님 접대할 일 있으면 여기에서 하지요."

내가 말했다.

"홀에 앉아서 먹어도 마찬가지 아닌가요?"

그러자 정소괴가 곧바로 말했다.

"대위, 자네 마 청장님을 홀에서 식사하시게 할 생각인가?"

무 부국장이 말했다.

"소 과장! 룸 손님들에게 양보 좀 해달라고 부탁해 보지. 동 서기님이 손님으로 오신다고 말이야, 동 서기님께서!"

그러면서 엄지손가락을 세워 보였다.

소 과장이 들어가고 나도 따라 들어갔다. 방군이 문 앞에서 룸 손님들에게 부탁하고 있었다. 룸 손님들은 앉아서 일어날 생각을 않았다. 소 과장이 침통한 얼굴로 말했다.

"방 군! 자네 정말 얼마나 큰 사고 친 줄 아나? 동 서기님도 오시기로 했는데, 이따가 자네가 동 서기님께 직접 말씀드리게."

방 군은 곧장 울어버릴 것 같은 괴로운 표정을 지었다. 그때 정소괴가 방 군이 자기 대학 동기라는 것을 알고 곧장 가서 악수를 청했다. 방 군은 난감한 듯 웃었다. 정소괴가 소 과장에게 물었다.

"아직도 해결 안 됐습니까? 마 청장님 일행이 곧 도착하십니다."

소 과장이 방 군을 한 번 째려보더니 아무 말이 없었다.

방 군이 말했다.

"안쪽에 계신 분들은 시 정부 공정국工程局의 장張 국장이십니다."

정소괴가 문 입구에 서서 말했다.

"룸에 계신 동지분들, 한 번만 양보해주시면 안 되겠습니까? 성省 위생청에서 오신 마 청장님께서 손님을 접대하시려고 하는데요."

룸 안에서 누군가가 말했다.

"마馬 청장? 모르겠는데. 우牛 청장이 쟁기를 끌고 갔다는 소리는 들어봤어도…."

소 과장이 말했다.

"일이 그러니까 이렇게 된 겁니다. 지구위원회 동 서기, 동묘童渺 동지께서 이곳에서 성에서 오신 손님을 접대하실 생각입니다."

그 사람이 소 과장의 말투를 흉내 내면서 말했다.

"일이 그러니까 이렇게 된 겁니다. 우리 장 국장, 장효평張曉平 동지께서 성에서 오신 정程 서기님을 접대하려고 모여 있는 겁니다."

그런데 그 장 국장이란 사람이 말했다.

"정말 동 서기님이 오시는 겁니까? 동묘 서기님? 만약 동 서기님께서 공무를 보신다면 우리가 양보하는 게 당연하지요. 다만, 좀 기다려 보고 동 서기님이 안 나타나시면 여기 있는 우리 가짜 동 서기들이 다 뒤집어 엎을 겁니다."

이렇게 말하면서 방금 말하던 사람의 어깨를 툭툭 쳤다.

소 과장이 말했다.

"설마 여러분을 속이겠습니까. 안남 지역에서 누가 감히 동 서기 이름을 사칭하겠습니까. 호랑이 쓸개를 먹지 않고서야 어찌 그런 무모한 짓을 하겠습니까."

시정국 사람들이 우루루 가버렸다. 소 과장도 나가면서 말했다.

"나는 입구에서 사람들을 맞이하겠네."

"저도 가겠습니다."

방 군도 이렇게 말하며 따라가려고 했지만, 정소괴가 그를 붙잡고 말했다.

"곧 식사를 할 텐데 가기는 어딜 가?"

"나는 유치원에 가서 딸아이를 데려와야 해."

"벌써 여섯 시가 넘었는데 딸을 데리러 간다고?"

방 군이 쓸쓸하게 웃으면서 말했다.

"거참, 성에서 온 자네들 하고 비교가 되나? 이런 모임에 내 자리가 있을 턱이 있나. 나야 심부름꾼에 불과한걸. 그때 성에 남으라는 자네 말을 들었어야 했는데. 안남에 있는 집안 식구 생각해서 돌아왔는데, 그게 실수였어."

"내가 나중에 소 과장한테 말해서 자네 사정 좀 봐주라고 할게."

"그 사람 앉을 자리도 없어. 한 테이블에 자네들 열 명이면 딱 맞아."

"그럼 은 국장한테 말해보지."

"부끄럽군, 부끄러워. 오늘 동창을 만날 줄이야. 이럴 줄 알았으면 아프다고 핑계 대고 숨어버리는 건데."

그리고는 정소괴의 손을 뿌리치고 가버렸다.


그때 마 청장과 동 서기가 들어왔다. 시정국 사람들은 홀에서 이쪽을 쳐다보았다. 장 국장이란 사람은 일어나서 인사를 했다.

"동 서기님!"

동 서기는 듣지도 못한 것 같은데 장 국장은 헤헤, 웃으면서 자리에 앉았다. 룸에 들어서며 동 서기가 말했다.

"마 형, 오늘 한번 실컷 마셔 봅시다. 왕년에 라싸拉薩에서, 그 힘들던 이년도 술로 견뎌 냈잖아."

정소괴가 끼어들면서 말했다

"도수가 높지 않은 걸로 드세요. 요 몇 년 마 청장님 주량이 예전 같지 않습니다."

동 서기가 지시했다

"그러면 마오타이茅台로 하지 말고 우량에五粮液로 하지."

"여기 우량에 두 병!"

은 국장이 주문하자 지배인이 직접 술을 들고 왔다. 종업원 아가씨가 받아들려고 하자 지배인이 황급히 말했다.

"너는 가서 요리나 가져와."

그리고는 종이 상자에서 술병을 꺼내 술 따를 준비를 했다. 은 국장이 말했다.

"제가 따르지요."

그는 술병을 받아 동 서기와 마 청장에게 각각 한 잔씩 따랐다. 무 부국장이 술병을 건네받으면서 말했다.

"제가 따르겠습니다."

무 부국장은 은 국장에게 먼저 한 잔 따르고 나와 정소괴한테도 한 잔씩 돌렸다.

곧 요리가 나왔다. 동 서기와 마 청장은 서로 잔을 부딪친 다음 단숨에 다 마시고, 그 잔을 상대방에게 보여주며 동시에 말했다.

"쟈오(照: 깨끗이 비운 술잔 밑바닥을 상대에게 보여준다는 뜻—역자)!"

그리고 같이 웃으며 말했다.

"아, 시원하군! 통쾌해!"


분위기가 점점 달아올랐다. 나도 술을 조금 마셨다. 술은 정말로 좋은 물건이다. 이런 자리에 술이 있느냐 없느냐에 따라 분위기는 완전히 달라지게 마련이다. 술은 사람과 사람 사이의 거리를 좁혀주고 즉석에서 양조醵造된 감정을 진정한 것으로 만들어 준다. 정소괴는 불안정한 표정으로 계속 마 청장을 바라보면서 나에게 귓속말을 했다.

"저 사람들은 모두 술고래인데, 마 청장님이 어떻게 상대하시지?"

마 청장은 동 서기와 은 국장이 따라주는 술을 마셨다. 무 부국장은 벌써 얼굴에 불그스레한 기운이 퍼졌다. 그는 술잔을 들고 일어서면서 말했다.

"마 청장님, 안남에는 다음엔 언제 오실지도 모르는데 제가 한 잔 올리겠습니다. 제가 올리는 이 술은 삼 년간 유효합니다."

"좋지, 좋아!"

마 청장이 대답하며 술을 받자 정소괴가 일어나서 말했다.

"마 청장님의 주량을 다 아시는 대로입니다. 마 청장님 혼자 여러분 모두를 상대하실 수 없으니, 제가 청장님을 대신해서 그 잔을 마시겠습니다."

무 부국장은 고개를 들고 막 마시려던 차에 그 말을 듣고는 손을 내리고 정소괴와 마 청장을 번갈아 쳐다봤다. 마 청장이 손으로 탁자를 탕, 치면서 소리를 질렀다.

"자네, 이거 뭐하는 짓인가! 여기 앉아 있는 사람들이 어떤 사람들인 줄 알고, 내 오랜 친구들이야! 뭐라고? 자네가 날 대신한다고? 흥!"

정소괴는 그 자리에서 얼어버렸다. 얼굴이 확 벌겋게 달아올라서 나무토막처럼 뻣뻣하게 제자리에 앉았다.

동 서기가 말했다.

"마 형, 마셔, 마셔."

마 청장은 아무 일 없었던 것처럼 말했다.

"음, 마시세. 마시자고!"

나는 술잔을 들고 정소괴에게 말했다.

"우리도 마시자."

그러나 그는 전혀 반응이 없었다. 내가 쿡 찌르자 그제야 깜짝 놀라서 정신을 차리고 말했다.

"으…응, 마시자."

단숨에 잔을 비우고 말했다.

"짜오照."

은 국장이 맞은편에서 정소괴에게 술잔을 내밀며 말했다.

"한 잔 받지, 한 잔씩 받아."

그리고는 나에게 의미심장한 표정으로 고개를 끄덕이며 말했다.

"자네들 먼 곳에서 여기까지 어렵게 왔는데 말이야."

정소괴는 단숨에 잔을 비웠다. 꽤 취했다.

한 끼 식사에 두 시간도 넘게 걸렸다. 마 청장은 취하지도 않고 동 서기와 티베트에서 있었던 일들을 흥미진진하게 웃으며 이야기하고 있었다. 식사를 마치고 동 서기는 돌아가고, 은 국장과 몇몇이 마 청장을 호텔까지 바래다주었다. 은 국장이 호텔에서 나에게 부탁했다.

"이 술은 뒷기운이 세서 누가 좀 돌봐드려야 할거요."

나는 정소괴를 부축해서 방으로 들어왔다. 그가 지폐 몇 장을 꺼내며 말했다.

"지대위 형! 가서 술 한 병 사다 줘. 우량에五糧液로. 오늘 우리도 마음껏 마셔 보자고."

"자네 취했어, 내가 차 갖다 줄게."

그러나 내가 따라 주는 차를 그가 밀치는 바람에 뜨거운 물이 몸에 튀었다.

"데지 않았나?"

"차 안 마셔, 술 마실 거야. 술 마실 거라고!"

그렇지만 말이 채 끝나기도 전에 그는 바닥에 토하기 시작했다. 나는 재빨리 발 씻는 물통을 침대 앞으로 가져오고 종업원을 불러 바닥을 씻도록 했다. 정소괴는 침대 위에서 한탄을 하면서 말했다.

"지대위 형! 오늘 말이야. 이런 대접 받고도 내가 얼굴 들고 사람 노릇할 수 있겠어? 사람? 개한테도 이렇겐 하지 않아. 개한테도 꼬리 흔들면 뼈 한 조각이라도 더 던져주고 머리도 쓰다듬어 준다고! 그런데 나는 뭔가, 나는? 꼬리 좀 흔들었다고 가슴을 발로 차다니!"

"자넨 취했어, 취했다고."

그의 옷을 벗기고 자리에 눕히려 하자, 그가 내 손을 홱 뿌리치면서 말했다.

"자네도 나더러 취했다고 하는군. 자네까지! 내가 취했으면 정신이 이렇게 말짱할 수 있나? 오늘은 내 평생에 정신이 제일 말짱한 날이야! 여하튼 나는 오늘에야 나 자신을 확실히 알았네. 한심한 물건 같으니라고!"

나는 계속 그의 옷을 벗겨주며 말했다.

"그래, 자네 안 취했어. 한숨 자고 나면 정신이 더 맑아질 거야."

그는 침대에 누우면서 말했다.

"나 정말 말짱해, 보라고!"

그는 손을 뻗어 책을 잡으면서 말했다.

"바둑 첫걸음, 맞지? 술 취한 사람이 이렇게 정신이 맑을 수 있어? 여하튼 나는 이 세상이 어떻게 돌아가는지, 인간이란 어떤 물건인지 똑똑히 알고 있다고. 한심한 것들!"

"자네 졸리는구나. 취하지는 않았고 졸리는 거야."

그는 책을 내려놓고 손으로 가슴을 힘껏 쳤다.

"내가 졸린다고? 나는 밤을 꼬박 새워도 끄떡없어. 형씨, 내 마음 속 깊이 숨겨두었던 얘기 하나 할까? 누군들 출세해서 사람답게 살고 싶지 남한테 꼬리나 흔들면서 살고 싶겠어? 어릴 적에 우리 집에 백리白利란 개를 키웠는데, 하루는 내가 그놈을 한참 동안 관찰해 봤지. 이름을 부르면 그놈의 꼬리가 마치 전기가 통한 듯 흔들리기 시작하는 거야. 왼쪽, 오른쪽, 신나게. 개가 원래 다 저렇지 싶다가도 그래도 꼬리를 치는 걸 보면 그놈을 좋아하지 않을 수가 없더라고. 뼈다귀라도 하나 던져주면 정신 못 차리고 꼬리를 더 세게 흔들어 대. 그런데 가끔 나도 내 자신이 경멸스러워. 꼬리만 안 달렸지 뭐가 틀려?

하지만 꼬리 좀 잘못 흔들었다고 발로 걸어차일 줄은 정말 몰랐어. 집에서 기르던 개도 나는 걸어찬 적이 없어. 차마 발이 안 떨어졌어. 사람이 어떻게 개만도 못해? 오로지 나만 위해 산다면, 나도 작대기처럼 허리 꼿꼿하게 펴고 사나이처럼 살 수 있다고! 하지만 자네도 알다시피 우리 집은 첩첩산중 골짜기에 있고, 우리 집 식구들은 모두 나만 쳐다보고 있어. 내가 출세할 방도를 생각하지 않으면 안 된다고. 책임이 막중하지! 나 같은 인간이 나 말고 누구한테 의지하겠어? 아우들과 누이동생들은 해마다 커가고, 내가 좋은 소식 갖고 돌아오기만 눈 빠져라 기다리는데. 나는 설에 집에 돌아가는 것도 겁이 나. 내가 처장 정도 되어야 그 녀석들도 도시로 나와 식당에서 임시직으로라도 일하거나 위생청 수위라도 할 텐데. 그러기 위해서라도 나는 이 비굴한 생활을 아무렇지도 않은 척 살아야 해. 세상살이가 다 이런 거지. 이치가 이런데 나라고 별 다른 수 있겠어? 그저 숨죽이고 따르는 수밖에 없어. 이런 상황에서 누가 어떻게 성깔을 부릴 수 있겠어?"

그는 이렇게 말하면서 크게 하품을 하더니 몸이 한 쪽으로 기울어지면서 잠에 빠져들기 시작했다. 그러더니 다시 말했다.

"세상살이, 자네도 얘기해봐. 공평하다고 생각하나? 그건 텔레비전에서 우릴 속이고 놀리려고 하는 소리야. 그렇지?"

그리고 더 이상 아무 말이 없었다. 그의 이름을 두어 번 불러 보았지만 벌써 코고는 소리가 들려오기 시작했다. 잠든 그를 바라보면서 나는 그에 대한 원한이 사라져버리는 것 같았다. 정말 불쌍한 사람이구나.

누가 문을 두드렸다. 마 청장이었다.

"정 군, 자나?"

"좀 취해서 자고 있습니다."

"깨우지 말고, 이따가 일어나거든 내가 왔었다고만 얘기해 주게."

"일어나면 청장님께 가 보라고 할까요?"

"아니, 내가 왔었다고만 얘기해 주게. 나도 일찍 자야지. 오늘 많이 마셨어. 나도 많이 마셔서 일찍 잔다고 말해 주게."

내가 잠시 책을 보다가 막 불을 끄고 자려는데 정소괴가 일어났다. 화장실에 가면서 말했다.

"술 깼어. 술 깼어."

내가 말했다.

"마 청장님이 와서 자네를 찾았는데, 안 깨웠네."

그는 다급하게 말했다.

"왜 안 깨웠어? 아마도 두유…두유…, 아니 바둑 두자고 부르신 게야."

옷을 찾아 입으면서도 계속 중얼거렸다.

"이런, 늦었네, 늦었어. 어쩌다가 내가 한 순간에 잠들어 버렸지?"

그리고는 밖으로 나가려고 했다. 내가 말했다.

"마 청장님도 곧바로 주무실 거라고 했어."

그는 "아이고, 아이고" 하면서 뛰어나갔다. 나는 문간까지 따라가면서 말했다.

"마 청장님도 일찍 주무신다고 했어. 오늘 술 많이 드셨다고."

그는 내 말을 못 들은 것 같았다. 마 청장님 방 문 앞까지 가서 바닥에 엎드려 문틈으로 방 안에 불이 켜져 있는지 살펴보았다. 저렇게 엉덩이를 치켜들고 엎드려 있는 꼴하고는. 저놈 꼴 좀 봐라! 그가 그냥 돌아와서 말했다.

"정말 주무시더군. 난 어쩌다가 그렇게 죽은 듯이 자버렸지?"

그리고는 다시 마 청장님이 뭐라고 말씀하셨는지 물었다.

"자네한테 그냥 왔었다고만 얘기하라고 했어."

"또 무슨 말씀 안 하셨어? 그대로 말해 봐."

나는 웃으면서 말했다.

"원래 말한 그대로? 그건 나도 기억 안 나. 그냥 술을 많이 마셨다고 하셨던 것 같아."

그는 침대 가에 앉아 머리를 끄덕이면서 말했다.

"청장님은 역시 내 생각을 다 알고 계셔. 마 청장님은 과연 마 청장님이야. 누가 뭐라든 역시 마 청장님이야."

나는 생각했다.

"정소괴는 과연 정소괴야. 누가 뭐라든 역시 정소괴야."

그는 자리에 누우면서 말했다.

"방금 전엔 취했어. 취해서 내 성도 모를 정도로 정신을 잃었어."

나는 하마터면 웃어버릴 뻔했다. 아직 뼈다귀도 안 던져 주었는데….

"내가 취중에 무슨 얘기 안 했지? 내가 원래 술 취하면 하늘땅도 구분 못하고 내 성이랑 이름도 기억 못하거든."

"자네 안 취했었어. 오늘이 자네 평생 정신이 가장 말짱한 날이었어."

"어떻게 그런 식으로 말할 수 있나? 정말 취했었다니까. 취중에 한 말은 없었던 걸로 치지. 나도 내가 무슨 말을 했는지 모르겠는 걸. 내가 혹시 다른 사람 욕이나 하지 않았는지. 내가 자네 욕을 하던가?"

"안 했어, 안 했어."

"그렇다면 다행이고. 다른 사람 욕만 안 했으면 됐어."

그는 불을 끄고 누우면서 말했다.

"그래, 이제 생각난다. 난 아무 말도 안 했었어. 아무 말도. 내가 뭐라고 했었어? 아무 말도 안 했어."

## 10. 꼬리 없는 개

이튿날 우리는 화원현華源縣으로 은殷 국장과 함께 갔다. 가는 차 안에서 마 청장이 화원현의 흡혈충吸血虫 관련 질병의 현황에 대해서 묻자, 은 국장이 설명했다.

"발병률은 요 몇 년 동안 4.12 퍼센트 선을 유지하고 있습니다. 더 낮추는 것은 무리입니다. 원래 시施 청장님 계실 때엔 5.33 퍼센트 정도였으나, 마 청장님께서 취임하신 후 힘쓰신 덕분에 1퍼센트 넘게 내려가게 된 겁니다. 그게 어디 쉬운 일입니까?"

그리고 머리를 끄덕이며 말했다.

"정말이지 쉬운 일이 아닙니다."

"3퍼센트 이하로 내려가야 내가 발을 뻗고 잘 수 있을 거야. 2퍼센트 정도 더 낮춰야 해. 자신 있나?"

"위생청에서 지원만 해 주신다면 자신 있습니다."

"내년에 이십만 위안 더 내려 보낼 테니 화원현을 집중 공략하게! 돈이 안 내려간다면 그건 내 잘못이지만, 내려갔는데도 잡지 못한다면 그건 자네 책임일세. 그걸 확실히 잡아야 내가 위생부나 성 정부에 대해 큰소리 칠 수 있지."

은 국장이 말했다.

"결단코 임무를 완수하겠습니다. 일년 정도 시간 여유를 주십시오."

그러면서 또 말했다.

"듣자 하니 홍콩에서 성 정부에 차량을 기부했다고 하던데, 어떻게 우리 지역을 좀 배려해 주실 수 없습니까? 질병을 다스리자면 마을 가가호호로 찾아다녀야 하는데, 발로 뛰자면 아무래도 늦어지게 마련이지요. 이래서야 오늘날 이 대대적인 개혁개방의 대세를 따라갈 수가 없습니다. 마음만 조급해지고."

마 청장이 얘기했다.

"풍원현에서도 이미 말이 나왔어. 아직 내려오지도 않은 차 몇 대를 가지고 그걸 달라는 현이 백 개도 넘어. 누구한테 줘야지?"

은 국장이 말했다.

"풍원현 따위가, 일개 현에 불과한 주제에 감히 입을 열다니요. 우리 지구地區도 얼마나 어렵게 드리는 말씀인데. 마 청장님, 지구 차원의 일이 중요합니까, 일개 현縣의 일이 중요합니까?"

"자네들 지구가 몇 단계 높기야 하지."

"제 말이 그 말입니다!"

"은강홍殷江宏 자네 말에도 일리는 있네. 그럼 내가 위에 보고해 보도록 하지."

오후에 화원현 위생국의 보고를 듣고, 마청장과 함께 우리 일행은 그날로 안남시安南市로 돌아왔다. 저녁 식사 후 마 청장은 지구 위생학교에서 강연을 하기로 되어 있었다. 어제 잡힌 스케줄이었다. 본래 마 청장은 그만두자고 했지만, 은 국장이 말했다.

"위생학교 동지들이 마 청장님께서 오셨다는 소식을 듣고 저한테 무슨 일이 있어도 청장님께 말씀드려 달라고 했습니다. 별 수 없습니다. 청장님께서 수고 좀 해 주십시오. 안 그러면 학생들 지금 한창 들떠 있는데 실망하지 않겠습니까? 모두들 얼마나 청장님을 뵙고 싶어하는데요!"

정소괴가 말했다.

"마 청장님, 이번 기회를 놓친다면 학생들로선 손실이 너무 큽니다."

"나더러 위생학교로 가라고?"

은 국장이 말했다.

"교육국의 위魏 국장도 올 겁니다."

마 청장은 잠시 생각에 잠겼다. 은 국장이 말했다.

"지구 문교위文敎衛의 담譚 전문위원도 모시도록 해보겠습니다."

마 청장은 곧 승낙했다. 나는 한 울타리 안에서 대등對等한 격格의 원칙이 중요하다는 것은 알고 있었지만, 마 청장님까지 그런 것을 중요하게 생각하실 줄은 몰랐다. 위생학교 정문에 도착하자 위 국장과 위생학교 교장, 서기들이 모두 입구에서 기다리고 있었다. 위 국장은 마 청장과 악수를 하면서 말했다.

"담 전문위원은 벌써 안으로 들어가셨습니다."

마 청장은 먼저 나를 소개하면서 말했다.

"북경 중의학원 석사 출신입니다."

그리고는 정소괴를 소개하고, 모두 악수를 했다. 마 청장은 언제나 이런 식으로 나를 다른 사람들에게 소개했다. 나도 점점 그 속에 담긴 의미를 알아차리기 시작했다. 이런 식으로 결국 누구를 추켜올리는 것인가? 처음에는 마 청장이 나를 지명해서 청에 남도록 한 데에는 뭔가 특별한 의도가 있는 줄 알았다. 그렇지만 시간이 지나도 그 어떤 특별한 의도는 보이지 않고, 결국 이런 것을 위해서였다. 마 청장이 강당 입구에 도착하자 담 전문위원이 마중 나오면서 말했다.

"마형, 이게 몇 년 만이오?"

그리고는 이어서 말했다.

"원래 당신 강연을 끝까지 듣고 싶었는데, 갑자기 모임이 생겨서 아마도 조금 일찍 자리를 떠야 할 것 같소."

"볼일 보셔야지요. 그러십시오."

마 청장이 강당에 들어서자 교장이 앞장서서 박수를 치기 시작했다. 우리 일행은 박수갈채를 받으며 강단 위로 올라가 자리에 앉았다. 나는 강단 아래에서 우리를 우러러 보고 있는 얼굴들을 하나하나 살펴보았다. 모두 여학생들로, 하나 같이 노트를 들고 필기할 준비를 하고 있었다. 학교장의 소개에 이어 마 청장이 강연을 시작했다.

"오늘 여러분이 보고 싶어서 이 자리에 오게 되었습니다. 두 가지만 얘기하겠습니다.

첫째, 의료직에 있는 사람은 신성한 사업에 종사하는 것이므로, 그들에게 가장 중요한 자질은 직업윤리입니다. 우선 병자를 향한 인애仁愛의 마음을 가져야 합니다. 공자님께선 말씀하셨습니다. 인仁이란 곧 사람을 사랑하는 것愛人이라고.…

둘째, 기술 수준이 매우 높아야 합니다. 사람은 최고의 가치를 지닌 존재이므로 실험의 대상이 될 수는 없습니다. 다른 실수는 만회할 수가 있지만, 생명에 대한 실수는 만회할 길이 없습니다.…"

마 청장은 강연 도중에 도금된 담배 함으로 손을 뻗어 담배를 더듬어 찾았다. 담배가 없자 담배 싸는 종이를 꺼내 손으로 담배를 동그랗게 말기 시작했다. 정소괴가 재빨리 일어나더니 마 청장 몸 뒤로 가서 마청장의 팔꿈치 아래로 뻗어 담배 함을 꺼냈다. 그리고 자기 손가방에서 담배 한 갑을 꺼내더니 포장을 뜯어 담배 함에 담배를 채우고 그것을 다시 마청장 겨드랑이 아래쪽으로 슬그머니 밀어 넣었다. 마 청장은 담배 함을 더듬어서 담배 한 가치를 꺼내더니 다시 라이터를 찾았다. 그가 또 날아갈 듯 라이터를 들고 뛰어가 담배에 불을 붙였다. 그 동작이 얼마나 날렵하던지 경탄을 금할 수 없었다. 나는 그를 비웃었다.

"정말이지 꼬리만 없군."

나는 전에 읽었던 산문 한 편이 생각났다. 주인에 대한 개의 충성심을 찬미한 글이었는데, 작가는 그 개의 조상彫像을 만들 때 꼬리 부분을 어떻게 처리했는지에 대해서는 언급하지 않았다. 작가가 말하지 않았으므로 나도 상상하기가 매우 어려웠다. 꼬리 부분을 어떻게 처리하느냐에 따라 생동감에 큰 차이가 있었을 것이다. 조각은 어디까지나 조각일 따름이지만, 정소괴가 마 청장의 겨드랑이 아래로 손을 슬그머니 밀어 넣는 모습은, 저 인간의 모습은 정말이지 너무나도 생동감이 넘쳤다. 아마 아무리 위대한 조각가라도 저 기묘한 뉘앙스까지 표현해 내기는 힘들 것이다. 세상에는 "돼지 같은 인간"뿐만 아니라 "개 같은 인간"도 있구나!

마 청장의 강연은 한 시간 넘게 계속되었다. 그 중간에 정소괴는 앞장서서 박수를 쳤고, 그런 식으로 몇 번이나 청중들의 박수를 이끌어냈다. 매번 박수치는 타이밍이 풍원현에서 강연할 때와 똑같이 절묘했다. 이 녀석은 정말로 마 청장을 꿰뚫고 있구나. 이 녀석을 얕봐선 안 돼. 마 청장이 강연을 마치자 교장이 나에게 물었다.

"자네도 한 마디 하지 않겠나?"

내가 말했다.

"저는 그만두겠습니다."

정소괴가 선뜻 나서면서 말했다.

"그러면 제가 한마디 하겠습니다."

마이크를 자기 앞으로 옮긴 그가 격앙된 목소리로 말했다.

"마 청장님께서 방금 하신 말씀은 아주 중요합니다. 우리 모두에겐 참으로 소중한 경험입니다. 평생에 걸쳐 큰 도움이 될 것입니다. 마 청장님의 학문은 우리가 평생 동안 따라 배워야 할 정도로 깊고, 인품 또한 매우 고상하셔서, 우리가 사람다운 사람이 되기 위해서도 한평생 귀감으로 삼고 배워야 할 분이십니다.…"

정소괴가 마 청장과 한 연단 위에서 같이 강연을 한다는 것은 위생청 내에서는 절대로 불가능한 일이었다. 어쩌다 밖에 나와서 그럴 기회가 생기자 그는 그것을 놓치지 않고 잡은 것이다. 사람이 일에 저 정도는 달라붙을 줄 알아야지! 용기를 내라고. 겁날 게 뭐 있어? 십 분도 넘는 그의 강연을 들으면서 나는 자리에 앉아 있기조차 힘들었다. 나는 속으로 웃으면서 감상하는 자세로 그의 연기를 관찰하고, 그리고 또 마청장의 얼굴도 살펴보았다. 마 청장의 얼굴은 오히려 편해 보였다.

위魏 국장들은 우리가 차 타는 데까지 바래다주고 마 청장과 악수를 했다. 그리고 정소괴, 나의 차례로 악수를 청했다. 정소괴가 득의양양하고 흥분된 얼굴로 먼저 악수를 하는 모습을 보고 나는 생각했다.

"먼저 악수하는 게 그렇게도 좋거든 먼저 하렴, 그게 무슨 보물이라도 되는 줄 아냐?"

생각은 그렇게 했지만 묘하게 속이 쓰렸다. 교장은 정소괴 몸에 봉투 두 개를 쑤셔 넣더니 나에게도 하나를 주었다.

"고생하셨습니다. 고생하셨어요."

나는 분명히 돈이 들었을 것이라 생각하고 사양하려 했다. 그런데 정소괴가 얼른 그 봉투를 대신 받더니 내 손에다 꾹꾹 쥐어 주었다. 나는 곧바로 마 청장 쪽을 바라보았지만, 마 청장은 이쪽은 쳐다보지도 않았다. 차에 올라탄 후 나는 그를 향해 이 봉투 어떻게 할 거냐는 뜻으로 주머니를 툭툭 쳐보였다. 그러면서 서 기사 눈치도 슬쩍 보았다. 정소괴는 아무 말도 하지 말라는 뜻으로 고개를 가로저었다. 호텔로 돌아와서 봉투를 열어보았다. 이백 위안이 들어 있었다.

"이렇게 많이 주다니! 내 한 달치 월급보다 더 많네. 나는 연설도 하지 않았는데…"

"주면 그냥 받는 거야. 사양해서 뭘 하려고? 우리 모두 덕 좀 봐야지. 자네가 끝까지 사양하면 교장뿐 아니라 모두들 입장이 난처해져."

"그 사람들한테 정말 미안한데…"

"자기 자신을 너무 과소평가 하지 말라고. 일단 아래로 내려오면 자네도 중요한 인물이야. 자네가 저자세를 취하면 오히려 아랫사람들이 더 불편해 한다고."

"듣고 보니 그 말도 맞는 것 같군."

그들이 불편해 하지 않도록 내가 거드럼을 피워줘야 한다, 이것도 일종의 배려이고, 일종의 사람 사는 도리라는 것이다.

## 11. 맨발의 의사

하루는 오전에 정문을 막 나서는데 누가 나를 부르는 소리가 들렸다.

"동지, 동지!"

정문 옆에 한 사람이 꿇어 앉아 있었다. 나는 깜짝 놀라 발걸음을 멈췄다. 마흔 정도 되어 보이는, 칼로 살을 발라낸 듯 삐쩍 마른 얼굴을 한 사내였다. 옆구리에는 사기그릇 하나와 젓가락 한 쌍이 들어 있는 비닐봉지를 차고 있었는데, 젓가락이 비닐봉지를 뚫고 삐죽 나와 있었다. 내가 멈춰 서자 그는 내 쪽으로 무릎으로 엉금엉금 기어왔다. 혹시라도 내가 그냥 가버릴까 봐 한 손을 뻗으면서 뭐라고 중얼거렸다.

"동지, 동지!"

내가 뛰어가 그를 부축하며 말했다.

"다리가 불편하세요?"

"다리는 괜찮아요. 다리에 문제가 있는 게 아니요."

수위실의 섭棄씨가 말했다.

"그 사람 말이 자기는 원래 화원현의 맨발의 의사(赤脚醫生 : 농촌 인민 공사에 소속되어 농업에 종사하면서 의료, 위생 업무를 담당하는 초급 의료기술자─역자)였는데, 병이 났으나 돈이 없어 치료를 못한다면서 위생청에 들어가 마 청장님을 뵙겠다고 떼를 쓰잖아요. 그게 말이나 되요? 저 사람 벌써 한참을 저러고 앉아 있었어요. 지 대위 씨가 유 주임한테 말 좀 해줘요. 저렇게 내버려 두면 보기에도 안 좋잖아요."

그리고 그 사람에게 말했다.

"민정국民政局으로 찾아가 봐요. 여기에 사흘 밤낮을 꿇어앉아 있어 봐요. 돈이 나오나…."

내가 물었다.

"어떤 병에 걸리셨어요?"

그가 내 손을 잡고 일어서려고 했다. 얼마나 오랫동안 꿇어앉아 있었는지 제대로 서 있지를 못하고 다리가 휘청거렸다. 내가 한 손으로 그의 겨드랑이를 받쳐주자 그제서야 겨우 제대로 설 수 있었다. 사내가 고맙다는 눈빛으로 나를 바라보았다. 그 눈빛을 보고 나는 어느 정도 그를 믿게 되었다. 결코 무뢰한은 아니었다. 그가 나를 보면서 말했다.

"위암입니다. 진단을 받았는데 위암이랍니다. 이미 많이 퍼졌어요."

그의 더할 수 없이 공손한 눈빛과 말투에 나는 황송하기까지 했다. 그가 인민병원의 진단서를 꺼내어 두 손으로 펴더니 내게 보여주었다. 내가 물었다.

"어디 사십니까?"

"화원현 대택大澤 마을에 삽니다."

"내가 화원에서 방금 돌아왔는데, 나를 속일 생각은 하지 마시오."

그가 곧바로 말투를 바꾸어 화원지방 사투리로 말하기 시작했다.

"동지, 나는 사기꾼이 아닙니다."

그는 신분증을 꺼내 보여주며 말했다.

자기는 집에 있던 물건들을 몽땅 팔아서 마련한 오백 위안을 들고 병을 고치기 위해 도시로 왔다는 것, 돈이 아까워서 밥도 잘 사먹지 않았는데 돈이 금방 다 없어져 버렸다는 것, 의사가 수술을 하려면 일천오백 위안을 더 내라고 했다는 것 등이었다. 내가 말했다.

"돌아가서 방법을 찾아보세요. 위생청은 자선기관이 아닙니다."

그가 얼굴을 고통스럽게 찡그리며 말했다.

"돌아가서 방법이 나올 것 같으면 여기까지 오지도 않았습니다. 생사의 갈림길에 서 있지 않은 이상 누가 이런 추태를 보이고 싶겠습니까? 가난한 사람의 낯짝도 낯짝입니다. 하지만 이런 비천한 처지에 처한다면 당신은 어떻게 하겠습니까? 집이라고는 누추한 초가집 한 채뿐인데 그 돈을 어떻게 만듭니까? 아들 녀석은 아직 중학교에 다니고 있고, 그나마 딸은 학교에도 못 보냈습니다. 그 아들과 딸을 위해서라도 살고 싶지만, 만약 그 초가집까지 판다면 애들은 어디서 삽니까? 나는 돌아갈 수도 없어요. 죽더라도 밖에서 죽어야 해요. 집에서 죽으면 집안사람들에게까지 화가 미칠 테니까요. 장례조차 치를 형편이 못 되요."

"당신은 맨발 의사이니, 현 위생국에 가서 방법을 찾아보세요."

나는 혹시 위생청 명의로 편지를 써 주어 가져가게 하면 어떨까 하고 생각해 보았지만, 다시 생각해 보니 그것은 불가능한 일이었다. 나는 이미 잘못을 한 번 저지른 적이 있지 않은가! 그는 고개를 숙이고 힘껏 고개를 가로저으며 말했다.

"며칠 지나면 암이 완전히 다 퍼져버릴 겁니다."

그는 눈물을 줄줄 흘리며 한참을 뒤져 편지 한 통을 꺼내 보여주며 말했다.

"편지도 이미 써 놓았어요. 나는 유랑을 떠나니까 마누라더러 내가 안 보이더라도 애들 데리고 나를 찾아 나서지 말라고요. 사실 이 편지를 식구들이 받았을 때쯤에는 나란 놈은 이미 이 세상에 없을 겁니다."

섭씨가 말했다.

"이 사람 사기꾼은 아닌 것 같은데, 지 형, 지 형, 윗분들한테 한번 말해 봐요. 윗사람 허락 없이는 나도 이 사람을 감히 들여보낼 수 없거든요."

나는 사무실로 돌아갔다. 유 주임이 자리에 없기에 정소괴에게 사정을 말하자, 그가 말했다.

"그렇게 무릎 한 번 꿇는다고 돈이 나올 줄 아나? 그 자 사기꾼 아 냐?"

"마 청장님께 보고해줘. 그곳에 계속 꿇어앉아 있는 것도 보기 안 좋 아."

"보고하고 싶으면 자네가 직접 보고하게."

나는 잠시 주저하다가 그래도 사람 목숨이 달린 문제라고 생각하고 옆방으로 가서 마 청장님께 보고했다. 그리고 덧붙여 말했다.

"그곳에 계속 꿇어앉아 있게 하는 것도 보기에 영 안 좋습니다."

마 청장이 말했다.

"먼저 그 사람의 신분을 확인해 보고, 정말로 맨발의 의사거든 자네 가 재정처에 가서 돈을 받아다 주도록 하게."

"얼마 받으면 됩니까?"

"고ㅂ 처장이 알고 있을 거야."

그리고 또 말했다.

"그에게, 돈 받았다고 아무한테도 말하지 말고 다시 찾아오지도 말라 고 하게."

나는 정문으로 달려갔다. 그 사람은 아직 거기에 꿇어앉아 있었다. 오 가는 행인들도 아무도 그에게 신경을 쓰지 않았다. 내가 말했다.

"일어나세요."

그는 두 손으로 몸을 받치고 천천히 일어나기 시작했다. 내가 말했다.

"우리 마 청장님께서 당신에게 돈을 주라고 했습니다. 그렇지만 돈 받은 사실을 다른 사람들에겐 절대로 얘기하지 마십시오. 그리고 다시 는 찾아오지도 마세요. 그럴 수 있지요?"

그는 연달아 고개를 끄덕이며 말했다.

"알겠습니다, 알겠습니다. 당신은 정말로 좋은 사람이오. 마 청장님도 좋은 분이고."

나는 그에게 현 위생국장의 이름을 물어봤다. 역시 그는 알고 있었다. 섭씨가 말했다.

"당신 오늘 귀인을 만난 거요. 여기서 기다리시오. 저분이 들어가서 돈을 가져다 줄 거요."

나는 재정처에 가서 고ᇚ 처장을 찾아 마 청장님의 말을 전했다. 고 처장이 말했다.

"알았네."

그는 나를 출납처로 데리고 가더니 말했다.

"십오 위안짜리 영수증을 쓰게. 지군 자네 이름을 쓰고, 청장 특별결제 장부 위에 기록하게."

그 말을 듣고 나는 황급히 말했다.

"고 처장님, 보세요, 십오 위안으로 뭘 한단 말입니까? 좀 더 주세요. 위생청에선 돈 잘 쓰잖아요."

그가 웃으면서 말했다.

"지군, 자네는 정말로 마음이 착하군. 자네가 만약 청장이라면 매일 정문 앞에 돈 받으러 온 사람들이 새까맣게 무릎 꿇고 앉아 있겠군 그래. 위생청 정문에 꿇어앉아 있으면 돈을 준다는 소식이 한 번 퍼져나가면 어떻게 되겠어?"

"고 처장님, 보세요. 어쨌든 그 환자도 사람입니다. 사람이라고요! 마 청장님은 항상 사람의 가치가 가장 고귀하다고 말씀하셨어요. 인ᄂ이란 곧 사람을 사랑하는 것이라고요. 조금만 더 주세요. 그게 마 청장님의 뜻에 부합되는 거라고요. 딱 한 사람만!"

고 처장이 또 웃으면서 말했다.

"지군, 자네 정말 진지하군. 그런데 정말 진지해야 할 때 진지하게 나와야 그게 정말로 진지한 거야. 자네가 정말로 그를 도와줄 수 있다고 생각하나?"

말을 마치고는 더 이상 나를 거들떠보지도 않고 가버렸다.

나는 그 십오 위안을 손에 쥐고 정문 쪽으로 걸어갈 엄두가 나지 않았다. 고 처장의 말이 틀렸다고 할 수는 없었다. 그러나 나는 이런 사실을 받아들이기가 매우 힘이 들었다. 마 청장님이 고 처장에게 전화를 했나? 모르는 일이지. 나는 다시 마 청장님을 찾아가서, 고 처장이 이 돈밖에 주지 않았는데, 그 사람은 이 돈 갖고는 가려고 하지 않을 텐데요, 하고 상의해 볼까도 생각했다. 그러면 마 청장님은 또 뭐라고 하실까? 생각이 이에 미치자 나는 마 청장을 다시 찾아갈 이유가 생긴 것 같았다. 그렇지만 계단을 오르면서 다시 생각해 보니, 고 처장이 그처럼 단호하게 일을 처리하는 것을 보면 그게 마 청장님의 뜻을 벗어난 거라고 보기는 어려울 것 같았다. 내가 다시 마 청장님을 찾아간다면, 그는 내가 계집애처럼 이런 일 하나 제대로 처리하지 못한다고 생각하지는 않을까? 그때 나는, 그 사람이 정말로 사기꾼이어서 돈 몇 푼 사기쳐서 술사 마시려는 사람이었으면 하고 간절하게 바랐다.

내가 내려갔을 때 그는 여전히 그곳에 웅크리고 앉아 있다가 나를 보더니 자리에서 일어나며 말했다.

"무릎 꿇고 있지 않았어요, 꿇어앉아 있지 않았어요. 당신이 그러지 말라고 해서 안 그랬어요."

나는 그에게 돈을 주며 말했다.

"돈이 조금밖에 안 됩니다. 당신의 문제를 해결해 줄 수는 없을 거요. 다른 곳으로 가서 방법을 찾아보세요."

그는 손을 부들부들 떨면서 돈을 건네받더니 십오 위안밖에 안 되는 것을 보고는 한숨을 내쉬었다. 눈물을 줄줄 흘리며 말했다.

"역시 이렇게 할 수밖에 없군요."

나는 그가 돈을 받고도 가지 않을까봐 걱정이 되었다. 그렇게 되면 마 청장이 나를 어떻게 생각하겠는가? 그래서 말했다.

"이건 그래도 마 청장님이 특별히 결제해 주신 겁니다. 더 이상은 없어요."

그는 고개를 끄덕이며 말했다.

"역시 이렇게 할 수밖에 없군요. 그럼 저는 물러가겠습니다."

그는 몸을 돌려 가다가 다시 고개를 돌리고 말했다.

"감사합니다."

삐쩍 마른 얼굴이 경련을 일으키며 찌그러졌다. 흘러내린 눈물이 얼굴에 묻은 흙먼지와 엉켜서 흔적을 남기며 굴러 떨어져 수염에 매달렸다. 그는 한 손가락으로 그것을 닦아내며 말했다.

"그 수밖에 없군요."

나는 어떤 불길한 예감이 들었다. '그 수'라면 도대체 뭘 어떻게 하겠다는 것이지? 내가 물었다.

"어디로 가세요?"

그가 피식 웃었다. 얼굴의 주름이 입가에서 눈가로 이어졌다.

"어디로 가냐고요? 저도 모릅니다. 집으로 돌아갈까요? 돌아갈 수는 없고요. 병원으로 갈까요? 역시 들어갈 수도 없고요. 처음에는 집으로 돌아가서 아이들을 볼까도 생각해 봤는데, 집에 틀어박혀 있으면 애들만 고생시키지 않겠어요?"

말하면서 다시 한 번 웃었다. 오관五官이 모두 찌그러져 한 덩어리가 되었다. 나는 마음이 흔들려서 말했다.

"여기서 잠깐 기다리세요."

나는 숙소로 돌아가서 봉투를 뒤집어 그 안에 있던 십 위안짜리 지폐 여덟 장을 꺼냈다. 잠시 망설이다가 그 돈과 봉투를 모두 호주머니에 쑤셔 넣고 다시 정문으로 달려갔다. 섭씨가 그 사람더러 그만 가라고 권하고 있었다. 나는 팔십 위안을 그 사람에게 쥐어주며 말했다.

"여기, 돈이 좀 더 있으니 가져가세요."

섭씨가 말했다.

"지 형 돈입니까?"

"어차피 누가 준 돈입니다."

그 사람이 돈을 받으면서 말했다.

"집에 있는 애들한테 학비로 부치겠습니다."

그리고는 미끄러지듯 꿇어앉으면서 말했다.

"제가 절 한 번 하겠습니다. 이길 밖에는 달리 보답할 길이 없습니다."

나는 그를 붙잡아 일으키며 말했다.

"238병원으로 찾아가 보세요. 거기는 군부대 병원이에요."

나는 돌멩이로 시멘트 바닥에다 약도를 그려주었다. 섭씨도 옆에서 설명을 거들었다. 그 사람이 말했다.

"찾아가 보겠습니다. 꼭 찾아가 보겠습니다."

그리고는 두 손으로 내 손을 잡고 흔들었다. 섭씨의 손도 잡으려 했지만 섭씨는 몸을 피하며 말했다.

"그만 가세요, 그만 가요!"

그는 물러갔다. 사무실로 돌아왔을 때, 나는 갑자기 호주머니 속의 봉투가 생각났다. 그 안에는 백 이십 위안이나 더 있었다. 다시 달려 나갔지만 그 사람은 이미 보이지 않았다.


며칠이 지나 정소괴가 나에게 말했다.

"자네가 자기 돈 팔십 위안을 그 거지한테 줬다면서?"

"그 사람은 맨발의 의사였데. 돈은 저번에 그…."

정소괴가 유 주임 쪽을 향해 입을 삐죽거리는 바람에 나는 더 이상 말을 할 수가 없었다. 그가 말했다.

"어쨌든, 자넨 정말 좋은 일 한 거야."

그는 '자네'라는 말에 특히 힘을 주어 말했다. 내가 말했다.

"그깟 몇 십 원 갖고 뭘⋯."

유 주임이 말했다.

"지 군, 자네 마음 좋은 건 다 알고 있지만, 다만 그 사람은 그냥 길거리에서 아무렇게나 만난 사람이 아니잖아. 다음부터는 문제를 좀 더 진지하게 생각하게."

유 주임의 이야기를 듣고 보니 정말로 문제가 있긴 있었다. 위생청에선 십오 위안을 주었는데 나는 팔십 위안을 주었던 것이다. 내가 위생청을 어떤 위치에 놓은 것인가? 나는 허둥대며 말했다.

"섭씨 말하는 것 들어보셨지요? 저는 그저 그 사람 사정이 하도 딱하기에⋯."

유 주임이 말했다.

"그러게, 자네 마음 좋은 건 다 알고 있어. 하지만 우리는 신분이 있잖아. 위생청에 속해 있는 사람들이라고."

정소괴가 말했다.

"지대위, 나는 자네가 튀고 싶어서 그런 게 아니라는 걸 알아."

이 말 한 마디가 칼이 되어 나를 찌르는 것 같았다. 내가 말했다.

"정소괴, 자네 혹시 누가 나를 두고 그런 식으로 얘기하는 걸 들은 거 아냐? 그런 얘기하는 사람 있다면 내가 그 사람에게 분명하게 밝혀야겠어. 이 말이 마 청장님 귀에 들어가면 어떻게 되겠나? 남을 해코지해도 유분수지!"

정소괴가 말했다.

"이건 내가 한 말이 아니고, 안 그래도 누가 그런 식으로 얘기하기에 내가 자네를 위해서 변명해줬다네."

나는 누가 그런 말을 하더냐고 물었지만, 그는 말하려 하지 않았다. 이틀 후에 마 청장을 만났을 때, 내가 인사를 하자 그는 고개만 끄떡하고 지나쳤다. 나는 심적으로 엄청난 스트레스를 느꼈다. 평소 같으면 "지 군!"하고 한 번은 불러주셨는데, 혹시 그 팔십 위안 일 때문인가? 아니면 마 청장의 표정에는 별다른 게 없는데 나 스스로 신경과민이어서 그렇게 느낀 건가? 나는 이리저리 생각해 보았지만 도무지 갈피를 잡을 수가 없었다. 그저 마 청장의 미세한 동작과 표정이 나에게 이렇게 큰 위력을 발휘하고 있다는 사실을 절감하고 놀랐을 따름이다.

그 후 마 청장을 만날 때마다 나는 그의 표정을 자세히 관찰해 보았다. 딱히 달라진 것은 없는 것 같았다. 지대위, 네가 어쩌다가 너도 모르는 새 다른 사람의 안색이나 살피는 그런 놈이 되어버렸나? 설령 마 청장이 정말로 불쾌하게 생각했다고 하더라도 나 역시 잘못한 것은 없지 않나. 생각해 보니 윗사람들도 잘못한 게 없었다. 그 사람들은 또 나름대로 문제를 바라보는 시각이 따로 있었던 것이다. 세상의 어떤 일들은 다 이런 식이다. 잘못되었다고 말하기엔 딱히 누가 잘못했다고 할 수 없는 그런 일들 말이다. 나는 속으로 적잖이 후회했다. 만약 내 결심만으로 그 사람을 구할 수 있다면 나는 매우 행복했을 것이고 대단히 큰 성취감도 느꼈을 것이다. 그렇지만 나 혼자 심각하게 생각한다고 그게 무슨 소용인가? 그리고 세상 모든 일에 심각하게 대처한다는 것이 가능키나 하겠어? 나는 심각해서도 안 되고 또한 심각할 수도 없다.

반달 좀 더 지난 어느 날, 나는 석간신문에서 보도기사 하나를 읽었다. 어떤 사람이 병을 비관, 강물에 투신자살을 했는데, 한 청년 노동자가 강물에 뛰어들어 그를 건져냈으나 이미 너무 늦어 살려내지 못했다는 것이다. 그 보도기사는 그 청년 노동자를 칭찬했을 뿐 죽은 사람이 어떤 사람인지에 대해서는 한 마디도 언급하지 않았다. 그러나 나는, 죽은 사람이 바로 그날 그 사람일 거라고 짐작했다. 물론 다른 한편으로는 다른 사람이기를 간절히 바랐다. 그날 봉투 안의 나머지 돈을 잊어버리고 그에게 주지 못한 것이 떠올라 몹시 후회스러웠다. 말하자면, 그 일에 관해서는 나는 좀 더 심각했어도 괜찮았다. 모든 사람들이 다 심

각하게 생각하지 않는다면, 이 세상은 너무나 무섭고 또 너무나 절망적
이 되어버리고 말 것이다.

## 12. 염량세태炎凉世態

서 기사가 맹장염으로 병원에 입원했다. 수술 후 나는 사과를 몇 근 사들고 병문안을 갔다. 저녁 무렵이었다. 병실에 들어섰을 때 그는 라디오를 듣고 있었는데, 나를 보더니 아주 의외라는 듯 말했다.

"대위, 나를 보러 온 거야?"

"나는 서 형을 보러 오면 안 된다는 법이라도 있습니까?"

그는 라디오를 끄고 몸을 일으켜 세우면서 말했다.

"대위, 자네가 나를 여태 기억하고 있었나? 기사반 사람들 말고 나를 보러 온 사람은 자네뿐이네. 일개 운전기사에 불과한 나를…."

나는 침대 옆으로 앉으면서 말했다.

"오히려 서 형이 무슨 감투라도 하나 쓰고 있었다면 병문안 안 왔을 거요. 사람들이 내가 서 형한테 아첨한다고 생각할 거 아니요."

"너무 뜻밖이라서…. 정말 뜻밖이야!"

"정소괴는 왔었나요?"

"자네 생각엔 그가 왔을 것 같나?"

그의 말을 듣고 나는 속으로 위안이 되었다. 사람 됨됨이는 남들 눈에도 훤히 다 보이는구나. 이렇게 훤히 다 보이고 이해가 된다면, 좋은 사람 되는 것도 결코 손해 보는 것은 아니다. 인간에게는 공도公道라는 게 있는 것이다.

나는 그의 병에 대해 물어보았다.

"이틀 후면 실밥을 뜯을 거야. 그런데 내 차는 지금 누가 몰고 있지?"

"자세히 살펴보지 않아서 모르겠는데요."

"빨리 퇴원해야겠어. 그 차를 다른 사람이 몰게 되면 아주 골치 아파져."

"침대에 누워서도 차 생각을 하다니! 남이 서 형의 토요다豊田 차를 몰면, 서 형은 그의 분록奔鹿 차를 몰면 마찬가지 아닌가요?"

"완전히 틀리지, 완전히 틀려. 청장님 차를 운전하는 것과 다른 사람 차를 운전하는 것은 다른 사람들의 눈에는 완전히 다르게 보여."

나는 웃으면서 말했다.

"그 차이가 얼마나 큰데요? 깨 한 톨 크기죠."

그는 고개를 내저으며 말했다.

"자네들 같으면 눈앞에 큰 수박이 있으니 깨 한 톨 정도는 눈에 차지도 않겠지. 그러나 내 눈 앞에는 그 깨 한 톨밖에 없으니 눈 똑바로 뜨고 지켜보게 되는 거야. 나는 여기 침대에 누워 있으면서도 그 깨 한 톨만 생각하면 밤에 잠도 잘 안 와. 칼로 뱃가죽을 이렇게 째는 것은 별일 아니야. 다만 이 칼 때문에 그 깨 한 톨을 잃어버릴까봐 걱정이 되는 거지."

"그렇게 심각한가요? 나는 이해 못하겠어요."

"자네들은 수박을 끌어안고 있으니까 이 깨 한 톨의 무게를 느낄 수 없는 거야. 자네 나를 도와주는 셈 치고 내일 한 번 자세히 살펴봐주게. 퇴원해서 그자가 내 차를 내놓지 않으면 한바탕 재미있는 소동이 벌어지고 말 거야. 내 생각엔 마 청장님도 나를 지지해 주실 수밖에 없을 걸?"

이런 사소한 일을 그가 이렇게 중요시하다니, 수술보다 더 중요하게 생각하다니, 나는 도저히 이해하기가 어려웠다.

서 기사는 나에게 청에 온 지 얼마나 됐느냐고 물었다.

"이미 일 년도 넘었어요."

"느낌이 어떤가?"

"아무런 느낌도 없어요. 매일 뭐 하는지 모르겠어요. 신문 몇 장 보면서 시간 보내는 걸요."

"대위, 자네 일 년 넘게 일하고도 아무 느낌이 없다니, 정소괴 그 소인배를 한번 보게. 그 번질번질한 얼굴을. 나는 그놈의 그런 꼴을 차마 못 봐주겠더군. 그 녀석 마음속에는 가면이 몇 개 있는데, 상대에 따라 수시로 다른 가면을 꺼내 얼굴에 붙이지."

"사람마다 각자 자기 뜻이 있지요. 서 형은 내 눈 앞에 수박이 있다고 했지만, 사실은 그것은 깨 한 톨에 불과해요. 만약 내가 그 깨 한 톨을 위해서 오늘은 장삼長三인 척하고 내일은 이사李四인 척한다면, 그러면 나란 사람은 도대체 뭐가 되요?"

그가 한숨을 쉬며 말했다.

"2년 지나면 그자가 자네 앞에서 뛰어가게 될 걸세. 꼬리를 치켜들고 자네한테 이것 해라 저것 해라 시킨다면, 자넨 마음속으로 참고 넘어갈 수 있겠나? 자네는 그자를 뭐로 생각하고 있는지 모르겠으나, 그자는 자네를 정적政敵으로 생각하고 있어."

나는 그가 "정적"이란 말을 쓸 줄은 생각도 못했다. 그래서 말했다.

"나는 아직 그렇게 심각하게는 생각하지 않는데요?"

"자네 두 사람은 청 내에서의 처지에 별로 차이가 없어. 자네는 학력이 조금 더 높지만, 그자는 자네보다 2년 더 일찍 들어왔어. 누구의 손발이 더 재빠르냐에 달려 있어. 형세는 아주 분명해. 그자가 차지하면 자네 차지가 없어지고, 자네가 차지하면 그자의 차지가 없어져."

"그런 것들이야 그자가 원하면 가져가라지요."

"그자가 가져가버리면 자네 것이 없어져. 다른 사람들은 자네 지대위가 깨끗하고 고상하다고들 말 안 해. 그냥 정소괴가 능력 있는 사람이라고 말하지. 요새 사람들은 모두 한 쌍의 개 눈을 뜨고 사람을 본다고. 자네도 청에서 이 정도 오래 있으면서 보았으니 이런 일을 분명히 알겠구먼. 감투 하나를 쓰려면 한 가지 일을 벌여야지. 사람이 한평생 동안 뭘 하겠나. 바로 지지 않으려고 애쓰면서 그 한 톨의 깨를 쟁취하는 거지."

나는 손으로 그의 다리를 치면서 말했다.

"위생청 안에는 야심가들이 적지 않네요. 기사반에까지 이런 야심가가 숨어 있을 줄이야."

서 기사는 자기와 함께 정원을 걷자고 했다. 정원을 걷는 중에 그가 물었다.

"자네는 시施 청장을 어떻게 알게 되었나?"

시 청장은 마 청장의 전임자였다. 그는 퇴임 후에 자주 청 마당을 거닐면서 사람들에게 말을 걸곤 했다. 나는 여러 차례 사람들이 "시 청장님!"하고 부르는 것을 들었다. 그러나 그가 막 뭔가를 얘기하려고 하면, 그들은 고개만 끄덕이고는 그냥 지나갔다. 한번은 그가 등나무 시렁 아래서 산책하고 있을 때 나를 보고는 새로 온 사람이냐고 물어서, 그와 이런저런 얘기를 하게 되었다. 그는 우선 자신의 건강상태부터 얘기하기 시작하여, 다시 세상 인심이 얼마나 힘 있는 사람에겐 아첨하고 힘이 없어지면 냉담해지는지 얘기했다. 얘기가 끝도 없어서 나는 그만 일어날 기회조차 포착할 수 없을 정도였다. 그 후 아무도 그 사람을 상대해 주지 않는 것을 보고는 그와 잠시 얘기를 나눠주곤 했었다.

"시 청장의 일은 자네도 알고 있지?"

"알고 있어요."

몇 년 전 그가 청장으로 있을 당시 광주廣州에 출장을 갔을 때, 여러 제약회사에서 모두 고급승용차를 보내어 공항까지 영접을 나왔다. 어떤 사람은 짐을 빼앗듯이 받아 들고, 어떤 사람은 오른손 왼손을 끌어당기면서 꼭 싸움이라도 할 것 같았다. 그가 퇴직 후 다시 광주에 가게 되어 먼저 전화로 통지를 해놓았다. 그러나 비행기에서 내려 이리저리 살피며 기다려 봐도 그림자 하나 보이지 않았다. 결국 그는 시내에는 들어가지도 않고 곧바로 돌아왔고, 돌아온 후 병까지 한 차례 크게 앓았다고 한다.

그 일까지 얘기하고 나서 서 형이 말했다.

"그 어르신도 세상물정을 몰랐던 거야. 이전에 사람들이 자기를 존중해 준 것은 자기의 권력을 존중해준 것인데도, 오랫동안 존중을 받다보니 환상이 생겨서 다른 사람들이 자기란 사람을 진정으로 존중해 주고 자기와 친구가 된 것으로 착각했던 거야. 권력이 없어지면 자존심 같은 것은 똥통 속에 처박아 버려야지 무슨 염량세태炎涼世態니 어쩌니 말하고 다니는 거야? 세상은 다 그런 거야."

내가 말했다.

"모두들 사모관대紗帽冠帶 한 번 써 보려다가 결국 이렇게 된 후에야 비로소 친구라고 생각했던 사람들이 모두 가짜인 줄 분명히 알게 되는데, 알게 된들 무슨 소용 있어요? 능력이 있어야 사람들이 입으로도 마음으로도 복종을 하지, 자기가 가진 권력에 복종하도록 하는 것은 능력이라고 할 수 없어요. 많은 사람들은 시 청장처럼 퇴직 후에야, 찾아 주는 사람 없어 대문에 거미줄 친 다음에야, 사실의 진상을 분명히 깨달아 알게 되고, 그리고는 정신도 몸도 허물어지고 망가지게 되지요."

"자네는 이전에 시 청장이 길을 걸을 때 얼마나 으스댔는지 보지 못했을 거야. 어디 지금의 저런 모습이었겠어?"

그는 이렇게 말하면서 손 등을 뒤로 가져가고 배를 앞으로 쑥 내밀었다.

"그 당시 말할 때는 목소리도 지금보다 한 옥타브는 높았어."

내가 말했다.

"자주 그가 정문 앞에서 얘기 나눌 사람을 기다리고 있는 걸 봤는데, 아무리 기다려도 상대해 주는 사람이 없어서 정말로 불쌍했어요. 어렵사리 한 사람을 만나면 한나절은 얘기하니, 그 다음부터는 아예 못 본 척하고 멀찍이 피해 가더라고요. 그 마음이 얼마나 고독하고 얼마나 고통스러울지 한번 생각해 보세요."

이렇게 잠시 동안 걷고 나서 내가 가려고 하자, 서 형이 말했다.
"나중에 다시 얘기하지."
그는 나를 바라보고 한참 망설이더니 말했다.
"자네한테 권하겠는데, 이후에는 말이야, 시 청장하고 그렇게 많이 얘기하지 말게. 좋지 않아."
내가 무슨 뜻인지 이해하지 못하는 걸 보고, 다시 말했다.
"자네가 나를 보러 와준 것이 곧 자네는 나의 좋은 친구임을 증명해. 그렇지 않다면 내가 이런 말까지 하지도 않지. 자네 한 번 생각해 보게, 시 청장 후임자가 누구인지? 그렇지? 그는 시 청장이 끌어올려 주었던 사람이야. 그 당시 그는 분명히 시 청장 뒤를 바짝 쫓아다녔어. 그런데 청장 자리를 인계받자마자 그 전의 정책들을 모두 폐기해버렸어. 취임 일년 안에 청에서 스물여 개의 새로운 정책을 공표하고, 사람들도 한 무더기 물갈이 해버리자 시 청장은 코로 숨을 쉬기도 힘들었어. 혹시 피는 안 토했는지 몰라. 그러니 몸인들 어찌 망가지지 않을 수 있겠어? 나는 원래 시 청장의 차를 운전했는데 지금은 그 사람하고 감히 얘기할 엄두도 못내. 자네는 내가 옛정도 생각하지 않는 소인배라고 말하겠지? 그 사람하고 얘기하기만 하면 그가 지금의 청장은 이러니저러니 말하는데 내가 어찌 감히 들어줄 수 있겠나? 나는 귀를 막고 한참 멀리 도망가야 해. 나는 소인배에 지나지 않아. 그런데 나보고 나서서 정의를 외치라고?"
"위생청이 이렇게 복잡한 곳인 줄은 몰랐어요. 지뢰를 밟고도 밟은 줄도 모르겠네요. 사람은 말이죠, 마음속으론 이렇게 저렇게 하고 싶어도 어떤 신비한 힘이 이렇게 저렇게 하도록 허락해 주지 않을 때가 있어요. 그러니 그 마음이 꽈배기처럼 꼬이지 않겠어요?"

"이런 세상에서 사람으로 살아가려면 꼬여야 할 때는 역시 꼬여야만 해. 그러지 않으면 냉수 한 그릇 얻어 마시려 해도 물 떠 주는 사람이 없어."

내가 웃으면서 얘기했다.

"차라리 이 몸이 목마른 편이 낫지, 매일 이 눈치 저 눈치 보고 분위기 살피며 산대서야 어디 사람이라 할 수 있겠어요?"

내 말에 그는 입을 벌리고 크게 웃었다.

서 기사의 이야기는 나의 자부심을 건드렸다. 병원을 나오면서 나는 생각했다. "이 몸은 사람이지 누구에게 기대어 사는 애완동물이 아니다. 내가 누구하고 얘기하는데 누구의 허락을 받아야 한단 말인가? 무슨 말 몇 마디 하려고 이리저리 돌아보고 다른 사람이 어떻게 생각할까 생각해야 한다면, 그렇다면 나는 도대체 뭐가 되냐? 사람은 너무 오만해서도 안 되지만 기개가 없어서도 안 되는 거야!"

이렇게 생각하면서 나는 마치 누구에게 도전해보고 싶은, 또 누구와 한 판 붙어보고 싶은 그런 기분이었다.

그 후 나는 시 청장을 만나게 되면 해야 할 말은 다 했다. 그 말을 하느냐 하지 않느냐는 나에게 결코 중요하지 않았다. 그러나 만약 내가 회피한다면 그것은 곧 내가 머리를 숙이는 셈이 되는데, 그거야말로 중요한 것이었다. 처음 몇 번은 나도 보는 사람이 있는지 없는지 사방을 둘러보면서 나에겐 아직 용사의 기개가 약간은 남아 있다고 생각했다. 그러나 나중에는 그런 위험은 전혀 없으며 서 기사가 너무 지나치게 생각한 것일 수도 있다는 생각이 들었다. 그리고 또 내가 이 일을 가지고 무슨 도전이라도 되는 듯, 나의 인격을 수호하는 일이라도 되는 듯 생각했던 것이 실제로는 일종의 허장성세虛張聲勢에 불과한 것임을 깨달았다.

하루는 퇴근하여 거리로 나가려는데 시 청장이 정문 입구에서 나를 보고는 손을 들고 계속 불렀다.

"지군, 지군!"

나는 마침 일이 있어서 인사만 하고 지나가려 했다. 그러자 그는 공중에 손을 내밀었다가 내가 멈출 뜻이 없는 것을 보고는 손을 천천히 내려 어깨 높이에서 멈췄다. 나는 황급히 건너가서 말했다.

"저를 부르셨어요?"

그는 나에게 요즘 잠들기가 무척 힘든다고 하소연하고, 약 성분이 부드러운 중의약이 없는지 물었다. 내가 말했다.

"기국지황환杞菊地黃丸을 드시면 괜찮습니다."

"먹어 봤는데, 효과가 별로였어."

"마음을 편히 가지세요. 어떤 일이 있더라도 그렇게 많이 생각지 마시고요."

"사람이란 참 이상하지. 어제 일은 기억하지도 못하면서 몇 년 전의 일은 오히려 생생하게 기억할 수 있다니까. 마치 영화를 틀어놓은 것 같아. 어떤 때는 일단 시작하면 밤새도록 계속돼."

"매일 밤 스스로에게 영화를 틀어주는데 어떻게 잠을 잘 수 있겠어요?"

얘기를 하고 있을 때 서 기사가 도요타 차를 몰고 마당에서 나왔다. 시 청장은 줄곧 차가 정문을 빠져나가는 걸 지켜보면서 무슨 생각이 있는 듯 고개를 끄덕이며 말했다.

"그 일들을 생각하지 말라고? 하지만 사람은 어쨌거나 사람이고, 마음은 어쨌거나 마음이야."

"지나간 일은 지나가버린 거예요."

"하루 종일 마음속이 텅 비어 있는 게 무슨 일을 해도 일 같지가 않아."

나는 그의 흰 머리카락을 보고 속으로 생각했다.

"늙었고, 또 퇴직까지 했는데, 역사 무대에 대해 왜 아직도 저렇게 집착을 하시나?"

내가 말했다.

"제가 몇 가지 약을 처방해 드릴게요. 낚시, 장기, 게이트볼, 이런 걸 하시면 잠이 잘 올 겁니다."

"그런 일은 한두 번 하는 건 괜찮은데 여러 번 하면 재미가 없어져. 어떤 일은 자네 같은 나이 때는 이해하기가 힘들지."

이 가련한 사람을 보면서, 나는 어떤 말로도 그가 사물을 이해하는 방식을 바꾸도록 할 수 없다는 것을 알았다. 그는 지난 옛날에 빠져서 스스로 빠져나오지 못하고 있는 것이다. 가련한 사람 같으니라고.

나는 거리에서 돌아와 식당으로 밥 먹으러 갈 준비를 하고 있었다. 서 기사가 차를 몰고 와서 내 앞에 서더니 말했다.

"대위, 오늘 냄비국수 먹으러 가세."

나는 그의 차를 탔다. 냄비국수집에 앉아서 그가 말했다.

"방금 전에 마 청장님이 자네를 봤어."

"마 청장님은 매일 나를 보는데요?"

"내가 저번에 병원에서 얘기해줬잖아."

"그렇게 위험한 것 같아 보이지 않던데요. 마 청장님은 어쨌든 마 청장님이고⋯."

"누구든지 다 사람이라고. 사람이라면 눈에 드는 일도 있고 눈에 거슬리는 일도 있는 거야."

"그렇다면 나 역시 사람이니, 나도 맘에 드는 일도 있고 맘에 거슬리는 일도 있어요. 내 마음에 들지도 않는 일을 가지고 남의 눈에 들려고 한다면, 그럼 나는 뭐가 되는 거요?"

"일부 사람들이 자네를 눈에 들어 하건 눈에 거슬려 하건 그건 상관 없어. 하지만 다른 일부 사람들은 말이야, 사정이 완천히 달라. 평소에는 잘 드러내 보이지 않다가 중요한 순간에 그의 마음이 돌아가 버리면, 그게 바로 자네나 나 같은 사람의 일생의 운명이 되고 마는 거야."

"그렇게 심각할까요?"

"하긴 자네는 그래도 석사 출신이니 나보다는 세상물정을 더 잘 알겠지만…"

"알기는 알겠는데요, 그러나 사람들이 모두 그렇게 생각한다면 이 세상에 도대체 무슨 희망이 있겠어요? 사람들의 죄다 너무 똑똑해요. 하긴 다른 사람들보다 한 층 더 높이 올라가서 내려다본다면 모두 다 바보로 보일지도 모르지만…"

그는 웃으며 말했다.

"그러고 보니, 대위 자네는 세상의 희망을 자신이 짊어지고 있다고 생각하는구먼."

이때 냄비국수가 나왔다. 바다만한 사발에 각자 작은 공기가 있어서 젓가락으로 집어 먹는 것이었다. 내가 물었다.

"마 청장님이 정말로 불쾌하게 생각했을까요?"

"누가 알겠어? 하지만 만약 내가 마 청장이었다면 자네는 끝난 거야. 내가 이렇게 생각하는 것이 너무나 소인배 같은가? 내가 알고 있는 것은 다만 사람은 역시 사람이라는 것뿐이야."

"만약 정말로 그렇다면요, 어떤 사람들은 역시 사람이지만, 어떤 사람들은 사람도 아니라고요. 그들은…"

나는 하마터면 "노예"라는 말을 뱉어버릴 뻔했다.

그가 물었다.

"그들은 뭔데? 나는 모르겠는데?"

그리고 그는 덧붙여 말했다.

"대위, 내가 해야 할 말은 다 했네. 자네는 시 청장이 한 가지 생각에 빠져서 돌멩이보다 더 단단하다고 말하지 않았었나. 자네도 자칫 잘못하면 그렇게 되어버릴 거야. 누구나 다른 사람을 볼 때는 어쨌든 제대로 보지."

"그렇다면 나중에 좀 더 생각해 볼게요."

그리고 또 말했다.

"무너지는 하늘을 받치는데 그 깨 한 톨이 꼭 있어야 하는 건 아니에요."

식당을 나와 차를 타자, 그가 말했다.

"대위, 내가 오늘 자네에게 무슨 말을 했지? 만약에 내가 뭔가를 얘기했다면 그건 우리 형제끼리의 얘기일세. 다른 데 가선 말하지 말게. 나는 처자식이 있어서 자네를 따라가지 못해."

"그렇게 나를 일깨워 주는 것은 나를 얕잡아본다는 거예요. 내 입이 그렇게 가벼운 줄 아세요?"

"그렇다면 다행이고, 그렇다면 다행이야. 우린 형 아우 사이니까. 하지만 나는 오늘 아무 말도 안 했네. 내가 무슨 말을 했었나? 아무 말도 하지 않았다."

## 13. 남들이 말을 하게 해도
## 하늘은 안 무너진다

천 원 가량의 돈이면 한 사람의 목숨을 구할 수 있다. 하지만 바로 그 천 원의 돈이 없어서 어느 한 사람은 죽을 수밖에 없었다. 나는 이 사실에 매우 강한 충격을 받았다. 나는 팔년 동안 의학을 공부한 사람으로서, 졸업 후 비록 의사가 되지는 않았지만, 생명을 소중히 여기는 관념은 여전히 뿌리 깊다. 나는 주변의 많은 사람들이 여유있는 생활에 파묻혀 다른 사람들의 아픔을 이해하는 능력을 상실했음을 깨달았다. 그들은 다른 사람들이 아파하는 모습을 보고도 마음의 평화를 유지할 수 있는 것이다. 그날만 해도, 오가는 사람들이 그렇게 많았는데도 하나같이 길가에 꿇어앉아 동정을 구걸하고 있는 그 사람을 본 체 만 체했다. 나는 찢어지게 가난했던 산골을 벗어난 지 벌써 십년이 되어가지만, 아직 남을 동정할 능력을 잃어버리지는 않은 것을 다행으로 생각했다. 그러나 때때로 이런 종류의 동정심이 현실에서는 너무나 하찮은 것으로 느껴졌다. 동정 외에 실제로 내가 할 수 있는 일이 없었다.

화원현에 갔던 날, 나는 길거리에서 귤 파는 노인을 만났다. 한 근에 일 마오(毛:약 16원)였다. 내가 한 근을 팔 푼(分:약 13원)에 달라고 하자, 그는 바로 좋다고 했다. 귤을 고르는 동안 그는 나에게, 자기는 현에서 삼십여 리나 떨어진 곳에 산다고 했다. 나는 차를 타고 왔느냐고 물었다.

"귤 한 근에 몇 푼이나 한다고 차를 타요? 어깨, 어깨 차 태워 왔어요!"

그러면서 손으로 자기 어깨를 쳐 보였다.

귤을 심고, 따고, 시장까지 짊어지고 와서 팔고, 운이 좋아 다 팔면 다시 걸어서 돌아가고 그렇게 해서 버는 돈이 기껏해야 몇 십 위안이다. 그날 귤 열 근을 사고 그에게 일 위안(元:160원 정도)을 주자, 그는 연거푸 고맙다고 했다. 내가 할 수 있는 것이라곤 겨우 귤 몇 근 사주는 것이 고작이었다.

나는 시장에서 물고기 배를 가르는 일을 직업으로 하는 사람을 본 적이 있었다. 군데군데 터진 손을 반창고로 싸맨 채 두 손을 하루 종일 벌건 핏물 속에 담그고 일을 했다. 그걸 보고 나는 속으로 탄식했었다. 얼마나 많은 사람들이 생존의 무게에 짓눌려 저런 식으로 살아가고 있는가! 그러나 내가 할 수 있는 일이라곤 한숨짓는 것뿐이었다.

맨발 의사의 일을 겪고 나서 나는 새로운 시각으로 돈이란 것을 바라보지 않을 수 없었다. 이런 식으로 생각하자, 위생청의 돈 낭비가 너무 심하다는 생각이 들었다. 저렇게 고생하고 있는 사람들을 생각하면 이건 너무 불공평하다. 일부 사람들은 돈을 얼마나 어렵게 버는데, 다른 일부 사람들은 돈을 얼마나 쉽게 쓰고 있느냐 말이다.

그 후 호텔에 가서 문건 초안 잡을 일이 몇 번 있었지만, 나는 정소괴에게 미루고 대신 가게 했다. 어차피 그 많은 돈들이 다 쓰여 없어질 것임을 알고 있었기 때문에, 돈을 쓰는 데 참여하지 않았다는 나 자신에 대한 위안도 사실은 별 의미가 있는 것은 아니었다.

그날 나는 서 기사를 찾으러 기사반에 갔다. 그는 새 차를 닦고 있었다.

"이것도 위생청 차인가요?"

"응. 내가 요즘 혼다本田를 모는데, 역시 느낌이 달라."

그는 우리 청에서 외제 차 두 대를 더 구입했다고 말해주었다. 나는 혼다 한 대 값이 얼마인지 물어보았다.

"삼십만 위안 좀 넘어."

나는 깜짝 놀랐다.

"왜 그리 비싸요?"

"그게 비싸다고? 옆의 화공청化工廳에선 리무진까지 사들였는데…. 그나마 그 삼십여 만 위안은 각종 비용이 포함 안 된 가격이야. 거기에 등록비용, 도로사용료, 번호판값, 기름값, 보험료가 들어가고 또 유지보수비와 감가상각비까지 다 포함시켜야 해."

내가 말했다.

"그리고 또 기사 한 명도 필요하고요."

"그런 것까지 계산에 넣을 수야 있나. 세세한 비용까지 다 계산하면 아마 깜짝 놀라 까무러칠 거야."

"사실 청에는 차 한두 대만 있으면 충분한데…"

"지 군! 자네 위생청에 온 게 언제인데 어째 꼭 미국 화교마냥 중국 사정은 전혀 이해하지 못하는 사람처럼 말하나? 이렇게 간부가 많은데, 어느 간부든 수시로 움직일 수 있는 차가 있어야 행동이 자유롭지. "누구는 차가 있는데, 누구는 왜 차가 없냐?" 그렇게 되면 풍파가 일어나게 되지. 결국 탈 차가 있느냐 없느냐 하는 문제가 아니라 위생청 내에서 자기 위치가 어느 정도냐 하는 문제거든. 이게 어디 사소한 문제인가?"

"여러 사람이 같이 쓰면 되잖아요."

"그렇게 되려면 자네가 청장이 되는 날까지 기다려야 할 거야. 정말 그날이 오면 우리 기사들은 모두 실업자가 되겠군."

나는 혼다 차를 만지며 말했다.

"멋있기는 정말 멋있네요. 승차감도 정말 좋고. 그런데 아까 그 세세한 비용까지 모두 계산하려면 정말이지 장부 하나로는 안 될 것 같은데요?"

"나랏돈인데 자네가 뭣 때문에 시시콜콜 다 계산하나?"

그는 이렇게 말하고 쪼그리고 앉아 담배를 피우면서 자세한 내역을 나에게 말해주었다. 차 한 대 값이 31만 위안이니, 십년을 쓴다면 매년 감가상각비가 3만 1천 위안, 31만 위안의 이자가 매년 2만 2천 위안, 도로사용료가 매년 6천 위안, 기름값이 매년 3천5백 위안, 유지보수비는 확실하게 추정하기도 어렵다.

"대충 계산해도 매년 6만 위안이 넘네요. 기사 월급은 아직 계산에 넣지도 않았어요."

"자네는 언제나 나를 기억해 주고 있군. 그러면 다시 3천 위안을 더 해야지."

"서 형은 퇴직도 안 하고, 집도 필요 없고, 병도 안 나나요?"

"나랏돈인데 그렇게 세세하게 계산할 필요 있나? 이건 원래 돈 잡아먹는 물건이야."

"이런 물건에다 쏟아 붓는 돈이 매일 거의 이백 위안이나 되니, 나의 한달 월급보다 더 많네요. 그 맨발의 의사를 생각해 보세요, 정문에서 그렇게 오랫동안 꿇어앉아 있었는데도 겨우 십 몇 위안밖에 못 받았잖아요."

"사람이라고 어디 다 같은 사람인가? 비교도 안 되는 사람이야 가서 머리 박고 죽는 수밖에. 누가 그 사람더러 청장 하지 말랬나? 위생청은 아주 좋은 부두이지. 사람들은 누구나 좋은 부두에 배를 갖다 대고 의지하기를 원하지. 그 맨발의 의사는 말할 필요도 없어. 내가 인민버스회사에 가서 운전을 하면 고생은 몇 배나 더 하면서도 수입은 반 이하로 줄어들어. 부두가 다르기 때문이야. 변소 안에 있는 쥐들은 똥을 먹고서도 사람만 보면 달아나지만, 창고 안의 쥐들은 곡식을 먹으면서도 사람을 봐도 꼬리만 흔들흔들 하는 거야. 그게 다 자기 배를 어느 부두에 갖다 댔느냐에 따라 다른 거야."

"어떤 지출은 서 형이 계산해 보지 않아 몰라서 그렇지, 한 번 계산해 보면 깜짝 놀랄 걸요?"

"자네가 청장이면 그렇게 생각하지 않을 걸세. 그런 지출이 없으면 도리어 억울하다고 생각할 걸? 화공청의 양楊 청장은 리무진을 타는데, 성省에 가서 회의할 때 두 차가 나란히 주차해 있으면, 청장님은 말할 것도 없고 내 마음까지 불편해. 자네는 그 정鄭 기사가 리무진을 운전하면서 얼마나 으스대는지 못 봐서 그래. 담뱃불까지 이렇게 붙인다고."

그리고는 고개를 치켜든 채 담배를 입에 물고 라이터로 불을 붙이는 시늉을 했다. 이어서 말했다.

"그러면 나는 그 녀석이 으스대는 꼴을 보고 있을 수밖에. 다행히 우리도 이번에 새 차를 사서 체면을 조금은 만회할 수 있게 됐어."

그 후 며칠 동안 나는 마음속으로 이 생각에만 매달려 있었다. 분명히 내 돈을 쓰는 것도 아니다. 돈을 아껴 쓴다고 해서 나에게 한 푼이라도 더 돌아오는 것도 아니다. 그러나 분명한 사실은, 그 돈은 어떤 사람의 목숨을 구하는 데 쓰일 수도 있다는 것이다. 나는 이런 사실을 내가 발견해 냈다고 생각했다. 다른 사람들은 이 점을 의식하지 못하고 있는 것이 분명했다. 나는 가만히 입 다물고 있을 수가 없었다. 나의 발견을 모두와 함께 얘기하고, 생각하고, 그런 식으로 일대 충격을 주어야겠다고 생각했다. 위생청 안의 사람들은 대다수가 의학을 공부한 사람들이므로, 그들의 양심에 호소한다면 그들도 강 건너 불구경하듯 하지는 않을 것이다.

이렇게 생각하자 나는 흥분되었다. 심지어 감격스럽기까지 했다. 양심의 책임을 수행할 수 있는 방식을 찾아낸 것이다. 그러나 막상 이런 생각을 말로 표현할 기회를 찾으려 하자 마음이 또 묘하게 불안해지기 시작했다. 나로서는 그 정체를 간파할 수도 없는, 그리고 사람들로 하여금 원인 모를 두려움을 느끼게 하는, 그런 신비한 힘과 마주하고 있는 것 같은 느낌이 들었다. 나는 이 신비한 힘을 말로써 설명함으로써 그것의 실체를 분명히 해보려고 했지만, 그것도 몹시 곤란하다는 것을 깨달았다. 나의 마음은 마치 무딘 톱날로 잘리고 있는 것처럼 아팠다. 나 자신이 지식인이라면 사물의 진상을 분명히 알아야 한다고 생각하면서도, 오히려 장님 행세, 벙어리 행세를 할 수밖에 없었다. 나에겐 그런 천부天賦의 책임, 주인공으로서의 책임을 다할 충분한 용기가 없었던 것이다.

양심과 책임감이란 지식인이 자기의 인격에 스스로 갖다 붙인 이름이다. 이것은 또한 아주 오래 전부터 내 마음속에 맴돌던 말들로, 심지어 한때는 이것을 내 인생의 좌우명으로 삼을까 하고도 생각했다. 이 말들은 나를 정의감에 피끓게 했다. 그러나 일단 현실에 직면하자 이 말들의 설득력은 그리 충분하지 못했다.

현실은 결국 현실이다. 현실은 사람들에게 책임 전가轉嫁의 구실을 미리 마련해 두었다. 한 발짝 한 발짝 물러서기만 하면 곧 그 구실의 비호 아래 숨을 수 있게끔, 거기서 마음은 안정을 찾게끔 된다.

그러나 나는 또 나 자신에게 물었다. 원칙이 만약 개인적인 이유 때문에 변할 수 있다면 그것은 원칙이 아니지 않느냐. 침묵은 양심에 대한 억압일 뿐만 아니라 자존심에 대한 도전이기도 하다. 나는 속으로 굴욕감을 느꼈다. 나 자신도 "돼지 같은 인간, 개 같은 인간"들과 실제로는 별로 다를 게 없다. 그저 각자 적자생존適者生存의 방식에 따라 살아가고 있을 따름이다. 나는 일종의 신비한 힘들과 마찬가지로 말로 설명하기 어려운 공포가 내 마음 깊은 곳에 자리 잡고 있음을 깨달았다.

곰곰이 생각해 보니, 그것은 신분身分을 상실하게 될지도 모른다는 데 대한 공포였다. 나는 지식인이다. 나 자신이 말하지 않고 누가 대신 말해주기를 바라는가? 내가 만약 침묵한다면, 그렇다면 나는 또 누구인가? 나는 초조하게 생각하고 오랫동안 망설였다. 망설인 끝에 나는 결국 포기하기로 결심했다. 그것은 나 자신에 대한 평가가 깎이는 일이었지만, 사실 애초부터 나의 내적 우월감은 그 근거가 충분하지 못했다.

시간이 얼마 지난 후, 마 청장이 전체 직원회의에서 한 얘기가 나의 내적 충동을 자극했다. 그 회의에서 마 청장은 회계감사처의 양楊 처장을 비판했다. 회계감사처의 한 회계 담당자가 성 인민의원人民醫院의 보수공사의 회계심사에 대해 이견을 제시했다고 해서 양 처장이 그녀를 출납계로 옮겨버린 것이다. 마 청장이 회의석상에서 말했다.

"위생청에는 이견異見을 들어줄 수 있는 간부가 없습니까? 다른 곳은 내가 관여할 수 없지만, 위생청에는 상하가 서로 의견을 교환할 수 있는 통로가 있어서 대화가 이루어져야 합니다. 높은 자리에 있으면 다른 사람들이 입으로도 마음으로도 복종할 수 있도록 해야 비로소 그 자리에 있을 자격이 있는 겁니다. 다른 사람으로 하여금 말 좀 하게 한다고 해서 하늘이 무너지는 것도 아니고, 자기가 그 자리에서 쫓겨나는 것도 아닙니다. 다른 사람들이 말을 못하게 입을 막을 때 도리어 하늘도 무너지고 자신도 그 자리에 오래 앉아 있을 수 없게 됩니다."

결국 양 처장은 곧바로 파면되었다. 그 일은 나에게 아주 큰 충격을 주었다. 나는 내가 마 청장을 너무 속 좁게 봤던 것은 아닌가 하고 생각하기 시작했다.

그래서 나는 기회를 보아 얘기하고 싶었던 것을 말해야겠다고 생각했다. 나는 그 정도의 용기는 갖고 있었다. 신분상실의 공포로 초조했지만, 나는 입을 열고 말을 해야만 한다. 그러나 일단 신분을 상실한 사람에게는 지켜야 할 원칙, 져야 할 책임조차 사라지게 된다. 그것은 정말 무서운 일이다. 일개 말단 직원에 불과한 나로선 신체의 자유도 없고 출근해서 들어가 있을 사무실도 없어진다. 그럼에도 불구하고 나는 역시 정신의 자유를 굳게 지켜야만 하고 그것은 신체의 자유보다 더 중요하다. 나는 입을 열고 말을 해야만 한다.

한번은, 당 지부의 민주생활 회의에서였다. 다른 사람들이 모두 발언을 마쳤다. 그 발언들이라고 해보았자 하나같이 통렬한 것과는 거리가 먼, 가소롭지도 않은, 불만족스러운, 쓰레기 같은 것들, 터럭 하나 건드리지도 못할 말들이었다.

그래서 내가 말했다.

"저도 몇 가지 의견이 있는데, 말을 해야 할지 말아야 할지 모르겠습니다."

마 청장은 나를 바라보고 격려하듯이 고개를 끄덕이다가, 그래도 내가 망설이자 이렇게 말했다.

"내가 뭐라고 했나. 다른 사람들로 하여금 말을 하게 해도 하늘이 무너지지 않는다고 했잖아."

그래서 나는 얘기하기 시작했다. 먼저 호텔에 가서 문서 초안을 잡던 일부터 시작해서, 다시 위생청의 승용차 유지비에 관한 세부 내역까지 모두 얘기했다. 끝은 의료 종사자의 인도주의 정신으로 결론을 맺었다. 나는 내가 알고 있는 한에서만 이야기했고, 특정 인물의 이름은 거론하지 않았다고 생각했다.

그러나 말을 끝낸 후 분위기가 이상해졌음을 발견했다. 아무도 나의 말에 동조하는 사람이 없었다. 놀란 표정으로 나를 바라보던 정소피의 입에는 야릇한 미소까지 감지되었다. 회의장 안이 고요해졌다. 적막감까지 느껴졌다. 그 적막감은 나에게 엄청난 심리적 압박으로 작용했다.

마침내 마 청장이 입을 열었다.

"방금 지 군이 자기 의견을 말했습니다. 역시 긍정적인 측면이 있습니다. 이에 대해 함께 토론을 해봅시다. 찬성 의견이든 반대 의견이든 다 얘기해 보세요. 진리는 토론을 거듭할수록 더욱 분명해지는 법이지요."

그리고는 시계를 보면서 말했다.

"나는 성 정부에 가봐야 합니다. 서 기사가 아래에서 나를 기다리고 있어요."

그리고는 가버렸다.


유 주임이 말했다.

"지 군의 동기는 매우 좋지만, 그러나 문제를 좀 더 거시적으로 고려할 수는 없을까? 예컨대 승용차의 경우, 청에서 승용차 몇 대를 굴리는데 적지 않은 돈이 드는 것은 사실이지만, 업무에 편리하다는 이점이 있지요. 이런 종류의 가치는 돈으로 측정할 수 없는 것이에요."

정소괴가 이어서 말했다.

"지대위가 사물을 보는 방식에는 약간의 편집증偏執症이 있는 것 같습니다. 청에는 기껏해야 소형차 열 대 좀 더 있을 뿐인데, 저는 그게 많다고 보지 않습니다. 옆의 화공청은 우리보다 몇 대 더 많습니다. 지금 있는 것들도 청장님께서 우리 청의 업무가 모두 환자들을 상대로 하는 것이란 특수성을 감안해서 마련한 것들입니다. 특히 그 맨발의 의사인가 뭔가 하는 자들에게 돈을 너무 많이 써버려 돈이 부족해져서 어쩔 수 없이 이런 절약 원칙을 채택한 겁니다."

그리고 감찰실의 학郝 주임이 발언했다.

"내 생각에는 지 군의 발언은 구체적으로 누군가를 염두에 두고 한 얘기 같은데, 누구를 겨냥한 건가? 청장님께서는 우리 청의 주택사정이 빠듯하다는 점을 고려해서 매일 당신은 그 먼 거리를 출퇴근하시면서도 동지들이 불편해 할까봐 이사도 오시지 않는데, 이러한 대공무사大公無私의 정신은 우리가 배워야 할 모범이 아니겠나?"

그는 말을 하면 할수록 점점 더 흥분해서 나중에는 주먹을 아래로 불끈 내지르다가 하마터면 탁상을 칠 뻔했다. 나는 더 이상 참을 수 없어서 말했다.

"학 주임께선 그 비용을 계산해 보셨습니까? 고급차 한 대가 일년 동안 잡아먹는 돈이면 집 한 채를 짓고도 남습니다."

그는 주먹으로 탁상을 내리치며 말했다

"억지 부리지 마! 억지 부리지 말라고!"

분명히 억지를 부리고 있는 것은 자기이면서 도리어 뻔뻔스럽게 내가 억지를 부린다고 우겨댔다. 저렇게 제멋대로 사실을 왜곡한다면 이 세상 꼴이 뭐가 되겠는가? 회의장의 분위기에 압도되어 나는 더 이상 말을 계속하지 못하고 나에 대한 그의 비판을 받아들여야만 했다. 도대체 이게 어찌된 일이지? 계속해서 다른 사람들도 나를 비판했는데, 가장 한심했던 것은 나와 그렇게 사이가 좋았던 막寞 여사까지도 내가 틀렸다고 말하는 것이었다. 끝에 가서는 나 자신도 내가 너무 단면적이고, 너무 경솔하고, 너무 사리에 어두웠던 게 아닌가 하는 생각이 들었다.

유 주임이 말했다.

"내 생각에는, 여러분들의 의견을 지 군도 받아들였을 겁니다. 물론 끝까지 자기 의견을 고집할 수도 있겠지만, 지금은 일시적으로 이해를 못하더라도 천천히 깨닫게 될 겁니다."

그리고는 회의를 끝냈다. 정소괴는 흥분한 얼굴로 문 밖을 나서자마자 휘파람을 불기 시작했다.

# 14. 보신주의保身主義

　나는 일이 이런 식으로 마무리될 줄은 전혀 생각도 못했다. 숙소로 돌아올 때까지 머리 속에서 계속 윙윙거리는 소리가 났고, 나를 보고 손가락질을 하는 수많은 얼굴들이 눈앞에 떠올랐다. 나는 "수많은 사람들의 손가락질을 받는다"는 것이 어떤 것인지 몸소 느낄 수 있었다. 나는 그날의 대화를 다시 한 번 되새겨 보면서 문제가 어디에 있었는지 찾아보려고 했다. 사전에 나도 마 청장님이 약간 불쾌하게 생각할지도 모른다고 생각은 했었지만, 이렇게 많은 사람들이 함께 들고 일어나 나를 질책할 줄은 정말이지 전혀 생각지도 못했다. 모두 의학을 공부한 사람들로서 마땅히 최소한의 인도주의 정신은 가지고 있어야 할 텐데, 어떻게 인간된 도리를 그런 식으로 얘기할 수 있단 말인가?

　나는 오늘 비로소, "세상의 원칙이라는 것은 진흙을 빚는 것처럼 빚는 사람들이 원하는 형상으로 빚어낼 수 있으므로, 그것을 빚는 사람이 누구인지를 봐야　한다"는 말의 뜻을 이해하게 되었다. 그러나 만약 사람들이 모두 자신의 이익에 따라 원칙을 빚어낸다면 정의正義는 도대체 어디에 있단 말인가? 만약 정소괴 혼자서 들고 일어났다면 나도 받아들일 수 있었을 것이다. 개 같은 놈이니까 꼬리만 칠 뿐 아니라 사람을 물

수도 있겠지. 만약 개의 조상彫像을 다시 만든다면 꼬리 부분만 생동감 있게 표현할 게 아니라 이빨까지도 생동감 있게 표현해야 하지 않을까? 학郝 주임이 발언할 때는 이빨까지 다 하얗게 드러나지 않던가! 그리고 유 주임도, 그 마음씨 좋은 사람이, 앞장서서 그런 식으로 말할 줄은 정말 생각지 못했다. 그러나 누가 뭐래도 가장 의외였던 것은 막莫 여사였다. 그녀가 어찌 그럴 수가 있단 말인가?

나는 저녁 식사를 걸렀다. 그런데도 배고프단 느낌이 전혀 없었다. 내마음이 평정平靜한 상태에 있음을 스스로에게 증명하기 위해 나는 『본초강목本草綱目』을 들고 읽기 시작했다. 그러나 한참을 읽어도 머리 속은 여전히 멍할 뿐이었다. 글자 하나하나는 다 아는 것들이고, 한 구절 한 구절 다 이해가 되었지만, 그러나 한 단락을 다 읽고 나서는 무슨 소리인지 알 수가 없었다. 나는 정신을 집중해서 성조聲調까지 신경써가며 한 자 한 자 읽어 내려갔다.

"약의 성질에는 환丸으로 만들기에 적합한 것이 있고, 가루散로 만들기에 적합한 것, 물에 삶기煮에 적합한 것, 술에 담그기酒漬에 적합한 것, 기름에 튀기기膏煎에 적합한 것이 있으며, 또한 다른 약과 함께 써야 하는 것兼立, 또 탕이나 술에 담가서는 안 되는 것不可入湯酒 등이 있는데, 그 약의 성질에 따라야 하고 그것을 어겨서는 안 된다."

그러나 한 문단을 다 읽고 나서도 역시 이해가 되지 않았다. 힘껏 머리를 한 대 때리자 속에서 텅 비어 있는 듯한 소리가 들렸다. 어떻게 나 지대위가 이런 사소한 일로 심사가 이렇게 뒤틀려 있을 수 있단 말인가! 이런 사소한 일에, 이런 사소한 일 때문에?

침대에 누운 채로 얼마나 지났을까, 이미 날이 어두워진 것을 깨달았다. 나는 밖으로 나가 답답한 속을 좀 풀고 싶었다. 정문을 나서서 길을 따라 줄곧 동쪽으로 걷기 시작했다. 그때 검은색 승용차가 내 옆에 멈춰 섰다. 깜짝 놀라서 보니 서 형이었다. 그는 나를 차 안으로 끌어들이더니 번개같이 앞으로 차를 몰았다.

"이렇게 늦은 시간에 차를 몰고 밖에서 돌아다니다니! 나를 어디로 데려가는 거요?"

"일단 나하고 같이 가!"

십여 분 정도 차를 몰아 교외에 다다르자 한 식당 앞에 차를 세웠다. 그는 나를 끌고 안으로 들어갔다.

"나는 배 안 고픈데…. 나는 배 하나도 안 고파요."

"배 안 고파도 저녁은 먹어야 할 거 아냐?"

나는 깜짝 놀라서 말했다.

"내가 저녁 안 먹은 거 어떻게 알았어요?"

"친구 사이에는 거짓말을 하지 않는 거야. 차 안에서 자네가 내려오기를 몇 시간이나 기다렸어. 올라가서 자네를 찾을 용기는 차마 못 냈지만."

"나를 찾을 용기가 없었다고요?"

그는 아무 대답 없이 나를 쳐다보며 물었다.

"자네 오늘 오후에 무슨 얘길 했나?"

"내가 무슨 얘기한 걸 어떻게 알고 있어요?"

그때 종업원이 다가오자 그는 요리 네 개를 시켰다.

"네 시 좀 넘어서 마 청장님이 기사반으로 오셔서 집에 돌아가겠다고 하시는데, 별로 기분이 안 좋아 보이더라고. 가는 길에 청장님이 내게 자네한테 승용차에 관한 일을 얘기해 준 적이 있느냐고 묻더군. 말하는 투가 심상치 않아서 그런 일 없다고 부인했지. 위생청에 돌아와서 유 주임을 만났는데, 그 사람도 나한테 똑같은 걸 묻는 거야. 또 부인했지. 그런데 그이가 나한테 자네가 의견을 제시했던 일을 다 얘기해 주더군.

얼마나 놀랐던지. 대위, 자네 그런 말은 해서 도대체 뭘 어떻게 하겠다는 거야?"

"양심에 따라 몇 마디 했을 뿐인데요."

"그들이 묻기에 일단 다 부인을 했지만, 대위 자네 다시는 다른 사람에게 그런 말 하지 마. 안 그러면 나까지 핸들 못 잡게 돼. 높은 사람의 기사가 되면 가장 금기시되는 게 말 많이 하는 거야. 내가 자네한테 차한 대에 돈이 얼마나 드는지 얘기할 때야 자네가 속으로 그런 생각을 품고 있는 줄 생각이나 했겠어? 진작 알았으면 내가 어떻게든 자네를 막았을 텐데."

종업원이 요리를 내 왔다.

"정말 못 먹겠어요."

"억지로라도 몇 입 먹어 둬. 자기 자신을 적이라 생각하고, 자기 위胃와 싸워 이겨야지, 하고 생각하면 먹을 수 있을 거야."

나는 요리를 조금 집어서 천천히 먹었다.

"내가 오늘 자네를 이렇게 오래 기다렸던 것은 두 가지 일이 있어서야. 첫째는 자네가 나를 좀 도와줘야겠네. 내가 이미 부인했는데 자네가 이 얘기를 계속 하고 다니면 모든 게 끝장이야. 그렇게 되면, 나를 기사반에서 끌어내지는 않더라도 차라도 바꾸라고 할 거야. 그러면 나도 견디기 힘들어져."

"서 형, 서 형은 아직 나를 모르는군요. 오후에 나는 해야 할 말을 한 것뿐이에요. 나는 하지 말아야 할 말까지 하지는 않아요. 나 혼자 버티면 되는 걸 서 형까지 끌어들여 뭘 하겠어요? 마음 놓으세요."

그는 한숨을 길게 내쉬더니 말했다.

"두 번째 일은, 내가 자네에게 사과할게. 유 주임이 나에게 오늘 일을 말할 때 나는 당시 내 태도를 밝혔거든. 자네가 그런 식으로 문제를 보는 것은 잘못된 거라고 말이야. 마음씨 좋고 착한 자네를 두고 내가 그렇게 얘기한 것이 마음에 부끄러워. 아예 입 꾹 다물고 있었으면 좋았겠지만, 그럴 수도 없었던 것이, 그렇게 되면 나까지 혐의를 받게 되거든. 나는 자네가 나의 고충을 이해해 주리라 믿어. 마음속으로 두고두고 원망하지 말게."

나는 씁쓸하게 웃으면서 말했다.

"서 형은 마음속의 말을 할 권리도 없지만 침묵할 권리도 없다는 걸 저는 이해합니다. 저는 서 형 원망하지 않아요. 정말 원망하지 않아요. 서 형이 제 마음씨가 좋다고 말해 주시니, 저로서는 "이해 만세!"하고 소리치고 싶은데요. "이해 만세!" 이 말을 저는 북경에서 공부하는 몇 년 동안 입에 붙이고 살았어요. 그런데 지금에서야 이 말 속에 담겨져 있는 고충과 무게를 알 것 같네요."

돌아오는 길에 그가 말했다.

"대위, 내가 위생청에 있은 지도 벌써 여러 해가 됐어. 그 동안 내가 터득한 한 가지 처세 원칙은 모든 것을 덤덤하게 보아 넘기라는 거야. 어떤 사람이 몇 백 몇 천 위안이나 되는 큰 돈을 강에 던져버리더라도 그냥 못 본 척해야 되는 거야. 그가 바보가 아닌 다음에야 그렇게 하는 데에는 다 이유가 있게 마련이니까. 그 이유도 모르면서 낭비한다느니 어쩐다느니 하는 말은 절대로 하면 안 돼. 결론은, 자네는 아무 말도 하지 마. 자네는 입을 여는 순간, 그 자체로 자네가 잘못하는 거야. 이 이치를 깨닫고 나면 마음이 편안해져."

"나도 이제부터는 처세술을 배워야겠네요. 서 형한테 한 수 배워야겠어요."

그가 내 말의 뉘앙스를 알아차리지 못하고 말했다.

"상의할 사람 없으면 나한테 와서 상의해도 돼."

위생청에 거의 다 왔을 때 그가 말했다.

"대위, 자네는 여기서부터 걸어가야겠어. 다른 사람들이 이상한 생각하지 않도록. 애초에 내가 기숙사로 올라가서 자네를 찾지 않았던 것도 다른 사람들이 이상한 생각을 할까봐 염려해서 그랬던 거야. 위생청 사람들 하나하나가 다 얼마나 예리한데…."

"상상력도 풍부하십니다."

내가 차에서 내리자, 그는 차를 몰고 앞으로 갔다.


기숙사에 돌아와서도 나는 마음이 편치 않았다. 어쩌다가 내가 다른 사람들이 기피하는 인물이 되어버렸지? 이렇게 생각하고 있는데 마치 손톱으로 문을 긁는 것처럼 아주 가볍게 문을 두드리는 소리가 들렸다. 누가 내 방 문을 두드리는 건가? 문간으로 가서 귀를 기울여 듣자 내 방 문에서 나는 소리가 분명했다. 그렇군. 내 방 문을 두드리는 소리였군. 내가 문을 열자 한 사람이 번개같이 들어왔다. 막莫 여사였다. 그녀는 문을 닫고 말했다.

"대위, 자네 돌아왔군!"

그녀의 목소리가 아주 작아서, 나도 모르게 덩달아 소리를 낮추고 말했다.

"영화 보러 갔다 왔어요."

그녀가 말했다.

"굴문금과 같이?"

나는 고개를 가로저었다. 그녀가 말했다.

"저 아래까지 서너 번 왔었어. 자네 방에 불이 켜지는 걸 보고 자네한테 사과하러 온 거야. 오늘 오후 원래는 발언할 생각이 없었는데, 입 꾹 다물고 있으려고 했는데, 그런데 우리 학 주임이 그렇게까지 말하는데 내가 만약 태도를 분명히 밝히지 않으면, 학 주임이 분명히 두고두고 새겨둘 거라고. 입 다문다는 것 자체가 다른 사람들 보기에는 태도를 밝히는 것이거든. 그래서 어쩔 수 없이 몇 마디 했던 거야. 집에 돌아와서 마음이 정말로 편치 않았어. 자네한테 너무 미안해. 보통 미안한 게 아니라 정말 너무 미안해. 어쨌든 나도 대학도 나왔고 게다가 의학을 공부한 사람인데, 자네가 얘기한 도리에 어떻게 동의하지 않을 수 있겠나? 하지만 동의하더라도 마음으로만 동의할 뿐이지 입으로는 역시 동의하지 않는다고 밝혀야 해. 입을 다물고 있을 수가 없었어. 정말 어쩔 수 없었어."

나는 씁쓸하게 웃으면서 말했다.

"다 이해해요. 당신 원망 안 해요. 정말로 원망 안 해요."

"대위, 자네가 나의 고충을 이해해 준다니 다행이야. 이런 처지에 놓이는 것이 정말 괴로워."

"당신은 나를 이해하고, 나 역시 당신을 이해하고. 우리 사이에 이런 묵계가 형성되기도 쉽지 않은 일이지요. 나는 "이해 만세!" 하고 소리치지 않고는 못 배기겠는걸요."

그녀가 고개를 저으며 말했다.

"정말이지 맘이 너무 아파. 그 한 마디 발언을 하지 않을 수도 없는 처지 하며, 막상 말을 하고 나니 내 감정에는 반대될 뿐 아니라 또 친구한테 미안하고. 이런, 사람 마음이 짝 찢어져 두 동강 나는 게 어떤 느낌인지 자넨 알겠나?"

그녀는 두 손으로 뭔가를 짝 찢는 동작을 취했다.

"내가 여기 오는 데도 용기가 필요했어. 우선 다른 사람이 보고 이러쿵저러쿵 말하는 것을 두려워하지 않을 용기와, 둘째로 이 문에 들어와서 친구인 자네의 얼굴을 대면할 용기가 필요했지. 난들 어찌 마음이 아프지 않았겠나?"

"사실 오지 않았더라도 막 여사의 곤란한 처지 이해해요. 심지어 학주임, 유 주임까지도 그런 식으로 태도를 표명하지 않을 수 없었을 거예요. 어쨌든 회의장의 상황을 누군가는 보고하게 될 테니, 나도 그 사람들 원망하지 않아요. 그 사람들 생각도 사실 다른 사람들과 크게 다르지 않을 거예요. 그저 내가 이상하다고 생각하는 것은, 모든 개인들이 속으로는 동풍東風이 불기를 원하는데, 어째서 함께 앉아 있으면 서풍西風이 강하게 불게 되느냐 하는 거요. 나는 그 서풍이 어떻게 형성되는지 도무지 이해할 수가 없어요. 모두들 연기자가 되고, 연기도 아주 그럴듯하게 하고…. 가짜가 진짜보다 더 진짜 같다니까요."

"이 바닥이 원래 그래. 모두들 말 속에 숨겨진 의미를 찾아내고察言, 안색을 살피고觀色, 말하는 내용을 분석하고聽話, 말투에서 그 뉘앙스를 뽑아내는 데聽音 아주 도가 튼 거지."

"내가 그 얘기를 했다고 해서 마 청장님이 정말로 나를 멀리하시지는 않겠죠?"

"청장님 본인은 비교적 관대하다고 하지만, 다른 윗분들까지 반드시 그렇다고 할 수는 없지. 사람은 어쨌든 사람이니까."

막 여사는 떠나기 전에 귀를 문에 대고 무슨 소리가 나는지 다 확인한 다음 살살 문을 열고 나가면서, 손가락 하나를 입에 대고, 자기가 나가거든 곧바로 문을 닫고 배웅하러 나오지도 말라는 뜻을 표시했다.

나는 창문 앞으로 돌아와 앉았다. 창 밖으로 손을 내밀어 은행잎을 몇 개 따서 손으로 문질러 보았다. 서 형도 막 여사도 모두들 좋은 사람들이고 또 평범한 사람들이다. 평범한 사람들의 수칙은 바로 보신保身이다. 이 점은 나도 이해한다. 환경에 잘 어울려 평화롭게 살아가기 위해서 마음속에 있는 얘기는 감히 하지 못하고, 오히려 자기가 말하고 싶지 않은 말은 당당하게 하면서, 자기가 정말로 하고 싶은 일은 몰래 숨어서 세심한 계획 하에 하는 것이 보통이다. 세세한 부분에 있어서 그들은 충분히 총명하다. 하지만 그 총명함 뒤에는 말로 표현하기 힘든 비애悲哀가 숨어 있다. 이런 분위기 속에서는 많은 사람들이 비정상을 정상으로 간주하고, 그런 사실조차 당연하게 생각하고 묵과하는 것이다.

어느 때에야 모두들 허리를 곧게 펼 수 있을까? 수천 년은 계속되어

왔을 이런 태도를 고치려면 아마도 앞으로 수백 년은 걸릴 것이다. 이것이 바로 진상眞相이다. 더욱 심각하고 더욱 중대한 의미가 가려져 있는 진상이다. 나는 적당한 기회를 봐서 이 진상을 얘기해야만 한다. 나는 입을 다물고 있을 수가 없다. 나는 하늘로부터 입을 열고 진상을 말하라는 임무를 부여받았다.

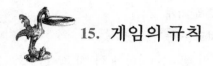

## 15. 게임의 규칙

그 이튿날 출근할 때 계단에서 위층에서 내려오고 있는 학 주임과 마주쳤다. 나는 그에게 인사를 할 생각으로 그를 쳐다보았지만, 그는 나의 시선을 외면한 채 내려갔다. 그의 태도는 나로 하여금 일종의 정신적인 우월감마저 느끼게 했다. 결국 사람들은 마음속으로는 시비是非를 분명히 알고 있을 것이다. 그도 분명히 알고 있을 것이다. 사무실에 들어서니 유 주임이 벌써 와 있었다. 그는 아주 부드러운 목소리로 말했다.

"지 군, 일찍 왔네."

"유 주임님도 일찍 오셨네요."

"지 군, 자네 어제 도대체 어찌된 일인가? 그런 얘기는 왜 했어?"

"제가 원래 충동적이어서, 일단 무슨 생각이 떠오르면 참지 못하고 말해버리거든요. 어제는 제가 생각해도 역시 너무 현명하지 못했어요."

"젊어서 그래!"

"그렇지만 제 말이 맞지 않습니까? 청장님께서 말하라고 부추기셔서 했던 건데…. 사실 저도 하고 싶은 이야기, 반 정도밖에 못했어요. 나머지 반이 남았는데, 유 주임님께 말씀드릴게요."

그리고는 나는 맨발 의사의 일과, 또 신문에서 본 보도기사 얘기를 했다.

"지 군, 자네는 역시 좋은 사람이야. 다만 백면서생白面書生의 티를 너무 내서 그렇지. 누구인들 세상만사를 다 맡아서 관리할 수 있겠나? 그 나머지 절반은 나한테 얘기한 것으로 끝내게."

이렇게 말하면서 손으로 내리쳐 자르는 동작을 했다.

"정부기관에서 일할 때는 그 기관의 생리를 따라야 해. 하고 싶은 소리 다 할 수 없다는 것, 이것도 한 가지 원칙이지. 잘 생각해야 돼, 지 군!"

그때 정소괴가 들어오자 유 주임이 곧바로 말했다.

"지군! 가서 물 좀 떠 오게."

나는 어떻게 마 청장을 대해야 좋을지 몰랐다. 나는 사람과 사람 사이의 감정은 항상 상호적인 것이라고 알고 있다. 내가 본능적으로 누군가를 좋다고 느끼면 그 사람도 나에 대해 친밀감을 갖게 되고, 내가 그를 불쾌하다고 느끼면 그도 나를 불쾌하게 생각한다. 만약 내가 불쾌하게 느끼는 사람이라면 아예 아무 말 않고 그냥 고개만 끄떡하고 지나가면 그만이다. 하지만 그 사람이 마 청장이라면 피해갈 수 있을까?

그날 나는 몇 분 미리 출근했다. 복도에서 마 청장과 마주칠까봐 두려웠기 때문이다. 조금 후 마 청장이 입구를 지나가며 정소괴와 인사를 나누는 소리가 들렸다. 목소리에 특별한 친밀감이 스며 있었다. 큰 인물들의 어조에는 특별한 의미가 들어 있게 마련이고, 그것은 아주 중요한 정보다. 나는 간담이 서늘해졌다. 정소괴는 들어오면서 과장된 몸짓으로 일종의 우월감을 드러냈다. 나는 못 본 척 눈을 다른 쪽으로 돌리고 속으로 욕을 했다.

"또 꼬리를 흔들기 시작하는군. 조금 있으면 이빨도 드러내겠지?"

이 소인배는 바디 랭귀지身體言語를 통해 일종의 정보를 전달하고 있었다. 그는 자신이 나를 꺾었다고 생각하는 것이다. 나는 앞으로 그를 어떻게 대해야 할지 생각했다. 조금도 지지 말고 맞대응할까, 아니면 아예 상대도 하지 말까? 내가 상대하지 않으면 그 인간은 한 발 한 발 압박해올 것이다. "나무는 가만히 있고자 하나 바람이 멈추지 않는다樹欲靜而風不止"고 했다. 맞대응 하자니 그것은 곧 소인배의 방법으로 소인배를 다루는 셈이 된다. 어떻게도 할 수 없는 비참한 경우가 가끔 이렇게 생기는 것이다.

퇴근할 때 막 문을 나서다가 공교롭게도 마 청장과 마주쳤다. 나는 아무런 말도 안 했는데, 마 청장이 먼저 부드러운 목소리로 물었다.
"지 군, 요 며칠 동안 안 보이더군. 일은 잘 하고 있나?"
"괜찮습니다."
그는 고개를 끄덕이고 웃으면서 말했다.
"괜찮다면 좋고. 잘된 일이야."
그는 아무렇지도 않은 듯 내 손을 살짝 치고 나서 또 다른 사람과 얘기하면서 갔다. 마 청장의 표정과 태도에서 나는 약간 위로를 받았다. 아마도 그는 내가 상상했던 것처럼 나에게 화가 많이 났던 것은 아닐지도 모른다. 내가 사태를 너무 심각하게 생각했던 것 같다. 많은 사람들이 나를 비판한 데다 서 형과 막莫 여사가 조성한 어떤 공포 분위기가 나로 하여금 그런 식으로 생각하게 몰아갔었던 것 같다.
이렇게 해서 나는 또 다시 마 청장님께 친밀감을 느꼈고, 은근히 감동까지 했다. 그 사람들이 나를 향해 이빨과 발톱을 드러내 보인 것은 모두 윗사람에게 잘보이기 위해서였는데, 마 청장 본인은 오히려 나에게 아무런 편견도 갖고 있지 않았다. 나는 마 청장의 방금 전의 태도를 거듭 떠올리고 거듭 분석하면서 내 생각이 결코 틀리지 않다는 것을 느꼈다. 순간 마음이 가벼워지고 스트레스로부터 해방된 것 같았다. 동시에 또 마 청장님께 죄송하다는 생각이 들었다. 리더는 역시 리더다. 내가 어떻게 그런 책망의 눈빛으로 그를 봤을까? 나를 좋게 보고 청에 남아서 일하도록 하신 분인데, 그분은 여태까지 나에게 어떤 잘못도 하신

적이 없는데, 내가 배은망덕하게 굴 수는 없잖나! 그래서 나는 또 새로운 심적 부담이 생겼다. 양심의 가책을 느꼈던 것이다.

　마음속에 팽팽하게 당겨졌던 줄이 느슨해지면서 나는 속으로 결정을 내렸다. 만약 정소괴 이놈이 또다시 도전해 오면 내 이놈을 박살내고야 말리라. 그럴 용기가 생겼다. 이렇게 생각하면서 나는 리더에게는 정말 신비한 힘이 있음을 깨달았다. 그들의 말 한 마디, 표정 하나 하나가 사람들로 하여금 용기 백배, 자신감 넘치게 할 수도 있고, 또 사람을 기 죽여 비참하게 느끼게 할 수도 있는 것이다. 내가 동료들을 대하는 태도마저 리더의 말 한 마디, 그 표정 하나 하나에 의해 결정되다니, 정말로 신비하기 짝이 없는 일이다.

　나는 그 일이 이렇게 넘어갈 것으로 생각했다. 나는 한 차례 풍파를 겪었지만 덕분에 몇몇 사람들에 대해서는 속속들이 알게 되었으니, 이 역시 하나의 수확이라고 생각했다. 그런데 며칠 후 나는 최신 토요타 차 한 대가 마당에서 왔다갔다 하는 것을 보게 되었다. 위생청에 용무를 보러 온 차라고 생각하고 주의를 기울이지도 않다가, 수위실의 섭씨가 위생청에서 또 차를 한 대 샀다고 하는 말을 듣고 나서야 비로소 그것이 위생청의 차라는 것을 알았다. 내 마음은 순식간에 암울해졌다. 내가 제시한 의견을 아무도 대수롭게 여기지 않다니! 이 차는 그야말로 나보고 산 차였다. 지대위, 불만 있어? 그리고 이것이 바로 나의 불만에 대한 대답이었다. 나는 기율검사회紀檢會의 사람들은 어째서 이 문제에 전혀 관여하지 않는지 의아했다. 내가 기율검사회의 양梁 서기한테 직접 말해야 하는 건가.

　내가 말했다.

　"위생청의 차는 여럿이서 사용하기에 이미 충분해요. 보세요, 지금 차 몇 대가 저기 그냥 서 있는지. 기사들도 저렇게 놀고 있잖아요."

　섭씨가 말했다.

"그건 우리 같은 서민들의 생각이고, 윗분들은 그렇게 생각 안 하지요. 높은 사람들은 갈수록 많아지잖아요. 그런 자리에 올라갔는데도 거기에 어울리는 대우도 안 해 주고 전용차도 한 대 없으면 어디 기분이 좋겠어요?"

"최근에 누가 또 지도자급으로 올라갔나요? 나는 전혀 모르고 있었는데."

그가 웃으면서 말했다.

"지 군, 당신은 사무실에서 일하면서 어째 나보다도 몰라요? 이제부턴 기율검사회 서기도 부청장 급이에요. 직급이 올랐으면 대우도 따라서 좋아져야지요."

"그렇게 된 거로군요."


나는 속이 아주 불편했다. 방금 양 서기한테 가서 한 마디 하려는 생각까지 했었는데… 나 같은 사람은 정말 달리 출구가 없구나. 유일한 출구는 서 형이나 막 여사처럼 장님, 귀머거리 행세를 하는 수밖에 없겠다. 그렇게 얼마 동안 행세하다 보면 정말로 눈도 멀고 귀도 멀어질지 모르지. 그렇게 되면 보아도 보이지 않고, 들어도 들리지 않는 동화과정同化過程이 완성되는 것이다. 내가 양심과 책임을 마음에 담아두고 있건 말건 그것은 아무런 의미도 없다. 현실은 그저 현실일 따름이다. 내가 내 머리로 생각을 하건 말건 그것도 마찬가지로 무의미하다. 유일한 차이점이라고는, 생각하지 않으면 마음의 평정을 얻을 수 있고 또한 나 자신을 보전할 수 있다는 것이다. 침묵이 유일한 출구이고, 그럴 수밖에 없다.


다시 며칠 지나서 전 청의 대회의에서 마 청장이 업무지시를 끝낸 후에 말했다.

"우리의 일부 동지들은, 특히 젊은이들은, 문제를 볼 때 단면적으로 보고 전면적으로 생각할 줄 모르는 경향이 있습니다. 어떤 특정 각도에서 문제를 보게 되면, 물론 나름대로 논리가 있겠습니다만, 그러나 좀 더 고차원적이고 좀 더 전면적인 각도에서 볼 때, 그 사람의 단면적인 논리는 불충분하고 변증법적 사고가 결여된 것이 드러나 보입니다. 우리는 문제를 고려할 때 입장을 바꿔서 생각하고 전면적인 각도에서 생각하는 것을 배워야 합니다."

나는, 이것은 분명 무엇인가를 암시하는 것이라고 생각하면서 그 말을 음미하고 있었다. 그때 홀연히 정소괴가 이상한 눈빛으로 나를 바라보고 있고, 다른 몇몇 사람들도 같은 눈빛으로 나를 바라보고 있음을 발견했다. 나는 속에서 화가 치밀어 올랐다. 저 녀석! 이런 식으로 나를 음해하다니, 아주 내 가슴에 불을 지르는구나! 화난 눈으로 그를 쏘아보자 그의 눈은 얼른 강단 위로 돌아가 있었다. 나는 한 방 먹고도 아무 소리 못하는 꼴이 되어버렸다. 이 새끼! 아직 과장도 못 된 주제에 이런 악질적인 장난치는 데는 완전히 도가 텄구나. 저놈은 저런 식으로 상대를 거꾸러뜨릴 기회를 만들어낼 수도 찾아낼 수도 있는 놈이렸다.

그러나 다른 사람들의 눈빛을 보고 나는 정신이 번쩍 들었다. 마 청장은 정말 나를 지목해서 말한 것일까? 뜨거운 피가 머리 위로 솟구쳐서는 빙빙 돌다가 터지는 것 같았다. 어찌 이럴 수가 있소, 마 청장? 나는 온몸이 땀으로 흠뻑 젖었고 극도로 실망했다. 어찌 이럴 수가 있소, 마청장? 며칠 전까지만 해도 나를 보고 그처럼 웃지 않았소? 사실 나는 이미 그를 이해하려고 상당히 애쓰고 있는 중이었다. 다른 지도자들과의 형평을 유지하기 위해 차 몇 대를 더 샀던 것이라고, 그도 그만의 고충이 있을 거라고 생각하고 있었는데, 그런데 어떻게 이럴 수가! "다른 사람에게 말을 하게 해도 하늘은 무너지지 않는다"고 해 놓고선 회의석상에서 나를 이렇게 공격하다니. 나의 하늘은 이미 무너져내렸다.

이어서 마 청장이 무슨 이야기인가 더 했지만 내 귀에는 전혀 들어오지 않았다. 눈을 감고 자리에 앉아 있으려니 마치 온 몸에 불이 붙어 곧 타버려 재가 될 것만 같았다. 회의를 마치고 나는 기계적으로 자리에서 일어나 다른 사람들을 따라 밖으로 걸어 나왔다. 나는 그대로 사무실로 돌아가 책상 앞에 앉아 있을 용기가 안 났다. 유 주임이 나에게 말했다.

"지 군, 자네 안색이 안 좋아 보이는데, 먼저 돌아가 쉬어. 괜찮아."

유 주임의 말에서 마 청장이 강하게 암시하였던 사람이 바로 나라는 사실을 확인할 수 있었다. 그 단면적인 사고를 하는 청년이 바로 나였던 것이다. 하지만 어찌 이럴 수가 있소, 마 청장? 이틀 전에 나한테 그렇게 부드럽게 얘기를 해놓고선. 나는 이미 지나간 일이라고 생각하고 있었는데. 며칠 동안이나 나도 이 일로 얼마나 고민했는데, 당신이 어찌 이럴 수가 있소, 마 청장? 마 청장은 내게 있어서는 곧 조직이었고 결코 마수장이란 한 개인이 아니었다. 양심에 따라 자신의 견해를 발표한 것은, 비록 그것이 전면적이지는 못했다 하더라도, 잘못을 범한 것이라고는 할 수 없다.

어쩌면 역시 굴문금의 말이 맞는지도 모른다. 사람은 결국 사람이다! 한 인간이, 특히 그가 거물일 경우, 자신의 의견에 반하는 다른 사람들의 의견 듣기를 좋아하다는 것은 어쩌면 애당초 불가능한 일일지도 모른다. 사람은 역시 사람일 뿐이다! 나는, 이전에 내가 인식하고 있었던 세상은 허상이었으므로 세상을 재인식해야 할 필요가 있다고 생각했다. 세상에 공정한 견해를 대변할 수 있는 사람이 어디 있겠는가. 그것은 허상에 불과하다. 그렇다면 나는 무슨 근거로 사람들이 나의 얘기를 공정하게 받아들여 주기를 기대한단 말인가? 나는 결코 바보가 아니다. 나도 학습을 통해 아주 총명하게, 정소괴보다 더 총명하게 될 수 있다. 나는 나를 왜곡시키려는, 세상이 필요로 하는 그런 상태로 나를 몰아가려는, 그 어떤 힘이 존재함을 느꼈다. 내가 나 자신이어서는 안 되고, 또한 나 자신이 될 수도 없으며, 세상이 원하는 그런 인간이 되어야 한다.

그날 나는 도서실에 가서 안지학晏之鶴 선생과 장기를 두었다. 관리인 조趙 씨는 우리가 나갈 때 문을 잠그고 가라고 말하고는 먼저 퇴근했다. 두 판을 뒀는데 일 대 일이었다. 내가 말했다.

"내일 다시 둬요."

"삼 대 이로 승부를 결정지으세."

세 번째 판도 내가 졌다.

"요즘 며칠 마음이 꽤나 혼란스러웠습니다."

"나처럼 이렇게 마음이 고요한 수면과 같은 사람에겐 그런 일이 없지. 일단 장기판만 눈앞에 펼쳐져 있으면 황제 자리와도 안 바꾸지."

"선생님 같은 경지에 도달하려면 저는 아직도 수련을 더 해야겠어요. 첫째, 세상을 떠남으로써 세상의 청탁淸濁의 영향을 받지 않아야 되겠어요. 둘째, 나를 떠남으로써 무지무욕無知無欲의 상태에 들어가야겠어요."

"지 군, 자네한테 사실대로 말하자면, 자네 계속 이렇게 가는 건 아주 위험해. 알려고 하고 가지려고 버둥거려도 모자랄 판인데, 기회가 언제까지 자네를 기다려 줄 것 같은가?"

"어떨 때는 나 스스로도 어디서부터 문제가 생긴 건지 모르겠어요. 아무리 생각해도 잘못한 게 없는데, 결과적으로는 역시 내가 잘못한 것으로 되어버려요."

"아무리 생각해도 잘못한 게 없다니, 그건 자네 생각이고, 결과적으로 잘못했다면 그것은 바로 자네에 대한 세상의 평가인 거야. 자네가 세상의 평가를 뒤집을 수 있겠나?"

"제 일에 대해 알고 계세요?"

"조금 알고 있지."

"청에서는 마음 놓고 얘기할 수 있는 사람 찾기도 어려워요."

그리고는 전후 사정을 그에게 다 얘기했다. 그는 다 듣고 나서 말했다.

"지 군, 자네의 실수라면 기본적인 게임의 규칙을 위배한 거야. 위생청은 하나의 울타리인데, 울타리 안에는 기본적인 게임의 규칙이란 게 있어. 유 주임은 자네가 전면적이지 못하다고 하고, 정소괴는 자네가 편협하다고 하고, 학금귀郝金貴 주임은 자네가 누구를 겨냥해서 말한 거라고 하고, 서 기사는 자네한테 매사를 대범하게 봐 넘기라고 하고, 막莫 여사는 자네한테 장님, 벙어리 행세를 하라고 했는데, 그들이 말하고 있는 것이 바로 그 규칙이야. 그 규칙이란 뭔가? 바로 모든 문제를 권력을 잡고 있는 사람의 관점에서 생각해야 한다는 거야. 그 사람이 갑甲이든 을乙이든 그건 중요하지 않아. 중요한 것은 그가 실권, 재정권, 특히 인사권을 쥐고 있다는 것이지. 위생청에서 승진 싫어하는 사람 어디 있겠나. 승진을 해야만 모든 것을 가질 수 있어. 그런데 자네 승진의 결정권을 쥐고 있는 사람이 누구인가? 총리總理? 성장省長? 아니지. 바로 위생청 내에서 임면任免 문서에 서명을 하는 그 사람이야. 그리고 그게 바로 명줄인 것이고! 자네가 모든 문제를 이런 식으로 생각한다면 그땐 자네도 전면적이고, 편협하지도 않고, 동기 불순하게 어느 특정인을 겨냥하는 것도 아니고, 매사를 대범하게 봐 넘길 줄 알고, 보고도 못 본 척, 듣고도 못 들은 척하는 사람이 되는 거야."

"그렇게 되면 저 자신은 없어지는 거군요. 자신의 생각은 없어지고 다른 사람들이 원하는 그런 모습으로 변해 버리는 거잖아요."

그가 허허 웃으면서 얘기했다.

"그러면 자네는 어떤 모습이 되고 싶은가? 자네가 직면하고 있는 것은 어느 한 개인이 아니야. 하나의 규칙과 마주하고 있는 것이지. 만약에 그것이 한 사람이라면, 그 한 사람만 바꾸면 모든 게 다 바뀌겠지. 하지만 그것은 하나의 규칙이기 때문에 누구 한 명 바꾼다고 되는 게 아니야. 자네 지대위가 무슨 큰 능력이 있다고 그 규칙을 바꿀 수 있겠어? 규칙은 고사하고 사람 하나라도 바꿀 수 있겠어? 자네가 지식인이라는 걸 누구 하나 알아주기나 해? 자네가 대세를 따를 수밖에 없어. 그 대세가 뭔지는 자네도 분명히 알고 있을 거야. 공자는 군위신강(君爲臣綱: 군

주는 신하의 벼리이다)을 말했고, 장개석蔣介石 위원장은 한 당黨에는 영수領袖가 한 명만 있다고 말했고, 문혁 전에는 길들여진 도구馴服工具라는 말이 유행했지. 그 후에는 또 이해한 것은 집행해야 하고, 이해되지 않은 것도 집행해야 한다는 말이 유행했는데, 이 말들은 하나같이 이 게임의 규칙을 가리키는 거야. 이 규칙을 어기게 되면 반드시 벽에 부딪치게 돼. 벽에 부딪치고 난 다음에는 누구를 원망해도 소용없어."

나는 고개를 숙이고 한참 동안 신음하고 나서 말했다.

"그렇게 되면 인간이 너무 불쌍하지 않습니까?"

"불쌍해지기 싫으면 윗자리로 올라가게."

이어서 말했다.

"지 군, 자네는 내 전철을 밟을 생각 말게. 나는 젊었을 때 내 재능을 믿고 다른 사람들을 깔봤어. 평생 동안 벽에 부딪쳐 머리가 터지고 피를 흘렸지. 그래서 늘그막에 이렇게 불쌍한 꼴이 된 거야! 자네는 말이야, 납득되는 것도 납득해야 하지만, 납득 안 되는 것도 머리 터져 가면서라도 역시 납득해야 하네. 내 평생 동안의 경험은, 장님이 되어서는 안 되고, 현실을 분명히 직시하고 현실에 귀 기울이라는 거야. 그러나 벙어리가 되어야 해. 보고 들은 것을 마음속으로만 생각해야지 절대로 입을 열고 말을 해서는 안 된다는 거야. 결론부터 말해서, 자네는 입을 열지 말게. 자네가 입을 여는 것 자체가 자네 잘못이야."

나는 한숨을 쉬면서 말했다.

"생각해 봐야겠어요, 정말 잘 생각해 봐야겠어요."


그 후 나는 그 일을 두고두고 생각해 보았다. 안 선생님의 말은 처음부터 끝까지 전부 맞는 말이었다. 똑똑한 사람이라면 당연히 그래야 한다. 장님도 귀머거리도 되지 말아야 하지만 벙어리는 돼야 한다. 그러나 나까지 만약 똑똑해지는 것을 배운다면 그러고도 무슨 양심과 책임을 말할 수 있을 것인가? 게다가 자존심을 내버려야 한다는 비싼 대가를 치러야 할 텐데. 아무리 생각해 봐도 그렇게까지 해야 할만한 이유를 찾을 수가 없었다. 그리하여 분명하게 알게 된 것이, 인생에는 무슨 최선의 선택 같은 것은 애시당초 있지도 않고, 어떤 선택이든 그에 따른 대가를 치러야만 한다는 것이었다. 모든 것의 문제는 자기가 어떤 대가를 치를 용의가 있느냐 하는 데 있는 것이다.

## 16. 원칙은 밀가루 반죽과 같다

유 주임이 병이 나서 성 인민병원에 입원했다. 인사처의 가賈 처장이
우리 사무실로 찾아와서 말했다.

"유 주임의 병이 가볍지 않아. 퇴원한 후에도 한동안 요양을 해야 할
거야. 그 동안 사무실을 끌고 갈 사람이 있어야 하는데, 외부인사를 데
려 올 필요까지는 없다는 게 청의 뜻이야. 자네들 둘은 모두 업무에 익
숙하니 누가 끌고 가든 끌고 갈 수 있지 않겠어? 지대위는 근무태도가
진지하고 힘들다고 불평 한 번 한 적 없었지. 하지만 정소괴가 근무경
력이 좀 더 오래 되었으니 그에게 짐을 한 번 맡겨 보면 어떨까?"

가 처장은 입으로는 정소괴를 말하면서 눈은 나를 바라보았다. 내가
말했다.

"조직의 결정에 따르겠습니다."

가 처장이 말했다.

"정소괴는 감당할 자신 있나?"

정소괴는 얼굴까지 빨개져서 홍분을 누르며 말했다.

"조직에서 결정한 일이라면, 제가 다시 무슨 말을 더 할 수 있겠습니
까."

가 처장이 말했다.

"지대위, 잘 협조해서 일해 주게."

"알겠습니다."

"그러면 그렇게 결정하세."

그리고는 돌아갔다.


정소괴가 주임 대리를 맡게 되자, 그는 하루 종일 무슨 전기라도 통한 것처럼 잠시도 가만히 앉아 있지 못했다. 그는 언제나 동작과 어조를 통해 사무실에 찾아온 모든 사람들에게 자기의 신분이 변했다는 것을 드러내 보였다. 나는 그 인간을 훤히 꿰뚫고 있었으므로 그의 태도에 들어 있는 연기들을 똑똑히 간파할 수 있었다. 그는 아주 그럴 듯하게 지시를 받고, 보고를 하고, 나에게 몇 가지 일을 시켰는데, 말로는 어찌어찌 해달라고 정중히 부탁하는 것처럼 말했으나, 그 어조에서는 의논이 용납되지 않는 권위를 풍기고 있었다. 그런 그의 연기를 나는 아예 무시했지만, 그렇다고 그의 지시를 받지 않을 수도 없었고, 그의 그런 태도가 정말로 견딜 수 없었지만, 그렇다고 반항할 수도 없었다. 그 지시나 지시하는 말투가 틀렸다고 딱히 말할 수도 없는 노릇이었다. 이 소인배 놈, 꼬리나 흔들고 이빨이나 드러내는 놈이 나에게 명령을 내리고 있다니!

나는 정말로 엄청난 난감함과 상실감을, 그리고 동시에 권력의 귀중함마저 느끼지 않을 수 없었다. 비록 보잘 것 없고 더구나 대리자로 행세하는 권력이었지만 말이다. 나는 나의 자존심을 지키기 위해서 대세에 순응하기를 거부했지만, 그러나 자존심을 굳게 지키려고 생각하면 할수록 자존심만 더욱 상처를 입었다. 나는 뭐라 말할 수 없는 어떤 것에 코가 꿰어버렸다.


정소괴가 나를 도령현道寧縣으로 출장을 보냈다. 그곳은 성에서 가장 외진 산골이다. 돌아오는 길에 차가 막혀서 답답한 차 안에서 하루 종일 햇볕을 쬐는 바람에 더위를 먹었다. 동승했던 사람이 나를 부축해 차에서 내려 목에 생수를 부어 주고 동전으로 등이 충혈될 때까지 긁어 독소를 뺀 다음에야 겨우 회복되었다. 새까매진 얼굴로 돌아온 그날, 그는 또다시 나를 화원현華源縣으로 출장 보내려고 했다. 내가 말했다.

"칠팔 일 동안이나 출장 갔다 돌아와서 아직 숨도 제대로 못 돌렸는데!"

나는 등에 동전으로 긁은 흔적을 보여주려다가, 그에게 하소연 하는 것 자체가 스스로를 너무 비참하게 만드는 것 같아 참았다. 그는 미소를 띠고 말했다.

"우리 두 사람뿐인데, 나는 일 때문에 자리를 비울 수 없고 화원현의 일은 또 안 갈 수도 없으니 자네가 고생 좀 해줘야겠어. 돌아오면 자네에게 휴가 하루 줄 테니."

만약 그때 가賈 처장이 딱 확정지어 말하지만 않았더라면, 자네 그 일은 내가 할 테니 자네가 다녀오라고 말했을 것이다. 그러나 이런 상황에서 내가 무슨 말을 할 수 있으랴. 그럴 지위가 갖춰져 있지 않았다. 이 사실이 나를 의기소침하게 했다. 나는 지위라는 것이 얼마나 중요한 것인지, 지위도 없으면서 자존심을 지킨다는 것이 얼마나 어려운 일인지를 뼈저리게 느꼈다.

나는 말할 수 없이 고통스러웠지만 그래도 화원현으로 출장을 갔다. 그것은 나에게 맡겨진 일이었으므로 나는 가지 않을 수 없었다. 만약 유 주임의 지시였다면 이런 굴욕감을 느끼지는 않았을 것이다. 그러나 그것은 정소괴의 지시였던 것이다. 나에겐 그 일이 얼마나 고생스럽고 힘든 일인가는 중요하지 않았다. 그저 나더러 저따위 놈을 상관으로 대하라니, 내 심리적 수용능력은 아직 그 정도로 강하지가 못했다.

화원현에 도착하니 현 위생국 간부들이 그래도 성에서 온 사람이라고 나를 잘 대접해 주어서 마음이 약간은 누그러졌다. 이것만 봐도 정말이지 지위는 참 중요한 것이다. 이것은 정말 어쩔 수 없는 사실이다. 사람은 모두 평등하다고 말하지만, 그것은 평범한 사람들을 위로하는 신화神話이자 부드러운 사기극에 지나지 않는다. 사람은 반드시 역학관계力學關係에 입각해서 다른 사람과 대화한다. 이것도 정말 어쩔 수 없는 사실이다. 정소괴는 이러한 현실을 알고 이런 역학관계에서의 우위를 점하는 데 전력全力을 다하고 있는 것이다. 나 역시 이러한 현실을 알고는 있지만, 그런 식으로 행동하고 싶지가 않은 것이다. 어쩌면 내가 잘못하고 있는 것인지도 모른다. 그러나 나의 혈관 속에 흐르는 어떤 신비한 힘이 나로 하여금 이 잘못을 수정하지 못하도록 나라는 인간을 규정지어 놓았다. 결국 사람은 자기 자신을 거스를 수는 없는 것이다.

화원에서 돌아오자 정소괴가 말했다.
"때맞춰 돌아왔구먼!"
알고 보니, 그는 수원호텔에 가서 문건 초안 작성에 참여하고 싶었는데, 사무실 지킬 사람이 아무도 없어서 걱정하고 있던 중이었다. 그 말을 듣자 나는 화가 머리끝까지 치밀어 올랐다. 첫 번째, 두 번째 출장은 모두 시간이 없다는 핑계로 나를 보내더니, 이제 좋은 일이 생기니까 시간이 생겼다는 것인가? 일개 대리 주임인 주제에, 정식 발령을 받은 것도 아니면서, 마치 길을 가면서 다 먹어치워 남기는 것이라고는 배설물밖에 없는 흰개미처럼 자기를 위한 기회만 찾으려고 눈이 시뻘개져서 크고 작은 모든 기회를 독식하려는 후안무치한 놈! 이놈은 무슨 짓이든 할 놈이다. 무슨 짓이든 할 놈이야. 나는 손해란 손해는 다 보면서 벙어리로 살아야 한단 말인가? 누구한테 하소연 하지? 뭐라고 얘기하지? 다른 사람들은 아마 내가 너무 까다롭게 따진다고 말할 것이다. 저놈은 어떻게 해도 다 괜찮고, 나는 한 마디 입도 뻥긋해선 안 되고. 이건 정말 누가 설계해 놓은 상황인지 모르겠다. 정말로 황당하기 짝이 없는 상황에 빠져버렸다. 정말 황당하다. 이 상황은 평범한 사람들을 위해 설계된 것이 아니다. 평범한 사람이 여기에서 빠져나갈 유일한 방법은 온갖 방법을 찾아내어 거물이 되는 길뿐이다.

내가 말했다.

"일 때문에 자리를 비울 수 없다면서 어떻게 자네가 가겠다는 건가?"

"하고 있던 일들은 요 며칠간 서둘러 끝냈네."

그리고는 별다른 의미는 없다는 듯이 말했다.

"청에서 결정한 거라서, 내가 갈 수밖에 없네."

정말 그에게 몇 마디 쏘아주고 싶었지만 그럴만한 뱃심이 없었다. 내가 아무 소리 않고 있자 그는 이미 결정이 났다는 듯한 말투로 말했다.

"그럼 무슨 일 있으면 내게 전화하게. 내일 자네한테 전화해서 그곳 전화번호 알려줄 테니."

나는 비웃듯이 웃으며 말했다.

"무슨 일이 있으면 자네 지시를 받겠네."

천만뜻밖에도 그는 이렇게 말했다.

"필요하다고 생각되거든 그러게."

이런 뻔뻔스런 자식! 나는 정말 탁자를 내리치면서 욕을 해주고 싶었다. 하지만 내가 욕을 하면 일이 시끄러워질 것이고, 나도 딱히 할 말이 없다. 나는 이 상황에서 벗어날 수가 없다. 살다가 숨이 막혀 죽어도 도망을 칠 수가 없다. 참으로 비참하구나!


정소괴가 가고 나자 내 마음은 오히려 홀가분해졌다. 적어도 며칠간은 그놈의 주둥이와 낯짝을 안 볼 수 있게 되었다. 나는 또 병원으로 유주임 병문안을 다녀왔다. 그가 하루 빨리 쾌차해서 돌아오기를 바랐다.

유 주임이 말했다.

"지 군, 퇴원하고 나서 얼마간 일한 다음 나는 아무래도 앞당겨 퇴직해야 할 것 같아. 내가 자네를 지난 이년간 지켜봤는데, 마음 같아서는 위에다 자네를 내 후임자로 추천하고 싶지만, 지금 상황을 보니 아무래도 안 될 것 같아. 기관에서 일하는 사람은 하고 싶은 말이 있어도 꾹 참아야 해. 참지 않으면 안 돼. 화禍는 입으로부터 오는 거야."

"참아야 한다는 건 아는데, 왜 못 참겠는지 모르겠어요."

나는 생각했다. 모두들 바보인 척 참고, 참고, 속이 쓰려도 참고, 이 악물고 참고, 평생 이렇게 참으면서 지내라는 것인가?

며칠 후면 유 주임이 돌아온다는 소식을 듣고 내 마음이 조금 느긋해졌다. 하루는 가 처장과 마주쳤을 때였다. 나는 참지 못하고 정소괴에 대한 나의 의견을 말했다. 가 처장이 말했다.

"지 군, 마음을 좀 더 넓게 가지게. 그게 뭐 그리 큰일이라고 그러나?"

그가 이런 식으로 말하는데 나는 더 이상 할 말이 없었다. 계속 더 말하면 나만 사소한 일조차 그냥 봐 넘기지 못하는 속 좁은 인간이 되어 버릴 것이다. 참고 말하지 말았어야 했는데… 가 처장이 가고 나서야 후회가 되었다. 이전에는, 하늘 아래에는 그래도 원칙을 따지는 사람이 하나라도 있을 거라고 생각했었는데, 이제 보니 그건 너무나 순진한 생각이었다. 밀가루 반죽은 빚는 사람의 손에 따라 모양이 달라지듯이, 원칙이라는 것도 말로 표현하는 방법에 따라 얼마든지 달라질 수 있는 것이다. 너라면 어떻게 빚겠나? 이렇게 생각하자 회의가 들고, 기도 죽고, 의욕도 꺾이고, 심지어 무섭기까지 했다.

나는 이를 악물고 스스로에게 말했다.

"너는 마음을 좀 더 넓게 가져야 해. 뭐 그리 큰일이라고 야단이야, 바퀴벌레 똥만한 일을 가지고!"

나는 이 말을 압축 과자처럼 마음속에 꾹꾹 눌러 담았다.

유 주임이 돌아온 후 나는 마음을 놓았다. 그의 건강상태는 나의 걱정거리이자 정소괴의 걱정거리이기도 했다. 나는 정소괴가 어떻게 허세를 부릴지, 그리고 또 어떤 식으로 태도를 바꾸는지 보고 싶었다. 유 주임이 출근하던 날, 정소괴는 안면을 싹 바꾸고 아주 사근사근한 목소리로 나를 불렀다.

"대위 형."

나는 그가 이렇게 능수능란하게 변신하는 데 탄복하지 않을 수 없었다. 눈 깜짝 할 사이에 안색 하나 안 변하고 가슴도 뛰지 않고 곧바로 변했다. 중간 과정 같은 건 거칠 필요도 없었다. 내가 도리어 난처해하면 했지 그는 난처해하는 기색 하나 없었다. 그의 뛰어난 처세술에 정말로 탄복하지 않을 수 없었다. 정말로 대단한 놈이다. 그러나 또 한편으로 생각하니, 이렇게 생각하는 것 자체가 웃기는 일 같아서 나는 좋은 쪽으로 생각하기로 했다. 그래서 일부러 한두 가지 일을 찾아 그의 지시를 받으려는 듯한 말투로 물었다. 그는 곧바로 말했다.

"대위, 유 주임한테 가서 물어봐. 그 자리에 있지 않으면 그 자리의 일을 말하지 말랬어. 괜히 나를 난처하게 만들지 말라고."

그리고는 헤헤, 하고 웃었다.


그날 정소괴가 없을 때 유 주임이 나에게 말했다.

"지 군, 자네 여기 온 지 이미 이년이 됐는데, 느낌이 어떤가?"

"어떻고 말고가 어디 있습니까."

"내가 없는 사이에 자네하고 정소괴 사이에 무슨 트러블이라도 있었나?"

"트러블이라는 게 때로는 피하기 어렵습디다. 그의 인간 됨됨이는 유 주임님도 잘 알고 계시잖아요."

그가 한숨을 내쉬며 말했다.

"피하기 어렵긴 하겠지. 그러나 그런 일까지 가 처장한테 말해선 안 되지."

그는 우물쭈물 하다가 결국 말했다.

"인사처에서 오후에 자넬 찾아 무슨 얘기 있을지도 모르겠네."

"설마 저를 야단치려는 건 아니겠죠?"

"그런 건 아니겠지."

그리고 웃으면서 말했다.

"자네한테 좋은 일인지도 몰라."

과연 오후에 인사처에서 전화가 와서 갔다. 노동자료과勞資料에서 가 처장을 만났더니, 그가 말했다.

"자네 인사과로 가서 인印 과장을 만나보게."

인사과로 가서 인 과장을 만났더니, 그가 나에게 차를 따라 주며 말했다.

"지 군, 거기 앉게, 앉아."

"전화까지 걸어서 오라고 하셨으니, 무슨 일이 있는 모양이죠."

"앉아서 천천히 얘기하세. 일이야 당연히 있지."

그가 우물쭈물하는 걸 보고 나는 좋지 않은 일이라고 짐작했다. 좋은 일이라면 진작 누군가가 알려 주었을 터였다.

"자네 이 사무실에서 일한 지 일년이 넘었는데, 느낌이 어떤가?"

"어떻고 말고도 없어요. 유 주임님이 아주 잘해 주십니다."

"자네 자신은 옮겨보고 싶은 생각 없나?"

꼴을 보아하니 나를 한직에 몰아넣고는 그게 다 나의 의사인 것처럼 갖다 붙이려는 모양이다. 내가 말했다.

"제가 무슨 생각을 하건 간에 그게 뭐 중요합니까. 중요한 건 조직에서 무슨 생각을 가지고 있는가 하는 거지요."

"그렇다면 자리를 좀 옮겨보면 어떨까? 중의학회中醫學會의 비서 요廖 군이 마침 광동으로 전근을 갔는데, 위생청에선 그쪽 역량을 보강하려고 하네. 매우 중요한 일이거든! 지금은 윤옥아尹玉娥 혼자서 그 일을 담당하고 있는데, 혼자 감당하기엔 벅차. 자네는 마침 중의中醫를 공부한 사람이니 전공도 정말 딱 들어맞아. 석사 출신에다 기술형의 인재이니,

전공 실력을 한껏 펼칠 수 있지. 청의 간부 중엔 전공에 강한 사람이 많지 않아서 우리는 자네를 충분히 이용하려는 거야, 하하!"

한 기관 안에서 "너는 기술형의 인재다"라고 하는 말은 바로 너는 하나의 도구이지 지도자급은 되지 못한다는 뜻이다. 인재라는데 감히 다른 의견을 가질 수 있겠어? "부드러운 칼날이 피는 안 나도 사람 죽이는 힘은 약하지 않다"고 했다. 하찮은 인물에 불과한 나는 스스로 나 자신을 규정할 수 없고, 다른 사람이 나를 규정지을 때까지 기다려야 한다. 말할 수 있는 권리는 다른 사람의 손에 있다. 내가 기술형의 인재라면 그런 것이지 달리 어찌하겠는가? 내가 말했다.

"청에서 이미 결정을 내린 겁니까?"

"그렇게 말할 수도 있겠지, 조직에서…."

그리고 또 말했다.

"자네 지난 이년간 한 일들도 매우 좋았어. 정말 괜찮았어. 정말, 정말로."

"제가 무슨 잘못을 범했습니까? 만약 그렇다면 조직에서 지적해 주시기 바랍니다."

그는 뭔가 감추려는 듯 웃으면서 말했다.

"누가 그렇게 말하던가? 우리는 그렇게 생각하지 않네. 조직에서는 그렇게 생각지 않아. 그런 식으로 말하는 사람이 있다면 우리가 그 사람을 비판할 걸세."

그는 말끝마다 조직, 조직, 했다. 누가 조직이고, 또 조직은 누구인가? 계속 말해봐야 내 입만 아프고 다른 사람만 불쾌하게 만들 뿐이다. 그를 불쾌하게 하는 것은 곧 조직을 불쾌하게 하는 것이다. 그는 영원히 이 결정이 자기가 내린 것이라고는 말하지 않을 것이다. 조직에서의 결정인데 내가 어디 가서 이 억울함을 하소연할 것인가?

"이미 결정되었다면 저로서도 더 할 말이 없습니다."

그는 곧바로 덧붙였다.

"그러면 그렇게 하는 거지? 그럼 다음 주부터는 중의학회로 출근하게."

말하고는 자리에서 일어나더니 문 쪽으로 한두 발짝 걸어갔다. 그는 내 생각은 전혀 개의치 않는 듯이 나를 사무실에서 내보냈다. 나는 기계적으로 일어나서 밖으로 걸어 나왔다.

# 17. 여자의 야망

나는 위생청에서 일어난 일들을 한 번도 굴문금에게 얘기한 적이 없었으나, 결국 그녀는 이런저런 일들을 다 알아내곤 했다. 한 번은 유 주임이 병이 나서 입원하기 전 어느 날, 그녀가 나에게 말했다.

"당신 사고 쳤었지요?"

나는 깜짝 놀랐다. 하지만 그녀가 말하고 있는 것이 바로 그 일임을 곧 알았다.

"다 지나간 일이야."

"세상 일이 그렇게 쉽다면, 세상 살기 참 간단하겠네요."

"나를 죽여서 고기라도 팔면 될 것 아냐?"

"당신 하나 죽이는 것쯤은 어려울 것 없죠. 꼭 칼까지 사용할 것도 없이 웃는 얼굴로도 죽일 수 있어요. 그렇게 되면 억울하다는 소리도 못하지요."

"나야 양심대로 몇 마디 했던 것인데, 듣고 싶으면 듣고 듣기 싫으면 말면 그만이지, 왜 그런 걸 갖고 반격을 하려들지?"

"그런 걸 갖고 반격하지 않으면 세상에 반격할 일이 뭐가 있겠어요? 아무리 의견을 제시하고 싶더라도 제 인사이동 문제가 매듭지어질 때까지 기다려 줄 순 없었나요? 저를 조금도 배려해 주지 않는군요."

"사람들은 맨날 의견 제시를 환영한다고 말해 놓고는 막상 의견을 제시하니… 젠장, 누가 이런 결과가 생길 줄 알았나!"

"저는 알고 있었어요! 의견을 제시한다고요? 약 잘못 먹었어요? 당신은 어쩌면 이런 일을 저하고는 상의 한 마디 안 해요? 나는 당신이 매우 유능한 사람인 줄 알고 당신한테 의지할 생각까지 했는데, 나 혼자만으로는 너무 무력해서 정신적 지주를 찾고 싶었는데…"

"이제야 내가 믿고 의지할 만한 인물이 못 된다는 걸 알았단 말이지? 아직도 늦지 않았어."

말하자면, 그래도 다들 지식인들인데 이렇게 보신保身 철학에만 밝아서야 무슨 희망이 있나? 명철보신明哲保身이라더니, 정말 옛 사람들 말이 정확하군!

한참 동안 그녀는 아무 말도 하지 않았다. 그리고는 입을 열었다.

"당신은 몰라요. 당신은 이 바닥이 사실 얼마나 냉혹한지 몰라요. 만날 때는 다들 친한 척 굴지만, 사실은 서로 오고가는 게 있으니까 겨우 그 친분이 유지되는 거예요. 진짜 의리며 우정이라는 건 없어요. 일반 서민들을 보세요. 무얼 가지고 서로 오고 가요? 그러니까 아무런 얘기도 안 하잖아요."

"당신은 어려서부터 보고 들은 게 있어서 아직도 그런 마음가짐을 못 버렸군. 나한테 의지해서 과거의 영광을 되찾을 생각이라면 그만둬요. 나는 별 소질 없으니까."

나는 지금까지 그녀가 부친을 잃은 후 평민의 자세로 세상을 대하는 줄 알았다. 그녀의 마음속에 아직도 불이 꺼지지 않고 타고 있을 줄은 생각도 못했다. 그것이 나를 무섭게 했다. 그녀가 말했다.

"한 가지 건의하겠어요. 어쨌든 제가 청장 사모님과 친하니까, 저와 같이 한 번 뵈러 가요. 조금 난처하기는 할 거예요. 하지만 조금만 버티고 견디면 이 국면을 만회할 수 있어요."

나는 곧바로 사방을 두리번거리면서 말했다.

"어디로 갔지? 어디에 두었더라?"

그녀가 무얼 찾느냐고 물었다.

"그 고기 자르는 칼 말이요. 그걸 찾아서 나를 찔러버려요. 나더러 가자고 해도 나는 갈 수 없어요. 그 문에는 절대 들어갈 수 없단 말이요."

그녀가 웃으면서 말했다.

"조만간 누군가가 당신을 찔러줄 거예요. 다른 사람이 찌르도록 남겨둘래요. 이렇게 고집불통인 걸 보니, 조만간 당신도 리더라는 게 뭔지 알 게 될 거예요. 리더가 되면 틀린 것도 옳은 게 돼요. 어쨌든 옳고 그른 것도 당신이 결정할 수 있는 게 아니에요. 이렇게 고집을 부리면 당신 한 평생 어떻게 할 거예요? 당신이 영원히 고치지 않으면 영원히 그 자리에 있을 거고, 영원히 그 자리에 있으면 영원히 잘못하는 거예요."

"그렇게 겁주는 얘기 하지 말아요. 그래도 청장님은 나를 보고 살살 웃었단 말이요."

"살살 웃었다니! 그 사람은 당신을 계속 짓누르지 않으면 그 자리에 계속 앉아 있을 수 없어요. 당신도 그의 마음이 독하다고 원망하지 말아요."

"당신은 나이도 어리면서 어디서 그런 것들을 배웠소? 나까지 당신이 무섭다는 생각이 들어요."

그 후 그녀는 그 일을 다시 거론하지는 않았으나, 분위기는 도리어 어색해졌다.

나는 그래도 남자인데 여자를 불쾌하게 만들다니…. 어쨌든 그녀를 위로해줄 책임이 나한테 있다고 생각했다. 이런 도리를 이해는 했으나 그녀를 위로해줄 길이 없었다. 나의 생각을 바꿀 수가 없었던 것이다. 우리 두 사람은 얘기를 하면서도, 마치 형체 없는 산이 우리 둘 사이를 가로막고 있는 것처럼 서로 어긋나고 있다는 느낌이었다. 애써 얘기를 계속해 갔으나 얘기는 겉돌았다. 그녀가 말했다.

"그럼 저는 이만 갈래요."

내가 그녀를 정문 밖까지 배웅해 주자, 그녀가 말했다.

"그럼 저는 이만 갈게요."

"여기 서서 가는 거 볼게."

"그럼 저는 이만 갈게요."

그러면서 눈은 나를 바라보았다. 나는 나의 태도를 분명히 해야 할 일종의 압력을 느꼈다. 아니면 그녀가 하자는 대로 따라가 청장 사모님을 만나 봐? 그러나 나의 이런 태도를 표현할 길이 없어 얼버무리듯 웃고 말았다. 그녀가 말했다.

"갈게요."

나는 뭔가 말하지 않으면 안 되겠다고 느꼈으나, 그렇다고 딱히 할 말도 없었다. 그렇게 되면 내가 지대위가 아니게 되는데. 내 성격이 원래 이런데 내가 나 자신을 배반할 수는 없잖나. 나는 가슴이 답답해지면서 마치 심장이 두 쪽으로 쪼개지는 듯한 아픔을 느꼈다. 나는 입술을 꽉 깨물어 그 통증으로 마음의 아픔을 없애려 했다. 아파서 못 참을 정도가 되자 비로소 마음이 조금 편해졌다. 그녀가 살짝 웃었다. 그리고 다시 억지웃음을 지으면서 말했다.

"조심하세요."

그녀의 등 그림자가 가로등불 아래서 점점 희미해져 가는 것을 보면서 나는 한숨을 쉬었다.


기숙사로 돌아와 방문을 여는 순간, 구리로 된 열쇠의 차가운 느낌에 문득 정신이 번쩍 들었다. 오늘따라 그녀는 "갈게요"라는 말을 여러 차례 반복했었다. 혹시 다른 뜻이 있었던 건 아닐까? 나는 깜짝 놀라 아래층으로 날듯이 뛰어내려 마당을 달려 나가 그녀가 간 방향으로 쫓아갔다. 수십 미터를 달려가다가 나는 멈추었다. 쫓아가서 뭘 어쩌려고? 나는 스스로에게 대답을 할 수 없었다. 나는 잠시 동안 그 자리에 묵묵히 서 있다가 되돌아 왔다. 나는 그녀가 이번에는 정말로 다시 돌아오지 않을 것이라는 생각이 들었다. 내가 느꼈던 그 어색함을 그녀 역시 느꼈을 것이다. 나와 그녀는 사고방식이 서로 다르다. 그녀는 사회적 지위에 따르는 고귀함을 추구하고, 옛날의 영광을 회복하고 싶어한다. 그리고 이것이 그녀가 결혼으로부터 기대하는 가장 중요한 것이다. 하지만 나는 평민의 존엄함, 고귀한 독립을 굳게 지키려고 노력한다. 만약 윗사람이 나를 좋게 봐준다면 뭔가 큰일을 해보고 싶기는 하지만, 그렇지 않다면 차라리 외롭게 지낼지언정 정소괴처럼 될 수는 없는 일이다. 서로 다른 이 두 가지 고귀함에 대한 인식의 차이가 우리 둘 사이의 심리적 거리를 벌려 놓은 것이다. 나의 천성이 이러한데 내가 나 자신을 배반할 수는 없는 노릇이다. 설사 서글픈 운명을 맞이하게 될지언정 나 자신을 굽힐 수는 없다. 성격은 바로 운명이다. 성격은 미리 정해져 있으므로, 나는 차라리 운명이 미리 정해 놓은 바대로 따라갈 것이다.

그녀는 여러 날 동안 나를 찾지 않았다. 그녀를 한번 찾아가 봐야 하나 말아야 하나 망설이고 있을 때, 그녀가 사무실로 전화를 했다. 함께 쇼핑을 가기로 약속하고 나더러 대가락大家樂 백화점 입구에서 기다리라고 했다. 그렇게 해서 이번 일은 그럭저럭 넘어갔다. 하지만 마음속에는 아직도 응어리가 남아 있었다. 감정의 대응원리對應原理에 따라 그녀도 마찬가지였을 것이다.

그날 인사처에서 나오면서 나는 이 일을 그녀에게 얘기하기로 마음먹었다. 만나자마자 바로 그녀에게 얘기하겠다고, 절대로 미루지 않겠다고 생각했다. 중의학회로 배치된 것은 나로서는 일종의 충격이었다. 사실 그 인사배치 자체는 별로 문제될 것이 없었다. 그곳은 한직이기 때문에 책을 볼 수 있다. 그러나 굴욕적인 느낌이 드는 것은 그 속에 담겨 있는 냉대와 징계의 의미 때문이었다. 조직에서 어찌 이럴 수가 있지? 내가 의견을 제시한 것이 나 개인의 이익을 위해서였나? 그들이 나의 동기를 제대로 이해하지 못한 것인가? 조직에서 어찌 이럴 수가 있지? 그 속에 담겨 있는 의미 때문에 자존심이 상해 그 생각을 떨쳐버리려 해도 떨쳐지지 않았다. 나는 그때까지만 해도 마치 연합전선을 형성하고 있는 듯한 상대방의 역량을 제대로 파악하지 못했다.

내가 사무실로 가서 인수인계를 하는데 정소괴가 얼굴에 희색을 감추지 못했다. 나는 속으로 생각했다. 소인배 놈! 그래 네 맘대로 할 테면 해 봐라. 네놈의 지금 그 낯짝 하며, 또 남의 말과 안색이나 살피고 아첨 떠는 실력 가지고 뭔들 못하겠어?

그날 저녁 무렵 나는 천도天都 공원 문 입구에서 그녀를 만났다. 그녀는 분홍색 원피스를 입고 나왔다. 옷깃에 맨 흰색 리본이 석양빛에 저 멀리서부터 바람결에 날리는 게 보였다. 나는 마음이 흔들렸다. 그녀는 다가오더니 내 팔짱을 끼고는 공원으로 들어갔다. 우리는 나무 그늘이 드리워진 작은 길을 따라 천천히 걸었다. 나는 그 일을 얘기하려고 몇 번이나 작정했으나, 결국 입 밖으로 내지 못하고 목구멍에 걸려 간질간질 거렸다.

호숫가 전망대에서 차가운 타마린드 음료를 두 잔 시켜 마시면서 그녀는 자신의 대학생활과 동기생들에 대해 얘기하고, 나도 내 대학시절에 대해 얘기하면서 둘 다 흥분하기 시작했다. 어느덧 달이 떠올라 호수에 비치어 찰랑이는 물 위에 잔잔한 파광波光을 반사하고 있었다. 살살 불어오던 밤바람이 그녀 몸에서 나는 매혹적인 향내를 내게 전해주었다. 그런데 한참 대화에 열중하던 그녀가 어느 순간 침울해졌다. 내가 물었다.

"왜 그래요?"

"갑자기 울고 싶어졌어요. 옛날 일들이 생각나서요."

"옛날 일이라니, 방금까진 좋았잖아요. 왜 갑자기 울고 싶어지죠?"

"보이지 않는 곳에 아픈 사연이 있어요."

내가 계속 추궁하자 그녀는 자신의 사연을 얘기하기 시작했다.

삼년 전, 그녀가 대학 3학년일 때, 그때까지는 모든 것이 순풍에 돛 단 듯했다. 정말로 바람아 불어라 하면 바람이 불었고, 비야 내려라 하면 비가 내렸고, 원하는 것을 손가락으로 가리키기만 하면 무엇이든 다 가질·수 있었다. 하지만 부친이 교통사고로 돌아가신 날 그녀의 인생은 무너져 내렸다. 부친을 잃은 슬픔이 사라지기도 전에 가슴 아픈 일들이 계속 잇따랐다.

그녀는 원래 과에서 인기가 좋았는데 갑자기 인기가 예전만 못해졌다. 그녀도 일부러 자세를 낮추기는 했지만 마음속은 복수심으로 가득 찼다. 성省 인사청의 부청장은 부친의 친구였는데, 일찍이 자기가 그녀의 직장배치 문제를 책임지겠다고, 북경으로 가든 심천深圳으로 가든 아무 문제가 없다고 큰소리 쳤었다. 그러나 졸업을 앞두고 다시 그를 찾아갔을 때, 그는 안 된다고 말하지는 않았지만, 문제를 해결할 수 없었다. 그녀의 마음을 더욱 아프게 한 것은, 사귀던 남자 친구가 졸업 후 북경에 남았는데, 그녀가 북경에 남을 수 없다는 것을 알고는 곧바로 헤어지자고 했던 것이다. 그녀가 말했다.

"교통사고 하나로 모든 게 바뀌어버렸어요. 내가 아무리 울부짖어도 현실이 그러하니 나는 현실적으로 되지 않을 수가 없었어요. 저 역시 한때는 환상을 가졌었지만 모두 물거품이 되어 하늘로 날아가 버렸어요."

이렇게 말하면서 억지웃음을 지었다. 그 이유는 모르겠으나, 나는 그녀의 침통한 하소연을 듣고도 아무런 느낌이 없었다. 한때 너무 많이, 너무 좋은 것을 가졌던 인간이 지금은 그것을 잃어서 마음이 찢어지게 아프다고 하소연하고 있는 것이다. 그러나 삼산요三山坳의 산촌마을 사람들처럼, 수많은 사람들은 여태껏 무엇을 가져본 적조차 없다. 무대 위에서 주인공 역할에 익숙해진 사람은 조금만 주변으로 밀려나도 이렇게 서러워한다.

그녀가 진정을 찾은 후 내가 말했다.

"나는 권력에 대해서는 별로 흥미가 없소."

"무엇이든 다 천천히 찾아오는 거예요. 당신은 나를 위해 애쓰지 않더라도 자신을 위해서라도 애를 써야 해요. 조심하세요. 정소괴조차도 당신을 타넘으려고, 기어오르려고 들어요."

"그자가 기어오르려면 기어오르라지. 나는 끝까지 허리를 쭉 펴고 사람답게 걸어갈 거요. 기어오르는 법은 배우지 못했어요. 이 '기어오른다'는 뜻의 파爬 자가 이렇게 생동감 넘치는 글자인 줄 오늘 처음 알게 됐어요."

나는 두 팔을 벌리고 기어 올라가는 자세를 취했다. 그녀가 말했다.

"기어서라도 올라가지 않으면 그럼 어떻게 돼요? 유 주임이 입원하면서 그에게 대리 주임을 맡긴 것은 아주 위험한 징조예요. 그런데도 당신은 초초하지도 않아요?"

"당신은, 여자이면서 권력에 무슨 관심이 그렇게 많아요? 나중에 당신이 청장, 부장 다 해요. 나도 당신 덕 좀 보게."

"그런 건 원래 당신네 남자들의 일이잖아요."

"그렇다면 강청江靑도 원래 남자였겠네?"

그녀가 히히, 웃으면서 말했다.

"여자가 남자를 찾는 건 정신적 지주를 찾으려는 거고, 의지할 산을 찾으려는 거예요. 산 정도는 돼야 기댈 수 있지 조그만 나무 정도밖에 안 되면 어찌 편히 기댈 수 있겠어요?"

내가 말했다.

"'산에 기댄다' 靠山는 말이 이렇게 기품 있는 말인 줄 오늘 처음 알았네. 옛날 사람들이 말은 정말 멋지게 만들어 냈단 말이야!"

## 18. 구더기는 돌절구를 엎을 수 없다

그날 내 계획은 실현되지 못했다. 얘기를 꺼낼 적당한 기회를 찾지 못했다. 내가 무엇 때문에 망설이고 무엇을 두려워하고 있는 건지 나 자신도 분명히 말할 수 없었다.

가슴이 답답해서 누군가와 얘기하고 싶던 차에 마침 호일병이 전화를 해서 차 마시러 가자고 했다. 그는 차를 몰고 나를 데리러 왔다. 차가 위생청 정문에 도착했다. 유약진도 안에 타고 있었다. 수원호텔에 도착하자 호일병이 말했다.

"내가 방 하나를 한 시간 동안 예약해 놓았어. 우리끼리 조용히 차 좀 마시려고."

엘리베이터를 타고 십층으로 올라갔다. 방에 들어서서 호일병이 말했다.

"롱징차龍井茶 세 잔!"

종업원 아가씨가 예, 하고 나갔다.

유약진이 말했다.

"일병, 너 한 달에 돈 얼마 번다고 이렇게 폼을 재는 거냐?"

호일병이 말했다.

"너는 내가 돈 낼까봐 걱정하는 모양인데, 너 돈 많은 거 다 알고 있어. 네가 있는데 내가 내겠다고 한다면, 그야말로 바보 같은 짓이지."

우리는 차를 마시면서 얘기를 나눴다. 유약진이 흥분해서, 자기는 앞으로 이삼 년 정도 시간을 들여서 책을 한 권 쓸 계획이라고, 이미 주제까지 다 정해 놓았다고 했다. 책의 제목은 임시로 『사회변화와 당대當代문화』로 정했다고 했다. 그가 날아갈 듯한 표정으로 얘기를 하자, 호일병이 말했다.

"대위, 저것 보라고. 국가의 운명과 인류의 앞날이 모두 그 책 속에 들어 있어."

호일병은, 자기는 사업을 시작해서 돈을 벌 생각인데, 세 가지 방법을 계획하고 있지만 아직 결정을 내리지는 않았다고 했다. 그가 말했다.

"방송국에서 육년간 일했는데, 갈수록 김이 빠져. 윗사람들이 자리보전에만 신경을 쓰고 있으니까 그 아래에 있는 기자들은 숨이 막혀 죽을 지경이야."

내가 말했다.

"너희 둘은 앞으로 나아가고 있구나. 하나는 이제 차까지 몰고 다니고, 하나는 책도 쓰고…. 나만 퇴보했네."

그리고는 전후 사정을 모두 다 얘기했다.

"대위, 이봐 너, 너…."

호일병이 한 손으로 머리를 가리키면서 말했다.

"너 넘어져서 머리가 어떻게 된 것 아냐? 의견을 제시했단 말이야?"

내가 말했다.

"남이 듣건 안 듣건 그건 그 사람의 자유지만, 나는 어쨌든 해야 할 말은 해야. 내 말은, 나는 아직도 뭔가를 믿고 있고, 사람에 대해서, 이 세계에 대해서 여전히 희망을 가지고 있다는 거야."

호일병이 말했다.

"대위, 너 정말 좋은 놈이야. 그렇지만 사람이 너무 좋으면 안 좋은 것과 마찬가지야. 그 사람들은 반석처럼 복지부동에 강철처럼 강인해.

자네 말 한 마디로 누구를 움직일 수 있을 줄 알아? 그들은 미동도 하지 않는다는 걸 알아야지. 세상은 변하고 있지만, 그러나 지금까지 누군가의 말 때문에 세상이 변한 적은 없어."

내가 말했다.

"듣건 안 듣건 그건 그 사람의 일이고, 나는 그냥 몇 마디 했을 뿐이야. 내가 법이라도 어겼냐? 나는 그저 대화의 통로를 열어보려 했던 것인데…"

호일병이 말했다.

"대화의 가능성은 근본적으로 없어. 양羊이 하류에서 물을 마시고 있는데, 상류에 있는 이리狼가 양이 자기 물을 더럽혔다고 화를 내는 격이지. 대화를 하려면 너 자신도 한 마리 이리로 변하지 않으면 안 돼. 호랑이가 되면 더욱 좋겠지만, 현실적으로 불가능하다면 하다못해 여우라도 되어야지."

유약진이 말했다.

"대위, 나는 도리어 너한테 감탄했어. 나무는 한 장의 껍질로 살고, 새는 한 입의 먹이로 살고, 사람이 사는 것은 그 기백 하나로 사는 거야. 막말로, 선비는 죽어도 불알이 하늘을 향하도록 해야지 불알조차 안 보이게 엎어져 죽을 수는 없는 거야."

나는 고무되어서 말했다.

"정말 이 몸이 죽을 때는 불알이 하늘을 향하게 할 거야, 겁날 게 뭐야?"

호일병이 말했다.

"너희 둘 말하는 꼴 보니 이미 경지에 도달했구나. 도대체 그게 무슨 의미가 있냐? 죽으면 그냥 죽는 거지. 쓸데없이 죽는 거지. 불알이 하늘을 향하든 땅을 향하든 어쨌든 다 똑같이 죽는 거잖아! 죽지 않을 생각을 해야지. 만약 내가 자네처럼 강개격앙慷慨激昻한다면, 호일병이 열 명 있어도 눈에 보이지 않는 한 쪽 구석으로 처박히고 말아. 현실은 이때까지 불복하는 개인을 겁낸 적이 없어. 복종해야 할 땐 복종해야 하고, 복종할 수 없을 때도 역시 복종해야 되는 거야. 자기 가슴의 뜨거운 피로써 다른 사람을 감동시킬 수 있다고 생각한다면 그건 엄청난 실수야. 그리고 그런 혈기로써 뭔가를 바꿀 수 있다고 생각한다면 그건 더욱 엄청난 실수고."

유약진이 말했다.

"일병, 너는 그래도 기자잖아. 너에게는 사회의 양심을 대변해야 할 의무가 있어. 그래야 이 세상이 구원을 받을 수 있지."

호일병이 말했다.

"걸핏하면 이 세상을 구원하라고 하는데, 그건 환상더러 진실보다 더 진실하기를 요구하는 거야."

내가 말했다.

"네 말대로라면, 나의 유일한 출구는 정소괴 동지한테 한 수 배우는 것이겠네?"

호일병이 말했다.

"세상에는 정말이지 어렵지 않은 일이 없어. 대위 너한테 말해 주겠는데, 고집부릴 일이 따로 있지, 이건 어쩔 수 없는 거야. 구더기가 돌절구를 엎을 수 있겠어?"

나는 분명히 돌절구를 엎을 수 없다. 심지어 돌절구가 이렇게 무거운 줄도 몰랐다. 근본적으로 대화의 가능성도 없었고, 대화의 통로도 없었으며, 변명할 기회조차 없었다. 평등이 전제되어 있지 않은데 어떻게 대화가 가능하겠는가?

그 다음에 공원으로 가서 굴문금을 만났을 때, 나는 내가 망설이게 될까봐 만나자마자 인사이동 일을 말해 주었다.

그녀는 깜짝 놀라면서 말했다.

"대위 씨, 누가 장난친 거예요?"

"누가 장난치다니…. 나 스스로 원해서 간 건데."

"사람들은 모두 중심으로 가서 기대려고 하는데, 당신은 도리어 중심에서 갈수록 멀어지기만 하네요. 저 번에 내 말 듣고 사모님 뵈러 같이 갔었더라면 이렇게까지 비참하게는 안 됐을 텐데…."

"나는 내가 비참하게 됐다고는 생각 안 해요. 중의학회 일은 좀더 단순해서 떳떳하게 책을 볼 수 있어요."

"대위 씨, 그런 식으로 스스로를 위로하는 건 자신을 속이는 거예요. 핵심인물로부터 가까운 곳에 모든 게 있고, 멀리 떨어진 곳엔 아무것도 없다는 걸 모르는 사람이 어디 있어요? 다른 사람들은 중심으로 비집고 들어가고 싶어도 못 들어가는데, 당신은 그 중심에서 제대로 서 있지도 못하고 밀려나와요?"

나는 불쾌해서 말했다.

"그 핵심인물도 사람이고 나도 사람인데, 뭣 때문에 나더러 그 사람한테 가까이 다가가라는 거요? 그 사람이 나한테 가까이 다가오면 안 돼요?"

"항상 왕관을 쓰고 앉아 있는 사람도 사람이고, 병들어 죽어도 장사 지내 줄 사람 하나 없는 사람도 사람이에요. 당신도 다 아는 사실이잖아요. 사람이 어떻게 다 똑같아요?"

"나더러 정소괴와 같은 낯짝을 하라고 하면, 나는 못해요. 나더러 그렇게 하라고 요구할 바에는 차라리 닭 목 따듯 나를 한 칼에 죽여주는 게 낫겠어요. 혈관 속에 흐르는 피가 달라요. 나더러 내 피를 바꾸라는 건가요? 분명히 말하지만, 나에겐 나만의 존엄이 있고, 이런 나를 버릴 순 없어요."

"어느 수준에 도달하면 그런 낯짝까지 할 필요는 없어요. 그러나 어쨌든 자신의 감정을 얼굴에 드러내지 않으면서 윗사람의 의도를 이해하고, 그 의도를 염두에 두고 일할 필요는 있어요. 목표에 도달하고 싶다면 그 정도의 대가도 지불하지 않고는 불가능해요. 고귀함에 대해 애기하자면, 세상에는 단 한 가지 종류의 고귀함이 있을 뿐이에요. 위로 올라가면 고귀하지 않은 것도 고귀하게 되고, 아래로 내려가면 고귀한 것도 고귀하지 않게 돼요. 고귀한지 고귀하지 않은지는 객관적 현실에 달려 있지 주관적 감정에 달려 있는 게 아니에요. 그렇지 않아요?"

그녀의 말을 듣고 있자니 마음속이 싸늘해졌다. 고귀함과 고귀하지 않음이 결국 이렇게 현실적이고 비속할 수도 있다는 건가? 이 세상이 도대체 어떻게 되어가는 건가? 병들어버린 건가? 이런 식으로 말한다면 굴원, 사마천, 도연명, 두보, 조설근 같은 분들의 일생은 모두 초라했는 데, 그렇다면 고귀하다고 말할만한 아무것도 없지 않은가? 도대체 무엇을 고귀하다고 말할 수 있는 거지? 그녀는 나에게 청장 사모님을 함께 찾아가서 이번 일을 만회하자고 했다.

내가 말했다.

"다시 고기 자르는 칼을 찾아야겠군."

그녀가 고집스레 같이 가자고 졸랐지만, 나는 기어코 가지 않았다. 그녀가 말했다.

"대위 씨, 상황의 심각성을 똑똑히 알아야 해요. 이런 식으로 꺾이면 몇 년 가요. 몇 년 후에 다시 당신한테 기회가 온다는 보장이 있어요?"

"청장 사모님을 찾아가면 기회가 생긴다고 해도, 나는 안 가요."

그녀는 발을 동동 구르면서 말했다.

"세상에 당신 같은 종류의 사람도 있는 줄 처음 알았어요!"

내가 말했다.

"나는 원래 이런 종류의 사람이오. 당신이 나를 바꾸려 해도 그건 불가능해요. 나 자신도 나를 바꾸지 못하는데, 의사가 수술을 해서 내 혈관 속의 피를 몽땅 바꾼다면 모를까…."

그녀가 말했다.

"당신을 수술해 줄 사람이 나타날 수도 있지만, 언젠가는 다른 사람이 바꿔주지 않아도 당신 스스로 바뀌려 할 거예요. 하지만 그때는 이미 늦어요. 당신 한평생 어쩌려고 그래요?"

그녀는 더 이상 아무 말도 하지 않고 조금 멀리 떨어진 돌 위로 가서 앉아 나를 바라보았다. 나 역시 그녀를 바라보았지만 그녀 쪽으로 옮겨 가지는 않았다. 이렇게 약 삼십분 정도 서로 바라보다가 그녀가 일어나면서 말했다.

"저 가겠어요."

나의 머리는 가로젓는 듯 끄덕이는 듯 가볍게 움직였다. 그녀가 말했다.

"대위 씨, 조심하세요."

그리고는 몸을 돌려 걸어갔다. 그렇게 간 후 다시는 돌아오지 않았다.

## 제 2편

## 19. 동류董柳

중의학회에 있는 동안 눈 깜짝할 사이에 사오년이 지났다. 그 사이
나는 결혼도 했고 아들도 낳았다.

아내 동류董柳는 시 위생계통의 연회자리에서 만났다. 그날 연회는 시
청년궁에서 베풀어졌는데, 수백 명이 참가했다. 우선 마 청장의 연설이
있었고, 이어서 시 위생국의 양梁 국장의 연설이 있었다. 그 후 공연이
있었고, 무도舞蹈가 있었다. 위생계통에 예쁜 아가씨들이 이렇게 많은
줄은 미처 몰랐다. 젊은 남자들은 예상 외로 적었다. 나는 예쁜 아가씨
들 여러 명과 춤을 추었다. 아주 오랫동안 이런 느낌은 가져보지 못했
었다.

사람들 틈에서 나는 굴문금을 보았다. 나한테서 멀리 떨어지지 않은
곳에 앉아 있었는데, 서로 눈인사를 교환했다. 그녀의 눈빛 속에서 나는
어떤 의미를 읽었다. 어쩌면 내가 그리로 가서 그녀에게 춤을 추자고
청한다면 엎질러진 물을 다시 담을 수도 있을 것 같았다. 나는 내가 잘
못 이해했을까봐 아무 생각 없는 척하고 다시 그녀를 바라보았다. 여전
히 그런 눈빛으로 나를 바라보고 있었다. 나는 그녀의 눈빛에 담긴 의
미를 알아차린 후에도 아무런 느낌이 없었다. 나도 자신의 감정을 돌이
켜보았지만 그녀에게 걸어가려는 충동은 전혀 일어나지 않았다. 다시

한 번 힐끗 쳐다보니 그 눈빛은 점점 더 강렬해지고 있었다. 내가 몇 명의 다른 아가씨들과 춤을 추고 난 뒤에야 그 눈빛 속에 담겨 있던 의미가 완전히 사라졌다. 나는 눈인사를 나눠야 하는 것도 어색하고 해서, 무곡舞曲 한 곡이 끝났을 때 무도장 안의 다른 쪽으로 자리를 옮겼다.

이렇게 해서 동류를 만나게 되었다. 그녀는 바로 내 옆에 앉아 있었다. 두 곡의 무곡이 연주되는 동안 그녀에게 춤을 추자고 청하는 사람이 아무도 없었다. 그녀 때문에 오히려 내가 긴장되었다. 조용하고 얌전한, 괜찮은 아가씨 같은데 이런 푸대접을 받다니…. 그녀의 얌전한 모습에 내 마음이 움직였다. 아마 오늘은 예쁜 아가씨들이 너무 많아서 그럴 것이다. 하나 같이 다 화려하게 차려 입고 나왔는데 이 아가씨는 일부러 화장도 하지 않은 모습이어서 무시당하고 있는 것이리라. 나는 동정심에서 그녀에게 춤을 추자고 청했다. 나에겐 그럴 책임이 있다고 생각했다. 그녀는 과분한 대우에 기뻐 놀라는 듯했지만, 곧바로 일어나며 말했다.

"저는, 저는 춤을 잘 못 추는데요."

그녀의 이런 태도가 나의 감정에 불을 질렀다. 대부분의 다른 아가씨들은 춤을 추자고 청하면 망설이는 척하고 우물쭈물 느릿느릿 일어나 춤을 청한 남자를 서서 기다리게 만든다. 그렇게 함으로써 자신의 가치를 증명하는 것이다. 그러나 눈앞의 이 아가씨는 소박하고 꾸밈이 없어 보였고, 잘난 체하지 않았으며, 거만함과는 거리가 멀었다.

내가 말했다.

"걸어갈 줄은 아세요? 걸어갈 수 있으면 춤도 출 수 있어요."

사실 그녀는 춤을 그런대로 췄으므로, 내가 말했다.

"북경 무용학원 졸업했어요?"

그녀는 수줍은 듯이 웃으며 말했다.

"놀리지 마세요."

우리는 연달아 몇 곡을 추었다. 나도 내가 왜 그 화려하게 차려입은 아가씨들과 춤출 기회를 포기했는지 이해할 수 없었다. 아마도 과장되게 신경 써서 차려입은 옷차림에 대한 반감 때문이 아니었나 싶다. 그런 아가씨들에 비해서 이 아가씨는 옷차림에서부터 극도의 자신감이 느껴졌다. 나는 눈앞의 이 아가씨가 함축하고 있는 그 의미를 더욱 높게 샀던 것이다.

얘기를 나누는 중에 나는 그녀의 이름은 동류董柳이고, 간호학교를 졸업한 지 이미 사년이나 되었으며, 현재 시 제 5병원에서 간호원으로 일하고 있다는 것을 알았다. 춤을 추면서 나는 굴문금이 마 청장과 얘기를 나누고 있다가 이어서 또 춤을 추는 것을 봤다. 나는 방금 전에 그녀에게 춤을 청하지 않았던 것이 다행이라고 생각했다. 사람은 변하지 않는다. 그녀가 변했을 거라는 환상을 가져서는 안 된다. 무도회가 끝났을 때, 나는 동류에게 손을 흔들어 인사하며 말했다.

"잘 가요!"

그리고는 헤어졌다.


기숙사로 돌아와서 나는 계속 동류의 일을 생각해 보았다. 스스로에게 물어보았지만 그렇게 행동했던 이유를 알 수가 없었다. 귀신에게 홀렸던 것 같았다. 사실 그녀는 허소만과는 천양지차天壤之差이고, 굴문금과도 비교가 안 된다. 나 지대위가 설마 눈이 갈수록 낮아지는 것인가? 그러나 이것은 나 자신이 인정할 수 없었다. 나는 이 일에 대해 더 이상 생각하지 않기로 했다. 그러나 며칠이 지나도 마음속에 어떤 감정이 여전히 걸려 있었다. 아무리 생각해봐도 해답은 한 가지뿐이었다. 그것은 조금도 꾸밈없는 그녀의 소박함이 나의 마음을 움직였다는 것이다. 그녀는 다른 아가씨들과는 달리 다른 사람에게, 자기는 매우 존중받을 가치가 있는 인물이라는 느낌 같은 것을 준다. 나는 제 5병원에 가서 그녀를 찾아봐야 할지 말아야 할지 망설였다. 적어도 그녀에게 애인이 있는지 없는지는 물어봐야 할 것 같았다. 연회에 참석했던 그 많은 예쁜 아가씨들 중에 왜 유독 그녀한테서만 내 감정이 반응을 보였던 것일까? 나는 속으로 나 자신에게 말했다.

"너는 지금 도망치고 있어. 너는 도전이 겁나는 거야. 너는 마음이 약해지고 자신감도 예전 같지 못한 거야."

나는 스스로 도전성이 점점 결여되어가고 있음을 발견하고 망설였다.

마지막으로 나는 동류에게 천도공원天都公園 입구에서 만나자는 약속의 편지를 쓰기로 했다. 그녀에게 남자 친구가 있건 없건 그게 무슨 상관인가. 나는 아무 이유도, 아무런 조건도 필요 없었다. 편지를 쓰고 싶다는 것이 가장 큰 이유였다. "왜?" 라고 그 이유를 아무리 물어봐야 질문만 무색해지고 만다.

그날 나는 저녁식사를 한 후 곧바로 약속장소로 갔다. 가는 길에, 이 아가씨도 굴문금처럼 십분 정도 늦게 나타남으로써 심리적인 주도권을 잡으려 할지 모른다고 생각했다. 그 정도는 이해해줘야 한다고 할지 몰라도, 나는 별로 이해해주고 싶지 않았다. 나는 일곱 시 반 정각에 공원 입구에 도착했다. 좋은 자리를 찾아 좀 기다려야지, 하고 생각하고 있을 때 누가 나를 부르는 소리가 들렸다. 그녀였다. 내가 말했다.

"벌써 왔어요?"

"일곱 시 반이라고 했잖아요. 늦을까봐 좀 일찍 왔어요."

나는 마음이 갑자기 따뜻해졌다.

"정말 시간 잘 지키네요."

그녀는 이상하다는 듯 나를 쳐다보며 말했다.

"자기가 일곱 시 반이라고 얘기해 놓고는…. 저는 온 지 이미 한참 됐어요."

"좋아, 좋아요!"

그리고 말했다.

"먼저 왔으면 어디 숨어 있다가, 내가 기다리느라 초조해져 이리저리 왔다 갔다 하는 것까지 보고 난 다음에 나타나서, 숨찬 목소리로 길에서 차가 막혀 늦었다고 말을 해야죠."

그녀는 수줍게 웃으면서 말했다.

"저는 그런 거 안 해요."

"좋아, 좋아요."

내가 입장권을 사려고 하자, 그녀가 말했다.

"제가 일찍 도착해서, 미리 사놨어요."

나는 웃었다. 그리고 영화에 나오는 말투를 흉내내어 말했다.

"당신, 대단히 좋아요. 허세도 안 부리고…."

그녀가 말했다.

"저는 그런 거 생각 안 해요."

우리는 곧바로 공원 안으로 들어갔다. 공원 안에서 두 아이가 술래잡기 놀이를 하고 있었다. 앞쪽에서 달리던 아이가 고개를 돌려 뒤에서 쫓아오는 아이를 보다가 그만 그녀와 부딪쳐 넘어질 뻔했다. 그녀는 곧바로 아이를 일으켜 세우면서 말했다.

"조심, 조심해야지. 안 그러면 넘어져!"

아이는 웃으면서 다시 뛰어갔다. 나는 그것을 보면서 마음이 매우 훈훈해졌다. 그리고 이전에 굴문금과 같이 버스에 탔을 때의 일이 생각났다.

한 시골 여자가 닭이랑 달걀을 짊어지고 버스 안내양이 타지 못하게 하는데도 끝까지 올라타려고 했다. 그 와중에 짐이 그녀에게 부딪치자 그녀는 크게 소리를 질렀다.

"조심해요!"

안내양이 그 여자한테 표 두 장을 사라고 하고 그 여자는 한사코 한

장만 사겠다고 했다. 그걸 보고 굴문금이 말했다.

"이렇게 자리를 많이 차지했으면 그 정도는 더 사야죠."

내가 그녀를 툭툭 치자 그제야 그녀는 더 이상 아무 말도 하지 않았다.


그 후 나와 동류의 일은 공식처럼 진행되었다. 사실 나는 일이 너무 순조롭고 평탄하게 전개되고 있다는 느낌마저 들었다. 방해물이 없어서 감정을 충분히 표현하고 검증할 길도 없었다. 동류는 나를 완전히 믿었다. 내가 무슨 말을 하건 다 옳다는 것이었다. 솔직히 말해서 그 때문에 나는 그녀에 대해 연민과 우려를 느꼈다. 만약 나 같은 사람을 만나지 않고 난봉꾼을 만났으면 그녀의 운명은 어떻게 되었을까? 그런 놈에게 속고 나서 어쩔 줄 몰라 하지 않았을까? 한번은 내가 그녀에게 말했다.

"솔직히, 내가 대학원 졸업했는지 안 했는지 한 번 맞춰 봐요."

"대학원 졸업했어요."

"솔직히 말하면 나는 북경에서 몇 년간 떠돌아다녔어요. 계속 그렇게 살아갈 수 없어서 석사출신인 것처럼 신분을 속이고 이곳으로 돌아온 거요."

"석사 출신이에요."

"당신은 내 신원조사 서류도 본 적 없잖아요. 나는 지금 당신한테 진담을 하고 있는 거요. 그 몇 년 동안 나는 건달처럼 살았어요."

"대학원 졸업했어요. 설사 아니라고 해도 그건 별로 중요하지 않아요. 그렇지만 당신은 석사 출신이에요."

"나를 만나서 다행이지, 다른 사람 만났으면 당신은 십중팔구 사기당했을 거요."

"저는 한낱 간호사에 불과한데, 날 속여서 뭐 하겠어요?"

나는 웃으면서 말했다.

"당신을 속여서 뭘 하겠느냐고? 당신 돈을 속여 빼앗지 않으면 당신 몸을 빼앗고, 당신 몸을 빼앗지 않으면 당신 감정이라도 빼앗을 거요."

그녀는 나를 바라보며 말했다.

"제가 그렇게 사람 볼 줄 모르는 줄 아세요?"

이 일은 도리어 나로 하여금 그녀와 잘해 나가야 한다고 생각하게 만들었다. 잘못해서 그녀가 나쁜 사람 수중이나 난봉꾼의 수중에라도 떨어지면 어떻게 하겠는가?

"나중에 우리 집이 없어도 날 원망하진 말아요."

"이건 집이 아니에요? 이미 아주 좋은 걸요. 우리는 현재 학생이나 별반 다를 게 없어요. 네 사람이 한 방에서 지내보기도 했어요."

"그렇다면 당신은 먼 길을 뛰어다닐 준비를 해야 될 거요. 매일 왔다 갔다 하는 데 두 시간 넘게 걸릴 텐데."

"한가할 때는 한가해요."

"나는 감투 쓰는 것도 안 좋아하고, 권력에 대해서는 전혀 관심이 없어요."

"평범한 사람들이 언제나 더 많은 걸요."

나는 내가 염려하고 있던 일들을 다 얘기했지만, 그런 것들이 그녀에게는 전혀 문제가 되지 않았다. 나는 염치불구하고 모두 얘기했다.

"정말 그날이 되면, 다른 사람들은 모두 차들을 몰고 가서 신부를 맞이하고 차에 꽃단장도 하고 잔칫상도 수십 테이블이나 벌려 놓지만, 우리는 그런 것 다 그만둡시다."

"그만 두자면 그만 두는 거죠. 나한테 붉은 옷만 한 벌 사서 입혀주면 돼요. 당신한테 그건 사달라고 하겠어요."

"그렇게 얘기하니 문제될 게 하나도 없네. 그냥 오늘 밤에 돌아가지 않으면 되겠군. 어쨌든 요즘에는 새 신부 백 명 중 아흔아홉 명은 헌 신부니까, 우리도 세속을 따를 수밖에 없지."

"그건 안 돼요. 저는 그 일백 분의 일이 되고 싶어요."

"어제 내가 주민증 신청서를 작성하는데, 직업란에다가 과원課員이라고 적고 괄호 속에다 과장급 대우라고 적었소. 그리고 결혼 여부를 기재하는 난에는 미혼이라고 적고 괄호 속에다 기혼자 대우라고 적었소."

그녀는 입을 오므리고 웃으면서 계속 고개를 가로저으며 믿지 못하겠다는 뜻을 표시했다. 그날 혼인신고를 하러 갔을 때 그녀가 말했다.

"나의 이 한평생은 이제 당신한테 귀속됐어요. 당신 마음만 변하지 않으면 돼요."

그녀가 붉은색 옷을 사러 가자고 졸라서 우리는 거리로 나갔다. 그녀는 너무 좋은 것은 사려 하지 않았다. 나는 그녀에게 너무 미안했다.

"내가 지금은 이 정도 능력밖에 없어. 당신한테 빚을 졌으니 나중에 다 갚아줄 게. 나를 믿어요."

이렇게 말하는데 나는 그냥 막 울고 싶어졌다. 실제로 눈물까지 줄줄 흘리자 그녀가 손수건을 꺼내 눈물을 닦아주며 말했다.

"왜 그래요, 당신. 왜 그래요? 사람들이 이렇게 많은데 창피하지도 않아요."

이렇게 말하면서 그녀도 울기 시작했다. 소매로 눈을 가리고 한쪽 구석으로 달려가더니 벽을 향해 엉엉 소리 내어 울면서 말했다.

"왜 울지, 뭣 때문에 울지? 기뻐야 되는데…. 사실 저는 마음속으론 매우 기뻐요, 매우 기뻐요."


동류는 병원에서 상자 하나만 들고 왔고, 그리고 가구 몇 벌을 샀다. 우리는 각자의 회사에 사탕봉지를 돌리는 것으로 결혼을 마쳤다. 이사 오던 날 동류가 말했다.

"저는 원래 의학 공부한 사람과 결혼할 생각 없었어요. 그 사람들은 사람이 다 세포로 이루어져 있다고 보잖아요. 너무 재미없어요."

내가 말했다.

"중의학을 공부한 사람들은 사람을 분해해서 보지 않고 전체로서 봐요."

신혼의 느낌을 정말 어떻게 말해야 할지 모르겠다. 한때는 아주 격정적이었지만 조금 지나자 그저 그랬다. 오히려 동류가 어느 날 일이 끝난 후 말했다.

"왜 당신을 몇 년 더 빨리 만나지 못했을까?"

나는 낡은 책상 하나를 문 밖에 내어 놓고 그 위에 간장, 소금 등 잡동사니를 올려놓았다. 칼 한 자루, 도마 하나, 그리고 벽돌을 괴어 놓고 그 위에 구공탄 난로를 올려놓아 대충 그럴듯하게 차려놓고 살았다. 동류는 아주 만족해하는 듯했다. 천생 여자였다.

나는 많은 중의학 서적들을 찾아 읽었다. 오랫동안 열심히 책을 읽어 보지 못했었다. 하루 종일 나를 찾는 일도 없었고, 나를 찾는 사람도 없어서, 나는 마치 현대판 은자隱者가 된 것 같았다. 신문에서 뉴스 기사 하나를 읽었는데, 성省 문인연맹文聯의 주석 매소평梅小平이 사직하고 성도省都를 떠나 왕년에 지식청년단을 이끌었던 시골로 가서 은거한다는 기사였다. 그 기사는 나에게 어떤 믿음을 주었다. 사람이 이 정도는 되어야 비로소 경지에 이르렀다고 하는구나. 복잡하고 근심걱정 많은 이 세상은 내가 볼 때 허무하고 무상한 것이었다.

그리하여 내 마음은 더욱 평온해졌다. 내가 매소평과 다른 점은, 나는 도시에서 은거한다는 것뿐이었다. 비록 시골에 초가집을 짓고 사는 것도, 차가운 강가에서 혼자 낚시하며 사는 것도 아니었지만, 마음에는 아무런 근심걱정이 없었고, 도시에서 꼭꼭 숨어 태평하고 평온한 생활을 하는 듯한 기분이 들었다. 이 또한 어떤 경지에 도달한 삶이라 할 수 있을 것이다.

# 20. 안지학晏之鶴 : 약소국엔 외교가 없다

나는 위생청에 있을 때보다 중의학회에 있을 때가 기분이 더 좋았다. 출근해서도 책을 볼 수 있었고, 한두 시간 외출해도 아무런 문제가 없었다. 별로 해야 할 일이 없기도 했고, 내가 사무실을 나가기만 하면 기다렸다는 듯 천하가 다 알도록 나의 이름을 불러대는 사람도 없었기 때문이다. 만약 징계의 의미만 들어 있지 않았다면, 오히려 나를 이곳으로 옮기자는 의견을 꺼낸 사람에게 고맙다고 했을 것이다.

나의 맞은편에 앉아 있는 윤옥아尹玉娥는 서른 살이 넘었는데, 그녀 남편은 재정처의 팽彭 부처장이었다. 그녀는 원래 현縣에서 근무했는데, 부처장의 부인임이 고려되어 청으로 전근되어 온 사람이었다. 그녀는 아주 가늘게 눈썹을 그리고 새빨갛게 립스틱을 바르고 얼굴은 하얗게 분칠을 했다. 아무리 봐도 어색했으나 그녀는 매우 만족해하는 듯했다. 내가 출근한 첫 날 그녀가 말했다.

"어쩌다가 새들조차 똥 누러 오는 일 없는 이곳으로 왔지?"

"새들조차 똥 누러 오지 않는다면 조용해서 좋지요. 새들이 와서 시끄럽게 하지 않는다면, 사람들이 와서 시끄럽게 할 일은 더욱 없을 거고."

"그래도 나는 당신을 매우 환영해. 요廖 군이 전근 가버리자 어떤 때는 나 혼자 마치 사당을 지키는 느낌으로 하루 종일 보내기도 했어. 입에 곰팡이가 돋을 지경이었어. 여기는 늙은이들이 있기에는 오히려 좋은 곳이지만, 당신 같이 젊은 사람들은 바삐 뛰어다니는 걸 좋아할 텐데 이런 자리에 어떻게 앉아 있으려고 그래? 청에 석사 출신이 몇 명이나 있다고 말이야. 청에서의 인사이동이 당신한테는 너무 불공평해. 당신 누구한테 미움 산 일 있어?"

"내가 누구한테 잘못했는지 나도 모르겠어요. 좀 가르쳐 주세요."

"사실은 당신이 누구한테 미움 샀는지 모두 다 알고 있어. 다른 사람들은 아첨을 떨어도 모자랄 지경인데, 당신은 윗사람한테 덤벼들어 화나게 했잖아."

그녀가 이렇게 말하는 것을 듣고 나니 친근한 느낌이 들었다. 그리고 그녀 남편도 마 청장하고는 사이가 별로 좋지 않을 거라는 생각이 들었다.


위생청에서 일어나는 일들을 윤옥아는 다 알고 있었다. 누가 곧 임명되거나 파면당하게 될지, 누구와 누구는 어떤 관계인지 그녀는 다 알고 있었다. 나는 청에 온 지 이렇게 오래 되었어도 사람을 만나면 그저 고개나 끄덕이고 인사나 나누는 것이 고작이었다. 하지만 고개를 끄덕이는 데에도 다 의미가 있고, 똑같은 인사말 한 마디에도 그 어감에는 차이가 있으며, 눈빛에도 차이가 있다고 했다. 나는 여태 그것을 충분히 터득하지 못하고 있었다. 그러나 그녀는 이 방면에 상당히 조예가 깊었다. 만약에 대학 졸업장만 있었다면 틀림없이 대단한 인물이 되었을 것이다. 그녀는 항상 청의 인사이동에 대해 이야기했다. 듣고 싶건 듣기싫건 나는 전부 들어주어야 했다. 그녀는 매번 말을 마치고 나서는 나한테 밖에 나가서는 말하지 말라고 재삼 부탁했다.

"밖으로 말이 새 나가면, 그건 바로 자네한테서 새나간 거라는 것 자신도 알 거야."

내가 말했다.

"그러면 나한테 말하지 않으면 되잖아요. 말이 다른 데서 새 나갔는데도 나를 그 원흉으로 생각할 거 아니에요."

그녀는 내 말의 뜻을 알아듣지 못했는지, 아니면 말하고 싶은 충동을 억제할 수 없었기 때문인지, 이렇게 말했다.

"내가 다른 사람한테는 많은 얘기를 할 수 없잖아, 안 그래? 자네는 말이야, 자네는 예외야, 안 그래?"

윤옥아는 수다 떠는 것을 좋아했다. 하지만 그 때문에 내가 스트레스를 받지는 않았다. 이것이 정소괴와 다른 점이었다. 듣고 싶으면 듣고, 듣기 싫으면 도서관에 가서 책을 보았다. 또는 안지학爰之鶴 선생을 찾아가서 바둑 한두 판을 두었다. 그러고도 남는 정력이 있을 때는 기보棋譜를 빌려다가 바둑을 파고들었다. 덕분에 얼마 가지 않아 바둑실력은 크게 늘었다. 세속世俗의 일은 다 놓아버렸고, 욕심도 많지 않아서 천하의 일들이 이미 아득하게 느껴지자 시간은 날아가듯 빨리 지나갔다.

위생청 안의 많은 사람들이 힘 있는 자를 둘러싸고 시시각각 주판알을 굴리고 날마다 초조해하면서 사는 것이 우스웠다. 나는 연극을 구경하는 시선으로 그들을 바라봤다. 그들은 시간관념이 없는 사람들이었다. 그들은 코앞에 있는 것들을, 눈 깜짝할 사이에 없어져버릴 것들을 너무나 소중하게 생각하고, 눈을 크게 뜨고 멀리 볼 줄 몰랐다. 설령 조그만 이익을 차지했다 하더라도, 그것은 세숫대야 속의 폭풍우, 깨 한 톨, 빈대 방귀 같은 것에 지나지 않는 것이었다. 인간으로 살면서 언제나 그 빈대 방귀 같은 것에만 집착할 수 있겠는가? 여러 차례 나는 똑같은 질문을 다른 사람들에게 던져 봤다.

"마 청장 앞의 청장은 누구였지요?"

모두 다 시施 청장이었다는 걸 알고 있었다. 그러면 시 청장 앞에는?

그 앞은 섭萎 청장이었다는 걸 알고 있는 사람이 없었다. 섭 청장 앞은 누구였는지는 나도 모른다. 섭 청장은 이미 작고했다. 당시에는 그분 또한 위세가 대단했을 것이다. 그렇다면 세상일이란 연기 같은 게 아닌가?

　시간은 일체의 중대한 사건들까지 그 의미를 애매모호한 것으로 만들어버린다. 이 사실은 나로 하여금 기쁨과 위안을 느끼게 했다. 저 한 무리의 속인俗人들은 매일 자그마한 머리를 굴리고, 잔꾀를 부리고, 매일 얽어터져 가면서 처장도 되고 청장도 되지만, 그래봐야 바람 따라 날아가 버리는 운명은 피할 수 없다. 그렇게 남의 눈치만 살피고, 굽실거리고, 패거리를 만드는 일이 무슨 가치가 있단 말인가?

　무엇인가를 굳게 지키기 위해서 생전에는 온갖 시달림을 다 당했으나 시간이 지나도 영원히 그 이름이 썩지 않고 빛나는 사람들, 그들이야말로 사람들이 입으로만이 아니라 마음으로 복종하는 사람들이다. 나는 다시 그들의 책을 찾아서 거듭 읽어보았다. 읽으면 읽을수록 그 방대하고 심오한 맛이 무궁무진했다. 이렇게 해서 나는 "높은 데 올라 멀리 바라볼 때의 편안함"을 맛보게 되었다. 내가 나 자신의 코끝만 쳐다보면서 신변의 자질구레한 일로 마음 졸일 필요가 어디 있는가? 나는 마음의 문을 열고 하늘가에 펼쳐진 풍경들을 바라보고, 멀리 있는 곳의 일들을 생각하고 싶었다.

　그날 오후 나는 도서실에 가서 책을 읽었다. 안지학 선생은 그의 바둑친구가 기다려도 오지 않자, 나를 찾아왔다.

"지 군, 와서 한 판 안 할 거야?"

"근무시간에는 감히 못 두겠어요. 다른 사람들이 보면 또 찍힐 텐데요. 위생청 안에서 자유인은 안 선생님 혼자뿐이잖아요."

"그러면 내가 기다리지. 오늘은 바둑에 중독된 것 같아."

퇴근시간 무렵, 그는 이미 바둑판을 준비해 놓았다.

"와, 와, 이리 와."

조趙씨는 우리에게 갈 때 문을 잘 잠그고 가라고 부탁하고는 먼저 갔다. 첫 번째 판은 그가 졌다.

"먼저 자네한테 한 판 양보했네. 정신 바짝 차리게. 안 그러면 감히 내 적수가 되지 못할 거야."

두 번째 판은 그가 이겼다.

"삼 판 이승으로 하세."

"집사람이 기다리고 있어요. 오늘은 제가 진 걸로 칩시다. 안 선생님 이 이겼어요."

"이겼다고 치긴 뭘 이겼다고 쳐? 자네가 나한테 기분상의 승리를 안 겨 주려는 모양인데, 나는 절대로 받아들이지 않겠네."

다시 한 판 더 두었다. 나는 일부러 악수를 두었다. 그가 이기고 나서 말했다.

"이 사람아! 첫째 판을 시작하면서 정면승부로 기선을 잡았다고 해서 그 수가 계속 통할 거라고 생각했나? 자네는 교조주의敎條主義의 우愚를 범한 거야."

그 후부터 그는 바둑에 중독되어 버렸다. 저녁때에도 아래층에서 내 이름을 불러 자기 집으로 가서 바둑을 두자고 했다. 내가 말했다.

"저녁때 바둑 한두 판 두는 거야 괜찮지만, 오후에는 감히 둘 수 없어요. 나는 결코 자유주의自由主義의 우愚를 범할 수는 없어요."

그가 말했다.

"그러면 좋아. 자네 앞길을 막지는 않겠네. 그 대신 오후에 둘 그 두 판을 저녁으로 옮겨서 저녁에 몇 판 더 두세."

안지학 선생님은 과장도 못 되었지만 나이는 상당히 지긋했다. 처음 에 나는 그를 어떻게 불러야 좋을지 몰랐다. 그를 "안 씨老婁"라고 부를 수는 없었고, 그렇다고 그의 이름을 부를 수는 더욱 없었다. 안 선생님凳老師이라고 부르는 것도 매우 어색했다. 위생청 안에는 그런 관례가 없기 때문이다. 그때 나는 직위가 없다는 것이 얼마나 난처한지 알게 되었다. 마지막으로 나는 그를 "안공凳公"이라고 부르기로 결정했다. 다행히도 중국어에는 단어가 풍부해서 각종 미묘한 차이까지 그에 걸맞는 칭호를 찾을 수가 있었다. 동방이 어두우면 서방이 밝다는 식이었다. 그렇게 몇 번 불렀더니 그가 대답을 하는 둥 마는 둥 해서, 그가 별로 달가워하지 않는다는 걸 알았다. 우리는 결국 연배가 달랐던 것이다. 한번은 그가 이기고 나서 말했다.

"지 군, 자네 바둑 공부 더 해야겠네."

"그러면 선생님이라 부르겠습니다. 앞으로 많이 지도해 주십시오."

그는 곧바로 이 칭호를 받아들였다.


어느 날 저녁에 바둑을 두면서 안 선생이 갑자기, 말을 꺼냈다.

"보아하니 자네는 다른 사람들과는 달라."

"사람마다 살아가는 방식이 각각 따로 있지요."

"자네는 나중에 뭘 할 생각인가?"

"저는, 안 선생님한테 자유인이 되는 걸 배우려고 합니다. 남의 눈치 볼 것도 없고, 남한테 억울하다고 하소연하지도 않고, 어깨를 쭉 펴고 살아야 사나이라 할 수 있지요."

그가 한 수 더 놓고 나서 말했다.

"틀렸어. 나는 화를 너무 많이 냈어. 다시 이십년 전으로 되돌아갈 수만 있다면 일을 한번 크게 해보고 싶어."

"저는 오히려 안 선생님이 부러운데요. 얽매임 없이 사셨잖아요."

"틀렸어. 그러나 자네가 나를 부러워한다는 것은, 우리는 역시 서로 뜻이 맞는다는 걸 말하지. 나이 차이를 뛰어넘은 친구라 할 수 있지. 그러나 위생청 안에서 나를 부러워하는 사람이 자네 말고 또 있던가? 내가 조금 자유롭기는 하지만 그건 작은 자유일 뿐이야. 나는 아무것도 요구하지 않아. 욕심이 없으면 강직해져. 다른 사람이 나를 어떻게 할 수가 없는 거지. 지도자는 아무것도 요구하지 않는 나 같은 사람을 제일 무서워하지. 하지만 진정한 대자유는 '그것'을 손 안에 쥐고 있을 때 비로소 생기는 거야. '그것'을 말이야! 알겠나?"

그는 다섯 손가락을 쫙 폈다가 다시 힘을 주어 꽉 쥐면서 위로 치켜올렸다. 나도 주먹을 꽉 쥐면서 말했다.

"바로 그것 말이죠. 그것만 있으면 모든 걸 다 갖는 거지요."

"사람이 세상을 산다는 건 바로 이 세계와 교류하는 거야. 말로는 모두가 헛된 물거품이라고 하지만, 그것만 있으면 진짜가 되는 거야."

이렇게 말하면서 그는 또 주먹을 꽉 쥐었다.

"내 딸이 작년에 전문 의대를 졸업하고 교외 지역으로 배치되었어. 내가 그 애를 다시 시내로 불러오고 싶은데 내 수중에 그것이 없는 거야. 내 수중에도 전혀 없는 것은 아니지만, 그것 가지고는 모자란단 말이야. 그런데도 내가 자유롭다고? 부모로서 부끄러워. '약소국에는 외교가 없다'고 했네! 자네, 내가 사는 집을 보게. 위생청 안에 나처럼 쉰 살도 넘은 사람이 여태껏 방 두 칸에 거실 하나인 집에 사는 사람이 몇 명이나 되지? 그런데도 나에게 자유가 있다고? 작은 자유는 있지만 큰 자유는 잃어버렸지. 큰 자유를 얻기 위해선 작은 자유를 그 대가로 지불해야 해. 세상에 공짜 점심은 없는 거야天下沒有免費午餐."

"안 선생님께서 말씀하신 것을 저도 생각해 봤는데요. 하지만 그것은 한 사람에게 자신의 근본을 뽑아버리고 완전히 새 사람이 되라고 요구하는 것과 같아요. 그게 어떻게 가능하겠어요? 그의 혈관 속에 이미 몇십 년 동안 흐르고 있던 피인데."

"자네는 학교 졸업한 지 얼마 안 돼서 아직 혈기가 왕성하고 서생 기질이 남아 있어. 그러나 그것을 뒤집어 말하면 교주주의 성향이 매우 강하다는 거야. 몇 가지 원칙을 고수하면서 그것을 진실이라고 생각하고 있는데, 인간의 진실이라는 것은 원칙에서 비롯된 적이 없어. 이해관계야말로 참된 것이고, 원칙이란 건 일종의 장식, 일종의 구실에 불과해. 이렇게 몇천 년 몇만 년을 흘러왔어. 어느 한 개인에 의해 변하지는 않아."

"선생님 말씀대로라면, 정소괴가 옳고 제가 틀렸다는 건가요?"

그는 가볍게 웃으면서 말했다.

"얘기는 말하는 방식에 따라 달라지지."

"저도 바보는 아니에요. 단지 저는 그렇게 못할 뿐이에요. 죽을 힘을 다해 나 자신을 굽혀보려 해도 굽혀지지가 않아요. 고통스럽지 않은 일이 어디 있겠습니까만, 그 녀석 같은 낯짝을 꾸미는 일은 정말이지 너무나 고통스러워요. 정소괴 그 녀석이 윗사람과 같이 걸어가는 꼴을 보면, 몸을 비스듬히 기울이고 목은 해바라기처럼 하고 걷는데, 그 꼴을 보고 있으면 내 눈알까지 다 파내 버리고 싶다니까요."

"그렇게 생각할 수도 있지."

안 선생님의 말은 나에게 일종의 자극, 일종의 각성을 주었다. 나는 계속 이렇게 살아갈 수는 없는 걸까? 나는 이미 현재의 생활에 익숙해졌고, 동류 역시 이에 대해 이의가 없다. 하지만 내 마음속의 평화는 깨져버렸다. 마음속에 일종의 욕구가 불타기 시작했다.

이 문제를 좀 더 깊이 생각해보려고 생각하고 있을 때, 우연히 내가 좋아하는 수필가의 글을 보게 되었다. 그는 현대인들의 욕망은 모두 뒤틀려져 있는데, 그것은 상업문화의 오도 때문이라고 지적했다. 그리고 그것은 또한 장사꾼들이 돈을 벌기 위해 사람들에게 필요도 없는 물건을 사도록 유혹하려고 설치해 놓은 함정이기도 하다는 것이었다. 은殷의 주왕紂王은 술로 연못을 만들고, 고기를 매달아 나무숲처럼 만들었지만, 그 역시 보통 사람들과 같은 크기의 위를 가졌을 뿐이고, 진시황秦始皇은 아방궁阿房宮을 지었지만, 그 역시 보통 사람들과 같은 다섯 척 체구였을 뿐이다. 그러므로 이상적인 인생은 심미적審美的인 것이어야 한다고 했다.

이 글을 읽고 감동을 받은 나는 옛 사람들의 글을 다시 읽어보았다. 자신의 심지 약함과 형편없는 분별력이 창피할 따름이었다. 몇 마디 말에 욕망이 동하다니, 도저히 선현들과는 비교가 되지 않는구나!

그 후부터 나는 안 선생님과 바둑만 둘 뿐 그날의 화제를 더 이상 꺼내지 않았고, 그도 얘기하지 않았다. 나는 회피하고 있었는데 그 점이 또 나의 자존심을 크게 상하게 했다. 나는 점점 바둑에 중독이 되어 하루라도 몇 판 두지 않으면 가슴이 답답해서 못 견딜 지경이었다. 다행히도 동류가 마음이 넓어서 밤에 외출해도 말리지 않았다. 그녀는 혼자서 그 12인치짜리 흑백텔레비전을 끼고 연속극을 끝도 없이 봤다. 내가 청에서 아무런 발전이 없어도 그녀는 아무런 원망 한 마디 하지 않았다.

그녀가 말했다.

"나는 당신의 결점을 알고 있어요. 너무 예민하다는 거예요. 이렇게 평온하게 살아가는 것도 좋아요."

이런 이해가 있었기에 나는 마음을 놓을 수 있었다. 이해 만세! 나는 아내 된 사람에게 있어 이해보다 더 큰 장점은 없다고 생각한다. 동시에 나 또한 살아가는 데 있어 나의 위치를 잘 이해하게 되었다. 청춘의 격정은 이미 스러지고 자기 자신을 위로할 수 있는 능력을 갖게 되었다. 이리하여 스스로 청렴과 고귀함을 지켜 하나의 참된 사람이 될 수 있는 것이다.

## 21. 동일침董一針

　동류는 다른 일에 대해서는 흥미가 없었고 오로지 생활에만 관심을 쏟았다. 그녀는 바둑도 두지 않고 카드놀이도 하지 않았으며, 마을을 다니지도, 모임에 나가지도 않고 집 안에만 박혀 있었다. 결혼 후에는 내가 바로 그녀 관심의 초점이 되었다. 그녀는 아침 일찍 나가 저녁 늦게 들어오고, 매일 아침 일찍 일어나 아침 밥상을 차렸다. 매일 무슨 반찬 거리를 얼마나 살지를 하루 전날 일력日曆에다 적어 놓으면, 내가 점심 때 회사에서 돌아와 그 종이를 찢어 장바구니 안에 넣고 시장에 가서 재료를 샀다. 사다 놓으면 그녀가 저녁에 돌아와 그것으로 요리를 했다.

　내가 말했다.

　"간단하게 먹고 살자. 너무 신경 쓰지 말고."

　그녀는 대꾸했다.

　"그렇게 살려면 뭣 하러 살아요?"

　나는 그녀의 말대로 따랐다. 어쨌든 내가 걱정할 필요는 없는 일이었다. 동류가 말했다.

　"당신은 지난 몇 년 동안 줄곧 식당 밥만 먹은 게 억울하지도 않아요? 내 임무는 바로 당신의 지난 몇 년간의 억울함을 보상해주는 거예요."

　내가 말했다.

"식당 밥 먹는 게 뭐 별거야. 지옥에라도 가냐?"

그녀는 불쾌해 하며 말했다.

"나는 식당 밥 냄새만 맡아도 속에서 넘어올 것 같아요. 그게 좋다면 혼자 가서 드세요. 저녁에는 일인분만 만들게."

저녁에는 그녀가 특별히 신경 써서 요리를 만들었기 때문에 족히 한두 시간은 복도에서 보냈다. 그리고 난 후 요리를 들고 와서는 말했다.

"한번 맛 봐요. 샤오차오로우쓰(小炒肉絲: 잘게 썬 고기를 살짝 볶은 요리)에요. 식당에서 먹어본 적 있어요?"

내가 맛있다고 하자, 그녀가 말했다.

"정말이에요? 아니면 거짓말 하는 거예요?"

나의 대답을 기다리지도 않고 그녀는 다시 말했다.

"거짓말이라도 상관없어요. 거짓말도 몇 십 년 듣다보면 진짜가 되겠지."


그녀의 제일 큰 소원은 자기 주방을 갖는 것이었다. 그래서 자주 말했다.

"주방이 있으면 얼마나 좋을까. 그럴 수만 있다면 얼마나 좋을까."

무슨 공산주의라도 꿈꾸듯, 그녀는 자신의 주방을 꿈꿨다. 한번은 그녀가 수돗가에서 설거지를 한 후 물에 그릇을 담근 채 들고 오다가 복도에서 이웃 사람과 부딪쳐서 그만 그릇도 박살나고 온 몸에는 물을 뒤집어쓴 적이 있었다. 이웃 사람이 그녀에게 무슨 말을 했지만, 그녀는 대꾸도 안 하고 방에 돌아와서 고개를 숙인 채 눈물만 닦아냈다.

"그 여자가 도리에 안 맞는 말을 하거든 앞으로 상대도 하지 마."

그녀는 계속 눈물을 닦고 있었다. 한참 후에야 나는 그녀가 마음 아파한 것은 그 깨어진 그릇 때문이라는 걸 알았다.

"됐어, 뭐 그런 걸 가지고. 다시 생길 거야. 주방도 생길 거고 화장실도 생길 거야. 모든 게 다 좋아질 거야."

그녀는 온순하게 고개를 끄덕이면서 말했다.

"정말이죠?"

나는 내 자신이 부끄러워져서 우물거리면서 말했다.

"어찌 거짓말을 하겠어?"

그리고 그녀를 위로하며 말했다.

"아이가 몇 살이나 되도록 아직 여기 살고 있는 사람들도 있잖아."

그 말은 나 자신을 위로하려고 한 말이 아니었는지 의심스러웠다.


동류는 특별히 위생에 신경을 썼다. 여러 차례 그녀가 말했다.

"누가 설계한 건지, 화장실을 수돗가에 붙여 놓아 그릇에 고약한 냄새가 다 배게 만들고."

그녀는 자주 물통을 들고 가서 화장실을 씻어 내렸다. 그녀가 가정살림을 맡아서 하고 싶어했으므로 그녀에게 맡겼다. 나의 월급 178위안에 그녀의 123위안을 합해봐야 301위안, 이 적은 돈의 가계를 맡는 것에도 그녀는 엄청난 흥미를 가졌다. 매달 월급을 받으면 나는 10위안을 용돈으로 가지고 나머지는 전부 그녀에게 주었다. 그녀는 보통예금통장에 돈을 저금했는데, 10위안 찾으려고 한 번 가고, 20위안 찾으려고 또 가는 식이었다.

"자기와 은행 사람들, 귀찮아 죽을까봐 걱정된다."

"나야 한가한데 뭐. 이자가 붙잖아요."


결혼 후 첫 번째 설을 맞게 되었을 때였다.

"당신 이름으로 집에 돈 좀 부쳐도 될까요?"

그녀의 아버지는 시골 우편배달부였고, 어머니는 하는 일이 없었다. 내가 말했다.

"당신이 부쳐. 나한테 묻지 말고."

그녀는 얼마나 부치면 되겠느냐고 물었다.

"당신이 결정해."

다음날 그녀는 우체국에서 송금의뢰서를 들고 와서는 나에게 빈 칸을 채워 넣으라고 했다.

"이렇게 여러 차례 왔다 갔다 할 게 뭐 있어. 당신이 부치면 그만인 걸 가지고."

"당신이 써넣어야 당신이 부친 거라고 믿을 거예요."

주소를 다 쓴 다음 내가 말했다.

"얼마 부치지?"

"30원, 괜찮지요?"

"30위안으로 뭘 한다고. 60 쓸게."

그녀는 연필을 쥔 나의 손을 잡고, 양말 속에서 통장을 꺼내 한 번 본 다음 다시 한번 곰곰이 생각하더니 말했다.

"그러면 40 써요."

나는 50을 적었다. 그녀가 말했다.

"그러면 이번 설 때는 절약 좀 해야겠어요. 다른 사람들처럼 그렇게 기름지게 보내지 말자고요."


동류가 하는 일은 주사를 놓는 것이었다. 나도 가서 몇 번 봤는데, 그녀는 하루 종일 한 자리에 앉아서 몇 가지 동작만 반복하고 있었다. 그녀의 주사 놓는 실력은 정말 대단했다. 나는 그녀가 주사 놓는 데 실패해서 두 번째 바늘을 찌르는 것을 본 적이 없다. 한 할머니는 장기간 투병하느라 혈관이 약해져 주사를 한 번 만에 제대로 놓을 수가 없는 상태였으나, 동류가 그 일을 맡은 이후로 한 번에 끝나지 않은 적이 없었다. 그 할머니는 동류를 "동일침董一针"이라고 불렀는데, 그 호칭이 병원 전체에 퍼져 많은 의사들까지 그녀를 "동일침"이라고 불렀다. 그러나 다른 간호사들은 여전히 그녀를 "동류"라고 불렀다. 나는, 하루 종일 그렇게 한 가지 일만 반복하면 지겹지 않으냐고 물어 보았다.

"지겹지 않아요."

내가 말했다.

"하긴…, 모毛 주석은 아침부터 저녁까지 문서에 사인만 했고, 당신은 아침부터 저녁까지 주사만 놓으니, 두 사람 모두 아침부터 저녁까지 한 가지 일만 하는 거군."

동류하고 같이 있을 때 나는 그녀가 추상적인 것에 관해 생각하는 일은 볼 수 없었다. 나는 그 점이 약간 유감스러웠다. 대학을 나오지 않았으니 어쨌든 같을 수는 없을 것이다. 나는 생활보다는 의의意義에 더 관심을 갖지만, 그녀는 의의보다는 생활에 더 관심을 집중하는 것이 나와 달랐다. 내가 몇 번이나 그녀에게, 사람은 마땅히 의의를 추구해야 한다고 얘기하자, 그녀가 반문했다.

"의의를 추구하는 것이 또 무슨 의의가 있어요?"

나는 더 이상 할 말이 없었다.

"그렇게 묻는다면, 사람들은 침묵할 수밖에 없소."

"그런 걸 가지고 자신을 괴롭힐 필요가 어디 있어요?"

"자기 자신을 괴롭히는 사람만이 진정한 사람인 거요."

한번은 그녀가 다니는 병원에서 가족들과 함께 대엽산大葉山으로 야유회를 갔다. 저녁 때 산 위에 있으니 봄철이어서 바람이 무척 셌다. 나는 그녀와 큰 나무 아래에 앉았다. 그녀가 춥다고 해서 나는 그녀를 꼭 껴안아 주며 말했다.

"하늘의 저 별들 좀 봐요."

"보고 있어요."

"저 별들은 저기에 걸린 채 몇 십억 년을 보냈어. 사람은 기껏해야 몇 십 년 살지만, 그건 몇 십억 초도 안 돼. 한 사람이 몇 십 년을 산다면, 언뜻 생각하면 꽤 오래 사는 것처럼 느껴지지만, 다시 생각해 보면 이

만여 날밖에 안 돼. 나 같은 경우는 벌써 만여 날을 살아버렸으니, 생각해봐, 얼마나 무서운가."

"생각 안 해요."

"사람이 별을 생각해 보고 다시 자기를 생각해 보면, 그러면 자신이 어떤 존재인지 알게 돼."

"별을 생각 안 해도 자신이 어떤 존재인지 알 수 있어요. 지대위의 아내, 그게 저의 존재예요."

"동류, 당신은 뭐든 확실한 것만 생각하는데, 그래도 당신은 반牛 지식인이잖아."

그녀는 벌떡 일어나 내 귀를 잡아당기며 말했다.

"내가 교양이 없다고 싫어하는 거죠? 말해 봐요!"

"더 당기면 귀 떨어지겠어!"

그녀가 손을 풀며 말했다.

"별을 생각해본들 무슨 소용 있어요? 말해 봐요."

나는 다시 그녀를 끌어안으며 말했다.

"사람은 어쨌든 자기한테 쓸모없는 일도 생각해봐야 돼. 안 그러면 어떻게 사람이라고 할 수 있겠어?"

"들어도 모르겠어요. 나더러 별을 생각하라고 하기보다 차라리 주방 일을 생각하라고 하는 게 나아요. 별을 생각해서 뭐 해요?"

"그것 역시 인생의 도리이지."

"알았어요."

그리곤 다시 내 품에 안겨 더 이상 말을 하지 않았다.


나는 산바람을 쐬며 별들이 반짝이는 것을 오랫동안 바라보았다. 한없이 넓고 아득한 밤하늘의 별들을 보면서 사람들은 마음의 평정平靜을 얻을 수 있다. 생활 속의 온갖 자질구레하고 시시껄렁한 것들 때문에 가슴 졸이고 불안해하며 사는 것이 무슨 가치가 있을까? 무슨 의의가 있을까? 밤하늘의 별들을 보면서 나는 마음으로 느낄 수는 있지만 설명하기는 힘든 영혼의 공간이 진실로 존재한다는 것을 점점 더 확신할 수 있었다. 그 공간은 세속 세계와는 다르다. 가치도 다르고, 원칙도 다르고, 안목도 다르고, 모든 것이 다 다르다. 그것은 완전히 다른 어떤 세계이다. 밤하늘의 별을 보면서 나는 어떤 큰 기운을 얻었다. 그 기운으로 나는 "눈을 밟아도 흔적이 없고, 물을 밟아도 자국이 없는" 인자忍者가 될 수 있는 힘을 얻게 되었다. 마음의 평정은 일종의 최고의 가치이다. 그것은 성자聖者의 성스러움이며, 인자의 인내함이며, 자기도 모르는 사이에 이미 무한無限과 통하는 것이다.

동류의 유일한 취미는 쇼핑이었다. 꼭 물건을 사지 않더라도 눈으로 보는 것만으로도 만족해했다. 어느 날 그녀가 돌아와서, 마음에 드는 외투를 하나 보았는데 연한 남색 천에 아래쪽에는 옅은 노랑색 꽃무늬로 테를 둘렀는데 감촉도 아주 부드럽다고 했다. 그녀가 한참 동안 얘기하기에 내가 말했다.

"그렇게 좋으면 사 가지고 오지."

"당신이 좋아할지 안 할지도 모르는데, 나 혼자 좋아하면 뭐 해요?"

"당신이 좋으면 나도 좋지."

그녀는 나에게 달려들어 내 목을 감싸며 키스를 했다. 그러면서 나의 귀에 대고 속삭이는 소리로 말했다.

"75위안이나 해요."

"75위안이면 75위안이지, 200위안도 아니잖아."

그녀는 통장을 끄집어내어 보더니 한참 있다가 말했다.

"역시 그만둬야겠어요. 평생 그렇게 비싼 옷은 입어본 적이 없는데."

다음날 다시 그 옷 얘기를 하기 시작하더니 나를 끌고 한번 같이 가보자고 했다. 내가 말했다.

"돈 가지고 가."

"먼저 보고 나서요."

그녀가 입은 것을 보니 정말 괜찮았다. 일종의 고상한 분위기까지 있었다. 나는 눈을 반짝이며 말했다.

"그렇게 입으니 진짜 새색시 같네."

"그러면 눈 찔끔 감고 이 옷 사버려야지. 그런데 애석하게도 오늘은 돈을 안 가져왔네."

돌아오는 길에 계속 그 일을 나와 의논했다. 잠자리에 들 때까지 그 얘기를 계속했다. 이불 속에서도 손을 내밀어 통장을 꺼내 보면서 입속으로 중얼중얼 무슨 뜻인지 모를 말을 했다. 그리고는 말했다.

"다음 달에 사야지. 다음 달에는 망설이지 않을 거야."

"사고 싶으면 사. 자신에게 너무 인색하지 말아."

"인색한 것도 나의 권리에요."

"당신의 특허이기도 하지."

"저는 저 자신에게 인색하려고 해요. 제가 원해서 하는 거예요."


그 후 나는 그 외투 일을 잊어버렸고 동류도 다시 꺼내지 않았다. 어느 날 상가를 지나가고 있을 때 갑자기 그 옷 생각이 나서 위층으로 뛰어올라가 보았더니 그 옷이 아직 그대로 있었다. 게다가 나의 가슴을 설레게 한 것은 가격을 35퍼센트나 내려서 49위안에 팔고 있었다. 저녁에 그녀가 돌아왔을 때 나는 이 소식을 말해주었다. 그런데 천만뜻밖에도 그녀는 담담하게 "됐어요."라고 말할 뿐이었다. 내가 말했다.

"당신이 이번 달에는 꼭 산다고 말했잖아. 게다가 49위안이면 그렇게 큰 돈도 아니고."

"아마 다른 데 돈 쓸 일이 많아질 것 같아요."

"당신 목돈 만들어 냉장고 살 생각이야?"

"아마도 다른 일이 있을 것 같아요."

내가 무슨 일이 있느냐고 묻자, 그녀가 말했다.

"당신 혼자 생각해 봐요."

"생각 안 나는데."

"그건 당신이 관심이 없어서 그래요. 관심만 있다면 곧바로 생각해 낼 수 있어요."

나는 그녀의 생일이 언제인지, 결혼기념일이 언제인지 생각해 보았다. 모두 아니었다. 그녀는 손을 펴서 손바닥을 내 손바닥에 붙였다. 촉촉했다. 나를 바라보고 있는 그녀 눈빛 속에 이상한 광채가 있었다. 나는 정신이 번쩍 들어 말했다.

"설마, 설마하니, 혹시 당신⋯."

내가 한 손으로 그녀의 배 위로 둥근 선을 그리자 그녀는 재빨리 고개를 떨구고 부끄러운 듯 웃다가, 다시 고개를 들어 입을 약간 삐죽 내밀면서 자랑스러운 표정을 지었다. 나는 그녀를 끌어당겨 그녀의 팔을 한 번은 살짝 한 번은 세게 물어주었다. 그녀는 아프다고 아아, 소리를 질렀으나, 그 소리가 오히려 나를 자극해서 다시 몇 입 더 물고 나서야 놓아 주었다. 그녀가 말했다.

"이제부터 우리 집은 세 식구예요. 당신의 자리는 첫째에서 둘째로 내려갔어요. 너무 실망하지 말아요."

"내가 자기 아들하고 서열 다툼이나 할 것 같아? 다른 사람하고도 귀찮아서 안 싸우는데."

"아들인 줄 어떻게 알아요?"

"내가 그렇게 생각하면 그런 거야."

그 후부터 그녀는 매일 일어나기 전과 잠자기 직전에 침대 가장자리를 손으로 쳤다. 이것은 그녀 고향의 풍속으로, 그렇게 계속 치면 아들을 낳게 된다는 것이다. 내가 말했다.

"명색이 의학을 공부했다는 사람이⋯. 그 한 순간에 이미 결정되어 버렸어."

그러나 그녀는 그렇게 치는 일을 계속했다.

## 22. 요즘 세상엔 사기꾼만 진짜다

두 달이 지나자 동류의 배는 하루가 다르게 불룩해졌다. 나는 그녀가 이런 몸으로 어떻게 매일 복잡한 차를 타고 출퇴근할 수 있을지 걱정이 되었다. 만일 유산이라도 하게 된다면… 이것도 하나의 생명인데… 이런 저런 생각을 하자 몸이 떨렸다. 내가 나의 이런 걱정을 동류한테 얘기했더니, 그녀가 말했다.

"내 몸이 그렇게 약하진 않을 거예요."

그때 나는 한 가지 소식을 들었다. 정소괴의 아내는 원래 어느 현縣의 농기계 공사에서 수납收納 일을 했었는데 지금은 성 인민병원으로 전근을 왔다는 것이다. 나는 마음이 흔들렸다. 만약 동류를 이곳으로 옮겨오게 할 수만 있다면 얼마나 좋을까. 출근하는 데 십 분밖에 안 걸리니 하루에 몇 시간이나 힘을 절약하는 건가. 조만간 이런 방향으로 머리를 굴려봐야지. 지금은 마침 말하기 좋은 이유도 있지 않은가! 나는 이 일을 가지고 며칠 동안이나 생각해 봤지만 누구를 찾아가서 어떻게 말해야 할지 몰랐다. 다른 사람에게 무슨 일을 부탁한다는 건 내겐 정말로 어려운 일이었다. 아직 행동에 옮기지도 않았는데 나는 가슴 속이 답답해 죽을 지경이었다. 윗사람의 집을 찾아가서 문을 두드려봐? 그 문턱을 넘기가 정말로 쉽지 않다. 자기 자신을 진흙탕 속으로 짓밟아 넣을 용기가 있어야 가능한데, 내게 어디 그런 용기가 있어야지?

그날 나는 마 청장님이 사무실 건물 쪽으로 가고 있는 것을 보았다. 나는 마음이 흔들렸다. 그 일은 이미 지나간 지 일년도 넘었는데 그는 아직도 불쾌해 하고 있을까? 나는 한 바퀴 돌아서 그의 맞은편으로 걸어갔다. 우연히 만난 것처럼 가장하고 서서 얼굴에는 미소까지 짓고 불렀다.

"마 청장님!"

"어, 지 군!"

마청장님도 내 이름을 부르며 멈추어 섰다.

그는 분명히 나의 얼굴 표정에서 뭔가 특별한 일이 있다는 것을 간파하고 물어보는 듯한 눈빛으로 나를 바라보았다. 나는 그의 눈빛 속에서 일종의 쌀쌀한 기운을 읽어내고는, 마치 어떤 신비한 기계가 내 몸에서 용기를 다 뽑아내버린 것처럼, 모든 용기가 다 사라져버렸다. 내가 그렇게 머뭇거리고 있을 때, 마 청장은 고개를 끄덕이며 바로 지나가 버렸다.

나는 온몸에 열이 나고 이마에는 땀까지 송송 맺히기 시작했다. 손가락으로 훔치자 땀방울이 줄줄 흘러내렸다. 다행히도 나는 아직 동류에게 내 생각을 이야기하지 않았었다. 만약 얘기했더라면 이런 꼴을 당하고 어떻게 그녀의 얼굴을 볼 수 있겠는가. 그리고 다시 며칠을 끌었지만 여전히 문제는 해결되지 않은 채로였다.

그날 동류가 돌아와서 얘기했다.

"오늘 돌아올 때 차에서 내리는데 다른 사람이 밀어서 하마터면 넘어질 뻔했어요."

나는 그 얘기를 들으면서 마음이 조급하다 못해 쓰라렸다. 나 자신을 닦달해서라도 한 번 더 시도해보지 않을 수 없었다. 이것은 결코 만만한 일이 아니므로, 한 번 시도했다가 안 되더라도 나 또한 스스로에게 할 말은 있었다.

여러 날 동안 나는 속으로 이 일을 생각하고 있었다. 동류가 나에게 무슨 안 좋은 일이 있느냐고 묻기에 말했다.

"왠지 모르게 그냥 기분이 안 좋아. 주변에 윙윙거리며 물어대는 모기라도 있는 것 같이, 아무리 쫓아내려고 해도 안 돼."

그날 정오에 나는 장바구니를 들고 장을 보러 갔다가, 어떤 사람이 꽃을 팔고 있는 것을 보았다. 화분에 심어져 있는 그 꽃이 하도 예쁘기에 아무 생각 없이 물었다.

"이게 무슨 꽃이지요?"

그 사람이 대답했다.

"전란(箭蘭: 꽃자루 난)이란 꽃이오."

"하나에 얼마 하지요?"

"당신 정말 사려는 거요, 아니면 그냥 물어보는 거요. 정말로 살 거라면 삼십오 위안에 주겠소."

"삼십오 위안요? 잘못 말한 거겠지요."

"진귀한 꽃이라오. 벨기에 산 품종인데 최근에 수입해온 거요. 이 솟아나온 꽃자루 좀 보시오. 꼭 붓대처럼 곧게 뻗었잖아요?"

"십 위안이면 되겠네."

이렇게 말하며 가려고 하자 그 사람이 황급히 손짓하며 말했다.

"천천히 가요. 다시 이 꽃자루 좀 보시오. 꼭 붓대 같잖아요? 내가 한 발 양보할 테니 십오 위안만 주시오. 진귀한 꽃인데 어떻게 십 위안을 부를 수 있소 십 위안을 부르다니, 나한테는 몰라도 이 꽃한테 미안하잖소."

"그렇게 많은 돈은 안 가지고 있는데."

그리고는 떠나갔다. 그 사람은 내가 정말 가는 것을 보고는 다시 뒤에서 불렀다.

"가져가요, 가져 가. 상품이 목적지에 닿으면 똥값이 된다더니…. 본전만 건질 수 있으면 팔아야지."

나는 그 꽃 화분을 바구니 안에 담았다. 보면 볼수록 마음에 들었다. 집에 와서는 창틀 위에 올려놓고 물을 주면서 속으로 생각했다.

"정말 진귀한 품종의 꽃일 수도 있어. 진귀한 꽃도 이렇게 값이 왕창 깎일 수가 있군."

그 꽃을 보고 있다가 나는 갑자기 가슴이 뛰었다. 이런 진귀한 꽃도 값이 깎이는데, 나는 무슨 진귀한 품종도 아니면서 왜 나 자신의 값을 깎지 못하지?

나 자신을 무슨 진귀한 품종의 꽃으로 생각하는 게 가당키나 하냐? 설사 그렇다 치더라도, 뭘 믿고 값을 못 깎아주겠다고 뻣뻣하게 구는 거야? 그 꽃 파는 사람처럼, 나도 파는 게 목적이고 전부인 거야.

이렇게 결심하고 청의 윗사람들을 하나하나 생각해 보니, 손지화孫之鞋 부청장이 그래도 나하고 마주칠 때 반갑게 대해 주었던 것 같았다. 그를 찾아가서 한번 시도해봐? 누가 뭐라고 해도 동류는 정소괴의 부인보다는 조건이 좋지 않은가.

한번은 동류가 야간 근무할 때 따라가 봤는데, 병원에 입원해 있는 갓난아이에게 링거주사를 놓아야 하는데, 두 간호사가 연달아 네 번이나 주사바늘을 찔렀으나 혈관을 찾는 데 실패하자 급히 응급실로 동류를 불러갔다. 갓난아이의 부모는 마구 화를 내면서 원장을 불러오라고 소란을 피우고 있었다. 동류는 단 한 번에 주사를 놓는 데 성공했다. 나는 손 부청장을 만나는 자리에서 그 얘기를 꺼내볼 생각이었다. 이것은 조금도 과장이 아니었다.

그 다음날 출근해서 나는 곧바로 손 부청장을 찾아갔다. 사무실 문 앞까지 가서 문을 밀고 들어가려 했지만, 안에 사람이 있는지 없는지 알 수가 없어서 망설였다. 사람이 있으면 말을 꺼내기가 좋지 않기 때문이었다. 만약 사람이 있으면 일을 마친 후 나올 거라고 생각하고 다시 복도 입구로 가서 문을 바라보고 있었다. 기다리고 있는데 아래쪽에서 누군가가 올라오고 있었으므로 나는 아래쪽으로 걸어 내려갔다. 올라오고 있는 사람은 정소괴였다. 그는 아주 반가워하며 말했다.

"대위! 정말 오랫동안 이쪽으론 안 오더니, 옛 친구를 잊어버린 건가?"

"좋아. 다음에 올게."

그리고는 계속 걸어서 내려갔다.

"옛 친구를 잊어버린 건가" 그 말을 곰곰이 되씹어보니, 이것은 우월한 입장에 서 있는 사람의 말이었다. 약자의 처지에 있는 사람이 어떻게 이런 말을 할 수 있겠나? 누가 너의 오랜 친구인가? 제멋대로 지껄인 말 한 마디지만 곰곰이 생각해보니 정말 그 속에서 어떤 관계, 어떤 구조를 파악할 수 있었다. 나 지대위가 뭐 모자란 것도 없는데 어쩌다가 조직 속에서 이런 위치에 놓여버리게 된 거지? 말하자면, 이것은 나 자신을 똥값으로 만들어버린 것이다. 제기랄! 사람은 자기를 무슨 진귀한 품종인 양 생각해서는 안 되는데.

계단을 몇 차례 오르내리다가, 나는 손 부청장의 사무실에 사람이 없을 거라고 생각했다. 그래서 문 앞으로 가서 두 손을 엉덩이 뒤로 가져가서 공기펌프를 잡고 공기를 불어넣는 동작을 취했다. 한 번, 두 번, 세 번, 정말 용기가 좀 솟는 것 같았다. 나는 더 이상 망설이지 않고 노크를 한 후 손잡이를 돌려 안으로 들어갔다. 안에 한 사람이 앉아 있었다. 여자였는데 내 쪽으로 등을 향하고 있었다. 의외여서 어떻게 해야 할지 모르고 있을 때, 손 부청장이 말했다.

"지 군, 무슨 일인가?"

나는 그 자리에 서서 더듬더듬 사정을 말했다. 원래 말하려고 준비했던 얘기의 반은 까먹어버리고, "동일침董一針"이란 별명에 대한 설명은 꺼내보지도 못했다. 손 부청장이 말했다.

"지금 모든 사업부서들의 편제가 다 빡빡해. 성 인민병원 같은 경우는 더하고. 원칙상 우리 시에서는 관여 안 해. 많은 직원들의 가족이 외지에 나가 있지만 하나도 해결 못해 주고 있어, 그렇지 않나?"

듣고 보니 농담이 아니었다.

"그렇기는 하지만, 동류가 매일 배를 내밀고 복잡한 차를 타고 출퇴근하는 게 너무 위험해서요."

"내가 조금 있다가 경耿 원장한테 전화해 볼게. 그가 된다고 하면 되는 거고…."

나는 얼른 고맙다고 인사했다. 그 순간 그 여자가 고개를 돌려 내 쪽을 보면서 웃었다. 나는 깜짝 놀랐다. 굴문금이었던 것이다. 나는 당황하여 고개를 끄덕이고 미소를 짜내어 보이고는 도망치듯 뛰어나왔다. 그 짧은 몇 분 동안 나의 와이셔츠는 땀으로 흠뻑 젖어버렸다.

오후에 나는 윤옥아尹玉娥에게 도서실에 간다고 말하고는 나와서 자전거를 타고 성 인민병원으로 갔다. 가면서 나는, 만약 조금이라도 희망이 있으면 내일 동류를 데리고 와서 인민병원을 구경시켜 주고, 희망이 없다면 그녀에게 말도 하지 말아야겠다고 생각했다. 아무리 아내 앞이라 해도 나의 체면을 생각하지 않을 수는 없는 노릇이다. 여전히 그녀가 나에 대해 일종의 환상을 품고 있도록 하고, 나를 완전히 간파하지 못하게 해야지. 만일 희망이 있다면 이 또한 그녀에게 의외의 기쁨을 주는 것이 된다.

병원에 가서 물어보니 경 원장은 회의에 참석중이라고 해서 나는 밖에서 기다렸다. 기다리다가 갑갑해지면 이리저리 걷다가 주사실에 간호원들이 이미 네댓이나 있는 것을 보고는 가슴이 덜컹 내려앉으면서 자신이 없어졌다. 하지만 아직도 문제가 해결되지 않았다는 생각에 이를 악물고 버텼다. 그리고 정소괴의 아내가 접수실에 있는 것을 보았는데, 그녀도 나를 보더니 큰 소리로 불렀다.

"지, 지…."

망설이더니 결국에는 말했다.

"지 간부님, 검사받으러 오셨어요?"

나는 그 호칭이 아주 웃긴다고 생각했다. 여태 나를 그렇게 불러준 사람은 없었다. 만약에 내가 정말 간부라면, 가령 과장만 됐다 하더라도, 문제는 곧바로 해결됐을 것이다.

내가 말했다.

"바깥어른을 못 본 지가 오래 됐는데, 잘 지내죠?"

"잘 지내기는 뭐가 잘 지내요. 하루 종일 남의 심부름이나 하고 다니는 걸요."

"곧 좋아질 거요, 곧."

"다들 곧, 곧, 하는데, 그 말을 벌써 얼마나 오랫동안 들었는지 몰라요. 그 사람의 경우 곧快은 사실은 늦은慢 거예요."

어떤 사람이 접수를 하러 왔으므로, 나는 그곳을 떠났다.

두 시간을 기다려서야 회의가 끝났다. 경 원장이 나오자 어떤 사람이 그를 따라가며 얘기를 하였다. 나도 뒤에서 따라갔다. 사무실 문 입구에 이르러 그 사람이 갔으므로, 나는 재빨리 바짝 쫓아가서 먼저 손 부청장 얘기를 꺼내고, 나를 소개하고, 사정 얘기를 했다. 경 원장이 말했다.

"손 청장이 전화로 자세히 설명해 주더군. 자네 문제도 역시 문제긴 하지."

나는 연거푸 고개를 끄덕이며 말했다.

"문제입니다. 정말로 문제입니다."

"그러나 나더러 자네 문제를 해결해 달라고 하면, 나도 영 곤란한

데…."

나는 곧 말투가 이상하다는 걸 알았지만, 두서없이 한 차례 동류를 소개하고, 그녀가 "동일침"이란 별명을 가지게 된 내력에 대해서도 설명을 했다. 이야기를 다 듣고 나서도 그는 별다른 흥미를 보이지 않고 말했다.

"자네도 알겠지만, 우리 이 병원은 위치도 좋은데다가 성청<sub>省廳</sub> 직속이다 보니 많은 사람들이 들어오려고 해. 손가락으로 꼽을 수 있는 사람만 해도 열 명이 넘어. 나도 엄청나게 스트레스 받고 있어. 간호사 한 사람이라고 대수롭잖게 보지 말게. 어느 곳에 사람 하나 끼워 넣기가 결코 쉽지가 않아."

"동류가 배를 내밀고 복잡한 차를 타고 다니는 것은 정말로 위험합니다. 며칠 전엔 차에서 내릴 때 누가 밀쳐서 넘어질 뻔까지 했습니다."

경 원장은 나를 보더니 말했다.

"정말로 그렇게 위험한가?"

"그 일은 동류의 직장 동료들도 다 알고 있습니다."

그가 웃으면서 말했다.

"요즘은 뭐든지 다 가짜여서. 약까지 가짜가 있고, 사기꾼만 진짜이지."

나의 가슴 속이 부들부들 떨려왔지만, 얼굴에는 여전히 미소를 띠고 말했다.

"경 원장님은 제 말을 믿지 못하시는 겁니까?"

"믿지. 누가 안 믿는다고 했나? 나는 정말로 믿고 싶다네."

그리고 또 말했다.

"다시 생각해 보면서 기회를 기다려 보도록 하지. 어때?"

나는 고맙다고 말하고는 곧바로 나와 버렸다. 비가 내렸다. 비를 맞으며 자전거를 타고 달렸지만 아무런 감각이 없었다.

위생청에 돌아와 보니 모두 퇴근하고 아무도 없었다. 나는 나 자신을 사무실에 가두어 놓고 벽에다 머리라도 들이박고 싶은 심정이었다. 이런 문제 하나 해결하지 못하다니, 너는 정말 아무 짝에도 쓸모가 없구나! 그 사람한테 동류가 차를 타는 게 위험하다고 말해본들 그게 무슨 소용이야? 동류가 그 사람 아내도 아닌데. 뭐라고? 사기꾼만 진짜라고? 내가 이런 말까지 다 들어야 하다니, 정말 비참하구나! 정소괴가 해낸 일을 나는 해낼 수 없다니, 비참하구나, 비참해!

나는 이 두 차례의 만남을 통해서 분명히 알게 되었다. 한 사람의 자리를 옮긴다는 것이 그렇게 간단한 일이 아니고, 그것은 시스템에 의해 이루어지는 절차이며, 그 절차의 기초는 자기의 지위이다. 지위가 없으면 아무도 나를 상대해 주지 않는다. 나는 갑자기 눈을 감고 두 손으로 내 머리카락을 힘껏 움켜쥐고 위쪽으로 밀어 올렸다. 마치 나 자신을 지면에서 뽑아 올리듯 손에다가 힘을 한 번 주자 양 다리가 지면 위로 한 차례 뛰어올랐다. 그리고 입 속으로 외쳤다. "너는! 너는! 넌!" 이렇게 뛰면서 청개구리 한 마리가 된 나의 모습을 상상했다. 다시 손에다가 힘을 주어 더 높이 뛰어오르면서 소리쳤다.

"개골! 개골! 개골!"

집에 돌아오니 동류는 요리를 하고 있었다. 그녀는 내가 온 몸이 젖은 채 들어오는 것을 보더니 국자를 내던지고 나를 바로 침상 옆으로 끌고 가서 수건으로 내 머리를 닦아주고, 그리고 또 갈아입을 옷을 찾으러 가면서, 어쩌자고 우산도 없이 비를 맞으며 왔느냐고 원망했다. 나는 고개를 숙인 채 그녀가 하는 대로 내버려두었는데, 갑자기 눈물이 주르륵 흘러내려서 수건을 잡고 머리를 닦는 척하며 한 번 힘껏 문질렀다. 밤에 안지학 선생님이 아래층에서 바둑 두러 오라고 큰 소리로 불렀지만, 나는 가지 않았다. 나는 동류 옆에 있어 주어야 했다. 잠자리에 든 후 동류에게 말했다.

"이후에는 내가 자전거로 3번 버스 시발점까지 데려다 줄게. 그러면 차 안에서 안 부대끼고 자리에 앉아 갈 수 있을 거야."

원래 나는 그녀가 나를 번거롭게 하지 않으려고 그만두라고 할 줄 알았는데, 뜻밖에도 그녀는 즉각 대답했다.

"그러면 당신이 너무 힘들지 않겠어요? 매일 나처럼 일찍 일어나야 하는데…. 며칠 전에 넘어질 뻔하고 나서 사실은 나도 이러다 아이를 잃어버리지나 않을까 하고 무서웠어요. 아이도 한 사람인데, 그리고 벌써 움직이는데…. 이 아이도 살아갈 권리가 있어요."

## 23. 떫은 감은 아무도 안 건드린다

출산 이 개월 전부터 동류에게 출근하지 말라고 하자, 그녀는 매우 곤란하다는 듯이 말했다.

"사史 원장님이 허락하지 않을 텐데…. 병원에 근무하는 사람들 대부분이 여자들인데 너도 한 달, 나도 한 달, 그러면 안 되잖아요. 내가 한 번 슬쩍 떠봤는데, 그 사람 말투를 보니 안 되겠더라고요."

"그놈의 사史 원장, 정말 죽을 사死 원장이고, 또 똥 시屎 원장이네(史, 死, 屎는 중국어 발음이 서로 비슷함─역자). 그 사람한테, 당신은 집이 멀어서 복잡한 차 안에서 밀쳐 죽을 것 같으니 사정이 특수하다고 말해봐."

"말하려면 당신이 가서 말해요. 나는 말 안 할래요."

"한 번 시도나 해봐. 그 사람한테 인간의 도리를 확실하게 가르쳐줘, 확실하게! 이렇게 큰 배를 내밀고 다니다가 사고라도 생기면, 그 사람이 책임져준데?"

저녁에 동류가 돌아와서는 밥도 먹지 않고 침대 위에 앉아서 눈물을 닦고 있었다. 그녀가 말했다.

"당신 때문이야! 당신이 나더러 가서 말해보라고 하는 바람에, 내가 안 된다고 하는데도 당신이 기어이 가서 말해보라고 하는 바람에 그만⋯. 그 사람 한 마디로 딱 잘라버렸어요."

"그놈의 죽을 사死 원장, 똥 시屎 원장이 뭐라고 했는데?"

"사람마다 다 특별한 사정이 있는데, 모든 사람들을 다 특별하게 대해주려면 규칙이 없어진다나⋯."

나는 원망스러워서 말했다.

"세상에 아직도 마음이 이렇게 독한 사람이 있을 줄은 몰랐네. 자기 마누라가 아니다 이거지! 당신 월급 안 받으면 될 거 아냐?"

"한 사람 사정을 봐주면 다른 사람들 사정도 봐줘야 하잖아요. 이건 나 개인의 문제가 아니라 규칙의 문제예요."

나는 화가 나서 발을 쾅, 구르며 말했다.

"개놈의 새끼! 이 몸이 그놈을 한 칼에 베어버리고 말아야지!"

이렇게 말하며 오른손을 위로 치켜들고 식지와 중지를 모아 칼자루 모양을 만들고 오른쪽 다리를 들어올려 무술의 금계독립(金鷄獨立: 닭이 외발로 서 있는 듯한 무술의 한 자세―역자) 자세를 흉내 내어 힘껏 휘둘렀다.

"내 칼 받아라!"

동류가 웃으며 말했다.

"당신이 정말로 협객이라면 도리어 방법이 있겠죠."

나는 마음속으로 원망스러웠다. 하지만 내가 원망하건 안 하건 간에 문제는 여전히 미해결인 채로 남아 있었다. 원망해본들 무슨 소용이야, 아무 힘도 없으면서⋯.

나는 결심을 하고 다시 한 번 손 부청장을 찾아가보기로 했다. 나는 또 망설이게 될까봐 걱정이 되어서 속으로 나 자신에게 말했다.

"너는 네가 무슨 진귀한 품종의 꽃이라도 되는 걸로 생각하냐? 진귀한 꽃도 헐값에 팔리잖아. 이 몸이 너를 진흙탕 속으로 밟아 넣어야겠어. 내가 못 밟아 넣을 줄 알아?"

나는 이렇게 생각하면서 오른 발에 힘을 주어 바닥 위를 몇 번 비벼

댔다. 손 부청장을 찾아가서 사정을 말하자, 그가 말했다.

"저번에 직장 옮기는 일은, 사실 그것은 나 혼자 결정할 수 있는 일이 아니었어. 어쨌든 내 말 한 마디로 위생청의 일이 결정되는 건 아니잖아, 그렇지? 그러나 이번의 휴가 문제는 내 생각엔 그렇게 어려운 문제가 아닌 것 같아. 사ㅛ 원장하고는 그래도 여러 해 잘 알고 지내는 사이니까."

그는 전화를 들면서 말했다.

"지금 전화해 볼게."

전화를 하고 나서 말했다.

"자네 부인, 내일부터 출근할 필요 없어. 출산 휴가 끝날 때까지 쉬고 그 후에 다시 출근하도록 하게."

그리고 또 말했다.

"그 친구 말이, 병원에 일손이 모자라는데, 자네 부인이 일을 워낙 잘해서 없으면 아쉽다고 그러더군."

나는 일이 이렇게 쉽게 해결될 줄은 생각도 못했다. 마치 들고 있던 커다란 짐을 내려놓은 것처럼 마음이 홀가분해졌다. 나는 용기를 내서 말했다.

"손 청장님께서 이렇게 아랫사람들의 일에 관심을 가져주시니 뭐라고 말씀드려야 할지 모르겠습니다. 앞으로 다리품 팔 일 있으면 꼭 저한테 시켜주십시오. 언제나 손 청장님을 위해 최선을 다해 뛸 것을 믿으셔도 됩니다."

그는 손을 뻗어 나하고 악수를 하며 말했다.

"좋아! 그렇게 하자고."

이렇게 나올 줄은 전혀 예상하지 못했지만, 나는 그와 악수를 하며 연거푸 말했다.

"손 청장님, 감사하다는 말씀은 드리지 않겠습니다. 그런 말은 도리어 저의 진심을 제대로 드러내지 못할 것 같습니다."

나는 이렇게 말하면서 왼손으로 가슴을 몇 차례 힘껏 두드렸다. 그리고 나서 밖으로 나왔다.

저녁에 이 일을 동류에게 얘기했더니, 그녀가 말했다.

"어쩐지 간호원장이 나를 보고, 사史 원장의 분부라고 하면서 두 달 쉬라고 하더라니. 나는 어떻게 이런 일이 있을 수 있나 하고 생각했었지."

"당신네 사 원장이 며칠 전에 허락하지 않았던 것은, 당신이 일을 워낙 잘 하는데다 없으면 아쉬워서 그랬대."

"높은 자리에 있는 분들은 정말 말도 잘 하네요. 내가 아쉬워서 그랬다고?"

"아쉽다고 한 말도 일종의 말장난이지. 규칙을 어길 수 없다는 것도 일종의 말장난이고. 어떤 사람들은 이쪽에선 이런 말 하다가 저쪽 가선 저런 말 하는데, 이런 말 저런 말 모두가 다 일종의 말장난이야. 그놈의 말장난은, 말하자면 개 같은 것이어서, 높은 사람들 뒤만 따라다니고 우리 같은 평범한 사람들의 뒤는 절대 따라다니지 않아. 그런 말장난까지 일부 사람들에 의해 독식되는 셈이지. 사실 말장난은 허튼 수작이고, 권력이 있어야 진짜야."

동류가 말했다.

"당신 <해안의 폭풍우海岸風雷>라는 알바니아 영화 본 적 있어요? 거기서 무슬리니는 언제나 옳고, 과거에도 옳았고, 현재에도 옳으며, 게다가 영원히 옳은 것으로 나와요."

"그 지위에서 내려오는 순간 바로 옳지 않은 게 되지."

"하지만 어쨌든 당신은 손 부청장님한테 감사해야 돼요. 그분이 한마디 해주지 않았으면 계속 뛰어다녀야 했을 거고, 아이가 유산이라도 된다면 비참하잖아요."

동류는 자기 배를 쓰다듬으면서 말했다.

"그렇게 되면 아이한테 미안하잖아요. 나는 벌써부터 이 아이를 한 사람으로 보고 있어요. 어떻게 생겼는지까지 벌써 그려져요. 당신 닮았어요."

그리고 또 말했다.

"앞으로 손지화 부청장이 당신한테 무슨 일을 시킨다면 그건 당신을 좋게 보고 기회를 주려는 것이니, 당신 여전히 옛날처럼 그렇게 행동하면 안 돼요."

"알았어. 안 그럴 거야. 내가 은혜도 의리도 모르는 소인배도 아니고 말이야. 내가 그럴 것 같아? 그러면 안 되지, 안 되고말고. 나한테 잘해 주는 사람에겐 나도 잘해야지."

나는 동류와 상의해서 아이를 낳으면 장모님을 성省으로 모셔 오기로 했다. 그렇게 하려면 방 한 칸이 더 있어야 했다. 산달産月이 다가오자 이 일이 발등에 떨어진 불이 되었다. 동류가 말했다.

"무슨 방법 좀 생각해낼 수 없어요? 방이 없으면 어머니도 못와요."

나는 할 수 없이 행정과로 신申 과장을 찾아갔다. 내가 처음 위생청으로 올 때 그가 나에게 그렇게 친절하게 대해 주었으니, 지금 가서 도움을 청해도 어느 정도 희망이 있을지도 모른다. 나는 아래 삼층에 마침 빈 방이 생겼다는 소식을 들었으므로, 거기 가서 문제를 바로 해결해보려고 생각했다. 행정과에 가니 신 과장이 신문을 보고 있었다. 나는 분위기를 좀더 다정하게 하고 얼굴에 미소를 띠고 불렀다.

"신 과장님!"

"지 군!"

나는 그와 악수를 하려고 손을 내밀었지만, 그는 여전히 두 손으로 신문을 잡고 시선을 내 손에서 옮겨 고개를 들면서 나를 바라보더니 말했다.

"됐어, 됐어."

"신 과장님, 요즘 어떠세요. 좋으시죠?"

"좋지, 좋아. 좋아? 어디 뭐 좋을 일이 있나?"

내가 말을 돌려서 방 얘기를 꺼내려고 생각하고 있을 때, 그가 말했다.

"무슨 일 있나? 말해 보게."

"좀 귀찮게 해드릴 일이 있긴 한데요."

"그렇지 않으면 자네가 날 찾아오지도 않았겠지."

내가 사정을 얘기하자, 그가 말했다.

"자네 곤란한 점 우리도 알지만, 우리 곤란한 점은 자네가 모를 거야. 자네 심정은 우리도 이해하지만, 우리 심정은 자네가 이해한다고 장담 못하지. 자네 곤란, 자네 심정 이해한다고 해서 자네 문제를 해결해 준다는 건 아니야. 우선 방이 있어야지, 그렇지 않나? 그리고 방이 있어도 순서가 돼야지, 안 그런가?"

"어쨌든 저하고 장모님이 한 방에서 살 수는 없잖아요. 그건 비인도적이잖아요."

"천하에서 일어나고 있는 모든 일들이 다 인도적이라고 할 수는 없지. 내가 이 의자에 앉아 있은 지 벌써 십일이 년이나 됐지만, 누구 한 사람 이게 비인도적이라고 말한 적 있는 줄 아나? 화가 나서 죽을 수 있다면 나는 아마 벌써 죽었을 거야. 하지만 애석하게도 사람은 화가 난다고 죽지는 않아. 모두들 참고 있는 거지. 그런데 어느 한 사람한테만 참으라고 한다면, 그것도 인도적이라고 할 수 있겠나?"

그는 화가 잔뜩 났지만 마음속으로만 원망하고 있던 참에 마침 내가 걸려든 것이다. 한 마디로 재수가 없었다. 하지만 방 문제는 사실 나로선 그냥 돌아갈 수도, 회피할 수도 없는 문제였다. 나는 웃음을 띠고 말했다.

"신 과장님, 저한테 무슨 선입관 같은 거 있는 건 아니지요?"

"나는 누구한테도 선입관 같은 건 없네. 내가 어찌 감히…."

내가 말했다.

"제가 여기 처음 왔을 때 신과장님께서 저를 기숙사까지 데려다 주시고, 여관방에서 물건 날라 오는 것도 도와주시고 한 것 저는 다 기억하고 있습니다."

그는 담담하게 말했다.

"나는 기억 안 나네. 늙어서 기억력이 나빠졌어. 내가 무슨 일을 했었는지 사람들은 평소에는 다 잊어버리고 있다가 나한테 도움을 청할 때는 용케도 모두 다 기억해 내지."

나는 여전히 얼굴에 철판을 깔고 웃으면서 얘기했다.

"저의 특수한 사정을 좀 고려해 주실 수 없을까요?"

그는 내 말을 딱 자르며 말했다.

"자기 사정이 특수하지 않다고 얘기하는 사람, 여직까지 한 사람도 없었네."

나는 그의 앞에 서서 정말이지 말을 이어갈 수가 없었지만, 이를 악물고 계속 서서 웃으며 말했다.

"삼층의 그 방 비어 있지 않습니까?"

"자네 정보력도 꽤 괜찮다고 할 수 있네만, 아직 충분하지 못하군! 그 방은 이미 임자가 정해졌네."

"그럼 방법이 없다는 말씀인가요?"

그가 한 손을 쥐었다 폈다 하면서 말했다.

"말이 나왔으니 하는 말인데, 만약 내가 손으로 방을 빚어낼 수만 있다면야 방법이 있을 수도 있겠지."

말이 더 이상 이어지지 않았지만, 나는 도저히 포기할 수가 없었다. 나는 한 발 물러나 소파 위에 앉아서 다시 무슨 말이라도 더 찾아서 해보려고 했다. 신 과장은 한편으로는 신문을 보면서 한편으로는 고개를 돌려 아주 뜨거운 차를 마시며 긴 신음소리를 냈다. 차 맛을 음미하는 것 같기도 했고, 한숨을 내쉬는 것 같기도 했다.

이 어색한 침묵을 피하기 위해서 나도 신문을 하나 가져다가 읽고 있는데, 어떤 사람이 들어와서 불렀다.

"신 과장님!"

그 목소리가 매우 귀에 익어서 뒷모습을 보니 정소괴였다. 신 과장은 곧바로 일어나서 손을 내밀었다. 두 사람은 아주 친밀하게 악수를 했는데, 신 과장은 나머지 한 손을 악수한 손 위에 얹었고, 정소괴도 그렇게 했다. 네 개의 손이 한 덩어리가 되어 힘껏 흔들어댔다. 정소괴가 말했다.

"신 과장님 저의 그 일은⋯."

신 과장이 그에게 눈짓을 하자 정소괴가 고개를 돌려서 나를 보고는 말했다.

"대위, 자네도 여기 있었군."

나는 신문을 집어던지며 말했다.

"얘기들 나누세요, 얘기들 해요. 저는 갈 테니⋯."


나는 문을 나서면서 속으로 욕을 했다.

"소인배 같은 자식들!"

하지만 욕을 한들 무슨 소용이람! 방이 손에 들어와야 그게 진짜지. 그의 아내도 임신하고 있었으니, 정소괴도 분명히 방을 달라고 왔을 것이다. 나는 마음속으로 계산을 해보았다. 만약 정소괴가 다른 방을 원하는 거라면 상관없지만, 만약 삼층에 있는 그 방을 요구하는 거라면, 나는 안면 몰수하고 한번 맞붙어 싸우지 않을 수 없다. 동류는 그의 아내보다 한달 일찍 몸을 풀 예정이니, 그래야 원칙에 맞는 거다. 위생청에는 이 정도의 원칙도 없을까? 이렇게 생각하니 조금은 안심이 되었다. 오후에 다시 가서 이 말로 신 과장의 입을 틀어막고 그가 또 어떤 말장난을 치는지 봐야지. 나는 청에까지 문제가 시끄러워지는 것도 신경쓰지 않겠다. 연공서열年功序列로 따지더라도 내가 정소괴보다 일년 더 앞서니까.

사무실에 가서 참지 못하고 이 일을 윤옥아에게 털어놓자, 그녀가 말했다.

"당연히 먼저 자네를 고려해줘야지. 연공서열로 보나, 학력으로 보나, 아이의 출산일 선후로 보나, 모든 면에서 자네가 앞서 있잖나. 내가 자네라면, 안 되면 계속 위쪽에다 호소할 거야. 어디까지 호소하건 겁낼 게 뭔가. 위생청은 원칙을 무시하더라도 어쨌든 어딘가엔 원칙대로 하는 곳이 있겠지."

나는 그녀의 말 속에 다른 의미가 들어있음을 눈치 챘지만, 그녀의 말이 맞다고 생각했다.

점심시간에 밥을 먹고 나서 화장실에 갈 때 청소괴가 철제 아기 침대를 어깨에 메고 오층에서 내려오는 것을 보고 말했다.

"아직 아기도 안 태어났는데 침대부터 사 놓았구면."

"바겐세일을 하기에 그냥 샀지. 어쨌든 사야 할 거라서."

방으로 돌아온 후 나는 맥이 빠졌다. 그는 침대를 어디로 옮기는 거지? 급히 내려가서 한번 살펴보았더니, 그가 막 삼층의 그 방으로 들어가고 있었다. 어떻게 된 일인가! 방으로 돌아와서 나는 힘껏 탁자를 몇 번이나 내리쳤다. 어떻게 된 거야! 나는 머리 속에 불이 활활 타서 새빨갛게 되는 그런 느낌뿐이었다. 또 다시 있는 힘을 다해 탁자를 몇 차례 내리치자 주먹이 화끈거리며 아팠다.

오후에는 사무실로 출근하지 않고 행정과 문 앞에서 기다렸다. 신 과장이 왔으므로 나는 억지로 웃으면서 말했다.

"신 과장님!"

"자네 또 왔어?"

"제 문제가 아직 해결 안 됐는데요?"

"문제가 있다고 해서 그 문제가 곧바로 해결될 수는 없지. 내 문제는 십년도 넘었지만 아무도 물어보는 일조차 없는걸."

"저는 방이 필요합니다. 아마 다른 사람도 필요할 수 있겠지요. 하지만 어쨌든 원칙대로 해야 하지 않겠습니까? 명분도 있어야 하고요. 만약 누군가가 저보다 연공서열도 높고, 학력도 높고, 그 사람 아이가 먼저 태어난다면, 그 사람한테 방을 주더라도 저는 이의가 없습니다."

신 과장이 나를 바라보며 눈에 보일 듯 말 듯 고개를 끄덕이며 말했다.

"원칙도 있어야 하고, 명분도 있어야 한다…."

그의 조롱하는 듯한 태도에 나는 매우 화가 나서 말했다.

"제 아내는 이번 주 아니면 다음 주에 아이를 낳습니다. 아이를 낳으면 사람이 하나 더 많아지는데, 그 방을 한 사람이라도 식구가 더 많은 사람에게 줘야겠습니까, 아니면 더 적은 사람에게 줘야겠습니까?"

신 과장은 웃었지만 소리를 내지는 않았다. 그리고 또 한 모금 한 모금 차를 마시며 길고 거친 신음소리를 냈는데, 마치 차 맛을 음미하는 것 같기도 했고 한숨을 쉬는 것 같기도 했다. 그 소리에 나는 도저히 더이상 참을 수 없었다. 다시 그 소리가 들려오자 나도 모르게 불쑥 말이 튀어나왔다.

"이런 원칙을요, 제 생각에는 행정과에서 분명하게 말해주는 것이 제일 좋겠지만, 그렇지 않으면 청에서 할 수도 있을 거고, 그리고 또 성에서 할 수도 있겠지요."

그가 나를 바라보며 말했다.

"성장省長이 엄청 심심한 모양이지? 이런 방 문제에까지 다 관여하고…."

말을 마치고 다시 웃었는데, 웃을 때 주름살이 귀뿌리까지 닿고 눈은 단추 구멍 모양이 되어버렸다. 그가 이렇게 웃으니 내 마음속이 텅 비어버리는 것 같았다. 왜 그런지 알 수 없었지만, 나의 자신감은 그 웃음

소리에 급격히 줄어들었다.

그는 한숨을 쉬며 말했다.

"이 사람아, 내가 자네한테 어떻게 말해줘야겠나? 자네도 어쨌든 하늘나라에서 살다가 최근에 이 세상으로 내려온 건 아니잖아! 사람이라고 다 같은 사람인가? 정소괴는 과장급 간부인 걸 자네는 알고 있나 모르고 있나? 대기 순서로 말하자면, 그가 자네보다 오 점은 더 많아!"

그는 이렇게 말하며 다섯 손가락을 쫙 폈다가 다시 차례대로 모으면서 말했다.

"오 점! 알겠나, 모르겠나? 자네는 아이가 아직 안 태어났다고 말했지만 어쨌든 태어날 거 아닌가. 자네 연공이 앞선 것은 일 점, 식구 수 많은 것은 삼 점이니, 합해 봐야 사 점이라고. 이건 나 신인민申人民이 혼자 맘대로 정한 원칙도 아니야? 자네 성에 찾아가서 얘기해 보게. 성에서 근무하는 사람들도 아마 그렇게 방 한두 개밖에 없는 사람들이 수두룩할 걸세. 우리가 어떻게 거기 사람들하고 비교할 수 있겠나? 사람이라고 어디 다 같은 사람일 수 있어?"

그가 이렇게 말하는 동안, 나는 멍하게 그를 바라보고만 있었다. 잠시 동안 나는 바보가 된 것 같았다. 그가 말했다.

"잘 생각해 보게. 돌아가서 잘 생각해봐. 생각해봐서 이해가 된다면 좋고, 사실 이해가 안 되면 다시 날 찾아와 토론하는 것도 환영이네. 청이나 성으로 찾아가도 괜찮아."

말하면서 그는 문 쪽을 향해 나가라는 손짓을 했다. 나는 의지를 상실한 사람처럼 그의 손짓을 따라 문 밖으로 걸어 나왔다.

오후 내내 나는 사무실 책상 앞에 멍청히 앉아 있었다. 두 손으로 머리를 괴고는 아무 말도, 아무 생각도 하지 않았다. 윤옥아는 그런 나를 보고 아무것도 묻지 않고 잠시 동안 우두커니 서 있다가 나갔다. 퇴근 시간이 다 돼서야 돌아와서 말했다.

"퇴근해야지?"

나는 그녀를 바라보고 고개를 끄덕였다. 그녀가 말했다.

"일이 잘 안 된 모양이지?"

나는 기계적으로 고개를 끄덕이고 말했다.

"정소괴는 현재 과장급 간부래요."

"그 일은 나도 알고 있었어. 그러나 과장급 간부이지 아직 과장은 아니잖아. 게다가 발령 문서도 아직 안 내려왔는데. 다음 주에나 내려올 거야."

그 말을 듣고 나는 더욱 화가 났다.

"문서는 아직 안 내려왔는데 손부터 먼저 앞으로 뻗친 셈이군. 게다가 마침 그렇게 짝짜꿍이 잘 맞는 사람도 있고…."

"세상일이 다 그런 거야. 자네 힘으로 세상을 바꿔보려 해도 불가능한 일이지."

"어째서 어딜 가든 사람들은 항상 말장난만 하는 거지요. 이쪽 가도 말장난, 저쪽 가도 말장난, 그놈의 말장난은 그가 기르는 개나 부리는 몸종처럼 항상 그 인간 엉덩이 뒤를 따라다녀요. 어디든 그의 이익이 있는 곳이면 그의 뒤를 바짝 붙어 따라다녀요. 언제나 그에 대꾸할 말 하나를 못 찾아서, 내가 하는 말은 모조리 남들의 말장난에 막혀버려요."

"계속 말이 오고가다 보면 결국 막히게 되는 것은 그 사람들이야. 그 사람들이 막혀버리면 그들의 말장난도 끝장나게 돼!"

"어떤 사람들은 영원히 말장난만 하고, 어떤 사람들은 영원히 그 말장난에 희생만 당하고. 사람이 사람을 화 나 죽게 할 수도 있어요. 무솔리니 그 자식은 언제나 말장난만 했어요. 그놈을 잡아 죽이고 나서야 말장난이 끝났어요. 이 몸이, 내가, 아직 문서가 내려오지 않은 요 며칠 간의 틈을 이용해서 한바탕 크게 소란을 피우고 사태가 어떻게 돌아가는지 두고 봐야겠어요!"

"그건 한 번 싸워 보겠다는 말인데, 떫은 감은 아무도 건드리지 못하지."

책상을 내리치면서 내가 말했다.

"이 몸을, 나를 보아 줘요! 한번 지켜봐 달라고요!"

"지켜볼게, 지켜보고말고. 지 군 자네도 그렇게 만만한 사람은 아니잖아."

집으로 돌아와 생각해 보니, 소란을 피워봤자 아무런 의미가 없을 것 같았다. 싸워서 이렇다 할 성과를 내기도 전에 문서가 내려올 것이고, 어쩌면 더 빨리 내려올 수도 있을 텐데, 그렇게 되면 나 혼자 굴욕을 당할 수밖에 없다. 사람이 궁지에 몰리면 말도 궁색해진다. 이것이 바로 세상이다.

나는 동류에게, 방이 없어서 더 기다려야겠다는 말만 하고 내가 오늘 겪었던 일에 대해서는 말하지 않았다. 말할 용기가 없었던 것이다. 동류는 실망하여 고개를 떨구고 한참 동안 아무 소리도 하지 않았다. 저녁때가 돼서 동류가 정소괴네 이사 사실을 알고서, 무슨 뉴스거리라도 되는 것처럼 나에게 말해주었다. 나는 처음 듣는 척하고 말했다.

"그래? 정말이야?"

"그가 무슨 빽으로 당신보다 앞에서 달리지? 당신은 석사 출신이잖아요."

"그 사람 수완이 나보다 좋아서겠지."

그녀가 나더러 행정과에 가서 물어보라고 했으나, 나는 대답을 적당히 얼버무려버렸다. 나중에 그 일을 다시 묻지 않은 걸 보고 나는 속으로 그녀의 관대함에 감동했다.

장모가 오시기 하루 전에 나는 방을 정리했다. 가구를 될 수 있는 대로 붙여서 배치하고, 어떤 물건들은 쌓아 두었다. 문 쪽에 조그만 공간을 만들어서 일인용 침대를 밀어 넣고, 두 침대 사이에다 커튼을 쳐서 서로 갈라놓았다. 동류가 말했다.

"정말 침대 하나가 더 들어가네요!"

"당신 어머니는 틀림없이 나를 욕할 거야."

"그러지 않을 거예요. 어머니도 무슨 고급 따지는 사람도 아닌데요. 시골에서 평생 동안 고생하며 살았는데 이 정도 고생을 겁내겠어요?"

나는 아무 소리도 하지 않고 그녀의 어깨를 두드렸다.

# 24. 세상에 돈보다 더 심각한 것은 없다

　원래의 계획은 동류가 근무하는 시 제5병원에서 아이를 낳는 것이었는데, 그런데 동류가 출산하기 며칠 전에 이 병원 산부인과에서 사고가 터졌다.

　한 임산부가 과다출혈로 사망한 것이다. 가족들이 수십 명 떼를 지어 와서 며칠간 소란을 피우면서 십만 위안을 배상해 내라고 요구했다. 병원에 와서 소란을 피우는 사람들은 사실 죽은 사람과는 전혀 친인척 관계에 있지도 않은 사람들로, 전문적으로 골치 아픈 일들을 해결해 주고 대가를 받는 해결사吃難飯들이었다. 배상금을 받게 되면 그 절반을 그들이 차지하고, 소란을 피웠지만 한 푼도 못 받아내면 그들 역시 한 푼도 못 받게 된다. 그래서 그들은 밤낮 가리지 않고 죽어라 소란을 피워댄다. 제 5병원 곳곳에다 표어를 걸어 붙이고, 일부는 죽은 사람의 대형 사진을 들고 하루 종일 병원 입구를 지키고 있었다. 소란피우는 자들의 우두머리는 자칭 죽은 사람의 외삼촌이라고 하면서 죽은 사람의 가족들을 대표해서 협상에 나섰다. 병원은 이 소란을 견디다 못해 오만이천 위안을 배상하고 나서야 일이 매듭지어졌다.

　입원수속을 밟으러 갔을 때 마침 이 장면을 보게 되어, 나는 가슴이 덜컹 내려앉았다. 산부인과 주임이 말했다.

"동류더러 다른 병원으로 가서 낳으라고 하세요. 우리 여기 사람들은 손에 힘이 다 빠져버렸어요."

나는 다시 병원 재무과로 가서 병원비 지급을 신청했는데, 재무과장이 말했다.

"당신 돈으로 먼저 병원비를 치룬 다음 나중에 비용 청구를 하세요. 병원의 금고가 텅텅 비어버렸어요."

우리는 성省 여성아동보건원으로 가서 아이를 낳기로 임시로 정해 놓고, 입원비 팔백 위안을 먼저 내고 입원했다. 출산 예정일 바로 전날 의사가 나에게 말했다.

"일천 위안을 더 내야겠습니다."

"왜 그렇게 많이 필요하지요?"

"산모의 사정이 아무래도 제왕절개 수술을 해야 할 것 같아서요. 만약 출혈이 심하면 어떻게 하겠어요? 응급치료도 해야 하고 수혈도 해야지요."

"출혈이 심하다"는 말을 듣자 나의 머리 속에서는 윙윙거리는 소리가 났다.

"위험합니까?"

"저 얼굴 색깔 바뀌는 것 좀 봐! 그렇게 위험하진 않아요."

그리고는 나에게 치료비 불입拂入 통지서를 주고 갔다. 동류에게 어떻게 해야 좋을지 물어보자, 그녀가 말했다.

"그렇게 많이 요구해요? 그렇게 많이요?"

"통장에 돈이 좀 남아 있으면 내가 가서 찾아올게. 그때 가서 정말로 수혈을 해야 한다면 수혈해야지 안 할 수 있어?"

"그 돈은 아직 만기가 안 됐어요. 게다가 아이한테 쓰려고 남겨두었던 건데⋯ 아이가 태어나면 냉장고도 꼭 하나 사야 되는데⋯."

그리고 또 말했다.

"이렇게 돈을 많이 쓰면 나중에 돌아가서 어떻게 돈을 청구해요? 돈은 바로 우리 재무과장의 목숨과 같은 건데. 당신이 돈을 달라고 하는 건 바로 그 사람더러 목숨을 달라고 하는 것과 같아요. 돈 내어 줄 때의 그 얼굴표정은 정말 볼 만한데…."

"어쨌든 자기 목숨 내놓으라는 건 아니잖아?"

동류는 계속 그 돈을 아까워하며 말했다.

"아직 만기도 안 됐는데…."

옆에 있던 장모가 말했다.

"자네들은 도시에 살면서 그래 그 정도의 돈도 없는가?"

내가 말했다.

"장모님, 도시에는 금광이라도 있는 줄 아세요."

"모자란다면, 내가 가지고 온 돈도 조금 있네."

그리고는 손수건을 꺼냈다. 똘똘 말아놓은 손수건을 한 겹 한 겹 펼치자 그 속에서 두툼한 한 뭉치의 돈이 나왔다. 전부 오 위안, 십 위안짜리들이었다.

내가 말했다.

"아무리 그렇더라도 노인의 돈을 어떻게 받아 써요?"

"이래 뵈도 357위안이나 되는데…."

동류가 소리를 질렀다.

"엄마! 그 돈 빨리 집어넣어요! 다시 안 집어넣으면 나 애기 안 낳을 거예요!"

그리고는 두 팔로 몸을 받치고 일어서려고 했다. 내가 두 손으로 그녀를 꾹 누르면서 말했다.

"동류, 기분 나쁘면 나한테 욕하든지 내 따귀를 때리든지 하는 건 상관없어. 그러나 그 큰 배 쑥 내밀고 어딜 가려고 그래? 지금은 화낼 때가 아니야. 화를 내더라도 아이가 배속에 있는 동안은 화내지 마!"

그녀는 곧바로 다시 누우며 입으로 말했다.

"당신 차 좀 불러와요. 우리 병원으로 돌아가서 낳을래요. 나한테 그렇게 재수 없는 일이 생길 거라곤 믿기지 않아요. 실제로 재수 없는 일이 생긴다면 그건 운명이에요."

내가 말했다.

"동류, 목숨과 관련된 그런 얘기는 해선 안 돼!"

그리고 또 말했다.

"장모님도 그 돈 빨리 집어넣으세요!"

그리고는 밖으로 뛰쳐나갔다.

나는 자전거를 타고 청으로 돌아왔다. 그리고 이것저것 생각하지 않고 곧바로 윤옥아에게 말했다.

"동류가 재왕절개 수술을 해야 하는데, 일천 위안을 더 내야 한데요. 제가 갑자기 융통할 수 없어 그러니까 며칠만 융통해 줄 수 없을까요? 며칠만…."

그녀가 놀라 입을 열었다.

"재왕절개? 그거 정말 조심해야 돼. 그거 정말 장난 아니야, 조심해야 해. 내가 잘 아는 사람의 아내도 바로…."

나는 그녀의 말을 자르며 말했다.

"오늘 밤에 수술해야 할지도 몰라요. 돈을 아직 안 냈어요."

"얼마나 모자라는데? 천 위안? 여기에 그렇게 큰 돈을 여윳돈으로 가지고 있는 사람은 없을 걸?"

"당신 바깥양반인 재정처장한테서 융통해 볼 수 없을까요? 그냥 내가 개인적으로 빌리는 것으로 치고…."

"재정처의 돈은 누구도 감히 털끝 하나 건드리지 못해. 털끝 하나만 건드려도 범법이야. 자네가 직접 마 청장한테 가서 허락을 받아오면 모를까. 재무상의 기율은…."

나는 다 듣지도 않고 바로 뛰어나갔다. 집에 돌아와 집안을 온통 뒤집어엎고, 양말 하나하나까지 다 뒤집어보고 침대에다 던져 놓았다. 통장을 찾으려 했지만 찾을 수가 없었다. 너무 화가 나서 두 손을 허리에 대고 서서 동류 욕을 마구 해댔다.

그리고는 다시 감찰실로 가서 막서근莫瑞芹 여사를 찾았다.

"자네 부탁인데 내가 반드시 들어줘야지. 일천 위안이면 그렇게 큰 돈도 아닌데. 내일 괜찮아?"

"오늘 밤에 수술을 해야 할지도 몰라요. 정말 수혈을 해야 하면…."

"내가 바로 은행에 가서 돈을 찾아올게. 여기 정문에서 날 기다려."

그리고는 총총 걸음으로 걸어 나갔다. 조금 후에 막莫 여사가 다시 돌아와서 말했다.

"통장은 여기 있는데 우리 남편이 비밀번호를 설정해 놓았을 줄이야! 내일 오전에 내가 아침 일찍 가서 돈을 찾아 보내주면 안 되겠나?"

"감사합니다! 감사합니다!"

그리고는 자전거에 뛰어 올라탔다. 자전거를 타고 얼마 안 돼서 나는 다시 돌아왔다. 문제가 아직 해결이 안 됐잖아! 나는 정말 동류에게 화가 났다. 통장을 그렇게 목숨처럼 아껴서 뭘 하겠다고! 그냥 제 5병원에 가서 낳고 말아? 우리 차례에 그런 재수 없는 일이 생길 리는 없잖아.

나는 기사반에 가서 서 기사를 찾았다. 그가 말했다.

"마 청장님이 퇴근하려면 삼십분 정도 남았는데, 시간 맞출 수 있을까?"

나는 잠깐 망설이며 오가는 데 걸릴 시간을 계산해 보았다.

서 기사가 말했다.

"가자고, 가! 우리 같이 가지."

차에 타고 내가 말했다.

"서 형은 정말 나의 형님 같아요."

병실에 이르러서 내가 말했다.

"동류, 당신이 가고 싶으면 가자고! 차도 왔어."

장모가 말했다.

"애기가 곧 나오려 하는데 어딜 가? 우리 딸은 못 가!"

나는 속이 타서 펄쩍 뛸 지경이었다. 머리 속에는 화약을 채워 놓고 심지에 불을 붙여 놓은 듯한, 또 손에는 전기가 통한 듯한 느낌이었다. 내 따귀를 때려 주고 나를 칼로 찔러야만 화가 풀릴 것 같은 심정이었다. 동류가 말했다.

"엄마, 그 일천 위안 이 사람한테 주세요."

장모가 백 위안짜리 지폐 몇 장을 꺼냈다.

"잠깐만!"

나는 아래층으로 날아갈 듯이 뛰어 내려가서 서 형에게 청으로 빨리 돌아가라고 했다. 그리고 다시 위로 올라와서 물었다.

"그 돈 어디서 생겼어요?"

장모가 말했다.

"방금 전에 동훼董卉가 왔었어. 천 위안을 내어 놓으면서, 아기에게 물건 사주려던 것이라고 했어."

"동류, 당신 왜 동생 돈까지 받고 그래? 그 애는 아직 학생이잖아!"

"그건 틀림없이 임지강任志强이 준 돈일 거예요."

"그렇다면 더욱 안 되지. 어떻게 임지강의 돈을 받을 수 있어? 그 사람 돈은 어디서 났는지도 모르는데. 만약 더러운 돈이면 어떻게 할 거야? 나보다 월급도 적으면서 비싼 담배만 피우고 다니는데, 그에게 깨끗한 돈이 있겠어?"

"근거 없는 말 함부로 하지 말아요. 지금 농담하고 있을 때가 아니에요. 우선 이 돈 내고 와서 다시 얘기해요."

내가 발을 구르면서 말했다.

"안 돼! 안 돼!"

동류가 말했다.

"이렇게 강하게 입씨름하는 걸 보니, 내가 퇴원하고 나서도 이 돈 갚을 필요 없다고 말하는 것처럼 들리네요?"

다시 생각해 보니, 당장 이 돈이 없으면 이 고비를 넘길 수 없을 것 같았다. 나는 돈을 받으며 말했다.

"당신 말이 맞아. 나중에 정산 받아서 갚으면 되지."

아이는 어쨌든 무사히 세상에 나왔다. 재왕절개 수술을 하고 한 차례 풍파를 겪었다는 뜻에서 이름을 지일파池—波라고 지었다.

아이가 태어나면서 많은 것들을 바꾸어 놓았다. 우선 나 자신을 바꾸어놓았고, 그리고 동류까지 바꾸어놓았다. 나는 어려서부터 고생에 익숙해져서, 지금처럼 이렇게 먹을 것 입을 것 걱정 없는 생활에 이미 만족하고 있었다. 몇 년 전부터 나는, 신체의 몇몇 부위들의 욕구에 굴복하여 한없이 탐욕스런 인간들을 모두 "돼지 같은 인간", "개 같은 인간"들이라고 생각했다. 개나 돼지는 동물 중에서도 하류였고, 내가 마음속으로 극도로 천히 여기는 것들이었다.

동류는, 생활에 대해서는 나처럼 무슨 특별히 높은 요구가 없었다. 다른 간호사들은 돈 많은 남자 친구를 만나 예쁜 옷을 입고 다녔지만 그녀는 별로 부러워하지도 않았다. 하지만 아기한테는 그렇지 않았다.

동류가 말했다.

"나 자신은 수만 번 억울한 일을 당해도 상관없어요. 어쨌든 시골에서 사는 것보다는 좋다고 생각하거든요. 그러나 우리 일파는 조금이라도 서러운 일 당하게 되면 내 마음이 찢어지듯 아플 거예요. 내가 서러움을 참는 것은 우리 아기가 서러운 일 당하지 않도록 하기 위해서예요."

그러면서 아기의 요람과 옷과 기저귀 등을 모두 가장 좋은 것으로만 샀다. 분유도 외제로만 사려고 했다. 적어도 브랜드가 네슬레는 되어야 했고, 국산품은 거들떠보지도 않았다.

내가 말했다.

"외제가 몇 배나 더 비싼 건 그 브랜드 때문이야."

"돈을 써서라도 그 브랜드 제품을 사야 안심이 돼요. 그래야 우리 일파한테 미안하지 않고요."

한번은 내가 네슬레 제품이 없다고 거짓말을 하고 이리(伊利: 중국 내 몽골 지역의 유명한 유제품 상표─역자) 분유를 사온 적이 있었다. 그랬더니 그녀는 화를 내면서 말했다.

"남자, 남자들이란…, 아휴, 저 남자들이란 다…!"

그리고는 곧바로 가서 네슬레 제품으로 바꿔 오라고 했다.

또 냉장고를 사려 하기에 내가 말했다.

"당신도 유행 따라가는 걸 배웠군."

그녀가 말했다.

"이것들은 모두 최소한 갖춰야 할 것들이에요. 우리 일파가 한밤중에 젖을 달라고 하는데 내 젖이 부족하면 할 수 없이 분유를 타서 줘야 하는데, 그러면 한참 동안 식지 않아요. 이렇게 미리 분유를 타서 냉장고에 넣어 두면 더운 물만 부으면 금방 돼요."

그리고는 만보(萬寶: 중국의 유명 가전제품 상표─역자) 냉장고를 샀더니 방이 좁아서 발 디딜 틈조차 없었다. 왔다 갔다 할 때마다 몸을 비틀어야 했다.

일파는 밤에 자주 울었는데, 요람을 흔들어 주지 않으면 울음을 그치지 않아서 아래층 사람들한테서 항의가 들어왔다. 후에는 일파가 울기 시작하면 장모가 바로 일어나 안고 걸어 다니며 자장가를 흥얼흥얼 해줘야 했다. 앉을 수도 없었다. 안고 있어도 앉으면 바로 울었다.

동류가 말했다.

"우리 일파가 아주 민감한 것 같지 않아요? 앉아 있는지 서 있는지 다 알아요."

"계속 이러면 어떻게 하지? 어른 셋이 전혀 잠을 잘 수 없잖아."

"당신 말은, 우리 일파는 울어서는 안 된다는 거예요? 이 아이에겐 울 권리도 없어요? 누가 무슨 권리로 우리 일파의 울 권리를 박탈해요?"

"울면 품에 안고 흔들어 주어 버릇이 나빠졌어. 한 이틀 정도 울게 내버려 두면, 울어도 희망이 없다는 걸 알고 더 이상 울지 않을 거야."

동류는 한 번 그렇게 해보겠다고 약속했다. 하지만 아기가 울기 시작하면 참지 못하고 일어나서 안고는 토닥거려주곤 했다.

내가 말했다.

"아이들은…, 당신이 아이하고 싸워야 되겠어."

장모님이 말했다.

"뭐라고? 갓 태어난 애기하고 싸우라고? 이 애가 지주地主나 반혁명분자反革命分子라도 된단 말인가!"

동류가 말했다.

"당신은 양심이 시커매요. 양심이 시커먼 사람들도 자기 자식은 사랑할 줄 알아요. 있는 것이라곤 통통 털어봤자 이 아이 하나뿐인데, 이 아이하고 싸우라고요? 나더러 이 아이하고 싸우라면, 나는 당신하고 싸우겠어요!"

동류는 이천 위안 정도를 저금해 두었었는데, 원래는 아이를 낳고 나서도 얼마간은 버틸 수 있는 돈이었다. 그러나 너무 많은 물건을 사다 보니 그 돈들은 낙화유수落花流水처럼 사라져 버렸다. 동류는 다른 사람이 접는 유모차에 아기를 태워 야외에서 일광욕을 하는 것을 보고 곧바로 같이 가서 한 대 사자고 했다.

"일백 위안이면 한 달 월급의 반도 넘는데…."

"그런 건 상관없어요. 다른 아이들이 가진 건 우리 일파도 가져야 해요. 당신 우리 일파가 어려서 모를 거라고 생각지 말아요. 남들은 가지고 있는데 자기는 없다는 걸 그도 다 알아차린다고요. 나는 우리 일파가 어느 하나라도 남보다 못한 건 참을 수 없다고요."

내가 말했다.

"일파가 뭐든 다 안다고 칩시다. 그러나 그 애가 뭐든 남한테 이기려고 기를 쓴데?"

그녀가 말했다.

"돈을 아끼려면 자기 것에서 아껴야지."

그 다음날 그녀는 바로 가서 유모차 한 대를 사 왔다. 일파에게 필요한 것들을 장만하기 위해 어른들은 모든 것을 극도로 절약했다. 이전에는 동류도 시장에 가면 유행하는 옷을 보러 가기 좋아했고, 가끔씩 한 벌 사오기도 했다. 그러나 지금은 그런 것들은 거들떠보지도 않고 곧장 아기 용품점으로 달려간다. 먹는 것으로 말하자면, 고기나 달걀 같은 것을 나는 기본적으로 다 삼가야 했다. 밥상을 차리면 나는 그저 먹는 시늉만 하고 모두 다 동류에게 주었다. 그녀는 애기에게 젖을 먹여야 했기 때문이다. 그녀의 식사량이 갑자기 엄청나게 늘어났다. 남은 음식이 얼마가 되건, 모조리 자기 입 속으로 밀어 넣으며 말했다.

"살 찌려면 찌라지! 어떤 사람들은 몸매를 유지하기 위해 아이한테 젖도 물리지 않는다는데, 나는 정말 이해할 수가 없어. 그래 갖고 엄마라고 할 수 있겠어? 내 몸매가 아무리 좋아본들 그걸로 뭘 하겠어? 우리 일파 튼튼한 게 제일이지!"

나는 여태 돈이 이렇게 쓰임새가 많고, 이렇게 중요하고, 이렇게 좋은 것인 줄 몰랐다. 이전에 나는 돈이란 그저 우리 몸의 몇몇 부위들의 욕구를 만족시키는 데 외에는 별로 쓸모가 없다고 생각했었다. 사람이 돈을 중시하면 그 인격이 고상해질 수가 없다. 하지만 지금의 나는 이런 얘기를 할 자격이 없다. 돈이 할 수 있는 게 뭐냐고? 무엇이든 다 할 수 있다. 적어도 네슬레 분유는 살 수 있다.

나는 마치 잠에서 깨어난 듯 돈에 대한 생각을 바꾸었다. 한편, 과거에 돈을 무시했던 게 얼마나 오만한 생각이었는지 깨달았다. 집안에는 거의 매일같이 돈을 급히 써야 할 데가 있었다. 눈앞에서 일어나는 일들이 발등에 떨어진 불 같은데 내가 어떻게 감히 한가하게 별을 보고 달을 보라는 말을 할 수 있으며, 요원하고 추상적인 일들만 생각하고 있을 수 있겠는가?

나는 생활에 대한 감각도 바꾸었다. 현실적인 것만이 진실된 것이다. 허황된 관념의 유희는 문제를 해결하지 못한다. 문제를 해결할 수 있는 것만이 참된 것이다. 이것은 어쩔 수 없는 사실이다. 돈은 정말로 인생에서 큰 비중을 차지하는 문제이므로 무시하거나 거부해서는 안 된다.

세상에는 돈보다 더 천박한 것도 없다. 그러나 돈보다 더 심각한 것도 없다. 사람이 살아가려면 수많은 문제들을 해결해야 하는데, 문제를 해결하려면 돈이 필요하다. 이것은 어떻게 해도 회피할 수 없는 바위처럼 단단한 이치, 아니 합금合金 강철보다 더 단단한 이치다. 정말로 어쩔 수 없는 사실이다.

# 25. 요즘의 젊은이들 : 임지강任志强

일파가 태어난 후로 동훼가 더 자주 집에 왔다. 집에 들어와서 제일 먼저 하는 일이 일파를 안고는 뽀뽀하고 어르고 귀여워하는 일이었다. 그녀는 성省 재경대학의 판매관리과 학생으로 곧 졸업할 예정이었다. 그녀의 남자 친구인 임지강任志强은 성 외국무역 기계수출입공사에서 일을 하고 있었는데, 의료기기를 전담하고 있었다. 동훼가 임지강을 처음 데리고 온 날, 그는 다짜고짜 동류에겐 처형, 나에겐 형님이라고 부르는데, 정말 듣기가 거북했다. 임지강은 얘기할 때 허풍을 잘 떨었는데, 마치 자기가 세상의 어느 누구보다 대단한 듯이 말했다. 그의 말에 따르면, 자기는 조만간 떼돈을 벌게 된다는 것이었다. 동훼가 이런 허풍쟁이를 만난다는 것에 내가 다 마음이 조마조마하고 부끄러웠다.

내가 동류에게 말했다.

"당신 동생은 얼굴도 못생긴 것도 아니고, 머리도 나쁘지 않은데 어쩌다가 저런 허풍쟁이한테 걸려들었지? 저 허풍쟁이는 전문대학 졸업생이잖아. 요즘 여자애들은 모두 자신을 히말라야 산처럼 높은 줄 아는데, 동훼는 자신을 너무 과소평가하고 있어."

"임지강이 그렇게 잘난 체하는 것은 저도 못 봐주겠어요. 하지만 동훼가 그 사람을 좋아하니 우리도 별 수 없잖아요?"

"다음에 동훼가 오거든 한번 설득해 봐. 그녀는 적어도 대학생인데 거꾸로 전문대학 출신을 찾다니, 이건 흔치 않은 일이야. 게다가 허풍쟁이고…."

"요즘 여자애들은 그런 걸 좋아해요. 나도 설득해봤지만 그 애가 어디 내 말 듣나요? 도리어 나보고 우리 방이 너무 작고, 가구도 너무 초라하고, 옷도 비싼 게 몇 벌 없다고 그러던데요. 나도 그 애를 설득하기 싫어요. 각자 다 자기 운명이죠"

"아직 졸업도 하지 않았는데 허풍쟁이한테 그런 거나 배워서…."

한번은 동훼가 임지강을 데리고 왔다. 임지강의 이마 앞머리 부분이 노란색으로 염색되어 있었다. 저 낯짝 하고는…. 나는 그와 말도 하고 싶지 않았다. 하지만 그는 내가 쌀쌀하게 대해도 전혀 개의치 않는다는 듯 계속 친밀하게 나를 형님이라고 불렀다.

내가 말했다.

"자네 머리 아주 특색 있군!"

그는 그 금색머리를 만지며 말했다.

"몇 십 위안 들었어요."

동류가 말했다.

"지강, 자네 머리 그렇게 염색하니 보기 안 좋아. 모르는 사람이 보면 머리카락을 불에 태운 줄 알겠어."

임지강이 말했다.

"동훼는 보기 좋다고 하던데…. 아마 나한테 거짓말을 했나봐요. 처형께서 보기 안 좋다고 하시니 내일 당장 잘라 버릴게요."

동훼가 말했다.

"언니, 언니와 형부는 잘 몰라서 그래요. 요즘 사람들은 모두 텔레비전 보고 유행을 쫓는다고요. 이렇게 하는 게 요즘 최신유행이에요. 우리 반에 어떤 여학생은 쫓아다니는 남자 하나 없었는데, 머리를 이렇게 하고 났더니 남자들이 무더기로 쫓아다녀요. 만약에 나도 임지강이 아니었으면 한 일백 위안 들여서 완전히 노란색으로 염색했을 거예요."

내가 말했다.

"동훼, 너도 서양귀신 따라 하려고 그래?"

이렇게 말하며 임지강의 안색을 살펴봤다. 그런데 웬걸, 그는 전혀 신경 쓰지 않고 계속 고개를 끄덕이며 나를 향해 웃었다. 나는 생각했다.

"이 허풍쟁이도 녹록치 않군. 이런 수모를 이렇게 잘 참아 내는 걸 보니."

임지강은 책상 쪽으로 가서 책상 위의 팔보죽八寶粥 깡통에 연필이 꽂혀 있는 것을 보더니 말했다.

"형님은 진정한 학자세요. 이 홍대마(洪大媽 : 이유식 상표 이름—역자)를 필통으로 쓰시다니. 제가 다음에 수옥岫玉으로 된 필통을 가져다 드리지요. 저야 그냥 남한테 무식한 것 감추려고 책 읽는 게 다인데, 그런 물건 갖고 있어봤자 돼지 목에 진주 목걸이고, 싱싱한 꽃을 소똥한테 시집보내는 꼴이죠."

내가 말했다.

"연필을 꽂을 수 있기만 하면 그만이지."

그들이 간 뒤에 동류한테 말했다.

"정말로 돼지 목에 진주목걸이고, 꽃을 소똥한테 시집보내는 꼴이야."

어느 날 오후 내가 책을 가지러 집에 갔을 때였다. 아무리 해도 문이 열리지 않았다. 안에서 문을 잠갔던 것이다. 나는 혹시 도둑이 든 건 아닌가 하고 힘껏 문을 밀었더니 동훼가 안에서 소리 질렀다.

"형부!"

문이 열려서 들어가 보니 동훼와 임지강은 의자에 앉아 있었고, 얼핏 보기엔 침대가 아주 깨끗이 정리되어 있었다. 그런데 동훼의 반팔 옷

소맷부리에 브래지어 끈이 드러나 보였다. 나는 책을 가지고는 얼른 바로 나와버렸다. 저녁때 이 일을 동류에게 말하자 그녀가 펄쩍 뛰며 말했다.

"정말요? 내 이 죽일 년 어디 가만 두나 봐라! 남한테 거저 먹혀 주다니…."

"그 허풍쟁이가 공짜 아니면 안 먹었을 텐데, 그가 공짜를 사양하겠어?"

며칠이 지나 동훼가 또 왔다. 마치 아무 일도 없었다는 듯이 나를 보고 살살 웃었는데, 그 웃음의 의미가 마치 나에게 암묵적 동의를 구하려는 듯했다. 나는 일부러 자리를 피해 동류가 그녀를 야단치도록 했다. 조금 후에 돌아오니 동훼는 아직 가지 않았고 표정도 아주 자연스러웠다. 게다가 나를 향해 의미심장한 웃음까지 지어 보이며, 저녁밥까지 먹고 나서야 신바람이라도 난 듯 돌아갔다. 내가 말했다.

"당신, 자기 동생한테 너무 무책임해. 만약 내 여동생이었다면 단단히 야단쳐서 곡소리가 났을 거야."

"동훼가 인정하지 않는데 내가 어떻게 해요? 나는 지금 아이를 안고 있어서 화를 낼 수도 없잖아요. 그냥 가게 내버려 둬요. 크게 당해보고 나서야 정신 차릴 거예요."

"당신 여동생은 얼굴도 그처럼 예쁘고 허리도 부러질 듯이 가늘잖아. 그런데 그 허풍쟁이는 생긴 것도 인간 축에 못 들고, 하는 짓도 형편없고, 삼백 근짜리 멧돼지가 주둥이만 살아 있는데다 애들 따라 머리염색까지 하고. 나는 내 눈앞에서 없애버리지 못하는 게 한인데 동훼는 그런 걸 주워 와서 무슨 보물이라도 되는 줄 생각하니. 천하 남자들이 다 죽어 씨가 말라버린 것도 아닌데…."

"요즘 여자애들은 그런 모습을 좋아해요. 그런 모습이 아니면 눈에 차지도 않아 해요. 내가 언니가 돼서 동생을 때릴 수도 없잖아요. 안 그래요?"

"당신은 계속 동생을 변호만 하고 있는데, 그러다가 언젠가는 좋은 과일처럼 따먹혀 버릴 때가 있을 거야. 그때 가서는 울려고 해도 울음도 안 나올 거야."

얼마 지나지 않아 임지강이 자기 회사의 업무부장이 되었다. 우리 집에 올 때마다 더욱 우쭐댔고, 피우는 담배도 홍탑산(紅塔山: 중국의 최고급 담배 상표 이름―역자)으로 바꾸었다. 동훼는 말끝마다 지강, 지강, 하면서 더욱 좋아했다.

그가 담배를 피우고 있을 때 내가 말했다.

"동류, 당신 잠깐 나가 있어. 당신은 지금 담배연기 맡으면 안 되잖아. 간접흡연은 임산부한테 제일 나쁜 거야."

임지강은 곧바로 담뱃불을 비벼 끄면서 말했다.

"처형, 제가 깜빡 잊었습니다."

그리고 말했다.

"처형, 제가 조금만 있으면 큰 돈을 벌게 될 것 같습니다. 믿어지십니까? 일이 잘못 돼서 부 지배인의 일을 맡고 있고, 또 그걸 맡고 있으니 익숙해졌어요. 회사에선 나한테 오토바이까지 내주었지만, 그것도 오래 타다 보니 아무런 느낌이 없어요. 최소한 토요타 같은 승용차는 몰아야 기분이 날 것 같아요."

동류는 웃으면서 아무 말도 하지 않았다.

내가 말했다.

"자네 정말 돈이나 벌고 나서 자네 처형한테 허풍 떨게."

임지강이 말했다.

"내가 돈을 벌 거라는 말을 형님은 곧 죽어도 믿지 못하실 거예요. 처형은 아마 반신반의할 거고…. 동훼 너는?"

동훼가 말했다.

"나는 믿어. 언니, 이 사람 너무 무시하지 말아요. 정말 그런 날이 올 거예요."

나는 속으로 생각했다.

"세상 사람들에게 허풍떠는 거야 모르지만, 제가 어디 감히 내 앞에서 허풍을 떨어. 낯가죽이 저렇게 두꺼울 수도 있나? 바늘로 찔러도 피한 방울 안 나게 생겼군."

이렇게 생각하고 있을 때, 임지강이 말했다.

"처형, 저를 너무 무시하지 마세요. 학벌이 남들보다 못하다고 능력까지 남들보다 못하다고 할 수는 없잖아요? 이 시대에는 좋은 것을 자기 그릇에 끌어 담을 수 있어야 진짜예요. 그렇지요? 저는 지금 본사의 범範 주임의 줄을 잡았어요. 상상도 못했지요? 다른 사람들은 여러 해 동안 애써도 줄을 잡지 못하는데, 저는 별로 애쓴 것도 없는데 바로 줄을 댈 수 있었어요. 이익이 저기에 놓여 있는데, 그것도 저렇게 많이 있는데, 내가 가서 낚아채지 않으면 다른 사람의 것이 돼버리잖아요. 다른 사람이 낚아채 가는 것을 뻔히 눈뜨고 보고 있는 기분은 정말이지 견디기 어려워요. 그래서 저는 한 가지 결론을 내렸는데, 그것은 세태를 따라간다는 거예요. 세상이 변하는데 안 변할 수 있어요?"

내가 말했다.

"세상이 아무리 변해도, 사람은 역시 사람이야!"

나는 하마터면 "꼬리 달린 무슨 물건이 아니란 말이다." 하고 말할 뻔했다. 임지강은 여전히 화도 내지 않고 말했다.

"형님께서는 저를 허풍쟁이로만 생각하시지요?"

그는 말하면서 두 손을 입가에 대고 입을 오므린 채 힘껏 바람을 부는 시늉을 하고는 두 손을 폈다.

"제가 열심히 노력해서 모두에게 멋있는 모습 보여드릴게요. 동훼, 너는 믿지?"

동훼가 말했다.

"나는 믿는다니까."

"처형은요?"

"내가 믿느냐고? 믿는다고 하지 뭐. 그러나 넘지 말아야 할 선은 넘지 말아야 해!"

그가 말했다.

"잘못을 범하고 돈을 번다면 그건 능력이 없는 거죠. 선은 넘지 않아요. 선은 절대 넘어서는 안 돼요. 하지만 선 가까이까지 가보지도 않고 머뭇머뭇해서도 안 되죠. 정책만 이용해도 충분해요. 이런 말 들어보셨어요? '십억 인민 중에서 구억 명이 망하더라도 그래도 생각할 줄 아는 일억이 있고, 생각하는 자가 어찌 망하겠는가' 란 말을요?"

그리고 또 말했다.

"저한테 이 년만 시간을 주세요. 여러분 모두 저를 지켜봐 주세요, 저도 여러분을 지켜볼 테니."

이렇게 말하면서 재빨리 나를 한 번 훑어봤다. 그가 가고 난 후 내가 말했다.

"저 허풍쟁이마저 출세한다면 이 세상에 문제가 있는 거지. 나보다 앞서 출세하겠다고 큰소리치며 우쭐대는데, 도대체 뭘 믿고 저러지?"

동류가 일파를 낳을 때 동훼가 일천 위안을 보내주었는데, 원래 병원에서 정산받아 갚을 생각이었지만, 돈 쓸 곳이 너무 많아서 받자마자 다 산산이 흩어져 버렸다. 그 일천 위안은 계속 내 마음의 짐이 되어 동류한테 몇 번 말했지만, 동류는 말했다.

"내 동생인데 무슨 상관 있어요? 신경 쓰지 말아요."

"나는 신경 써야겠어. 허풍쟁이 돈인데 잘못하면 나중에 손 데이지 않겠어?"

그녀가 말했다.

"자기 스스로 허풍쟁이가 아니라잖아요. 약속했잖아요."

이 말 한 마디가 나를 꼼짝 못하게 했다. 나는 한참 동안 얼이 빠져 멍하게 있다가 말했다.

"그 녀석은 허풍쟁이야. 허풍쟁이라고! 그 돈은 갚아야 해! 내가 밥을 굶는 한이 있더라고 갚아야 해."

동류는 고개를 한 쪽으로 돌린 채 말했다.

"나는 당신하곤 얘기하지 않을래요. 다음 달부터 당신이 살림살이 맡아 해요. 돈도 전부 다 드릴게요. 우리 일파에게 필요한 물건만 보장해주면, 나한테는 냉수만 먹여줘도 찍 소리 안 하겠다고 약속할게요."

나는 얼이 빠져 멍해졌다.

"당신이 나한테 그런 막말을 하다니…."

"나를 그렇게 밀어붙이니 할 수 없잖아요."

"임지강의 돈은 어떻게 하지?"

"당신이 알아서 해요!"

그 다음 월급날, 그녀는 돈을 나한테 쑤셔 넣어주면서 나더러 한 달 동안의 집안 살림을 책임지게 했다.

아무리 아껴 쓰고 쪼개 써도 몇 십 위안도 못 남겼다.

나는 김이 빠져 동류에게 말했다.

"다음 달은 맡기 싫어!"

"집안 살림을 맡는다는 게 어떤 건지 알겠죠?"

그 후 나는 그 일천 위안에 관해서는 더 이상 말을 꺼내지 않았다.


동류의 생일 때 동훼가 또 춘추복을 한 벌 선물했다. 동류가 입어보니 몸에 아주 잘 맞았다.

"내 몸매가 아직 별로 변하지 않았네요."

내가 말했다.

"동훼, 너는 아직 졸업도 하지 않은 학생이 맨날 무슨 돈이 있어서 선물을 하는 거야?"

동훼는 아양을 떠는 듯이 말했다.

"우리 언닐 이렇게 좀 멋있게 치장시켜서 형부 눈요기 실컷 하라고 요. 우리 언니 예쁘지 않아요?"

"이렇게 많은 돈이 어디서 났어?"

"어쨌든 훔친 것은 아니에요. 나한테 돈을 보여주면서 훔치라고 해도 저는 간이 적어 그런 짓 못해요. 형부한테도 양복 한 벌 사드리고 싶은데, 형부가 필요 없다고 할까봐 걱정이에요."

"그런 것 나는 정말로 필요 없어."

"사무실에 앉아 일하는 사람들에겐 사실 옷차림이 굉장히 중요해요. 너무 편하게 입는 것도 안 좋아요. 사람들이 형부의 능력을 볼 때 첫눈에 보이는 건 바로 옷차림이에요. 지금이 어떤 사회에요?"

동훼가 간 후 나는 그 옷의 라벨을 보았다. 이백 위안도 넘었다.

"나는 삼십 위안 정도 할 거라고 생각했는데, 임지강 이 녀석 분명히 나쁜 돈을 벌고 있어. 언젠가 붙잡혀 들어갈 날이 있을 거야. 동훼한테 신경 좀 더 써야겠어."

"다른 사람 걱정해서 뭘 어쩌려고요?"

"당신 그 옷 되돌려 주는 게 좋겠어."

"일단 산 걸 도로 물려요?"

"당신 그 옷가게 가서 옷 물리고 돈 받아와서 임지강한테 되돌려줘. 그 돈 더러운 돈인지도 모르잖아? 안 그러고서야 그가 어떻게 그렇게 돈이 많을 수 있어? 어느 날 우리 집까지 추적해 올지도 모르는데, 그렇게 되면 무슨 창피야?"

"남들도 당신처럼 돈을 못 번다고 생각하지 말아요. 세상에는 돈 잘 버는 사람들도 많아요."

"그 노란 머리가 돈을 잘 벌 수 있다고?"

"다른 사람 깔보지 말아요. 여태까지는 어쨌든 합법적이었다고 하잖아요."

"당신 변했어! 돈 맛을 보더니 사람이 변했어!"

그녀가 곧바로 대답했다.

"그래요, 나 돈 좋아해요! 우리 일파가 움직이는 게 다 돈이에요. 내가 우리 일파를 사랑한다면 돈을 사랑하지 않고는 안 돼요. 돈이 있어야 우리 일파가 서러운 일을 덜 당해요. 일파가 조금이라도 서러운 일 당하면 내 심장을 철사로 얽어매는 것처럼 아플 거예요."

또 말했다.

"어떤 사람은 남이 자기보다 능력 있는 걸 보면 심장이 철사로 얽어매듯 아픈가 보죠?"

나는 주먹으로 탁자를 내리치며 말했다.

"쓸데 없는 소리!"

침대에 누워 있던 일파가 "앙!" 하면서 울기 시작하자, 장모가 재빨리 안아 올려 다독거려주며 말했다.

"대위, 자네 왜 일파한테 행패부리나? 나한테도 행패부릴 생각인가?"

동류는 고개를 떨군 채 얼굴을 가리고 코를 훌쩍거리기 시작했다.

나와 동류는 그후 여러 날 동안 서로 말도 하지 않았다. 그 옷은 접어 놓고 다시는 입지 않았다.


얼마 지나지 않아 동훼가 또 임지강을 데리고 오자 동류가 말했다.

"지강, 지난 번 일파 낳을 때 너희들이 보내준 그 일천 위안, 그건 내가 빌린 걸로 치고 나중에 갚아 줄게."

임지강이 말했다.

"처형, 저를 이렇게 무시하시깁니까? 일천 위안이 아니라 일 만 위안이라 하더라도 그게 뭐 별건가요?"

동류가 말했다.

"나는 자네가 무슨 잘못을 저지를까봐서 걱정이야. 정말이야. 농담 아니야."

동훼가 말했다.

"이 사람 덕에 회사가 거금을 대출받았어요."

내가 말했다.

"대출받은 돈으로 보너스를 준대?"

임지강이 말했다.

"설령 제가 그만큼 못 번다고 하더라도 대출은 받아낼 수 있잖아요? 대출을 받게 되면 그게 다 이윤이거든요. 왼쪽 주머니에 있든 오른쪽 주머니에 있든 어쨌든 다 나랏돈이잖아요."

또 말했다.

"처형한테 드리는 말씀인데요, 지금 대출신청을 하고 있어요. 은행의 신용대출 건은 이미 거의 다 처리해 놓았고요. 거금이 생길 거예요, 이천여만 위안이에요. 그 대출금이 손에 들어오면 저는 바로 부지배인의 자리로 승진해요. 차도 한 대 나오고요. 그런데 몇 천 위안이 뭐 별건가요?"

동류가 말했다.

"자네네 이삼십 명뿐인 회사가 감히 몇 천만 위안을 빌리면 어떻게 갚으려고."

"대출금이 들어오면 그게 바로 이윤인데 누가 돈 갚을 일을 생각하겠어요? 장張 사장이 가고 나면 새로 왕王 사장이 올 텐데…. 그리 생각한다면, 왕 사장이 회사의 빚이 무서워서 취임도 안 하러들게요?"

내가 말했다.

"은행에서 신용대출을 해주고 있는 사람은 돼지인가?"

"그가 돼지가 아니기 때문에 가능하지요. 만약 그가 돼지라면 저는 대출 못 받아요."

밤에 동류에게 말했다.

"정말이지 이 세상을 이해하지 못하겠어. 이런 기회가 저 허풍쟁이 같은 인간들에게 주어지다니. 나는 정말로 나라의 돈을 생각하면 가슴이 아파."

"바로 그런 사람들한테 주어지는 것이지 당신 같은 사람들한테는 주어지지도 않아요."

나는 한숨을 쉬며 말했다.

"저 허풍쟁이조차 나 앞에서 거들먹거리는데, 정말로 그가 뭘 믿고 저러는지 모르겠네."

# 26. 생활의 질

　방 중간에 커튼을 쳐 놓아서 밤에 펼치면 두 칸으로 변했다. 장모는 문 쪽에 있는 작은 침대에서 우리와 발을 마주 뻗고 잤다. 처음엔 나는 죽고 싶을 정도로 창피해서 잠도 잘 오지 않았다. 그러나 얼마 지나고 나니 습관이 되었다. 사람이 잠을 안 잘 수야 없지 않나? 일파가 만 한 달이 되기 전에는 밤에는 모두들 일파한테 매달리느라 정신없이 보냈다. 몇 달이 흐르자 밤에도 좀 안정이 되었다.

　한번은 밤중에 마음이 동해서 동류를 슬쩍 건드려 보았다. 그녀가 손가락으로 문 쪽을 가리키자 나도 그만두었다. 그 다음날 그녀에게 말했다.

　"어젯밤에는 불러도 다가오지 않더라. 나더러 애걸이라도 하라는 거야?"

　"나는 농담인 줄 알았어요."

　"그러면 나더러 신청서라도 써내라는 거야?"

　"그러면 오늘 밤에 다시 불러 봐요."

　밤이 되어 불을 끄자, 그녀가 먼저 내 몸을 만지며 껴안아달라고 했다. 나는 잠시 껴안고 있다가 귓속말로 말했다.

　"배가 고픈데 만두를 눈앞에 놓아두고 먹지 말라고 하면, 그 마음이 견딜 만할지 어떨지 말해봐."

"당신이 바로 내 만두예요. 누가 우리더러 이렇게 살라고 시키기라도 했나요! 그만 자요."

조금 있다가 그녀는 잠이 들었지만 나는 계속 잠이 오지 않았다. 마음속에서 작은 벌레가 물어뜯는 것만 같았다. 그 작은 벌레의 혀와 손톱의 모양까지 상상할 수 있었다. 나는 일어나서 겉옷을 걸치고 앉아 있었다. 달빛이 들어와 창틀의 네모난 그림자를 바닥에 드리웠다. 나는 고개를 들어 달을 봤다. 한참 보고 있으니 뭐라고 말할 수 없는 유혹이 느껴졌다. 애써 참으며 나 자신을 잊어버리려 했다. 조금 참고 있다가 그것이 어떤 종류의 바람인지 다시 자세히 그 실체를 느껴보려니, 있는 듯 없는 듯, 붕 떠서 잠을 이룰 수가 없었다. 내가 털어버리려 하면 그것은 도리어 나에게 헤엄쳐 왔다. 내가 붙잡으려 하면 또 다시 더 멀리 달아났다. 나는 손을 내밀어 동류의 몸 위에 갖다대었다. 그녀가 깨면서 말했다.

"왜 이래요?"

"아무 것도 아니야. 당신 어머니 잠드셨어."

이렇게 말하며 살살 기어가서 커튼에 바짝 귀를 갖다대고 소리를 들어보았다. 다시 커튼을 젖히고 살펴보고 나서야 다시 기어서 돌아와 말했다.

"정말 잠드셨어. 이리 와."

동류가 잠시 반항하더니 금세 말했다.

"당신 맘대로."

내가 막 시작했을 때 문 쪽에서 작은 소리가 들렸다. 나는 몸이 갑자기, 움츠려 들면서 얼른 다른 쪽으로 굴렀다. 숨도 제대로 쉴 수 없었다. 저쪽에서는 잠시 꾸물거리더니 장모님이 혼잣말을 했다.

"화장실 다녀와야지."

문을 열면서 다시 문가에서 말했다.

"바람 좀 쐬고 와야지."

그리고는 밖으로 나갔다.

"내 체면이 완전히 구겨져 진흙탕 속에 처박히고 말았어."

정말 도망갈 구멍이 없다는 느낌이었다.

동류가 말했다.

"우선 그 문제는 말하지 말고, 하고 싶으면 빨리 해요. 끝난 다음에 가서 엄마 불러올게요. 밤엔 밖이 춥단 말이에요."

"이러고도 할 수 있다면 내가 개새끼지!"

"그러면 날 탓하지 말아요."

그리고는 곧바로 일어나 앉으며 말했다.

"가서 엄마 불러올게요."

동류는 옷을 걸치고 나갔다. 창문을 통해서 아래를 내다봤더니 계단에 앉아 있는 장모의 어두운 뒷모습만 보일 뿐이었다.


나는 동틀 무렵에야 겨우 눈을 붙일 수 있었다. 아침에 일어나서는 정말이지 장모님 쪽으로 눈길 한 번 줄 수 없었다. 장모님은 오히려 아무 일도 없었다는 듯 나에게 가서 분유 타 와라, 기저귀 빨아라, 하고 시켰다. 나는 장모님의 속내를 알아차렸다. 나를 안심시키려는 것이다. 일개 농촌 아낙이 이렇게 마음씀씀이가 섬세할 줄은 생각도 못했다. 생각할수록 더 부끄러워졌다. 장모님은 총명한 사람이다. 총명한 사람은 뭐든지 다 이해한다.

밤에 내가 안 선생 댁에서 바둑을 두고 돌아오니 벌써 열한 시가 넘었는데도 장모님은 그때까지 자지 않고 침대 가에 앉아서 일파에게 흥얼흥얼 자장가를 불러주고 있었다.

"아직 안 주무세요?"

"나이가 많아지면 잠이 적어져."

그리고 말했다.

"왜 이렇게 가슴이 답답한지 모르겠네. 밖에 나가서 바람 좀 쐬고 올까 하네. 한참 있다 돌아올게."

장모님이 나가시기에 내가 돌아오시라고 부르려고 하는데, 동류가 나를 끌어당겼다. 내가 말했다.

"내 체면은 이미 다 구겨져버렸어. 당신, 당신 어머니한테 무슨 얘기 했어?"

"우리 엄마인데 상관 없잖아요. 또 엄마가 무슨 일인들 모르고 있겠어요?"

나는 고개를 저으며 한숨을 쉬고 말했다.

"이 일은 이미 다른 사람들한테도 알려졌을 거야. 내 이놈의 낯가죽을 벗겨서 길거리에다 갖다 붙여놓아야지. 그것도 성병치료 광고지 옆에다 같이 붙여놓아야겠어."

"사실은 남들도 다 알고 있어요. 내가 엄마한테 얘기해서가 아니고 엄마가 먼저 나한테 얘기해줬어요."

"아예 나를 발가벗겨 거리로 나가라고 하지. 어쨌든 사람만 제외하고는 돼지든 개든 모두 다 발가벗었으니까. 인간이 제기랄, 이러고도 인간이라고. 무슨 일을 하든 어느 정도 기분도 생각해야지."

"어렵사리 만들어 낸 기회인데, 시간 아껴요."

그 뒤 일어난 일은 정말이지 창피해서 머리를 들이박고 죽고 싶은 심정이었다. 나는 안 되었다. 어떻게 해도 안 되었다. 동류는 나를 위로하며 말했다.

"우연이에요. 상관없어요. 다음에 다시 해봐요."

"빨리 가서 장모님더러 돌아오시라고 해. 그렇지 않으면 하지도 않은 짓도 한 것으로 돼버리잖아."

그 후 다시 기회를 찾아 몇 번 더 시도해봤지만, 갈수록 더 수치스런 꼴만 보였다. 나는 얼버무리며 말했다.

"그날 놀라서 그래."

"당신이 직접 약을 좀 만들어 먹어 봐요. 의학을 공부했으니 무슨 약을 먹어야 하는지 알잖아요."

나는 이 사실을 인정하지 않았다. 그런데 일단 약을 먹게 되면 그 순간 바로 나 자신의 무능력을 인정하는 셈이 되어버린다.

"약을 먹으라고? 아직 그 단계에 이르지는 않았어. 일단 약을 먹게 되면 없던 병도 생기고 말아."

그 후부터는 내가 피했고, 동류도 제의하지 않았다. 그렇게 몇 달을 보냈다.


어느 날 저녁 호일병이 나를 보러 왔으므로 나는 기회를 봐서 이 고민을 그에게 얘기해보려고 생각했다. 잠시 앉아 있다가 그가 동류에게 말했다.

"형수님, 잠깐 대위 데리고 강가로 바람 좀 쐬러 가도 저 욕하지 않을 거죠?"

"집이 너무 좁아서 그러시죠?"

"아뇨, 아뇨. 그러나 어쨌든 방 하나 정도는 더 있어야겠네요. 요즘은 모두들 생활의 질을 중시하잖아요."

내가 말했다.

"일병, 너 괜히 동류 화 돋우지 마. 잘못하면 자네 엉덩이 차서 내쫓고, 나도 고달픈 생활 시작될 거야."

"일병씨가 나를 암 호랑이쯤 되는 줄 알겠네."

차에 타자 호일병이 음악을 틀었다. 내가 말했다.

"사람마다 각각 다 골치 아픈 일이 있는 거야. 어떤 때는 정말이지 인간이 인간 아닌 것 같아."

그가 말했다.

"자네 마누란 정말 현모양처야. 그런 공간에서도 잘도 지내고 있잖

아. 만약 내가 이렇게 비좁은 데 산다면 우리 마누란 벌써 도망갔을 거야. 우리 마누란 하루 종일 생활의 질生活質量이란 네 글자를 입에 달고 살아. 어디서 그런 말을 배워 왔는지 모르겠는데, 갑자기 향락주의자로 변해버렸어. 몇 번 얘기해 봤는데 말싸움에선 이기지 못하겠더라고. 다시 생각해 보니, 사람이 생활의 질을 무시하고 산다면 또 무엇 때문에 사나 싶기도 해. 모두들 생활의 질을 말하는데, 그러나 돈은 들어오자마자 없어지니⋯. 마치 귀신이 뒤에 따라다니는 것 같아."

나는, 어떻게 호일병한테서까지 돼지 같은 인간의 냄새가 나는 거지, 하고 생각했다. 내가 말했다.

"그 귀신은 네 마음속에 있는 거 아냐? 이 사람과 비교하고 저 사람과 비교하고, 그렇게 하면 평생 가도 끝이 없지."

"곰곰이 생각해 보니, 사람의 한평생이라는 게 정말 끔찍해. 쥐꼬리만한 꾀까지 다 동원해서 자기 욕망을 채우는데, 그래도 결국은 물질생활 속에서는 돌아가 쉴 곳을 찾지 못하는 거야. 하지만, 결국 찾지 못하더라도 어쨌든 물질생활 쪽의 일을 잘 처리하는 게 좋아. 방향이 없더라도 어쨌든 스스로에게 방향을 찾아줘야 해. 그렇지 않으면 살아갈 일이 캄캄해. 우선은 살아야 하고, 그 다음이 어떻게 사느냐 하는 거야. 사는 문제에 대해서는 토론의 여지가 없어. 이왕 이 세상에 태어난 이상, 어쨌든 죽는 길로 갈 수는 없잖아? 남은 문제는 어떻게 사느냐 하는 건데, '어떻게 사느냐', 그게 바로 생활의 질에 관한 문제 아닌가?"

내가 말했다.

"세월은 정말로 사람을 변화시킬 수 있구나. 십년 전에 우리 몇이서 시골의 작은 길을 걸어가며 <파란 하늘에 달린 석양 가슴에 안고>란 노래를 부르며 농촌조사를 했었지. 그때 호일병 자네 마음속에 생활의 질이라는 그 네 글자가 있기나 했어? 그것을 인생의 이상으로 삼지 않았던 것은 더 말할 필요도 없고."

그때 차의 라디오에서 <내가 세상을 바꾸나, 세상이 나를 바꾸나> 하는 노래가 흘러나왔다.

호일병이 말했다.

"세상을 바꿔? 그건 젊은 애들이 자기 자신이 몇 근이나 나가는지도 모르면서 세상을 바꿀 수 있고, 특히 자신도 바꿀 수 있다고 생각하는 거야. 허위의 비장함으로 자신을 속이고 남도 속이는 것이지. 정말로 자신이 어떤 인간인지 모르고 하는 소리야. 세상을 자신의 설계대로 바꿀 수 있다고 생각하는 인간은 정말로 무서운 인간이야. 과대망상 분자!"

"그래서 사람들은 할 수 있는 일 한 가지만 남겨놓았구먼. 자기의 생활의 질을 높이고, 높이고, 또 높이고. 그런 사람도 인간이라 할 수 있어?"

그가 한숨을 쉬며 말했다.

"말하자면 사실 매우 슬픈 일이야. 스스로 자기 신체기관器官의 노예가 되어 매일 주인에게 돈 벌어 갖다 주고, 향기로운 것 매운 것 만들어 먹이고, 얼굴 씻어주고, 발 닦아 주고, 그러면서 자기 주인이 점점 늙고 쇠약해져 가는 것을 보다가 결국에는 한평생에 마침표를 찍고 마는 거야."

"어떤 때는 정말로 인생이라는 게 한 편의 희극 같다는 생각도 들어. 수억 개의 정자 중에서 맨 앞에 달려간 놈만이 인간으로 변하잖아. 나머지 형제자매들은 모두 화장실 속으로 씻겨 들어가고. 뒤집어 생각하면, 또 한 편의 비극 같기도 해. 평생 동안 온갖 정성 다 기울여 자기의 신체기관을 보살펴줬는데, 그게 결국에는 자기를 배반한단 말이야. 하루하루 늙어가다가 최후에는 자기까지 끌고 가버리는 거야."

강변에 도착해서 우리는 차에서 내렸다. 난간에 기대어 몸을 굽히고 강 가운데 배가 왔다 갔다 하는 모습이며 배의 등불이 깜빡거리는 것을 보고 있었다. 나는 갑자기 걱정을 털어놓고 싶은 마음이 없어졌음을 깨닫고 계속 입을 다물고 있었다. 그도 더 이상 아무 말도 하지 않았다.

갑자기 며칠 동안 장모님이 잠들기 전에 구기자枸杞子까지 듬뿍 넣은 계원육자단桂元肉煮蛋을 만들어 주시면서 나와 동류더러 먹으라고 했다. 나는 아까워서 조금만 먹고 동류에게 큰 그릇의 것을 먹도록 했다. 그러나 매번 장모님은 큰 그릇을 내 앞으로 밀어 주셨다. 나는 마음속에 의혹이 생기기 시작했다. 동류에게 물었다.

"당신 장모님한테 무슨 얘기 했지?"

"무슨 얘기를? 요 며칠 날씨가 변했기에 잊지 말고 일파에게 옷 좀 더 입히라는 말은 했는데…."

나는 그녀의 안색이 아무렇지도 않은 걸 보고 더 이상 캐묻지 않았다. 장모님은 또 자라를 사가지고 와서 붉게 볶아 내 그릇에 넣어주었다. 내가 말했다.

"저는 달걀도 아까워서 많이 안 먹는데 자라를 먹으라고요?"

"오늘 시장에 갔다가 하도 싸기에 좀 샀어."

나는 아무래도 의심스러워서, 며칠 후에 시장을 지나가다가 자라 가격을 물어보았다. 한 근에 삼십여 위안이나 했다. 나는 까무러칠 뻔했다. 집에 돌아와 보니 장모님이 또 자라로 백숙을 해놓으셨다. 이번에는 내가 묻기도 전에 말했다.

"오늘 또 싼 게 있어서, 놓치기가 너무 아까워서…."

동류를 쳐다보니, 그녀는 고개를 숙이고 일파에게 쌀죽을 먹이고 있었다. 내가 말했다.

"드세요. 저는 별로 좋아하지 않아요."

동류는 내 그릇을 낚아채더니 탕을 떠서 내 그릇에 부으며 말했다.

"자라 싫어하는 사람 어디 있어요!"

나는 가슴이 두근두근 뛰었지만 고개를 푹 숙이고 몇 입 먹다가 사발과 젓가락을 놓으며 말했다.

"바둑 두러 갑니다."

그리고는 나와 버렸다.

사무실로 가서 문을 잠그고는 신문을 읽기, 시작했다. 한참 동안 읽었지만 바로 앞에서 무슨 말을 했는지조차 기억할 수 없었다. 억지로 읽으려고 해도 읽어나갈 수가 없었다. 갑자기, 아무 생각 없이 나는 신문을 힘껏 쫙 찢어 두 조각을 내 버렸다. 뭐라고 말할 수 없는 일종의 쾌감을 느꼈다. 다시 찢어진 신문을 찢고 또 찢으며 중얼거렸다.

"아, 시원하다. 정말 시원해!"

책상 위에는 찢어진 신문조각이 커다란 뭉치로 쌓였다. 나는 그 신문조각을 한 움큼 집어서 창문 밖으로 내던졌다. 동류가 그 일을 자기 엄마한테 얘기한 거야! 생각이 여기에 미치자 나는 더 이상 생각할 용기조차 없어졌다. 멍하니 얼마동안 있었는지 몰랐다. 밖에서 동류가 부르는 소리가 들렸다.

"야근해!"

그러면서 문을 열어주지 않았다. 조금 후에, 갔으려니 생각하고 있는데 그녀가 계속해서 부르는 소리가 들렸다.

"야근한다고 했잖아! 중국말도 못 알아들어?"

복도에서 머뭇거리는 발자국 소리가 들리더니, 결국 가버렸다.

얼마 지나지 않아 밖에서 동류가 또 나를 불렀다.

"야근한다고 말 했잖아! 그 정도 말하면 알아들어야지."

"우리 일파가 아빠를 찾고 있어요."

정말로 일파가 우는 소리가 들렸다. 내가 그래도 문을 열어주지 않자 울음소리가 또 나기 시작했다. 나는 문을 열면서 말했다.

"당신, 일파는 울려서 뭘 어쩌자는 거야! 당신이 꼬집어서 울린 거지? 애가 뭘 잘못했다고 애를 꼬집어 울려!"

동류는 일파를 안고서 한 마디도 하지 않고 눈물만 계속 줄줄 흘렸다.

"당신까지 울어? 우리 사이 일을 당신 어머니한테 얘기하다니, 이 무슨 창피한 짓이야! 난 오늘 안 돌아갈래. 여기서 잘 거야!"

"모두 당신을 위한 거였어요."

"내가 어디가 안 좋다고 자꾸 나한테 자라를 먹이려는 거야? 정말로 병이 있다면, 중의학을 배운 내가 무얼 먹어야 하는지 모를까봐 그래?"

"다 당신을 위하려는 마음에서 한 거였어요."

"내가 시원찮아서 싫으면 가서 좋은 사람 찾아! 내가 장담하는데, 절대로 당신 가는 길 막지 않을 테니."

그녀는 일파를 안고 자기 얼굴을 일파의 얼굴에 갖다 대고 소리 내어 울기 시작했다.

"당신까지 울어? 당신은 내 얼굴에 똥칠을 했어!"

동류는 울면서 점점 더 감정이 북받치는지 훌쩍거리며 숨도 제대로 쉬지 못했다. 일파도 덩달아 울기 시작했다. 나는 한숨을 쉬며 다가가서 그녀의 어깨를 끌어안으며 말했다.

"알았어, 알았어. 알았으니 된 거 아냐?"

나는 혀로 그녀의 눈가에 있는 눈물을 전부 핥아주었다.

"여보. 무슨 방법을 생각해야겠어요. 우리야 상관없다고 하더라도 우리 일파야 무슨 죄가 있어요. 어리다고 아무것도 못 느낄 거라고 생각하면 안 돼요. 방이 좁아서 안에 들어가기만 하면 울어대서 밖으로 나가야 돼요. 얘도 답답해서 미칠 지경인가 봐요."

"나라고 아무데나 가서 방을 하나 뺏어 올 수도 없는 노릇이고… 당신 병원에서 방 두 개를 내준다면 나는 기꺼이 출퇴근을 위해 맨날 뛰어다닐 용의가 있어."

"나는 일개 간호사일 뿐이라는 건 당신도 알잖아요. 남자도 아니고, 석사 출신은 더더욱 아니고요."

"또 그런 말로 나를 숨 막히게 하고 그래! 숨 막혀 죽는 한이 있더라도 방법이 없단 말이야!"

나는 두 손으로 머리를 감싸고 꿇어앉았다. 그리고 주먹을 쥐고 머리를 한 대 한 대 치면서 말했다.

"남자! 남자!"

칠 때마다 더욱 힘이 들어갔다.

"당신, 남자가 어떻게 하는지 잘 봐! 잘못하면 당신까지 때려죽일지 몰라."

동류가 내 손을 잡으며 말했다.

"그러지 말아요, 여보. 그러지 말라니까!"

왜 그렇게 됐는지는 모르지만, 나도 훌쩍거리며 울기 시작했다. 동류는 아예 목 놓아 울었고, 일파도 울기 시작했다. 나는 아이를 안고 동류는 나한테 기대어, 한 가족이 한 덩어리가 되어 울었다.

## 27. 죽은 돼지는 끓는 물도
## 두려워하지 않는다

동류 말이 맞았다. 방법을 생각해 내야 했다. 하지만 어떻게 해야 방을 하나 얻을 수 있을지 방법이 떠오르지 않았다. 나는 동류한테 미안했고, 아이한테도 미안했다. 아이가 집에 들어가기 싫어하는 것은 답답해서다. 아이마저 스트레스를 느끼는 것이다. 나 자신이야 억울하든 답답하든 할 말이 없으므로, 그 때문에 남들에게 비굴한 웃음을 지어 보일 일은 없었다. 하지만 식구들 모두가 나 때문에 억울한 일을 당하는 건 마음속으로 참고 견디기 어려웠다. 나는 어쩔 수 없이 다시 행정과로 찾아갔다. 입구에서 잠시 동안 멈추어 서서 얼굴 근육을 푼 다음 문에 들어서면서 곧바로 얼굴 가득히 웃음을 띠었다. 내가 하하, 웃으며 얘기를 하는데, 미처 말을 끝내기도 전에 신⊞ 과장이 한 마디 내뱉었다.

"방 없네!"

내가 더 얘기하려고 입을 열자마자, 그가 말했다.

"아무리 말해봐야 방은 나오지 않아. 못 믿겠나?"

나는 웃음을 얼굴에다 걸어놓은 채 잠시 이걸 내려놓아야 할지, 아니면 활짝 더 펼쳐야 할지 몰랐다. 문을 나오며 나는 분해서 속이 다 근질거려 주먹을 쥐었다 폈다 했다. 다른 사람을 때려주고 싶은 게 아니라 나 자신을 쥐어박고 싶었다.

그날 동훼와 임지강이 왔다. 임지강이 문에 들어서며 말했다.

"처형, 우리 차 타고 왔어요."

동류가 말했다.

"어쩐지 방금 전에 아래에서 클랙슨 소리가 몇 차례 울리더라니….
정말 차 한 대 마련한 거야?"

동훼가 말했다.

"언니는 계속 이 사람이 허풍만 떤다고 생각했나봐. 이 사람은 완전
히 허풍쟁이만은 아니라고요."

임지강이 얘기했다.

"제가 부지배인으로 승진했거든요. 은행의 신용대출 담당자를 꽉 붙
잡아 회사를 위해 공을 세웠다고 저한테 이 차를 보너스로 줬어요. 업
무용으로 쓰라고요."

또 말했다.

"처형, 내려가서 차 한번 보실래요? 이래 뵈도 토요타예요."

동훼가 말했다.

"형부도 내려가 보시죠?"

"나는 설거지해야 돼."

그들은 바로 내려가고, 장모님도 일파를 안고 내려갔다. 나는 창문으
로 고개를 내밀고 보았다. 붉은색 소형승용차가 거기에 세워져 있었는
데 아주 멋있었다. 그들이 나타나자 나는 곧바로 고개를 움츠렸다. 기분
이 매우 떨떠름했다. 저런 인간한테 건방 떨 기회가 돌아오다니. 도대체
저 인간 뭘 믿고 저러는 거지? 하지만 여하튼 그가 원하던 물건을 손 안
에 넣었다는 것은 사실이었다. 사실 내게 있어서 차는 별로 중요한 것
이 아니었다. 내가 갖기를 원한다고 해도 딱히 쓸데가 있는 것도 아니
었다. 그러나 그 안에 담긴 의미가 정말이지 사람을 견딜 수 없게 했다.
나 지대위는 정말로 이렇게 무능한가?

그때 동류가 올라왔다. 나는 재빨리 설거지하러 가는 체했다. 동류는

입을 오므리고 웃으며 말했다.

"우리 드라이브 가려고 하는데, 당신도 같이 갈래요?"

동류의 웃음에 담긴 의미가 나를 몹시 괴롭혔다.

"이미 안 선생님하고 약속했어. 조금 있다가 몇 판 죽이러 가야 돼."

"마음대로 하세요."

그리고는 가버렸다.


한 시간 남짓 지나자 동류와 장모님이 돌아왔다. 둘 다 매우 흥분해서 계속 그 차에 대해서만 얘기했다. 동류가 웃으며 말하고 있는 표정을 보고 나는 이루 말로 다 표현할 수 없는 묘한 기분이 들었다. 그녀의 눈빛도, 웃음도, 벌리고 있는 입도 이상했다. 이전에는 저렇게 웃지 않았었다. 이전에 그녀가 어떻게 웃었는지 딱히 설명할 수는 없지만, 어쨌든 저렇게 웃지는 않았었다. 동류가 물었다.

"누가 이겼어요?"

나는 그녀가 뻔히 알면서 묻는다는 걸 알았지만, 그래도 말했다.

"그냥 귀찮아서 안 갔어."

"나는 당신을 알지."

또 말했다.

"임지강한테 계속 그렇게 냉랭하게 대하지 말아요. 동훼가 서운해 하더라고요."

"내가 그 사람 일에 관심 가져서 뭐 하게. 그에게 차가 생겼나? 누구는 차 안 타 봤나? 이 정도 관심밖에 없어."

"당신 말에 따르면, 당신은 이것에도 관심 없고, 저것에도 관심 없고, 자기한테 없는 물건에는 다 관심이 없어요. 당신이 관심 갖는 게 뭔지 도대체 모르겠어요. 내가 볼 때 당신은 승용차는 말할 것도 없고 우리 일파의 유모차에 대해서조차 관심이 없어요. 생활이란 바로 이렇게 여러 가지 자질구레한 조각들이 모여서 이루어지는 거예요. 자기한테 없는 거야 어쩔 수 없지만, 남들이 가진 것에 대해서까지 관심 없다고 말하지는 않는 게 좋아요. 나는 가진 것도 없지만 그렇게 공연히 다른 사람 무시하지도 않아요. 유능한 사람 유능하다고 인정하는 게 뭐 어때요? 능력 없는 사람이 어떻게 자기 차를 가질 수 있어요? 당신은 무얼 믿고 다른 사람한테 이것도 안 되고, 저것도 안 된다고 하는 거예요?"

나는 정말 화를 내고 싶었지만, 화를 내면 내 꼴이 엉망이 되어버리므로 참고 쌀쌀하게 웃으며 말했다.

"그가 능력 있는 사람일 수는 있어. 허지만 그가 좋은 사람인가? 나랏돈을 사기 쳐서 저렇게 폼 재면서 갚을 생각이나 하는 줄 알아? 사기 쳐서 손에 넣은 걸 가지고 이윤이라고 하는데, 그게 어디 좋은 사람이 할 소리야?"

나는 오른손으로 왼손의 엄지손가락을 잡고 그 끝을 조금 드러내 보이며 말했다.

"요만큼의 양심이라도 있는 사람이면 그 따위 짓은 할 수 없을 거야! 그런 사람이 나보고 자기를 인정해 달라는 거잖아. 그러면 나까지 한심한 놈이 되어버리는 건데. 그들이 하는 이유가 바로 내가 할 수 없는 이유야!"

동류는 나를 바라보고 한숨을 쉬며 말했다.

"대위씨, 나는 정말로 당신이 좋은 사람이라고 생각해 왔고 여전히 아주 좋은 사람이라고 말할 수 있어요. 허지만 지금 세상은 유능한 사람들의 천하예요. 그러니 아무리 사람이 좋은들 무슨 소용이 있어요? 유능한 사람은 외제차를 모는데, 좋은 사람은 삼대三代가 한 방을 쓰고 있어요. 이게 우리 눈앞에 놓여 있는 현실이에요. 어쨌든 이런 현실조차 보지 못하는 것처럼 가장할 수는 없잖아요? 나 자신을 속이려고 해도 이게 어디 끝까지 속일 수 있는 일이에요?"

"동류, 당신은 변했어. 당신은 변했다고."

"중요한 것은 세상이 변했다는 거예요. 세상이 변했단 말이에요."

하늘에 들릴 정도로 인간의 도리를 외쳤건만 단칸방에 삼대가 모여 사는 생활은 정말로 견디기 어려웠다. 다시 한달이 지나서 나는 이층에 또 방 하나가 비었다는 것을 발견했다. 신 과장을 찾아갔더니, 그가 말했다.

"이미 배정되었네."

내가 그래도 말을 하려 하자, 그가 말했다.

"자네 사정은 나도 알고 있네. 하지만 방을 배정받으려면 줄을 서야 하네. 자네 장모는 호적이 이리로 안 돼 있어서 자네한테 식구 수 늘어난 걸 이유로 가산점加算點을 줄 수가 없어."

이렇게 말하며 문 쪽을 향해 나가달라는 손짓을 했다. 문을 나서며 나는 생각했다. 개는 말할 것도 없고 돼지도 막다른 골목에 몰리면 누구를 물지 모른다. 그런데 하물며 사람을 이런 식으로 내몰다니. 나 지 대위는 강도의 낯짝을 하고 싶지는 않지만, 저들이 끝도 없이 이치에 맞지 않는 얘기를 지껄여대니 난들 어쩌란 말이냐? 나는 나 자신을 인간, 사람 좋은 인간, 심지어 웬만한 인물 정도는 된다고 생각해 왔다. 하지만 누구 하나 나를 그런 식으로 봐 주더냐? 나는 사람 좋다는 것으로 남들의 동정심과 관심을 끌 수는 없었다. 그것은 일종의 자애自愛에 불과하다. 나는 일을 꾸며서 되게끔 만드는 조작주의자操作主義者가 될 수는 없었다. 임지강이 떠올랐다. 그가 언제 양심의 부담을 느끼는 적이 있던가? 그러나 그는 성공했다. 그는 확실히 유능하다.

이렇게 생각하면서 나는 동류와 상의도 하지 않고 드라이버를 들고 바로 아래층으로 내려갔다. 순식간에 그 빈 방의 자물쇠를 뜯어내고 다른 자물쇠로 바꾸어 달았다. 밤에 퇴근한 동류가 깜짝 놀라 물었다.

"엄마 침대는요?"

"아래층으로 옮겼어."

그녀는 내 말을 알아듣지 못하겠다는 듯이 눈을 가늘게 뜨고 나를 쳐다보다가 한참 후에야 정신이 돌아온 듯 말했다.

"정말 우리한테 분배됐어요?"

이렇게 말하며 두 손을 번쩍 들어 승리의 자세를 취하더니, 다시 얼굴을 가리고 울기 시작했다. 내가 말했다.

"문은 자물쇠를 뜯어내고 열었어. 내가 뜯어냈어. 잘 했지?"

그녀는 믿지 못하겠다는 듯이 나를 쳐다보며 말했다.

"뜯어내…, 당신이?"

"뜯어냈지, 내가! 생각 못했지? 인간된 도리를 하늘에 들릴 정도로 외쳤는데 이곳에 방 한 칸 비어 있다는 말도 안 해 주고 삼대가 한 방에서 계속 지내게 하잖아. 내가 겁날 게 뭐야. 이게 어디 인간이 할 짓이야?"

저녁에 장모는 일파를 데리고 자려고 아래층으로 내려갔다. 동류가 말했다.

"오늘 밤 계원육충단桂元肉沖蛋을 만들어 줄게요!"

"나를 무시하는 거야?"

나는 일종의 예감이 들었다. 매우 자신도 있었고, 힘도 넘쳤고, 성공할 자신도 있었다. 심지어 조금은 급해져서 기다리기가 힘들었다. 오랫만에 일을 시원하게 마친 후 동류가 말했다.

"여보, 당신 이전과 똑같아요. 사실 요즘엔 당신이 이전에 어땠는지조차 이미 거의 다 잊어버리고 있었어요."

그 다음 날 출근을 하니 윤옥아가 말했다.

"방금 전에 신 과장한테서 전화가 왔었어. 행정과로 오래."

"안 가요!"

"맞아, 가지 마. 그가 어떻게 나오나 보자고!"

거기에 앉아 있으니 큰 화가 눈앞에 닥쳐오고 있는 듯한 느낌이 들었다. 위생청 전체를 이 문제로 시끄럽게 만든 다음 나를 비판해 오지 않을까? 그런 다음에도 나더러 방을 빼라고 한다면? 나는 마음이 조마조마해지기 시작했다. 점점 더 조마조마해지다가 어떤 분명하지만 꼭 집어 말할 수 없는 어떤 압력을 느꼈다. 신 과장 외에 나를 괴롭힐 사람이 누구일까? 분명히 말할 수는 없지만, 조마조마하던 감정이 갈수록 점점 더 뚜렷해졌다. 이제야 어제의 그런 용기는 완전히 이치에 어긋나는 것이었다는 생각이 들었다. 내가 뭘 믿고? 내가? 나는 갑자기 마 청장이 생각났다. 그는 나의 행동을 자신에 대한 도전으로 받아들일까? 그에게 도전했던 두 사람이 신세망친 일이 있고 난 후부터는 감히 도전해 보려는 사람이 여태껏 없었는데. 이렇게 생각하자 가만히 앉아 있을 수가 없어서, 윤옥아에게 말했다.

"도서관에 가서 책 좀 찾아볼게요."

그리고는 행정과로 갔다. 신 과장이 말했다.

"지대위, 자네 정말 대단해. 정말 능력 있어!"

옆에 있던 사무직원이 말했다.

"위생청에서 일한 지 이렇게 오래 됐지만, 누가 제멋대로 방을 점령했다는 얘기는 여태 못 들어봤어요."

나는 얼굴의 근육을 한 바퀴 운동시킨 다음 만면에 미소를 띠고 말했다.

"신 과장님, 보십시오! 자기 장모하고 한 방에서 같이 자는 남자가 이 세상 어디에 또 있습니까? 저는 여태껏 팔구 개월 동안이나 이렇게 잤습니다."

"규정은 규정이야! 그리고 그런 상황에 대해서는 정해진 규정이 없어. 특수한 사정이 없는 사람 어디 있어?"

그 사무직원이 말했다.

"규정도 우리가 정한 게 아니라 마 청장님이 직접 심사해서 고친 거예요, 마 청장님이요."

나는 멍하게 서 있다가 어색하게 말했다.

"본래는 그럴 생각이 아니었는데…"

신 과장은 변명이나 질문 따위는 용납할 수 없다는 손짓으로 나의 말을 자르며 말했다.

"오늘 중으로 다시 옮겨 놓는다면 이 일은 여기서 끝내지. 그러지 않으면 내일 아침 일찍 청에다가 보고하겠네. 윗사람들에게 폐를 끼치지 않도록, 나도 이 일을 행정과 내에서 해결하고 끝내고 싶어. 하지만 해결할 수 없다면 나도 방법이 없어."

나는 아무 소리도 못하고 밖으로 나오며 동류를 생각했다. 공연히 한바탕 바람만 불어넣은 꼴이 되고 말았다. 여기에 생각이 미치자 더 이상 발을 뗄 수가 없었다. 속에서 분노가 불끈 치밀어 오르더니, 물불을 가리지 않고 덤벼보겠다는 비장함과 "죽은 돼지는 끓는 물도 두려워하지 않는다死猪不怕開水燙"는 식의 막나가는 심정으로 행정과로 되돌아가서 신 과장에게 말했다.

"저는 그 방을 절대 포기하지 않을 겁니다."

그는 전혀 뜻밖이었는지 잠시 놀라는 듯했지만 곧바로 진정을 되찾고 말했다.

"그럼 청에 가서 해결해 보게. 마 청장님이 청에 아직도 이렇듯 제멋대로 행동하는 사람이 있다는 걸 아시게 될 테니, 자네는 계속 그렇게 나가보게."

"저도 마 청장님 찾아가서, 우리 행정과에서 어떻게 일을 처리하는지, 직원들을 삼대가 한 방에 끼여 살도록 하고 있는데, 그렇게 하는 사람이 인간인지 동물인지 물어보겠습니다."

그가 놀라는 걸 보니, 확실히 내가 이런 말을 할 수 있으리라고는 생각지도 못했던 것 같았다. 그는 곧바로 말했다.

"가봐, 가봐!"

"저는 지금 곧바로 방송국으로 갈 겁니다. 그곳 기자에게 한 번 와서 보고 촬영 좀 해가라고 부탁할 생각입니다."

"가봐, 가봐. 자네는 그렇게 하는 게 내 얼굴에만 먹칠하는 거라고 생각하나? 우리 위생청의 얼굴에 먹칠을 하는 거야."

"그럼 지금 바로 가겠습니다."


사무실로 돌아와서 나는 호일병에게 전화를 걸었다. 그가 말했다.

"진정서를 하나 써와. 우리가 한 시민이 보낸 편지로 처리하고 두 사람을 보내 사정을 알아보도록 할게."

"그는 나더러 내일 당장 짐을 옮기라고 하는데…."

"내가 우선 너희 청 행정과에 전화해서, 어떤 시민이 위생청은 몇 세대가 한 방에서 같이 살게 하고 있다는 내용의 서신을 보내왔는데, 정말 그런 일이 있느냐고 물어볼게. 그가 어떻게 말하는지 보고 나서 다시 얘기하자. 그래도 편지는 하나 써 가지고 이리로 와."

나는 즉시 편지 한 통을 썼다. 편지를 막 다 쓰고 나자 호일병이 전화를 걸어왔다.

"방금 너희 행정과에 전화해서 신 과장을 찾았는데, 위생청엔 그런 일 없다고 하던데? 내가 지대위라는 시민이 그런 서신을 보내왔다고 말했더니, 그건 옛날 일이라고 하던데?"

호일병은 나더러 잠시 동안 방 빼지 말고, 혹시 문제가 생기면 그때 가서 다시 얘기하자고 했다.

나는 일이 이렇게 간단하게 해결되고 끝날 것 같지는 않아서 계속 기다리고 있었다. 전화만 걸려오면 혹시 행정과나 청에서 걸려온 전화일까봐 겁이 나서 마음이 움츠러들었다. 며칠을 기다렸으나 어떤 움직임도 없었고, 그 일은 그렇게 해결되었다.


그 일이 있은 후 나는 참으로 많은 생각을 했다. 언제까지나 기다리고만 있어서는 안 되고 기회는 손을 내미는 자에게만 비로소 주어지는 것인가? 아무도 먼저 나의 고충을 생각해 주지 않고, 내가 좋은 사람이라는 것도 생각해 주지 않는다. 좋은 사람 되는 것이 나의 인생의 원칙이지만, 그 의미는 이미 아득하고 희미해져버렸다. 왜 좋은 사람이 되려고 하는지 나 자신에게 대답해 줄 명확한 이유를 찾을 수 없었다. 내가 머리만 조금 굴리고 능력 있는 사람의 수법을 조금만 이용하니 문제는 바로 해결되었다. 사실은, 아마도, 많은 일들은 내가 생각했던 것처럼 그렇게 어렵지 않을지도 모른다. 문제는 바로 자신의 체면을 벗어던지고 손을 뻗으려고 하는가, 그리고 그런 일 하면서 심적으로 충분히 견뎌낼 수 있는가 하는 것이다. 하지만, 나도 막다른 골목으로 몰리지 않았다면 어떻게 그런 수단까지 동원할 수 있었겠는가?

## 28. 아기의 8字 똥

　동류는 엄마가 된 후로 말이 많아졌다. 무슨 화제에서 시작하건 결국
에는 모두 일파 얘기로 돌아갔고, 우리 아들이 얼마나 대단한지에 관한
얘기로 귀결되었다.

　그날도 말했다.

　"우리 일파가 방금 날 보고 웃었어요. 나한테만 웃어요."

　"이제 겨우 세 달밖에 안 됐는데 사람을 알아본단 말이야? 말도 안
돼!"

　"당신은 말해 줘도 믿지 않는군요. 당신은 우리 일파의 지능 발달이
다른 아이들보다 좀 빠르다는 걸 못 알아챘어요?"

　그렇게 말하며 요람에서 일파를 안아 올려 한 번 얼러주었다.

　"봐요, 일파가 나를 보고 웃잖아요. 웃었어요."

　"나는 못 봤어."

　"분명히 웃었는데 못 보다니, 당신 눈에는 아들이 없는 거예요."

　그날 장모가 일파를 안아 올려 대변을 보게 했는데, 대변을 다 보고
나자 큰 소리로 동류를 불러 와서 보라고 했다. 동류가 문 밖에서 요강
을 들고 들어오더니 말했다.

"이것 봐요. 이것 봐!"

"애 똥이 뭐 볼 게 있다고. 어서 내다버려!"

그녀가 언짢아하며 말했다.

"당신은 봐도 모를 줄 알았어요."

장모가 옆에 서서 말했다.

"자세히 봐, 자세히 보라고."

동류가 말했다.

"아직도 봐도 모르겠어요? 당신 아들의 걸작품이에요."

또 나에게 힌트를 주려고 말했다.

"뭘 닮았어요?"

내가 보고 나서 말했다.

"닮긴…. 아무 것도 안 닮았어."

"나는 한 눈에 알아봤는데 어떻게 당신은 아직도 못 알아봐요? 우리 일파가 8자를 썼잖아요."

다시 보니 8자를 닮기는 해서 내가 말했다.

"아무리 상서로운 숫자라고 해도 어쨌든 똥일 뿐이야(*중국인들은 8字와 發財(파차이 : 돈 많이 번다는 뜻)의 발음이 비슷해서 이를 귀한 숫자로 생각한다 —역자). 빨리 갖다 버려."

동류는 말을 안 듣고 사진기를 빌려와서 사진이라도 찍어놓자고 했다. 나는 웃음을 참다못해 말했다.

"다른 사람들이 비웃을까봐 걱정도 안 돼?"

"사진을 찍어놓을래요. 남겨 두어 나중에 기념으로 삼아야겠어요. 아무나 다 쓸 수 있는 게 아니잖아요. 우리 일파가 크면 보여주면서 너는 생후 몇 개월 때 벌써 이렇게 수준이 높았다고 말해줄 거예요."

그녀는 위층으로 올라가서 정소괴의 부인 송나宋娜한테서 사진기를 빌려왔다. 송나도 대단한 일이라고 하며 아이를 안고 내려왔다. 동류가 내 손에 사진기를 들려주었기 때문에 나는 사진을 찍을 수밖에 없었다.

송나가 한쪽에서 코를 잡은 채 몰래 웃었지만 동류는 전혀 눈치 채지 못했다. 동류가 말했다.

"우선 침대 아래에다 내려놔요. 좀 있다가 다시 볼래요."

내가 말했다.

"당신이야 구린 내 나도 괜찮을지 모르지만 손님한테까지 구린 내를 맡게 할 필요는 없잖아?"

"나는 냄새 안 나는데요? 여태까지 냄새난다고 생각해본 적 없어요. 우리 일파는 다른 애들과는 달라서 구린내 나는 똥은 안 눠요."

처음에는 손으로 코를 잡고 있던 송나였지만, 이 말을 듣고는 손을 내려놓을 수밖에 없었다.


사택 단지 안의 몇몇 젊은 애기엄마들은 자주 아기들을 안고 아래층에서 햇볕을 쬐곤 했다. 서로 자기 아이가 어떻게 어떻게 대단한지 서로 앞 다투어 자랑을 했다. 누구 하나가 자기 아이가 어떤 점이 대단하다고 얘기하면 이어서 다른 사람이 자기 아이도 뒤지지 않는다고, 아니 사실은 자기 아이가 더 훌륭하다고 자랑을 했다. 마치 다른 사람을 반드시 눌러놓아야만 마음이 편해지는 것 같았다. 나는 몇 번 그녀들이 자기 아이들 얘기를 앞다투어 하는 것을 들어보았다. 얼핏 듣기에는 자기 아이가 얼마나 개구쟁이인지, 얼마나 말을 안 듣는지에 관한 얘기였지만, 그 내용을 자세히 들어보면 사실은 자기 아이가 얼마나 총명한지를 자랑하는 말이었다. 동류도 희색이 만면해서 득의양양하게 일파의 8자 똥 이야기를 늘어놓았다. 옆에서 듣고 있으려니 정말이지 기가 막혔다. 그녀들은 전부 돌았거나 거짓말쟁이들 같았다. 내가 동류한테 말했다.

"송나는 거의 교육도 받지 못한 사람인데, 그런 사람하고 아이 자랑을 다투는 것은 목청 자랑밖에 안 돼. 당신이 이기더라도 그건 지는 거나 마찬가지야."

나는 송나에 관해서 들은 얘기를 동류에게 해주었다.

한번은 몇 사람이 정소괴네 집에서 포커를 하고 있을 때였다. 누가
물었다.

"정소괴는 잠잘 때 엄청 심하게 코를 고는데, 송나씨는 그래도 잠을
잘 수 있어요?"

송나가 대답했다.

"저는 평소에는 그 사람하고 안 자요."

몇 사람이 하하, 하고 크게 웃었다.

송나는 여전히 멍하게 서서 모두들 뭣 때문에 웃는지 눈치를 채지 못
했다. 다른 사람이 말했다.

"평소에는 같이 자지 않지만, 전시戰時에는 같이 잔다는 말이군요."

그제야 그녀도 알아차렸다.

그 얘기를 해주고 나서 내가 말했다.

"이런 사람하고 당신이 서로 잘났다고 다툰단 말이야?"

"내가 그녀하고 다툰다고요? 그것은 나를 무시해서가 아니라 우리 일
파를 무시하니까 그렇죠. 그녀는 자기네 아들 강강強强이 우리 일파보다
지능발달이 빠르다고 하는데, 그 말 믿을 사람 어디 있어요? 허풍을 떨
어도 정도껏 해야죠. 내가 보니 그 집의 강강은 생후 석 달 때에 웃을
줄도 몰랐어요. 여섯 달 때 8자를 쓴다는 건 꿈도 못 꿀 얘기라고요."

또 말했다.

"우리 일파 좀 봐요. 입이면 입, 코면 코, 속눈썹까지 벌써 다 자리가
딱 잡혔어요. 어디 자기 집 강강이랑 비교하려들어요?"

이어서 계속 머리카락이며 손발 등 이곳저곳을 계속 비교해 나갔다.

"그만 됐어. 알았어."

"강강이 조금 더 뚱뚱한 건 사실이지만, 뚱뚱한 게 뭐가 좋아요? 비만

증은 조심해야 돼요."

그리고는 장모님한테 일파에게 매일 우유를 두 차례 더 먹이라고 부탁했다.


어느 날 한밤중에 일파가 울어대자 동류가 일어나 보니 모기장 밖으로 나와 있던 일파의 손이 모기에 몇 방 물려서 손등 전체가 부어오르기 시작했다. 동류는 아들의 손을 끌어안고 대성통곡을 하더니 갑자기 일파를 장모님 손에 떠밀어 넣고는 머리로 내 가슴을 박으면서 소리쳤다.

"바로 당신 때문이야, 바로 당신!"

나는 그녀의 어깨를 떠밀며 말했다.

"왜 이래, 왜 이래?"

그녀는 울면서 말했다.

"당신이 한 짓을 봐요. 아빠가 돼서 당신이 우리 일파한테 해준 게 뭐예요? 자기 아들은 비둘기 새장 같은 데서 자게 해 놓고… 이런 데 모기떼가 몰리지 않으면 어디로 몰리겠어요? 내 몸이야 모기한테 백 번 만 번 물려 뜯겨도 상관없어요. 나를 우리 속에 가둬놓고 모기떼가 물어뜯게 해도 상관없어요. 그러나 우리 일파가 물리면 내 가슴이 쑤시듯 아프단 말이에요!"

장모님이 그녀를 잡아 떼어놓자 그녀는 엉엉 울면서 내가 아들에게 얼마나 잘못하고 있는지 여러 얘기를 쭉 늘어놓았다. 심지어 그 똥의 의미를 몰라본 것도 한 가지 죄가 되었다. 나는 할 말이 없었다. 아들한테 미안했기 때문이다.

이 사택 건물에는 쥐도 있고, 바퀴벌레도 있고, 모기도 개미도 있었다. 며칠 전에는 내가 한밤중에 일어나서 우유병을 뜨거운 물에 씻은 후 일파에게 우유를 먹이려고 하는데, 동류의 예리한 눈이 우유병 위에 개미들이 기어가고 있는 것을 포착하고는 잽싸게 손을 뻗어서 내 손에 있는 우유병을 탁 쳐서 떨어뜨리고는 말했다.

"우리 일파가 얼마나 많은 개미를 먹었는지 모르겠네! 나중에 일파가 병에라도 걸리는 날엔 당신이 전부 책임져요."

일파가 다시 잠이 든 후, 조금 있다가 동류는 나더러 모기장이 혹시 다시 열리지 않았는지 가서 보라고 했다. 그리고는, 모기가 배불리 먹고 나면 일파를 물지 않을 거라고, 내 손을 모기장 밖으로 내밀어서 모기한테 물려 주라고 했다. 동류가 자꾸 내 손을 밖으로 밀어내려 했지만 나는 손을 끌어당겨 안으로 넣었다. 그러자 동류는 자기 손을 밖으로 뻗으며 말했다.

"내가 할 게요, 내가 할 게요. 누구 피가 되었든 모기도 배를 채워야겠죠. 나는 이해할 수 있어요."

그날 밤 나는 거의 한 숨도 자지 못했다.


이층 방이 생긴 후부터 장모님은 일파를 데리고 아래층에서 주무셨다. 동류가 말했다.

"이제야 당신 속이 시원하겠어요. 시끄럽게 할 사람도 없고. 우리 일파가 시끄럽게 하는 거 당신 싫어하잖아요. 당신은 사실 가장 이기적인 사람이에요. 다른 사람들은 밖에서는 이기적으로 행동하고 좋은 것은 다 집으로 가져오는데, 당신은 밖에서는 좋은 사람으로 행세하고 집에 들어와서는 이기적으로 굴잖아요."

"밖에 나가서 이기적으로 행동하려고 해도 안 되는 걸 어떻게 해. 태어날 때부터 이 모양인 걸. 우리 지씨 가문 체질이야."

"밖에 나가서 이기적이지 못한 건 그렇다 쳐요. 나도 그걸 갖고 당신 원망 안 해요. 내가 손해 보게 되면 손해보고 말죠 뭐! 하지만 우리 아이까지 서러움 당하게 하진 말아요."

거의 매일 밤 동류는 아들이 위험한 상태에 처해 있다고 생각하고 안절부절못했다. 모기가 물지는 않았을까? 담요는 잘 덮었을까? 내가 말했다.

"당신 걱정 너무 많이 하면 빨리 늙어!"

"남자가 여자하고 다른 것은, 아이가 남자 몸에서 나온 혈육이 아니기 때문이에요! 내가 빨리 늙어서 당신이 날 버리기라도 할까봐 걱정할 줄 알아요? 당신이 날 버리는 날엔 우리 일파는 내꺼예요. 당신은 우리 아들을 한 번 만져볼 자격도 없어요. 나는 우리 일파만 있으면 충분해요. 나는 그 애만 안고 있으면 가슴이 뿌듯하고 마음도 넉넉해져요. 다시 한 번 말하지만, 나니까 이러고 살지 다른 여자들 같으면 당신을 거들떠보기나 할 줄 알아요?"

또 말했다.

"요즘 모기는 옛날 모기하고 달라요. 요즘 사람들처럼, 대학이라도 졸업한 것처럼 아주 똑똑해요. 모기장으로도 방충망으로도 막을 수가 없어요. 귀신 같이 들어와요."

그러면서 그녀는 장모님한테 문을 하루에 다섯 번만 열도록 했다. 어느 날 밤 그녀는 침대에 누워서 <대중위생신문>을 보다가 갑자기 소리를 질렀다.

"여보! 빨리, 빨리요!"

나는 깜짝 놀랐다. 그녀가 말했다.

"어떤 아이가 쥐한테 물려 귀가 반이나 날아갔대요. 우리 일파에게 별 일 없는지 가서 보고 올게요."

그리고는 곧바로 아래층으로 내려가서 아이의 안전을 확인한 다음 돌아와서 말했다.

"가슴이 아직도 뛰네."

내가 말했다.

"당신은 그 방면으로 상상력이 너무 풍부해. 좀 커다란 주제에 대해서 그처럼 상상력이 풍부하면 좋을 텐데…."

그녀는 내 귀를 잡아당기며 말했다.

"아들이 큰일이 아니라면 뭐가 큰일이에요? 당신이 말하는 그 커다란 주제란 건 하늘을 쳐다보며 생각하는 거죠. 만 년을 생각해봐요. 주방은 말할 것도 없고 네슬레 분유 한 통 떨어지나…."

또 한밤중에 여러 차례 나를 깨우며 말했다.

"우리 일파가 울고 있어요."

아래층 위층에 다 갓난아이들이 여럿 있어서, 한밤중에 누구 하나라도 울면 그녀는 반드시 일어나서 귀를 쫑긋 세우고 자기 아이의 목소리인지 아닌지 구별하려들었다. 또 자기 혼자서는 못 가겠으니까 나더러 같이 아래층으로 내려가서 한번 보자고 했다. 나중에는 장모님마저 언짢아하면서 말했다.

"내가 데리고 있는 게 불안하거든 네가 데리고 있으렴."

그녀는 자기가 몇 밤 데리고 자더니 다시 장모님이 데리고 자도록 했다.

동류를 통해서 나는 한 가지 이치를 깨달았다. 사람은 자신이 특별히 관심을 갖는 일에 있어서는 감정이나 이익에 눈이 멀어 맹목적이 된다는 것, 또 그 때문에 사물을 객관적으로 인식하지 못하게 된다는 것이다. 사람에겐 편견이라는 것이 있으며, 편견이 생기면 객관적일 수 없고, 공정성도 유지할 수 없다. 이런 관점으로 주변사람들을 관찰해보았다. 예외 없이 매우 유효한 관찰방식이었다.

정소괴만 하더라도, 그가 마 청장 곁을 걸을 때는 언제나 몸을 옆으로 비스듬히 기울여 걷는데, 그런 자세가 얼마나 꼴불견인지 자기 자신도 생각을 못 할 것이다. 그리고 마 청장 본인도 주변사람들의 이러한 자세가 정상이 아니라는 걸 깨닫지 못할 것이다.

생각이 마 청장에 미치자, 나는 여러 가지 일들이 생각났다. 마 청장님은 얼마나 똑똑하고 또 얼마나 자신만만한 사람인가! 그런데 왜 그런 그가 이런 어리석음을 범하는 걸까? 그가 사무실에서 내려오면 여러 명이 달려들어 그에게 차 문을 열어주지만, 그것에 대해서 그는 전혀 아무런 느낌도 없는 듯했다. 그의 자신감은 편집증 수준에 도달해서 다른 사람의 어떤 의견에도 귀를 기울이지 않는다. 자기 주관이 뚜렷했던 부청장들 여럿이 모두 쫓겨나고, 주변에는 언제나 예스맨 무리들만 남았다. 이런 무리들은 수시로 개의 낯짝을 하고 누구를 물어라 하면 물고, 몇 번 물어라 하면 몇 번 물었다. 마 청장은 언제나, 다른 사람에게 말을 하도록 내버려둬도 하늘은 무너지지 않는다고 말했다. 그리고 지금도 말은 그렇게 하고 다니지만, 만약 누가 자기 귀에 거슬리는 소리를 하는 것을 듣고 나서도 그를 가만 내버려두겠는가? 내가 바로 그 중의 한 사람이다. 나 자신이 큰 인물들의 말을 액면 그대로 너무 믿었던 것이 잘못일 뿐이다. 그리고 또, 그는 자신은 농민의 아들이며, 농민의 본성이 자기로 하여금 비굴하게 알랑거리는 자들을 가장 싫어하게 만들었다고 말하곤 했다. 그런 그가 왜 항상 그런 비굴하게 아첨하는 무리들에 포위되어 있으면서도 마음속으로 아무것도 느끼지 못하는 걸까?

그리고 시施 청장도, 자기 재임 시에 퇴임 임기를 예순 살로 정해 놓고는 많은 사람들을 칼로 자르듯이 정리했지만, 막상 자기 자신에겐 적용하지 않고 예순 셋이 될 때까지 여전히 자리를 지키고 있다가, 성에서 그에게 퇴직을 지시하자 마치 세상의 억울한 일은 혼자 다 당한 듯이 행동했다.

세상 사람들은 모두 몇 가지 원칙이란 것을 가지고 있다. 하지만 모두들 본능적으로 자기 자신은 그 원칙의 예외라고 생각하고, 원칙이란 손전등은 다른 사람을 비추는 데에만 사용한다. 자애自愛는 인간 본성의 맹점盲點이다. 사람들은 자기 자신을 너무나 사랑한 나머지 모든 것을 본능적으로 자신의 입장에서 체험하고, 판단하며, 자신한테 불리한 것은 본능적으로 배척한다. 사람들이 어떤 사실에 대해 가지는 태도는 언제나 자기의 감정과 이해관계에 따라 결정되는 것이지, 무슨 객관성이라고 할 만한 것은 아예 없다. 세상에는 아무 이유도 없이 사랑하거나 미워하는 일은 없고, 또 아무 이유 없이 찬성하거나 반대하는 일도 없다. 그런데 그 이유의 근거는 또 무엇일까? 아무리 빙빙 돌려 말하더라도, 결국 그 이유는 바로 자기 자신일 수밖에 없다. 편견은 논리에 근거하여 바로잡혀지는 것이 아니라 그 자체가 바로 논리의 출발점이다. 이것은 사실 어쩔 수 없는 일이다. 이런데도 내가 동류에게 일파를 객관적으로 보라고 요구할 수 있을까?

사람에겐 머리가 있지만 그 머리는 항상 엉덩이에 의해 결정되고, 엉덩이가 앉아 있는 곳에 따라 그 하는 말도 달라진다. 이러한 입장은 또한 반석처럼 견고하게 마련이다. 원칙原則이란 거짓이고, 이해관계利害關係만이 진실이다. 원칙은 이해관계에 따라 달라지기 때문에, 그래서 모두들 나름의 논리가 있는 것이다. 보통 사람들도 이러하고, 거물들은 더더욱 그러하다. 다른 점이라면, 보통 사람들은 사정을 좌지우지할 힘이 없다는 것뿐이다. 이런 생각을 하고 나자, 나는 이성理性과 공정公正에 대한 믿음을 더 이상 견지할 수 없게 되었고, 심지어 무서워지기까지 했다.

# 29. 사람에 대한 희망이 생긴다

　나는 2년간 중의학회에서 빈둥대며 보냈다. 처음에는 그런대로 괜찮다고 느꼈다. 자유로웠고, 스트레스도 안 받고, 다른 사람한테 찾아가서 뭔가를 다툴 필요도 없었다. 다른 사람과 타툴 일도, 신경 쓸 일도 없었으므로 정말로 인생의 의미를 어느 정도 음미하며 보낼 수 있었다. 나는 현대의 은자隱者처럼 세상과 다툴 일이 없는 주변인邊緣人이 되는 것도 나름대로 좋은 점이 있다고 생각했다. 가족이 생기고 나니 생활에서 사소한 문제들이 약간 있기는 했다. 그러나 이를 악물고 버텨나갔다.

　이렇게 2년을 보내고 나니 나의 마음속에 차츰 뭔가 떨떠름한 기분이 생겨나기 시작했다. 뭐라고 꼭 집어 말할 수 없는 허전한 기분이었다. 마치 두 다리가 공중에 매달려 있는 듯했고, 두 발을 땅에 디디고 서 있을 때의 그런 안정감을 느낄 수 없었다. 처음에는 이런 느낌에 별로 신경을 쓰지 않았다. 귀찮은 일들이 생기지 않는 것이 제일 좋다고 생각했다. 귀찮은 걸 좋아할 사람이 어디 있겠는가? 하지만 시간이 오래 지나자 나의 이런 생각들이 그리 믿을 만한 게 못된다는 생각이 들었다. 나에게 일이 없다는 것은 바로 세상이 나를 필요로 하지 않는다는 뜻이다. 세상에서 필요 없는 존재라는 느낌이 뚜렷해지자 점점 더 견디기 어려워졌다.

매일 출근하고 난 뒤에는 기본적으로 아주 한가했다. 이것저것 찔끔거리다보면 하루가 다 지나갔다. 무료할 정도로 한가해서, 나한테도 어떤 일이든 주어져서 이처럼 음침한 절망의 상태에서 빠져나갈 수 있었으면, 하고 바랐다. 이전에는 이런 여유야말로 인생의 큰 행복 중의 하나라고 생각했지만, 이제는 점점 더 이 행복이 사실은 일종의 고통임을 느끼게 되었다. 나는 물밑에 가라앉아서 생활 속의 풍랑을 느끼지 못했지만, 나날이 더해 가는 무료함을 피할 길이 없었다. 무료하다는 느낌이 가슴속에 가득 차 있었으나, 나는 거기에서 벗어날 길을 찾을 수 없었다. 그런 느낌이 날이 갈수록 점점 더 심해져서 가슴속에 묵직한 납덩이처럼 매달려 있었다. 주변으로 밀려났다는 떨떠름한 기분, 남들에게 잊혀졌다는 느낌, 정말이지 재미없는 느낌이었다.

나는 무료함을 달래려고 논문 몇 편을 썼고, 그것을 북경에서 발간되는 잡지에 싣기도 했다. 하지만 글을 써서 발표해도 그뿐이었다. 나를 찾아와서 글을 잘 썼다고 칭찬해주는 사람도 없었고, 잘못된 점을 비판해주는 사람도 없었다. 나는 마치 인적이 끊어진 벌판, 사방을 둘러보아도 끝없이 흰눈밖에 보이지 않는 광야에 홀로 서서 바람을 맞으면서 저 멀리 하늘 끝에서 불어오는 신비한 소리에 귀를 기울이고 있는 것만 같았다.

밤에는 동류와 함께 텔레비전 연속극을 봤다. 이십 회, 삼십 회짜리 연속극을 날마다 봐나갔다. 몇 달 동안 브라질의 텔레비전 연속극 <비앙카>를 한 회도 안 빼먹고 다 봤다. 칠십여 회로 끝났으나, 다 보고나니 조금은 아쉬웠다. 그 후에는 또 <혈의血疑>라는 연속극을 보았는데, 보고 나니 그 주인공의 운명이 걱정되었다. 정말로 황당한 이야기라고 생각하면서도, 한편으로는 욕을 하고 또 한편으로는 걱정도 되었다.

나는 점점 더 일종의 심리적 공황상태로 빠져들었다. 시간도 생명도 흘러가고 있는데 나는 여전히 처음 출발하던 그 자리에서 빈둥거리고 있었다. 나도 세월 따라 전진하고 있음을 증명할 아무 것도 없었다. 나는 매일 먹고, 마시고, 자고, 한마디로 살아갔다. 하지만 이렇게 살아가는 것은 단순한 생존일 뿐, 그 이상의 의미는 없었다. 나는 스스로에게 평생 동안 이렇게 살 거냐고 물어봤다. 그러자 마음이 아파서 더 깊이 생각해볼 엄두도 나지 않았다. 한가할 때는 어김없이 무료하다는 느낌에 사로잡혔다. 그럴 때는 나 자신을 진지하게 바라볼 수조차 없었다. 어떤 때는 이런 느낌에서 벗어나 보려고 큰길로 나가서 걷기도 했다. 일부러 아주 멀리까지 걸어갔다가 완전히 지친 다음에야 돌아왔다. 나는 고대의 성현들도 틀림없이 이런 기분을 느꼈을 거라고 생각했다. 그들도 이런 느낌에서 벗어나려고 글을 썼고, 천하를 돌아다니며 구경했고, 근거 없는 인생에서 근거를, 뿌리를 찾으려 했을 것이다.

그렇게 허전하게 시간을 보내던 어느 날 나는 감찰실로 놀러갔다가 막(莫) 여사 책상 옆벽에 문서철이 꽂혀 있는 것을 보았다. 나는 표지에 "인사"라고 적힌 문서철 한 권을 꺼내 들고 손이 가는대로 펼쳐보았다. 금년 들어와 있었던 인사이동 관련 문서였는데, 내가 전혀 모르는 사람들이 많았다. 마지막 페이지까지 넘기자 갑자기 눈이 번쩍 뜨이면서 아주 익숙한 글자 몇 개를 포착했다. 검은 글씨의 그 제목은 "정소괴 동지의 임면(任免)에 관한 통지"였다. 정소괴가 청 사무실의 부 주임이 된 것이다. 순식간에 내 얼굴에선 열이 났고, 가슴도 심하게 뛰었다. 나는 문서를 다시 꽂아 놓으면서 중얼거렸다.

"정소괴가 올라갈 줄은 생각도 못했네."

그러면서 아주 자연스런 태도로 웃었다. 막 여사가 말했다.

"그 문서 내려온 지 벌써 며칠 됐어. 자넨 몰랐어?"

"중의학회에는 문서 보내주는 사람도 없어요. 여태 온 것 다 해도 몇 장밖에 안 돼요. 윤옥아씨가 인사통인데, 요 며칠 아파서요…."

막 여사가 말했다.

"정 주임이야, 지금은. 지금은 모두 정 주임이라고 불러. 요즘 그 사람이전보다 훨씬 더 우쭐거려."

"적어도 남들이 부를 때 직접 이름으로 부르지는 않을 거 아닙니까. 나이 수 십 살이나 먹고서도 남들한테 직접 이름으로 불리는 게 어떤 기분인지 아시겠어요?"

막 여사가 말했다.

"자네도 노력해봐. 우리 여자들이야 사무실에 가만히 앉아만 있어도 행복하지만, 자넨 남자잖아. 자네는 어쨌거나 다르잖아. 남자라면 야심이 좀 더 커야지. 사실 자네 조건 어디가 안 좋은가? 좋더라도 그걸 표현해야만 하는 거야. 한번 부딪쳐봐. 겁날 게 뭐야?"

내가 웃으면서 말했다.

"키는 이렇게 큰데 키를 재는 자가 너무 짧아요. 그렇다고 몸을 낮게 구부리자니 그것도 재미없는 일이고."

막 여사는 아무 소리도 하지 않다가 한참 후에 말했다.

"기회는 기다린다고 해서 반드시 오는 것은 아니야."

사무실로 돌아와서 열쇠 구멍에 열쇠를 집어넣는 순간, 금속끼리 부딪치며 내는 소리가 마치 일종의 신비한 계시처럼 내 마음 속에서 갑자기 폭탄 터지는 소리처럼 크게 울려왔다. "기회는 기다린다고 해서 반드시 오는 것은 아니다." 방금 전에는 왜 이 말을 건성으로 듣고 그냥 넘겼는지 이상했다. 나는 거기에 앉아서 나 스스로에게 분명히 해두고 싶었다. 정소괴가 얻어낸 것이 나에게도 필요한 것인가? 만약 그렇다면, 나는 왜 그것에 대한 강렬한 갈망이 없었을까? 만약 그렇지 않다면, 오늘 나는 무엇 때문에 이렇게 큰 충격을 느낀 것일까?

평소에 다른 사람들이 승진했을 때는 자세히 생각도 않고, 그들은 모두 괜찮은 사람들이라고 생각했었다. 하지만 정소괴는 내가 너무나 잘 알고 있다. 그해, 연설하고 있던 마 청장 팔꿈치 아래로 담배 갑을 밀어 넣던 그 모습이 모든 것을 설명해 주고 있었다. 하지만 어쨌든 그는 지금 승진해서 부 처장급이 되었다. 나는 애써 마음의 평정을 유지하려 했지만 낙담한 기분이 들지 않을 수 없었다.

저녁때 안 선생님 댁에 가서 바둑을 두었는데, 마음이 안정되지 않아 한 판을 졌다. 내가 한숨을 짓자, 그가 말했다.

"자네 오늘 마음이 별로 편치 않은 것 같은데…."

내가 말했다.

"지고 나서도 마음이 편하다면, 그게 어디 사람입니까?"

그리고 웃으면서 말했다.

"다시 한 판?"

바둑판을 준비하며 저절로 또 한숨이 나왔다.

"왜 그래? 지 군 자네 오늘…."

그러면서 손을 멈추었다. 나도 따라서 손을 멈추었다.

"이런 염량炎凉 세태에 어떻게 기분 좋을 수가 있습니까?"

"지 군, 여태까지 그걸 한탄하고 있다면, 그건 바로 자네 자신에게 문제가 있는 거야. 진작 그걸 기정사실로 받아들여야지. 세상이 염량한 지는 이미 몇 천 몇 만 년이야. 마치 우리 몸에 손발이 있는 것처럼 자연스런 일인데 자네가 한숨쉰다고 세상이 자넬 위해 변해줄 것 같은가? 1 더하기 1은 2야!"

"역시 한숨을 쉬어서는 안 되는 거였어요. 다른 사람이 잘 나가는 것은 그의 능력인데, 내가 한숨을 쉬어본들 어쩌겠어요? 생각해 보니, 아직 제 수련이 덜 된 것 같네요."

"참선參禪을 한다고 누구나 다 무념무상의 경지에 들 수 있는 건 아니야. 도대체 사람이 뭔가, 사람이? 자네가 만약 사람은 좋은 것이라고 생각한다면, 자넨 평생 동안 고생 안 끝날 거야. 사람에 대해, 세상에 대해 희망을 버릴 때 오히려 희망이 생기지. '사람들과 싸우니, 그 즐거움 한이 없다'(與人奮鬪, 其樂無窮). 이런 말이 왜 생겼겠나? 내가 젊었을 때는 자네보다 더 청렴하고 고상했어. 하지만 그 결과 지금은 청렴만 하고 고상하지는 못해. 완전히 공짜로 다른 사람들의 발판이나 되어주고 말았어. 결국 이루어 놓은 거 하나 없고, 벌어 놓은 돈 한 푼 없고, 가진 거 하나 없는, 철저하게 실패한 인생이 되고 말았어."

그의 말을 들으니 나의 몸이 저절로 움츠러들었다. 그걸 감추기 위해 나는 일부러 어깨를 으쓱해 보였다.

"안 선생님, 말씀 끝까지 해 보시죠."

"내가 한평생 살면서 실패하고 나서 깨달은 것이 바로 이것이야. 만약 실패하고 깨달은 것도 깨달은 것으로 친다면 말이야."

그는 또 이런 말도 했다.

"지 군, 자네를 보고 있으면 어떤 때는 계속 참고 봐줄 수가 없을 때가 있어. 자네 고생할 날은 아직도 뒤에 남아 있어. 앞으로 몇 년 지나면 자네보다 훨씬 젊은 사람들이 자네 상관이 될 거야. 진짜 고생은 그때부터 시작되는 거야."

"저도 상황 돌아가는 걸 전혀 모르는 건 아닙니다. 어떤 때는 물을 만난 고기처럼 대세에 따라서 그 판에 끼어들고도 싶습니다. 하지만 마음이 그 대세를 따라가 주지 않아요. 성격 때문에 그 판에 낄 수가 없는 걸 어떻게 해요. 그 판에 끼어드는 고통이 거기서 얻을 수 있는 행복보다 훨씬 크다면, 내가 뭣 때문에 그런 작은 행복을 위해 큰 고통을 감수할 필요가 있을까 하는 생각도 들어요."

"대소의 구별은 사람마다 다를 수 있고, 경중을 재는 저울도 각각 다르므로, 정말로 마음을 편안하게 가질 수만 있다면야 아무래도 상관없겠지. 그러나 사람은 어쨌든 사람이야!"

"역사상 큰 인물들은 대세에 역류逆流하며 살았어요. 그 사람들이야말로 정말로 인물들이에요!"

"그렇다면 그 사람들이 어떻게 살았는지 생각해 보게. 자네의 그런 성격으로 해낼 수 있겠나? 자네는 대세에 따르는 것과 남에게 고개를

29. **사람에 대한 희망이 생긴다** 311

숙이는 것은 별개라고 생각하는 모양인데, 그렇다면 자네가 고통이라고 생각하는 것은 고통 축에도 들지 못해. 남에게 고개를 숙이지 못할 바엔 자네 일찌감치 위생청을 떠나서 한의漢醫 실무에나 종사하게. 그렇게 되면 평생 동안 지금처럼 관리도, 상인도 아닌 어정쩡한 상태로 공중에 매달려 있지 않아도 되잖아?"

"안 선생님은 역시 경험자시네요. 공중에 매달려 있는 듯한 그런 기분을 다 아시고. 그런 좋은 점이 정말로 있느냐 없느냐는 별로 중요하지 않습니다. 남들이 나에게 연달아 고개를 끄덕이고 웃는 얼굴을 꾸미느냐 아니냐도 별로 중요하지 않습니다. 정말로 중요한 건 바로 그렇게 공중에 매달려서 땅을 밟지 못하는 듯한 그런 느낌이 더럽다는 것이고, 뭘 해야 좋을지 모른다는 것이며, 세상과는 아무런 관계도 없고 자기가 살아 있음을 증명할 길이 없다는 것이지요. 어떻게 하면 이 세상과 올바른 관계를 만들 수 있을까요? 여태껏 걸어왔던 길로 계속 그냥 걸어가야 하나요? 솔직히 말씀드리면, 옛날의 과거시험 같은 게 있었으면 좋겠어요. 전부 한 장소에 모아놓고 시험 한 번 보고 나면 끝이고, 내가 얼마나 깨끗하고 고상한지 증명해 보일 필요도 없고 말이에요."

"지군, 자네 입장을 분명히 정해야 하네. 자네가 원하는 게 도대체 뭔가? 담장 위에 올라타고 앉아 이쪽저쪽 쳐다봐서는 안 돼!"

"안 선생님 말씀은, 제 말이 분명한 것 같기도 하지만 또 애매모호하기도 하다는 것이군요."

나는 고개를 숙이고 나에겐 확실히 나 자신을 드러내 보여줄 무대가 필요하다는 생각을 했다. 배운 사람일수록 그런 무대가 필요한 것이다. 그런 무대가 없다면 두렵고 불안해서 하루도 견딜 수 없다. 안 선생님은 차를 따라주며 말했다.

"이 차는 천천히 마셔야 그 맛을 알 수 있네."

"저는 아무 맛도 모르겠는데요?"

"그건 자네 감각이 너무 둔해서 그래. 군산모첨群山毛尖이란 차야. 찻잎을 보면 하나하나 다 서 있지. 호남湖南의 친구가 보내준 거야."

찻잔을 들고 살펴보니 과연 모든 찻잎들이 다 서 있었다.

내가 말했다.

"좋은 찻잎은 모두 성깔이 있네요. 일어 서 있고…."

"옛날 그분들의 성격을 우러러보고 흠모하는 거야 괜찮지만 따라서 배우려고 하면 안 돼. 나도 평생 동안 우러러보고 평생 동안 배웠지만, 지금 어떻게 되었는지 자네가 보고 있잖아."

그는 말을 하면서 자기 손목을 비비고 팔뚝을 주물렀다. 마치 자기 자신을 애석해하는 듯, 스스로 아쉬워하는 듯 보였다. 한참 있다가 그가 말했다.

"다시 한 판 때릴까?"


그날 안 선생님 댁에서 나오면서 문 입구에 이르렀을 때 나는 농담 한 마디를 했다. 그도 나를 따라서 농담을 했다. 마치 우리가 무슨 심각 한 얘기는 나눈 적이 없는 것 같았다. 나는 달관한 듯한 태도로 마음속 의 떨림을 감추려 했다. 놀랍게도 나 자신의 신념이 그리 강인하지 못 하다는 것을 발견했던 것이다. 부친으로부터 받은 나의 피 속에 흐르고 있는 것도 알고 보니 절대적인 것이 아니었다. 그렇다면, 부친의 한 평 생은 값어치 있는 삶이 아니었던가? 나는 감히 더 이상 생각할 수가 없 었다. 이미 선택한 이상, 자꾸만 '왜'라는 질문만 하고 있을 수는 없는 노릇이다. 신념은 어디까지나 신념이고, 지금의 문제는 일종의 감정의 선택이다. 감정의 선택을 이성으로 계속 되짚어 생각하고 끝없이 질문 할 수는 없는 것이다. 아무리 숭고하고 신성한 것도 끝없는 질문을 견 뎌낼 수는 없다. 일체의 것들을 궁극까지 묻는 것은 필연적으로 일체의 것들을 파괴하는 것이다. 나는 내 마음속에 있는 회의 정신에 겁이 났 다. 발아래의 땅이 흔들리면 사람은 공중에 둥둥 떠다니게 된다. 나는 감히 더 이상 스스로에게 질문하고 생각할 수가 없었다. 다시 더 깊이 질문해 들어가고 생각해 들어가면 나 자신을 완전히 부정하게 될 것 같았다. 그렇게 되면 어떻게 하지? 그러나 나는 또한 생각하지 않을 수도 없다. 나는 지식인이고, 생각할 수 있는 능력이 있고 또한 생각할 권리도 있다. 이성이 있는 한, 나는 생각하지 않을 수 없다. 이 때문에 나는 나 자신이 두려워졌다. 일종의 음습한 기운이 느껴졌다. 이런 음습한 기운이 점점 더 나의 마음 속 깊은 곳으로 스며들어 왔다.

## 30. 한번 뿐인 인생,
## 발버둥이라도 쳐봐야지

정소괴가 방 두 개에 거실 하나 있는 집으로 이사를 갔다. 그날 정오에 막 기숙사 계단을 오르다가 텔레비전을 어깨에 짊어지고 내려오는 그와 마주쳤다. 내가 말했다.

"결국 고해苦海를 빠져나가는군."

그가 말했다.

"그렇다고 볼 수도 있지. 그럭저럭 아쉬운 대로…."

일부러 나를 자극하려고 했던 것은 아니지만, 득의만만한 표정은 감출 수 없는 듯했다. 나도 억지웃음을 지으면서 말했다.

"대단하군. 대단해!"

공孔 군과 위魏 군이 냉장고를 옮기는 모습도 보였다. 한 발자국 한 발자국 아주 힘들게 움직이기에 다가가서 좀 도와줄까 생각도 했지만, 내밀었던 손이 다시 움츠러들었다. 집에 돌아오자 장모님께서 말씀하셨다.

"정 주임이 이사를 가는데 얼마나 많은 사람이 와서 돕던지…."

나는 못 들은 척 밥그릇을 들고 입에 밥을 퍼 넣기 시작했다. 속으로 생각했다.

"남자가 굽힐 때도 있고 펼 때도 있는 것이지. 그거 한 번 굽힌다고 어떻게 되나? 지대위, 네가 사내대장부라면 쓸데없는 자존심 버리고 지금 바로 밥그릇 내려놓고 물건 옮기는 것 도와주러 가! 환골탈태換骨脫退해야지. 지금부터 시작하는 거야."

나는 밥그릇을 내려놓고 속으로 스스로에게 말했다.

"네가 별거냐? 네가 무슨 대단한 인물이라도 되는 줄 알아? 그것 하나 못 참겠다고? 그것 좀 참고 견디는 게 뭐 그리 어렵냐? 내가 기어코 너를 바꿔 놓고야 말겠다!'

계단 입구로 걸어가자 공 군이 "정 주임님!"하고 부르는 소리가 들렸다. 그 느끼한 목소리에 내 마음이 얼어붙었다. 그 순간, 나는 본능적으로 몸을 돌려 화장실 안으로 숨어버렸다. 나는 소변을 보면서 한편으로는 창문 아래쪽을 내다보았다. 공 군과 위 군이 책상을 짊어지고 막 그리로 지나가고 있었다. 저 사람들은 졸업한 지 몇 년 되지도 않았는데 나보다 더 철이 들었군. 나중에 다 출세할 거야. 나는 오른손을 들고 공중에서 호선弧線을 그리면서, 비수를 옆구리에 꽂는 장면을 상상했다.

"이 개 새끼! 오늘은 가! 가야 돼! 못 가겠다고? 아니야, 가야 돼! 내가 오늘은 너한테 안 질 거야."

나는 욕을 하면서 손으로 옆구리를 박았다. 몸이 부르르 떨렸다. 하지만 마치 지면이 나를 빨아들이기라도 하듯이, 두 발이 땅에서 떨어지질 않았다. 그때 누가 화장실로 들어왔다. 나의 자세를 보더니 괴상하다는 눈빛으로 쳐다봤다. 나는 손을 내려놓고 더 이상 생각할 것도 없이 바로 위층으로 향했다. 모퉁이를 도는데 송나가 아이를 안고 문 입구에 서 있는 모습이 눈에 들어왔다. 나는 무슨 힘이 나를 뒤에서 잡아당기는 듯 걸음을 멈추었다. 그 몇 초 동안 나는 스스로를 다그쳤다.

"지대위, 네가 만약 사나이라면, 아니 사나이까지 갈 것도 없이 만약 네가 사람이라면, 어찌 저런 인간을 위해 의자를 나를 수 있겠나!'

송나가 나를 보더니 다가와서 인사를 했다. 내가 말했다.

"아래층에는 사람들로 꽉 차 있기에 오층은 어떤가 한 번 보러 왔습니다."

그러면서 화장실로 들어갔다.


저녁에 바둑을 두고 집에 돌아오자 동류는 이미 잠자리에 든 후였다. 내가 불을 켜자 동류가 갑자기 용수철처럼 튀어 올라 전등 줄을 끌어당겨 다시 껐다. 내가 다시 켜면 그녀가 다시 끄고, 그러기를 몇 차례 반복했다. 나는 그녀가 화를 내는 이유는, 내가 늦게 돌아왔으면서도 아무런 변명도 안 했기 때문이라 생각하면서, 어둠 속을 더듬어 전등 줄을 침대 머리맡에서 풀어서 다시 불을 켰다. 동류가 불을 끄려고 손을 뻗었지만 아무 줄도 잡히지 않자 침대에서 벌떡 일어나더니 내 손에 잡혀 있던 전등 줄을 낚아채서 다시 불을 껐다. 내가 말했다.

"왜 앞도 뒤도 없이 화를 내고 그래?"

그녀가 말했다.

"당신한테 화내봐야 소용없어. 바보한테 왜 이리 멍청하냐고 화내는 것과 똑같지 뭐."

두 사람이 불을 갖고 하나가 켜면 다른 하나가 끄고, 방이 밝아졌다 어두워졌다 하더니 결국 줄이 끊어져버렸다. 등은 켜진 채로였다. 내가 말했다.

"당신, 할 말 있으면 말로 해. 약 잘못 먹은 사람처럼 왜 그래?"

그녀가 더 뻣뻣하게 나왔다.

"약 잘못 먹은 사람하고 무슨 말 하겠어!"

아무리 생각해 봐도 그녀가 화낼 만한 일이 떠오르지 않았다. 속이 부글부글 끓었다.

"무슨 일인지 말해봐. 그렇게 퉁퉁대지만 말고. 꼭 뱀가죽 뒤집어쓴 것 같은 얼굴을 하고 말이야."

그녀는 자리에 누워서 꼼짝도 하지 않고 말했다.

"나는 벌써 애 엄마인데, 당신 눈에 내가 양귀비처럼 보이겠어? 뱀가죽을 뒤집어써? 언젠가 호랑이 가죽 뒤집어 쓸 날도 있을 거야."

내가 말했다.

"당신 변했어. 이전에는 이렇지 않았는데."

그녀가 말했다.

"당신 말은, 사람이 변할 권리도 없다는 거야? 변하는 것은 내 자유지. 애를 낳아서 젖까지 먹인 사람더러 이전과 똑 같으라고? 변하면 안 된다고 헌법 어디에 그런 규정이라도 있어? 당신이 날 어떻게 생각하는지 나도 잘 알아요. 여태까지 빈말로라도 칭찬 한 번 해준 적이 없어. 다른 사람들한테는 모두 예쁘다, 어쩌다 하면서 우리 마누라, 일과 엄마, 예쁘게 생겼다고 말하는 꼴을 못 봤어. 온 몸이 흠투성이다 못해 인격까지 흠투성이지? 내 장점은 하나도 눈에 안 띄고 뭐든지 눈에 거슬리기만 하죠? 다른 여자들 얼굴 예쁜지, 다리 예쁜지, 엉덩이 예쁜지만 쳐다보고…."

내가 말했다.

"여보, 이치를 따져가면서 말을 해야지. 무슨 얘기인지 제대로 얘기해봐. 횡설수설, 도대체 뭐 하는 거야?"

그녀는 몸을 돌려 앉으면서 말했다.

"이치를 따져요? 그 이치, 위생청에 가서 당신 동료들하고나 따져요. 그 사람들은 당신한테 이치대로 합디까? 이치대로 하는데 우리가 아직도 이런 쥐구멍, 바퀴벌레 소굴 같은 데 살아요?"

빙빙 돌리더니 결국은 집 문제였다. 내가 말했다.

"그 사람들 이사하는 거야 그 사람들 일이지. 세상에는 매일같이 이사하는 사람들이 있는데 그걸 갖고 화를 내자면 끝도 없잖아. 방 두 개 딸린 방은 말할 것도 없고, 별장에 사는 사람들도 얼마나 많은데…. 비교하자면 끝도 없지. 정소괴라도 새끼줄로 나무에 목매달게 될 거야."

"내가 좋은 집에 살고 싶어서 이러는 게 아니에요. 나는 평생 쥐구멍 같은 데 살아도 상관없어요. 당신한테 시집오면서 애초에 그런 생각도 없었고요. 동훼가 다 알아요. 그 애가 언니는 결혼하더니 제대로 된 옷 한 번 입는 걸 못 봤다고 그럽디다. 나는 다 참을 수 있어요. 그저 우리 일파를 생각하면 화가 나서 그래요. 우리 일파가 뭐가 부족해요? 우리 일파가 어디가 모자라서 이런 형편없는 집에서 살아야 해요? 엄마가 되어서 이런 꼴을 보고도 참으란 말이에요?"

"방 하나일 때도 그럭저럭 살았는데 지금은 방 두 개잖아. 이전보다 두 배로 좋아진 건데 아직도 불만이야?"

"그러면, 남들은 이사 가서, 다른 집 애들은 방 여러 개 딸린 집에서 살게 생겼는데, 그래도 당신은 마음이 털끝만큼도 안 움직여요? 당신 심장도 피와 살로 만들어졌느냐고 묻고 싶네요. 나는 그저 우리 일파한테 좀 더 좋은 성장환경을 마련해주고 싶을 뿐이에요. 다른 사람들은 모두 전심전력을 다해 잘살아보려고 애쓰는데, 당신은 전심전력을 다해 도대체 무슨 생각을 하고 있는 거예요? 나도 모르겠어요. 당신 머리 속에 무슨 이상한 물건들이 들어 있는지 모르겠단 말이에요. 해부라도 해서 당신 머리 속에 뭐가 채워져 있는지 보고 싶지만 그건 위법이니 할 수 없고…."

동류의 눈빛이 옛날과 달라졌다. 완전히 다르다. 그녀가 말했다.

"당신이랑 아무 상관없다는 식으로 굴지 말아요. 당신 어쨌든 우리 일파한테 작은 희망이라도 줘야 할 것 아니오!"

"그럼 내일 내가 신 과장 머리에 칼이라도 들이대 보지. 그 사람이 집을 주는지 안 주는지 한번 보자고."

"당신이 남자라면 책임을 지려는 용기가 있어야죠. 나한테 그런 만용은 부려서 뭐해요?"

"이런 얘기 계속할 거면 나 그냥 나가버릴 거야!"

나는 자리에서 벌떡 일어났다. 그녀가 침대에 다시 누우면서 말했다.

"나가버려요. 한 발자국만 문 밖으로 나가 봐요. 일파를 당신 사무실

문 앞에 갖다 버릴 테니."

　저런 깡패가 다 있나. 나는 얼른 몸을 돌려 나와버렸다. 아래로 내려
오니 차가운 바람 때문에 몸이 으스스 떨렸다. 잠시 후 장모님 방에 불
이 켜졌다. 그녀는 정말로 일파를 데리러 간 것이다. 동류가 일파를 안
고 아래층으로 내려왔다. 나는 재빨리 한 쪽으로 피했다. 그녀는 곧바로
사무실 쪽으로 가고, 나는 그 뒤를 살금살금 쫓아갔다.
　사무실 건물 앞에 어슴푸레한 가로등이 켜져 있었다. 그녀는 문 앞에
서 잠시 망설이더니 곧장 안으로 들어갔다. 저 여자 간이 저렇게 클 줄
이야. 이층에 이르자 더 나가려고 해도 불이 꺼져 있었다. 그녀가 계단
앞에서 스위치를 더듬기에 내가 뒤쪽에서 손을 펼쳐서 불을 켰다. 깜짝
놀란 그녀가 날카로운 비명소리를 질렀다. 그리곤 나를 보더니 바로 얼
굴이 굳어져 일파를 바닥에 내려놓고 내려가 버렸다. 일파가 시멘트 바
닥 위에 누운 채 웅, 하는 소리를 내더니 다시 잠이 들었다. 나는 아들을
안아 올려 가슴에 껴안았다. 내가 아이를 안고서 사무실 쪽으로 가는데
동류가 뒤에서 따라오더니 외쳤다.
　"내 아들이에요! 누가 당신한테 안으라고 했어요!"
　그러면서 한 손을 내 가슴팍으로 집어넣어 일파를 안으려고 했다.
　"당신이 버렸잖아. 당신이 땅 바닥에 내동댕이치고 갔었잖아."
　"내가 낳은 자식이에요. 당신한테 줄까봐?"
　두 사람 손에 힘이 들어가자 일파가 "앙!" 하고 울음을 터뜨렸다. 둘
이 어색하게 그 자리에 서서 더 이상 싸울 엄두를 못 냈다.
　내가 말했다.
　"당신은 엄마 될 자격도 없어. 이 추운 날 시멘트 바닥에 애를 버려?
내일 병이라도 나면 당신 어떻게 하는지 두고 보겠어."
　"그러는 당신은 아빠 자격 있고요? 남의 애들은 어떤 환경에서 자라
는데, 당신 자식은? 내년쯤 가서 애가 머리라도 좀 더 커지면 당신한테

물을 거예요. 아빠, 강강은 저렇게 좋은 집에 사는데 우리는 이게 뭐예요? 뭐라고 대답할 지 두고 봅시다!"

그녀는 단숨에 아이를 빼앗았다. 내가 문을 열자 그녀도 따라 들어왔다. 동류가 자리에 앉아 일파를 토닥거리면서 말했다.

"나는 우리 일파를 정상적인 사람으로 키워야지. 누구마냥 아무것도 아닌 주제에 자기가 뭐라도 되는 것 마냥 착각하지 않도록."

"적어도 자기, 자식을 땅바닥에 내팽개치지 않고 전등 줄이나 끊어먹지 않는 인간으로 길렀으면 좋겠네."

"그렇게 잘하는 말 가지고 위생청 사람들 입이나 한번 막아 보시지. 하고한 날 나만 갖고 난리야!"

방이 두 개가 된 다음부터 집에 대해 더 이상 신경 쓰지 않고 있었는데, 사실 문제는 문제였다. 정소괴가 이사한 다음부터 이 문제는 더 절박하게 느껴졌다. 하지만 내가 별 수 있나.

"여보, 방 두 개면 그런대로 괜찮지 않아? 당신 이런 사소한 일로 사람 귀찮게 좀 하지 마."

"사소한 일? 그럼 도대체 뭐가 중요한 일이에요? 당신은 뭐라고 생각해요?"

"합숙 기숙사는 뭐 사람 사는 곳이 아니야?"

그녀가 곧바로 받아쳤다.

"쓰레기도 사람이 치우는데, 당신이 그 쓰레기 치우지 그래요? 다른 사람 아들은 감옥에 갇혀 있기도 하던데, 그럼 당신 아들도 거기 가둬 놓을까요?"

나는 웃음을 참지 못하고 말했다.

"동류, 당신 말발 이 정도로 셀 줄은 몰랐어."

"난 당신을 알아요. 당신도 당신 성격이 있으니까, 그래서 나도 그 동안 크고 작은 일 다 참았던 거고요. 집에 제대로 된 살림살이 하나 없어도 내가 무슨 말 한 마디라도 하던가요? 내가 일년 내내 몇 벌 안 되는 옷으로 이리저리 뒤집어 가며 입어도 싫은 소리 한 마디 하던가요? 나야 시골에서 왔는데 이 정도 못 견디겠어요? 내가 유일하게 못 견디겠는 것은 우리 일파가 설움 당하는 거예요. 우리 착하디착한 일파를 보고 있으면 가슴이 다 아파요. 우리 애가 어디가 누구보다 못나서 다른 애들 사는 만큼 못 살아요? 모자라는 것은 좋은 아빠 못 만났다는 것 하나뿐인데…."

나는 마음이 뜨끔뜨끔 아파왔다.

"당신도 눈이 있으면서 왜 그 당시에 일파한테 좋은 아빠 찾아주지 않았어?"

"내 눈이 다른 사람만큼 날카롭지 못해서 그래요. 천리안을 가진 사람들은 몇 년 후의 일까지 다 내다보고, 또 정말로 그렇게 되던데… 이전에 나는 그런 사람들을 무시했었는데, 지금은 그런 여자들이 존경스러워요! 그러니까 사람들이 배필을 '찾는다' 고 하는 거예요. 찾는다고!"

나는 더 세게 나갔다.

"당신 지금도 늦지 않았어. 내가 놓아줄게. 다시 태어나고, 또 다시 찾으면 되잖아! 가서 찾아보라고!"

"어떤 여자가 이전으로 돌아갈 수 있어요? 여자는 남자처럼 좋은 팔자가 못 되요. 여자한테 봄은 두 번 오지 않아요. 여자 팔자는 땅땅땅, 방망이질 한 번으로 끝나는 장사라고! 나더러 다시 어떻게 찾으라고, 다시 어디 가서 일파한테 친아버지를 찾아주라는 거요?"

"당신 정말 사람 잘못 찾은 거야."

그녀는 나를 쳐다보지도 않고 말했다.

"그렇다고 할 수 있지."

"하지만 아들 하나는 잘 낳은 것 같아."

그녀가 이 말에 풋, 하고 웃음을 터뜨렸다.

"당신 그렇게 대단한 말발, 왜 마 청장님이나 정 주임 앞에 가서 한

번 보여주지 그래요?"

한참 동안 두 사람 다 아무 말도 하지 않았다. 동류가 말했다.

"밤이 늦었어, 돌아가요. 내일 출근해야 되잖아요."

"먼저 돌아가. 좀 있다 일파 안고 돌아갈게."

"왜요?"

"먼저 가!"

그녀가 웃으면서 말했다.

"또 삐딱하게 구네. 난 당신 뼛속까지 다 들여다보여요. 승부를 내자는 거죠? 당신이 나랑 싸워서 이긴다고 무슨 소용 있어요? 당신이 일어나서 세상과 싸워서 이겨야지 그게 진짜 실력이에요. 그렇게 되면 우리 일파도 서러운 일 덜 당할 거구요."

"내가 당신 하나도 못 이기는데 어떻게 세상을 이겨?"

그녀가 웃으면서 말했다.

"그래요, 당신이 이겼어요. 나 먼저 돌아갈래요. 혼자 가면 무서우니까 당신이 일파 안고 내 뒤에 따라와요."

집에 돌아와서 그녀가 입을 오므리고 웃었다.

"당신이 이겼어, 위대한 승리에요."

나는 일파를 침대 위에 내려놓으면서 말했다.

"얼른 안 자면 날 밝겠어."

나는 책상을 밟고 올라서서 전구를 빼냈다. 불이 꺼지자 동류가 어둠 속에서 말했다.

"어차피 잠 안 오는데 당신한테 좋은 소식 하나 전해 줄게요. 너무 기뻐하지 말아요. 정소괴가 약정처 부처장이 됐데요."

나는 담담하게 말했다.

"진작 알았어. 안 그러면 무슨 수로 이사를 가겠어?"

"그런데, 당신 정말 아무 생각도 없어요?"

"그냥 그 사람 능력 있군, 그 정도지. 그 외에 무슨 생각 하겠어? 위생청에 짜증나는 사람, 귀찮은 일 이미 충분히 많기 때문에 그런 사람의 그런 일까지 신경 쓸 여력 없어. 내가 생각이 좀 트인 편이라 그런지, 그저 좋은 아들 하나 있으면 만족이라고 생각해. 머리 위에 그런 감투를 쓰고 있는 게 편하겠어, 아니면 옆에서 자는 아들 보고 있는 게 편하겠어?"

그녀가 바로 대답했다.

"궤변! 궤변이에요! 바로 그 아들 때문에 그런 감투도 써야 하는 거예요. 아버지라는 사람이 아들에게 좋은 성장환경을 마련해줘야죠. 나는 당신이 서른 갓 넘긴 나이에 벌써 그런 식의 마음의 평안을 찾았다는 걸 못 믿겠어요."

"그럼 나보고 어쩌라고?"

"당신이 어떻게 하든 나는 상관없어요. 내 평생 죽을 때까지 고생만 하고 끝까지 암흑 속에서 살아도 나는 불평 한 마디 안 할 거예요. 그렇지만 당신도 아들한테는 면목이 서야 하지 않겠어요? 자식의 성장을 위해서 좀 더 좋은 조건을 마련해줘야 하지 않을까요? 어차피 한 번 사는 인생 발버둥이라도 한 번 쳐봐야 하는 것 아닌가요?"

"당신 위생청이 무슨 대단한 곳인 줄 아는가본데…. 내일 당장 지진이 일어나서 위생청이 없어지더라도 지구는 오늘과 똑같이 돌아갈 걸? 게다가 고여서 썩을 대로 썩은 연못에서 발버둥은 쳐서 뭐 하겠어?"

"그 물이 연못이라서, 썩은 물이라서, 성에 안 차면 중남해(中南海: 중국 국가 주석이 사는 곳—역자)로 가면 되잖아요. 갈 능력이나 되요? 어차피 중남해에서 놀 능력이 안 되면 여기서라도 발버둥쳐야 할 것 아니에요? 당신이 뭐라도 되는 줄 알아요? 연못 작은 탓 하게? 원래 우리 같은 사람들은 이렇게 눈앞의 몇 가지 일로 발버둥치는 게 정상이에요. 발버둥쳐야 할 일이면 발버둥쳐야지요. 어쨌든 결과가 달라지잖아요. 그런 면에선 정소괴가 당신보다 훨씬 앞서네요."

정소괴 얘기에 나는 갑자기 화가 치밀어 올라 벽 쪽으로 몸을 돌렸다.

"나보고 그렇게 굽실거리는 법을 배우라고? 동류 당신이 그렇게 속된 눈으로 세상을 볼 줄은 몰랐어."

"나는 누구누구처럼, 두 눈으로 별을 바라보면서 얼마나 우아해, 하지 않아요. 별은 봐서 뭣해요? 집에 가져와서 삶아 먹을 것도 아닌데. 나는 우리 일파랑 집안 일만 생각해요. 이게 현실이에요. 나는 누구누구처럼, 자기가 뭐라도 되는 양, 천하만사가 다 시시하다는 식으로 굴지도 않아요. 사실 그 누구누구가 하찮다고 여기는 것들을 사실은 갖고 싶지만 얻을 수 없는 것들 아닌가요? 좋은 물건을 얻기 위해선 팔을 뻗고 또 뻗어도 손에 안 닿는 경우가 많은데, 누구누구는 그 상황에서 예절까지 차리고 있으니, 정말로 예뻐 죽겠어요. 다른 사람들은 다 가지기를 원하면서도 체면 차리는 것은 원하지 않고, 다 하려 들면서도 손해 보는 짓은 안 하려 해요. 당신도 좀 배워요! 당신, 지대위는 사내대장부잖아요. 일어서면 키도 이렇게 크고, 정력도 좋잖아요. 당신이 어디가 남들보다 못해요? 송나가 득의양양해서는 나한테 말합디다. 자기네 이사 간다고. 남편이 승진했다고. 여보, 당신이 어디가 남보다 부족해요? 그 두 손은 왜 남 떠받치는 데에만 쓰고 있냐고요?"

"동류, 당신 나 너무 몰아세우지 마. 계속 몰아세우면 나 또 나가버릴 거야. 다른 사람들 뭘 원하든 그건 그 사람 일이고, 그래서 자기 뜻대로 됐다면 그것도 그 사람 복이야. 그렇지만 세숫대야 속의 폭풍을 갖고 득의양양해 할 건 또 뭐 있어? 그렇다면 사람이 돼지와 다를 게 뭐야!"


그날 밤 나는 밤새 잠을 이룰 수가 없었다. 몸을 뒤척였다간 동류가 나를 어떻게 생각할지 걱정이 되어 누운 자세로 꼼짝도 하지 않았다. 갑자기 고독감이 밀려들었다. 망망한 이 세상, 동류마저 이렇게 생소하게 느껴지는데, 누구 하나 나를 마음에 두는 사람이 있을까? 어둠 속에서 마음을 가라앉히고 다시 한번 생각해 보았다. 오한이 났다. 동류의 말이 틀린 것은 아니었다. 하지만, 이제 와서 나더러 환골탈태를 하라는 데 그게 어디 가능한 일인가? 나 자신에게 물어 보았다. 대답할 수가 없었다.

# 31. 장모님의 회갑잔치

장모님의 회갑날, 진작부터 동류 자매는 그날을 경축하기로 합의를
보았다. 상의한 결과 풍엽楓葉호텔에 자리를 예약하기로 했다. 바로 전
날 동류가 내게 물었다.

"얼마나 드리죠?"

"당신 자매끼리 상의해서 정해. 처제가 드리는 만큼 당신도 똑같이
드리면 되겠네. 처제도 일 하잖아."

"오늘 알았는데, 동훼는 육백 위안 드리기로 했대요. 그런데 돈 빌리
기도 시간이 촉박하잖아요?"

"처제가 일 시작한 지 얼마나 됐다고⋯ 아직 한 달 월급이 백 얼마밖
에 안 되는데 무슨 허세를 그렇게 부려?"

"임지강이 뒤에서 대주는 거겠죠. 요즘 돈을 바다같이 벌더니 우리를
몰아붙이네요."

"그게 바로 그 인간이 추구하는 효과잖아. 내가 그 인간한테 뜨뜻미
지근하게 대하니까 쌓인 게 많은 게지. 나는 그 인간을 무슨 경쟁자로
생각한 적도 없는데 그 인간은 나를 그런 식으로 보고 있으니, 우습군!
그럼, 당신도 육백 위안 드려. 어차피 당신 어머니, 결국은 한 바퀴 돌아
서 일파한테 물건이나 사주실 텐데 뭐."

"설 쇠고 나면 돈 떨어지는데, 이번 달은 이십팔일뿐이라 좋아했었는데. 월급 이틀 빨리 받으면 한 숨 돌릴 수 있을 줄 알았는데 어림도 없겠네. 그리고 내가 어딜 가서 육백 위안을 융통해 와요? 동훼 그 애도 정말 철이 없어."

"은행에 아직 몇 백 위안 남아 있잖아. 그 돈 찾아야지 뭐."

"그것은 정기적금이에요. 어렵게 큰 돈 만들었는데 지금 깨면 너무 아깝잖아요. 동훼가 너무 철이 없어. 임지강하고 둘이 장단 맞추는 건지."

"매년 오는 생신일 따름이야. 세상 사람들 모두에게 매년 한 번씩 돌아오는 생일인데 그냥 이백 위안으로 성의만 표시하고 치워. 다른 사람 얼마 드리건 신경 쓰지 말고."

"나도 체면 차리고 사람 노릇하고 싶단 말이에요. 치사하게!"

"그러면 당신이 알아서 해. 어쨌든 당신 어머니니까. 나는, 많이 드린다고 아까워하지도 않을 거고, 적게 드린다고 부끄럽게 생각지도 않을 거야."

"이런 식으로 책임을 회피하는 거예요? 당신이 회피하면 그 책임이 땅에 떨어져요? 그게 다 나한테 떨어지잖아요. 아주 맘 편하네! 내 맘대로 하라고요? 그럼 내가 내일 아침 일찍 은행을 털든지 아니면 당신네 재무처財務處에 가서 오백 위안만 빌리죠. 나 그렇게 할 거예요."

나는 손가락으로 탁자를 툭툭 치면서 말했다.

"당신 또 시작이야?"

그녀가 나를 똑바로 쳐다보면서 말했다.

"방금 내 맘대로 하라고 해놓고 내가 이렇게 한다니까 또 싫다고 하고. 그럼, 당신이 어디든 가서 삼백 위안 빌려 와요."

"나더러 돈을 빌리라고? 생일 때문에? 나 내일 안 갈래. 당신 혼자 가! 야근이라고 얘기하든가."

"그럼 당신이 아래층에 내려가서 엄마한테 직접 얘기해요. 일생에 환갑이 몇 번이나 와요? 엄마가 당신네 지 씨 집안에 온 게 벌써 일년, 아니 이년 되어가요. 그 동안 당신이 파출부 월급이라도 준 적 있어요? 안 가겠다고요? 그래 놓고 자기도 사내라고…. 말 한 번 잘하네요. 잘났어, 정말. 당신 때문에 나도 같이 고생하고, 우리 엄마도 같이 고생하고, 우리 일파까지 당신 때문에 같이 고생해요. 생활이 이게 뭐예요? 다른 사람들은 쏜살처럼 위로 뛰어올라 가는데 우리는 항상 똑 같은 자리에서, 보아하니 늙어 죽을 때까지 이 모양 이 꼴로 살겠네. 나는 당신이 유능한 사람인 줄 알았어요. 기다려야 한다는 게 두려운 건 아니에요. 벌써 이렇게 오래 기다렸잖아요. 이제 당신도 재주를 발휘할 때가 오지 않았나요? 우리 모자 기대를 헛되게 하지 말아요. 아직도 바른 생활만 하고 살라고? 몇 년만 더 바른생활 해봐요. 우리 모자는 당신 때문에 인생 종치는 거지."

나는 아무 표정 없이 그녀를 바라보았다. 그녀는 전혀 신경 쓰지 않고 입을 삐죽거리면서 웃더니 나가버렸다. 그 웃음이 내 가슴속 화약고에 불을 지른 것 같았다. 내가 컵을 막 들어올렸을 때에는 그녀의 뒷모습은 이미 문에서 사라진 후였다.

다음 날 동류가 은행에서 돈을 찾아왔다. 돌아와서 그녀가 말했다.

"돈 찾아 왔어요. 하지만 가능한 한 빨리 메워야 해요. 집안에 비상금이 있어야죠. 우리 일파한테 급한 일이라도 생겨 돈이 필요하면 어떡해요? 그렇죠?"

"당신이 하는 말은 항상 옳아. 당신이 언제 틀린 소리 하는 거 봤어? 설사 당신이 틀렸다고 해도 그게 맞는 거야. 당신이 한 말이니까."

"말 한 번 잘했어요. 다음 달부터 용돈 하루에 오 위안만 몸에 지니고 다녀요. 십 위안은 너무 사치예요."

"당신 말이 언제나 옳긴 하지만…."

그녀가 바로 물었다.

"하지만 뭐요?"

"하지만…,하지만 뭐 하지만이라고 할 만한 것도 없지. 안 그래?"

오후에 퇴근을 하고 집에 돌아오자 아래층에서 차 한대가 빵빵거렸다. 동류가 고개를 내밀어 보더니 말했다.

"임지강이 왔어요."

"우리끼리 그냥 가면 되지 뭣 하러 그 인간더러 데리러 오라고 했어?"

이런 이야기를 하는데 임지강이 들어왔다. 차 열쇠를 손가락 끝에 걸고 눈앞에서 흔들어댔다. 고개도 열쇠가 움직이는 방향대로 이쪽저쪽 끄덕거렸다. 동훼는 배를 내밀고 뒤에서 왔다. 임지강이 말했다.

"장모님, 저희가 특별히 모시러 왔습니다. 생신 축하합니다. 환갑 축하드립니다!"

장모님이 말씀하셨다.

"임지강 자네는 운전 조심해. 곧 아빠가 될 사람이니 개미보다 더 느리게 운전하겠다고 약속하게. 정말 조심해야 해!"

나는 그 득의양양해 하는 인간을 향해 입을 삐죽거리면서 뜨뜻미지근하고 그 깊이를 알 수 없는 냉담한 방관자의 웃음을 지어 보이려고 했다. 하지만 막 이런 표정을 지으려다 갑자기 뭔가 부적절하다는 생각이 들었다. 내가 정말 그런 정도의 심리적인 우월감을 느끼고 있나? 무슨 근거로? 나도 나 자신을 알 수 없었다. 차 한 대 있다고 그게 뭐가 그리 대단해? 돈 몇 푼 있다고 그게 뭐가 그리 대단해? 그런데 내가 어느 틈에 고고하게 그 인간을 내려다 볼 수 있는 용기를 상실한 것일까? 나 자신도 이해할 수 없었다. 하지만 나와 임지강 사이의 심리적인 우열 관계에 나도 모르는 사이에 이미 설명할 수 없는 변화가 생겼다는 것은 확실하게 느낄 수 있었다. 이런 변화가 나로 하여금 그런 웃음을 얼굴에 걸지 못하게 했다.

임지강이 동류에게 말했다.

"처형, 어떤 때는 정말 이해가 안 돼요. 장將 지배인이 나보다 높아 봤자 몇 센티미터 더 높은데, 그 사람은 혼다本田를 몰고 나는 토요다豊田 몰잖아요. 몇 달 후면 건물공사가 다 끝나는데, 그가 삼층에 살고 나는 오층으로 밀렸어요. 바로 그 몇 센티미터가 사람을 돌게 만드네. 그는 직업 혁명가이지만 그 인간이 업무를 이해하나요? 나 아니었으면, 내가 그 대출 못 받아냈으면, 그 인간이 차를 탈 수 있었겠어요? 새 집에 들어 갈 수 있었겠어요? 내가 향후 2년 계획을 세웠는데요, 무슨 일이 있어도 이 부副 자 떼어버리려고요. 앞에 달린 이 부副자 하나 때문에 살맛이 안 난다니까요. 임표林彪가 왜 죽음을 무릅쓰고 정변을 꾀했는지 알겠다니까요. 부 주석, 잠이 왔겠어요?"

동류가 말했다.

"무슨 좋은 방법 있어요? 말 좀 해봐요. 우리도 좀 배우게."

이렇게 말하며 내 쪽을 쳐다보았다. 나는 침대에 앉아 신문을 펼쳤다. 내 몸의 반이 신문 뒤에 가려졌다.

"신문에 북경이랑 상해에 사재기 바람이 불었대요. 틀림없이 이곳에 도 불 것 같으니 살 물건 있으면 빨리 사세요."

동류는 아무 말도 못 들었는지 임지강을 재촉했다.

"좀 말해 보라니까."

"형님이 정부기관에서 일하시는데 어째 저보고 말하라고 하십니까? 그렇죠, 형님?"

"나는 그쪽으로는 경험이 없어서…"

"경험이라…, 우선 핵심 간부들한테 좋은 인상을 남겨야죠. 이런 게 경험이라고 할 수 있을까요? 형님이 또 저를 욕하겠어요, 그런 것도 경 험이냐고. 우리 같은 평범한 사람들은 지구가 도는 데로 따라 돌아야지, 지구더러 우리를 따라서 돌라고 할 수는 없잖아요. 이것도 경험이라면 경험인가요?"

이어서 이야기 하나를 했다. 며칠 전에 임지강의 형이 아들을 데리고 현장縣長 댁에 세배를 드리러 갔는데, 현장이 거북이를 몇 마리 기르고 있었다. 조카가 거북이를 만지고 놀았는데 그 중 한 마리가 침대 밑으로 기어들어갔다. 그래서 조카는 침대 밑으로 기어들어가 거북이를 잡았다. 밖에 나와서 그가 자기 아버지한테 하는 말이, 침대 밑에 술이 가득하더란다. 임지강의 형은 마침 마오타이 주를 선물로 가져갔는데 속으로 몹시 후회했다고 한다. 정곡을 찌르지 못했기 때문이었다. 그는 이야기를 마치면서 결론을 지었다.

"작은 일이라도 상대방의 입장에서 여러 번 생각해 보고 정곡을 꼭 찔러야 합니다. 그리고 요즘 보아하니 선물을 갖고 가는 것 자체가 시대에 뒤쳐지는 것 같더라고요. 이 정도도 경험이라고 할 수 있습니까?"

동훼가 말했다.

"당신 조카는 영민한 편이에요, 그런 이야기를 문 밖에 나가서 하는 걸 보면. 어쩜 네 살 밖에 안 된 애가…."

장모님이 덧붙였다.

"그놈 커서 관리가 되려나보다."

임지강의 차를 타고 풍엽호텔로 향했다. 가는 내내 온통 차 이야기만 했다. 그가 말했다.

"이 차를 몰다 보면 느낌이 약간 떨어져요. 장 지배인이 일년 넘게 몰던 것을 저한테 줬거든요. 붉은 색도 너무 눈에 띄고…. 폼 안 나게 말이에요. 검은 녹색이 제일인데. 비싼 티가 나잖아요."

동류가 말했다.

"외제차를 몰면서도 흥이 안 난다네. 나는 영구永久 표 자전거 한 대만 있어도 대 만족이겠는데 말이야."

내가 말했다.

"오늘은 장모님 생신이니까 힘 빠지는 얘기는 하지 말자고. 기운 나는 얘기만 하고. 다들 기분 좋게."

임지강이 말했다.

"그런데, 이 차는 정말이지 기분이 안 나요. 정말 기분이 안 나. 말하고 싶지도 않아요."

그러나 몇 분이 지나자 그는 또 차 이야기를 시작했다. 흥분해서 고개까지 흔들면서 얘기했다.

"기분이 안 나도 정말 어쩌면 이렇게 안 날 수가 있는지. 다른 사람이 먹다가 남긴 것을 나더러 먹으라니, 아, 기분 나빠!"

풍엽호텔에서 돌아오면서 동류에게 식사비용으로 얼마나 들었는지 물어보았다.

"몰라요."

"당신이랑 동훼가 반반씩 부담하기로 했잖아."

"임지강이 어느 틈에 돈을 냈더라고요. 그것도 나쁠 것 없죠. 아니면 이번 달 넘기기 힘들었을 건데."

"임지강, 그 인간이 나와 당신을 무시하는 거야. 당신은 그 인간이 아무 이유도 없이 당신한테 그렇게 펑펑 쓰는 줄 알아?"

"그 사람이 날 무시하든 말든 난 돈이 굳었고, 그 돈으로 우리 일파 뭐라도 좀 사줄 수 있게 됐어요."

내가 그녀에게 삿대질을 하며 말했다.

"돈 몇 푼에 당신 자존심을 다 팔아먹다니! 당신 그러고도 이익이라고 생각하지? 엄청 손해 본 거야. 보통 손해도 아닌 엄청 큰 손해를 본 거라고."

"나는 그런 것 몰라요. 다른 사람이 내 대신 돈을 냈는데 그 사람을 원망하라고요? 그래야 할 이유를 모르겠네요."

"근시안, 근시안. 바로 눈앞의 것만 보고 보이지 않는 것은 보려고도 하지 않는 근시안!"

동류가 웃으면서 말했다.

"보이지 않는 걸 어떻게 봐요?"

"보이지 않는 것이 보이는 것보다 더 중요한 거야. 언제나 당신이 그런 이치를 알게 될까!"

"그런 이치는 진작 깨달았어요. 하지만 그것은 돈 있는 사람들, 거물들이나 따지는 거구요, 우리처럼 돈 없는 평범한 사람들의 '이치' 는 그것과는 정반대라고요."

나는 한숨을 쉬면서 말했다.

"당신 같이 그런 식으로 얘기하는 사람이 있으니까 세상이 점점 더 어지럽게 되는 거야. 과거엔 분명히 이치를 따질 수 있었던 것도 이젠 그럴 수 없게 되었으니…. 임지강 같은 인간이 저렇게 유세를 하고…. 세상 정말 말세야."

"조류가 밀려오면 남들은 다 그 흐름을 따를 줄 아는데, 당신은 왜 꼭 이런 시대의 대세를 이치로 따지려고 들어요? 그러니까 뒤로 밀려나는 거라고요. 누가 당신한테 신경이나 쓰겠어요?"

"사람들이 전부 다 똑똑해서 그 흐름만 따라가면 그야말로 지랄 같아지는 거지. 세상에는 바보가 필요한 법이야."

잠들기 전에 나는 동류한테 사무실에 자료 좀 가지러 다녀오겠다고 말하고는 집을 나왔다. 요즘 들어 나는 점점 더 강한 반감을 느끼고 있었다. 내가 인식하고 있는 세계와 현실의 이 세계는 결코 같은 것이 아니라는 생각이 들기 시작했다. 내가 이 세계에 대해 갖고 있는 생각과 나의 세상 경험이 점점 더 한 그림 안에 들어오지 않았다. 90년대, 세기말에 하늘이 갑자기 뒤집어졌나?

나는 길을 걸으며 내 감각이 받아들이는 이 세계를 느껴보고자 했다. 눈앞의 모든 것은 지극히 정상이었다. 밤 근무를 마친 사람들이 차를 기다리면서 목소리 높여 뭔가를 의논하고 있었다. 연인 한 쌍이 손을 마주잡고 천천히 걸어갔다. 물 뿌리는 차가 다정한 음악을 틀면서 다가왔다. 자전거를 탄 사람들은 벨을 울리면서 쏜살같이 지나갔다. 나는 내 그림자가 가로등 아래서 커졌다 작아졌다 하는 것을 보며 갑자기 스스로가 불쌍해졌다. 나는 결코 바보가 아닌데 마치 무언가가 나를 뒤집어 싸고 있어서 고개도 내밀지 못하고 있는 것 같았다. 누구를 원망하자니 딱히 원망할 사람도 없었다. 나 자신을 원망하자니 또 내가 뭘 잘못했지? 마치 보이지 않는 손이 내 머리를 누르고 또 누르고, 나는 있는 힘을 다해 고개를 들려고 발버둥치고, 그런 나를 또 다시 누르고 또 누르고. 힘껏 나를 누르고 있는 자가 누구인지 알 수 없었지만, 어쨌든 누군가가 있는 힘을 다해 계속 누르고 있다.

나는 고통스럽지만 내가 이 세상에 대해 가지고 있던 생각 중에 잘못된 부분이 있음을 깨달았다. 내가 무슨 일이든 하고 싶어할수록 내가 할 수 있는 일이 적어졌고, 내가 허리를 꼿꼿이 펴려고 할수록 더 허리를 펼 수 없었다. 지난 몇 년을 보내면서 마음은 텅 비고 생활에 뿌리내리지 못하고 있다는 그런 느낌으로 괴로웠다. 공부할 때 가졌던 이상은 하나도 실현되지 않고 오히려 그 이상 자체가 점점 더 멀고 아득해졌다. 점점 더 종잡을 수가 없다. 그나마 남아 있는 꿈이라곤 착하게 살고 싶다는 것뿐이었고, 시간의 길목에는 공정公正이 기다리고 있으리라 믿었다. 그러나 지금은 이런 신념조차 점점 불확실하게 느껴지기 시작했다. 누가 나를 이해할 것이며 또 무엇이 기다리고 있을까? 동류마저 나를 이해하지 못하는데, 기다리려고 하지 않는데…. 그렇다면 또 나를 이해해주고 기다려줄 사람이 누가 있을까? 그렇다면 나에게 무엇이 남지? 바로 눈앞에 놓인 고만큼의 물질, 동류가 볼 수 있다고 한 그 물질들…. 나는 바보가 아니다. 길이 어디 있는지 이미 알고 있지만 발을 내디딜 수가 없을 뿐이다. 나는 그렇게 현실적으로 인생을 설계할 수가 없다. 그것은 정말 너무 현실적이고 또 잔혹하다.

길거리에서 이렇게 걷다가 어떤 사람이 짐을 메고 손전등으로 쓰레기 더미를 비추며 열심히 뒤적거리고 있는 것을 보았다. 고물 줍는 사람이었다. 내가 다가가서 말을 걸었다.

"아저씨, 이렇게 늦은 시간까지 일하십니까?"

그는 몸을 펴고 나를 한 번 쳐다보더니 더는 신경도 쓰지 않았다.

내가 다시 물었다.

"친구, 하루에 얼마 버시오?"

그는 나를 바라보더니 잠시 머뭇거리고는 되물었다.

"날 불렀소?"

"친구, 당신을 부른 거요."

"당신, 나를 친구라고 불렀소?"

"친구죠."

"무슨 일 있습니까? 여기는 뒤지면 안 되나요?"

"누가 뒤지지 말랬습니까? 하루에 얼마 버는지 묻는 겁니다."

그는 주저하며 말했다.

"얼마? 밥 술 겨우 뜰 정도요."

"이렇게 늦게까지 일하는데도요?"

"일하지 않으면 누가 밥 먹여 줍니까? 내일 아침 되면 벌써 내 몫은 없어요. 다른 사람이 죄다 쓸어갈 테니까."

"친구, 고생 많습니다. 하지만 이렇게 사는 것도 괜찮죠. 쓸데없는 생각을 할 필요가 없으니까."

그는 처연하게 웃으면서 말했다.

"괜찮다고요? 농담으로라도 그런 얘기는 처음 듣는데요."

나는 주머니를 뒤적거려서 그에게 일이 위안이라도 주고 싶었다. 그러나 돈을 들고 오지 않은 것이 생각났다. 집으로 돌아오는 길에 계단을 오르면서 괜히 마음이 가벼워짐을 느꼈다. 혼자서 씁쓸하게 한번 웃고는 문을 밀고 들어갔다.

## 32. 유치원 입학

　일파가 하루가 다르게 자라는 사이, 나는 일파에 대한 나의 감정이 부지불식간에 변하고 있음을 발견했다. 이전에도 물론 아이가 사랑스럽고, 또 아이가 늘 마음에 걸리곤 했지만, 이렇게 뼈와 골수에까지 사무치는 듯한 느낌은 없었다. 오히려 동류가 가끔 비이성적으로 집착하는 것을 보고 우습게 생각했었다. 세상에 얼마나 많은 아이들이 있는데 어떻게 모든 장점이 자기 아이에게만 그렇게 집중되어 있을 수 있고, 모든 면에서 다 최고일 수 있어? 부모들이 그런 식으로 자기의 아이들을 바라보는 것은 정말 이치에 맞지 않는다. 하지만 동류는 이치에 맞는다고 했다. 내가 말했다.

　"당신이 말하는 이치는 말도 안 되는 이치야."

　그런데 지금 일파가 하루가 다르게 커나가자, 나는 도리어 사람은 자신의 입장에서 세상을 보며, 그것이 이치에 맞는지 안 맞는지는 따지지 않는다는 것을 깨달았다. 그런 이치에 맞지 않는 이치가 사실은 가장 심오한 이치이며, 인간의 본성人性 깊은 곳에 뿌리를 두고 있다는 생각을 하게 되었다. 그 심오함으로 인해 그 이치는 세월의 흐름이나 사회의 변화에 따라 변하지 않는다. 사람은 영원히 사람인 것이다.

　나는 일파가 아무리 봐도 예쁘게만 보였다. 심지어 침대에 오줌을 싸는 것까지 예뻐 보였다. 이른 아침 아이는 침대 위에서 나에게 오려고, 입으로는 분명치 않지만 '아빠' 하고 부르면서 열심히 기어왔다. 하지만 앞으로 기려고 하면 할수록 점점 더 뒤로 가더니, 나중엔 마음이 급했는지 "와! 와!" 하고 소리를 질러댔다. 나는 일파를 안아 올려 그 얼굴을 내 얼굴에 갖다 댔다. 그 느낌조차 이전과는 달랐다. 내가 이런 느낌을 동류에게 이야기하자, 그녀가 말했다.

"그래도 아빠이긴 한 모양이지? 아들이 벌써 이만큼 자랐는데 이제야 아들을 아들 같다고 느끼다니…."

"어떤 때는 나도 이상해. 내가 뭐 기여한 게 있어? 기껏해야 정자 한 마리, 그것도 수억 마리 중에 하나 제공한 것뿐인데, 그 한 마리가 이렇게 신비한 능력을 갖고 있을 줄이야. 정말 그 속에 담긴 이치를 이해할 수가 없어. 정말이지 논리에 맞지 않아. 너무 논리에 맞지 않아."

"당신한테는 과분한 아들이죠."

그녀는 이전에 일파가 여기가 날 닮았다느니 저기가 날 닮았다느니 말하곤 했었다. 심지어 피부의 질감에서 발가락의 형상까지 날 닮았다고 했다. 그때는 그저 그런 말들이 여자들의 습관적인 말버릇이라고만 생각했었는데, 지금 자세히 관찰해 보니 정말 이렇게 닮았을 수가!

9월이 되면 일파도 세 살이 되어 유치원에 들어가야 했다. 6월부터 동류는 매일같이 나를 독촉해서 일파를 성 정부 유치원에 보낼 방법을 찾아보라고 했다.

"요즘에는 유치원부터 경쟁이 시작돼요. 누군들 자기 아이가 가장 좋은 환경에서 자라기를 원치 않겠어요? 우리 일파는 똑똑하니까 좋은 환경이 필요해요. 아빠가 되어서 애한테 좋은 조건도 마련해주지 못하면 그건 직무태만이고 일파한테 미안한 일이에요. 애가 커서 뭐라고 하겠어요? 나는 우리 일파가 지금 쥐구멍 같은 집에 사는 것 때문에 안 그래도 괴로운데, 거기다가 유치원까지 인민로人民路에 있는 유치원에 보내야 한다면, 나는 화병으로 죽을지도 몰라요. 만약에 송나네 강강이가 성 정부 유치원에 들어가고 나서 우리 일파는 어떻게 됐느냐고 묻기라도 한다면, 내 마음은 아마 칼로 쑤시는 것처럼 아플 거예요."

"인민로 유치원 역시 사람 다니는 곳이야. 우리 청에서 아이를 성 정부 유치원에 보낸 사람이 몇이나 된다고 그래? 수십 개가 넘는 온갖 '청'과 '국' 사람들이 모두 그리로 몰릴 텐데 무슨 수로 들어가겠어? 내가 위생청장도 아니고 말이야."

장모님이 말씀하셨다.

"여보게, 다른 것은 몰라도 이번 일만큼은 농담할 얘기가 아니네. 일파 일생이 걸린 문제야. 인민로 유치원? 거길 보내느니 차라리 집에 데리고 있지. 성 정부 유치원에는 피아노실도 있고, 무용실도 있고, 회화반에는 외국어반까지 있대. 인민로 유치원과 비교하면 정말 하늘과 땅 차이래."

동류가 말했다.

"어쨌든 이 임무는 애 아빠한테 맡길게요. 아빠라는 사람의 아들에 대한 애정을 한 번 테스트해 보자고요. 혹시 성공하면 내가 사람 잘못 보진 않은 거고요."

"당신, 이런 문제를 가지고 왜 그리 복잡하게 생각해? 이런 식으로 나를 코너로 몰아붙이면 나 얼마 못살고 죽을지도 몰라."

"나는 다 참을 수 있어요. 내가 여태까지 당신을 쥐고 흔든 적 있었어요? 오늘이 처음이잖아요. 이번엔 나도 정말 어쩔 수 없어요."

이튿날 출근 후에 나는 짬을 내어 성 정부 유치원에 가보았다. 과연 환경이 매우 좋았다. 유치원생들이 시 아동체조대회에 참가하려고 리허설을 하고 있었다. 운동장에 늘어선 백여 명의 아이들이 하나같이 붉은 옷에 파란 바지를 입고 질서정연하게 움직이는 모습을 보니 부럽기 그지없었다. 이런 조건에서 연습하는데 상을 못 탈 리가 없지. 나도 마음이 움직이기 시작했다. 있는 힘을 다해 쟁취하기로 결심했다. 인민로의 유치원에도 가보았다. 장모님의 말씀처럼 그렇게 형편없어 보이지는 않았지만 역시 성 정부 유치원과는 비교가 되지 않았다.

나는 어떤 식으로 일에 착수해야 할지 생각했다. 체면 때문에 남한테 청탁하고 싶지는 않았다. 사실 체면 문제가 아니더라도 마땅히 청탁할 만한 사람도 없었다. 나는 원장이 진陳 씨라는 사실을 알아내고 곧장 그를 찾아갔다. 진 원장은 자리에 없었고, 성이 전錢 씨라는 부원장이 나를 맞아주었다. 나는 열심히 아들 자랑을 늘어놓기 시작했다. 그녀가 별 흥미 없다는 듯이 내 말을 자르며 물었다.

"위생청에 계시죠?"

"성省 위생청입니다."

"청에서 일하세요?"

"그럼요. 다음에 재직증명서라도 갖다 보여드리죠."

"청에도 여러 부서가 있지요. 의정처에 계세요?"

"중의학회에 있습니다. 중의中醫 관련 업무를 담당하고 있습니다."

"중의학회라는 데도 있었군요. 들어본 적은 없습니다만, 그럼 중의학회에서는 무슨 일을 하세요?"

"전체 성 차원에서 중의와 관련된 일들은 모두 관여하고 있습니다."

그녀는 내 옷차림을 살피면서 말했다.

"성 전체를요? 모르겠는데요. 아니면 오후에 직접 진 원장님을 찾아보세요. 하지만 솔직히 말씀드려서 오신다고 해도 별 소용·없을 것 같습니다. 저희는 대외모집 정원은 아주 적습니다. 저희와 관련되는 사람들을 우선적으로 배려하죠. 전력국, 상수도회사, 뭐 또 다른 기관들도 있어서 남는 자리가 몇 없어요. 전에 기계청의 곽郭 부청장님 손자도 결국은 못 들어왔습니다."

"우리 마 청장님 손녀딸 묘묘渺渺도 여기에 있지요. 탁아반에요. 작년에 들어왔을 텐데."

"묘묘? 모르겠는데요. 집안 배경 좋은 애들이 너무 많아서요."

저녁에 나는 동류에게 이런 사정을 얘기해 주었다.

"곽 청장 손자도 못 들어갔다는데 우리가 무슨 수로 들어갈 수 있겠어? 유치원 부원장이면 기껏해야 부과장급副科級인 주제에 그 기세가 아주 하늘을 찌르더군. 나를 대하는 태도가 무슨 도둑 심판하는 것도 아니고 말이야."

"그녀가 뭘 보고 당신을 도와주려 하겠어요? 당신은 또 무슨 근거로 그 여자한테 도와달래요, 무슨 근거로?"

"그럼 어떡해?"

"어쨋든 이렇게 포기할 수는 없어요. 재작년에 원袁 처장 딸도 들어갔대요. 마 청장님이라면 우리랑 비교가 안 되지만, 원진해처장 정도라면 우리도 방법이 있을 거예요. 앞에서 거북이가 기어가고 있다면, 뒤에 있는 우리 거북이도 기어가야죠. 당신이 가서 그 사람들 비결이 뭐였는지 좀 알아봐요. 우리도 좀 뚫고 들어갈 틈이 있는지. 뭐라도 있으면 우리도 뚫고 들어가야 할 거 아니에요? 어쨋든 한 번 뚫어보는 것과 아예 뚫어보지도 않는 것 사이엔 큰 차이가 있잖아요."

그 "뚫는다"는 표현이 영 귀에 거슬렸다. 하지만 사실이 그렇다. 정확하고 생동감 넘치는 표현이다.

다음날 나는 원 처장을 찾아갔다.

"원 처장님, 비결을 배우려고 왔습니다."

"대위, 자네 오늘은 어쩐 일로 시찰 돌 시간이 다 났나?"

내가 사정을 얘기하자, 그는 한참 후에야 말문을 열었다.

"어려워, 보통 어려운 일이 아니야."

"일이 눈앞에 닥쳤습니다. 어렵기는 하지만 겁낼 거야 없죠. 어쨋든 파고 들어갈 틈이 있지 않겠습니까? 다른 사람들은 어떤 식으로 작업했는지 모르지만, 저도 한 번 시도해보려고요."

잠시 신음소리를 내고 나서 그가 말했다.

"사실대로 말하자면, 재작년에 나는 돌고 돌아서 겨우 관계를 텄다네. 여러 부두를 찾아다니면서 인사를 하고 나서야 겨우 실마리를 찾아 냈어. 생각해 보면 무슨 특수부대의 임무 수행하는 것 비슷했어."

"무슨 좋은 부두 있으면 저하고 동류도 한번 찾아가 배를 댈 수 있게 해주십시오. 제가 평소에 남한테 아쉬운 소리 하지 않는 것 잘 아시잖습니까. 사정이 생기니까 저도 어쩔 수 없네요. 만약 저의 일 같으면 그냥 포기하고 말겠는데, 요즘 아이들 황제잖아요. 어쩔 수 없습니다."

그가 허허, 웃으면서 말했다.

"요즘 그런 곳을 입만 갖고 인사갈 수 있을 것 같나?"

"저는 여태껏 이런 일은 해본 적이 없습니다만, 이번 일은 정말 심각합니다. 준비해야 할 것이 있으면 마땅히 준비해야죠. 동류더러 준비하라고 하겠습니다."

"그 사람 자네 물건은 받지 않을 거야. 선물한다고 누구든 다 들어갈 수 있다면, 그거 별거 아니게?"

나는 원 처장이 말을 이리저리 돌리면서 핵심을 피하는 것을 보고 단도직입적으로 말했다.

"그러면 그 부두엔 어떻게 인사해야 받아들여질 수 있습니까?"

"그게 정말 어렵다네. 대충 해결될 일이 아니야. 사실 자네한테 말해 줘도 소용없겠지만, 굳이 힌트를 준다면 말이야, 나는 세 곳을 돌았어. 앞뒤로 모두 다섯 사람이 있었는데, 맨 앞에 내가 있고, 맨 뒤에 진 원장이 있었지. 그렇게 된 거야. 이제 알겠나?"

나는 고개를 끄덕이며 말했다.

"정말 사정이 이렇게 어려울 줄 몰랐습니다."

"내가 자네를 도와주기 싫은 게 아니라, 정말이지 너무 어려운 일이야."

그는 이렇게 말하면서 서랍에서 서류를 꺼냈다.

"다음에 무슨 다른 일이 있으면 얼마든지 나를 찾아오게. 하지만 이번 일만은 말이야, 정말 어쩔 수 없어."

사정이 이렇게 어렵다는 것을 알고 나서 나는 오히려 안심이 되었다. 최근 나는 계속 스스로를 '쓸모없는 아비' 라 욕을 했었는데, 이렇게 되자 '쓸모없는 아비' 가 나 혼자만은 아니라는 생각에 마음이 편해졌던 것이다. 나는 동류에게 이런 이야기들을 해주었다.

"아무리 사정을 해도 원 처장이 도와줄 생각을 안 하더라고…"

"내가 원 처장이라도 안 도와줄 거요. 뭘 보고 당신을 도와주겠어요? 또 당신은 무슨 근거로 그 사람에게 도움을 청해요? 당신한테 뭐가 있다고? 세상의 모든 일에는 다 그럴 만한 이유가 있는 거예요. 그 사람 보나마나 실실 웃으면서 당신 부탁 거절했겠지요. 만약 당신이 한 자리 차지하고 있는 사람이었다면 그 사람이 감히 그럴 수 있었겠어요?"

생각해 보니 동류의 말에도 일리는 있었다. 그렇지만 입으로는 이렇게 말했다.

"당신이 그런 식으로 얘기하면 세상이 너무 암울하잖아."

"모택동 주석도 일찍이 말했어요. 세상에는 아무런 연고 없는 사랑은 없다고. 당신이 뭐가 있다고 다른 사람들이 당신을 아끼고 도와주기를 바라요? 어쨌든 뭔가 보여줄 만한 구석이 있어야지. 세상엔 맨입으로 되는 일은 없어요. 당신이 뭐가 있어요?"

내가 말했다.

"원 처장을 탓할 일도 아니야. 떳떳하지 못한 방법을 썼는데 나한테 그 내막을 말하고 싶겠어?"

"그럼 당신은 그만두자는 거예요?"

"그만두기엔 마음이 정말 내키지 않고, 그만두지 않으려니 또 그만둘 수밖에 없겠고…"

동류가 천천히 얘기했다.

"요즘 사람들은 모두 장사치들이에요. 당신이 그들 앞에 서면, 그 사람들은 마음속에 있는 저울로 당신의 능력을 재어보고 그 다음에 태도를 결정하는 거예요. 며칠 전에 내가 같은 부서에 있는 좌左 양에게 재단 잘하는 곳을 물어봤어요. 집으로 불러서 옷을 몇 벌 만들고 싶어서요. 그런데 계속 모른다고 하는 거예요. 그러더니 오늘 허 원장 사모님한테 뭐라고 말한 줄 아세요? '옷 만드실 거면, 제가 좋은 재단사를 아는데 소개시켜 드릴게요.' 그러는 거예요! 그러면서 '저희 집에선 모두 그 사람한테서 옷을 만들어요. 지난 몇 해 매년 두 번씩, 겨울에 한 번, 여름에 한 번 불러요.' 그럽디다. 자기가 며칠 전에 나한테 무슨 말을 했는지도 잊어버렸나봐요. 하지만 그녀를 원망할 건 없어요. 세상 사람 모두를 미워하겠다면 모를까. 뭘 보고 날 도와주겠어요? 내가 또 뭘 갖고 도와달라고 하겠어요?"

그날 밤 나는 갑자기 호일병이 생각나서 동류에게 말했다.

"아니면 호일병에게 전화해서 무슨 방법이 있는지 물어볼까?"

"그가 도와줄까요? 쉬운 일도 아니잖아요."

"그 친구한테야 적어도 그런 계산은 안 해도 되잖아."

다음날 나는 호일병에게 전화를 걸었다. 그가 말했다.

"아들 유치원 보내는 일로 자네를 힘들게 할 수야 없지. 대학 가는 것도 아닌데. 내가 한번 힘써 볼게."

나는 동류의 분부를 떠올리고 굳은 표정으로 말했다.

"한번 힘쓰는 정도가 아니라 전력을 다해 일을 성사시켜야 하네. 동류 앞에서 남자 체면 좀 살려주게."

"그런 중요한 의미가 담겨 있었나? 알았어. 한번 해보지."

전화를 끊고서 나는 마음이 불편해졌다. 친구한테 이렇게 어려운 문제를 떠넘기다니. 내 스타일이 아니었다. 호일병은 이 문제가 얼마나 어려운 문제인지 아직 모르고 있었다. 그렇지만 그가 호탕하게 책임을 떠맡는 모습을 보니, 그에게는 무슨 비결이라도 있어서 의외로 쉽게 일을 성사시킬지도 모른다는 생각이 들었다. 그렇게만 된다면 정말 생각지도 못했던 경사일 텐데….

사흘 뒤에 호일병한테서 전화가 왔다.

"대위야, 내가 네 앞에서 망신살이 뻗쳤다. 허풍떨다가 완전히 체면 구겼다. 이 정도로 어려운 일인 줄 정말 몰랐어. 진 원장이 내가 아는 사람이더라고. 전에 그 유치원에 관한 프로그램을 만들어준 적이 있었거든. 그래서 이번에도 그 유치원에 대한 특별 프로그램을 만들어 주겠다고까지 했는데도 꿈쩍도 않던 걸. 그 거들먹거리는 모습하며, 아주 사람 돌겠더라. 요즘에 안 그래도 자기네에 대한 보도가 너무 많다면서 나를 코너로 몰아서 꼼짝 못하게 하더라고. 내가 이 일을 이렇게 여러 해 동안 해오면서, 바람아 불어라 하면 바람이 불었고 비야 와라 하면 비가 왔다고까지는 할 수 없지만, 일단 마음먹은 일은 안 된 게 거의 없었는데, 이런 식으로 나를 코너로 모는 사람은 처음 만나봤다."

"내가 자네를 난처하게 했군! 동류가 매일같이 나를 재촉해서 그랬어. 그렇지 않았으면 자네한테 부탁하지도 않았을 거야. 내가 무능한 탓이지. 자기 아들 문제 하나 제대로 해결 못하고…."

그가 듣기에 너무 좋지 않은 말 같아서 덧붙였다.

"뚫고 들어가려는 사람이 너무 많아서 그래."

"정말 유치원 들어가는 게 대학 들어가는 것보다 더 힘들 줄은 생각도 못했어. 대학이야 학생의 점수가 커트라인만 넘으면 어느 대학이든 입학은 시켜주잖아."

동류도 이 일이 얼마나 어려운 일인지 알게 되자 다시는 말을 꺼내지 않았다.

## 33. 돈벌은 반드시 먹히게 되어 있다

9월 초 우리는 일파를 인민로 유치원에 보낼 준비를 하고 있었다. 하루 전날 동류가 일파를 앞세우고 송나를 만나러 갔다. 내일 같이 갈 약속을 잡으러 갔던 것이다. 조금 후에 동류가 돌아오더니 아무 말도 하지 않고 탁자 앞에 앉아 일파만 어루만졌다. 나는 침대에 누워 책을 보느라 신경 쓰지 않고 있었는데, 갑자기 물 떨어지는 소리가 들렸다. 뚝, 뚝! 나는 탁자 위의 신문이 상당 부분 젖은 것을 보고 고개를 들었다. 동류가 눈물을 흘리고 있었다. 나는 당황해서 물었다.

"왜 그래?"

그녀가 몸을 홱 돌렸다. 내가 반대쪽으로 가자 그녀가 또 몸을 다른 편으로 돌렸다. 코를 풀고 또 울기 시작했다. 일파가 작은 손으로 동류의 눈물을 닦아주면서 말했다.

"엄마, 착하지, 울지 마!"

동류가 일파를 꽉 껴안고 울면서 얘기했다.

"내 아들, 이 착한 아들! 이렇게 어린 너한테까지 이 고생을 시키다니…. 엄마가 미안하다, 엄마가 미안해!"

나는 한참 동안 우는 이유를 물었지만, 도무지 말을 하지 않았다. 장모님을 모셔 와서 대신 물어봐달라고 부탁하는 수밖에 없었다. 동류가 말했다.

"송나네랑 같이 갈 약속 잡으려고 갔었는데, 우리랑 어울리는 사람들이 아니더라고. 그 집 애는 그런 유치원에 안 보낸대요."

이 말을 듣고 나는 가슴이 철렁 하고 내려앉았다. 얼음 창고에 들어간 것 마냥 온몸이 싸늘해졌다. 한참 후에 겨우 입을 열었다.

"성 정부?"

동류는 눈물을 흘리면서 고개를 끄덕였다. 한참이 지나서야 나는 겨우 숨을 고르고 얘기를 했다.

"정소괴 그 자식이 그 정도로 유능할 줄은 정말 몰랐는데…."

"그 사람 지위가 높으니까 그 정도 능력도 따르는 거죠. 그런 직함이 없으면 아무리 유능한 사람이라도 무능해지는 거예요."

나는 지난 몇 년 간 위생청 숙소 단지에 있는 아이들을 생각해 보았다. 부모가 그 정도 위치에 있는 사람 아이들은 과연 모두 성 정부 유치원에 들어갔다. 그런 위치에 있지 않으면 다 못 들어갔다. 누가 딱 선을 그어 놓은 것도 아닌데 실제로는 아주 분명한 경계로 나누어져 있었다. 똑 같은 직장으로 출퇴근한다고 해서 다 같은 사람이 아니다. 어떤 자리에 앉아 있는지에 따라 모든 것이 달라지는 것이다! 말하자면 매우 세속적인 얘기 같지만, 그러나 이런 세속적인 일 한 가지가 지금은 금빛 찬란한 미래보다, 종잡을 수 없는 궁극보다, 인류의 앞날과 같은 중대한 주제들보다, 더 절박하게 느껴졌다. 동류가 말했다.

"당신은 아들 볼 면목도 없어요. 아빠 될 자격도 없고요. 사실은 결혼할 자격도 없었어요."

장모가 말했다.

"동류, 너 무슨 말을 그렇게 하니?"

동류가 말했다.

"그럼 뭐라고 말해요, 네? 우리 일파가 태어나면서부터 다른 사람보

다 못나서요, 다른 사람보다 멍청해서요, 그렇게 얘기할까요? 나는 못해
요. 절대 그럴 수 없다고요! 아직 출발도 하지 않았는데 우리 일파는 다
른 애들보다 반 박자 늦어지게 생겼어요. 앞으로 초등학교, 중학교, 고
등학교, 대학교에 가선 어떻게 되겠어요? 나는 상상도 하기 싫어요."

내가 말했다.

"당신 말처럼 그렇게 심각한 문제는 아니야. 모 주석은 유치원 같은
거 안 나왔어도 주석 자리에 올랐잖아? 이시진李時珍이나 조설근曹雪芹 같
은 위인들도 유치원 안 나왔지만 성 정부 유치원 나온 사람들 중에 이
사람들하고 비교될 만한 인물이 얼마나 되겠어? 유치원이 좋아 봤자이
지, 기껏해야 장난감 좀 많은 것뿐이지…."

동류는 내 말엔 신경도 안 쓰고 코를 훌쩍거리면서 말했다.

"자기 무능함을 인정할 생각은 않고 모 주석 얘기나 꺼내고 말이야.
세상에 모 주석 같은 인물이 몇 명이나 되요?"

"일파가 나 혼자 낳은 아들이야? 난 이미 할 수 있는 방법 다 써봤으
니까, 이제는 당신이 나서봐!"

동류가 고개를 돌려 손가락으로 얼굴을 긁으면서 말했다.

"창피해, 창피해 죽겠어! 저게 남자가 할 말이야? 저 남자 말하는 것
좀 들어보세요! 석사까지 공부한 남자가 나와 비교해서 이야기하다니!
나 같았으면 벽에 머리 박고 죽었을 거예요."

나는 몸이 떨릴 정도로 화가 나서 문 밖으로 달려 나갔다. 동류가 말
했다.

"돌아와요!"

내가 멈춰 서자 그녀가 얘기했다.

"나도 당신하고 싸우지 않을래요. 싸워봤자 무슨 소용이에요. 오늘
밤에 우리 일파를 안고 진 원장 집으로 찾아가요. 그 여자한테 이렇게
똑똑한 아이에게 좋은 환경이 필요하다는 점을 보여줄래요. 나는 우리
일파를 안고 그 여자한테 무릎이라도 꿇을 거예요. 나는 내 체면 땅에

떨어지는 것은 상관없어요. 내 체면이 뭐가 중요해요? 우리 일파만 서러운 일 당하지 않는다면 체면은 말할 것도 없고 목숨을 잃는다 해도 나는 겁나지 않아요."

"그 여자가 똑똑한 애들 한두 명 봤겠어?"

"어디 이만큼 똑똑한 애가 있는지 한번 보라고 할 거요."

나는 한숨을 내쉬었다. 여자들은 감정이 일단 통제가 안 되면 그 입에서 미친 소리까지 안 나온다는 법도 없다. 내가 말했다.

"당신 입술이 닳고 닳아서 굳은살이 배여도 소용없고, 며칠 밤낮을 무릎 꿇고 앉아 있어도 소용없어. 다른 사람들 아이가 들어간 것은 입술 닳도록 떠들어서도 아니고 무릎 꿇어서 된 것은 더더욱 아니라고."

"결국 수중에 뭔가 확실한 것이 있어야 해요. 그런 신분이 필요한 거라고요. 그렇지 않으니 사람들이 당신 뭘 보고 사정을 봐주겠어요? 그런 지위에 있지 않으면 잘잘못을 뼈에 사무치도록 외쳐도 소용없는 거예요! 세상일이 원래 이치대로 돌아가는 게 아니잖아요. 도리가 다 뭐예요? 당신은 남자이면서 수중에 확실한 게 뭐가 있어요? 없으면 입도 열지 말아요."

그러더니 장모님한테 물었다.

"엄마 수중에 얼마 정도 있어요?"

장모님이 아래층으로 뛰어 내려가 일천 위안을 들고 오셨다. 동류가 나를 보고 말했다.

"당신은요?"

"나한테 얼마 있는지 당신 몰라서 물어?"

"하여튼 있는 게 없어. 만약 오늘 우리 일파한테 위급한 일이라도 생겨서 목돈이 필요하게 되면, 그래도 당신 그렇게 보고만 있을 거예요?"

이 말을 듣고 나는 탁자를 내리치며 벌떡 일어나 한바탕 화를 내려고 했다. 깜짝 놀란 일파가 동류를 꽉 껴안으면서 나를 보고 소리질렀다.

"아빠!"

나는 다시 자리에 앉아 한숨만 내쉬었다. 다른 사람 원망할 것 없었다. 내 잘못이었다. 나는 아들 볼 면목이 없었다.


나는 영 난처했지만 동류가 일파에게 예쁜 옷을 갈아입히는 것을 보고만 있었다. 곧 일파를 안고 동류와 함께 진 원장 집으로 찾아갔다. 가는 길에 나도 동류도 아무 말도 하지 않았다. 일파가 달을 가리키며 물었다.

"아빠, 달도 발이 있어요?"

"달에는 발이 없어."

"발이 없는데 어떻게 우리랑 같이 가?"

"달이 따라오고 싶으면 따라오는 거야. 막을 수도 없단다."

"다음에 우리 화원華園공원에 가서 황궁을 봐요. 난 모자를 가지고 가서 내가 황제하고, 엄마는 공주하고, 아빠는 병졸하고……."

동류가 말했다.

"우리 일파는 이제 겨우 세 살밖에 안 됐는데 벌써 어떤 자리가 좋은 자리고, 어떤 자리가 나쁜 자리인 줄 다 아네. 누구누구는 나이 서른이 넘어도 모르는데."

진 원장 집 앞에 도착하자 동류가 말했다.

"당신이 가서 정탐해 봐요."

내가 올라가서 문에 귀를 대고 안에서 나는 소리를 엿들었다. 안에 손님이 와 있는 것 같기에 바로 내려왔다. 우리가 울타리 옆에서 기다리고 있는데, 조금 후에 한 남자와 한 여자가 아이를 안고 내려왔다. 남자가 얘기했다.

"저렇게 고집 센 사람은 정말 본 적이 없어."

여자가 말했다.

"내가 겉으로는 미소를 띠고 있었지만, 속으로는 정말 다섯 손가락으로 그년 얼굴을 확 잡아 뜯고 싶더라니까."

그렇게 말하면서 멀지 않은 곳에 세워둔 승용차 쪽으로 걸어갔다. 기사가 나와서 아이와 어른들을 차에 태우고 떠났다. 동류가 멀리 가버리는 차를 보면서 말했다.

"그만둬요. 돌아갑시다."

"여기까지 왔는데…."

"올라가서 쓸데없는 웃음이나 짜내도 아무 의미 없겠어요. 웃음을 짜내도 성과가 없잖아요. 정말 열 받아서 죽을 수도 있다면 열 받아 죽고 싶네. 인간이 열 받아 죽을 수 없다는 게 아쉽군."


돌아오는 길에 동류는 한 마디도 하지 않았다. 나도 아무 말도 하지 않았다. 일파마저 이상하게 침묵하고 있었다.

단지에 들어서자 임지강의 차가 아래층에 세워져 있는 것이 눈에 들어왔다. 내가 말했다.

"동훼 왔구나."

임지강은 동류 얼굴을 보자마자 또 처형, 처형 하고 불러댔다.

"처형, 무슨 속상한 일이라도 있어요?"

동류가 말했다.

"뭐 별로 딱히 불쾌한 일 없어."

내가 말했다.

"별일 없어."

동류가 바로 말했다.

"아무 일도 없다고요? 그럼 당신은 어떤 일이 '일' 이에요?"

장모님이 말씀하셨다.

"이게 다 일파 때문이지 뭐."

사정을 얘기하자 동훼가 일파를 안아 올리며 말했다.

"여보, 당신 평소 허풍 많이 떨었잖아. 이번에도 한번 떨어봐."

임지강이 말했다.

"동훼, 그런 식으로 내 입 막으려 들지 마. 내가 허풍을 성사시킬지도 모르잖아? 일은 어쨌든 사람이 하는 거고, 사람은 어쨌든 살로 되어 있잖아. 살로 된 사람이라면 방법이 있게 마련이야. 물론 그 사람이 살로 만들어지지 않았다면 그건 또 다른 문제지만…"

동류가 말했다.

"지강, 나한테 괜한 희망 품게 하지 마. 난 희망 한 번 품을 때마다 신경이 한 무더기씩 죽어나가는 것 같아."

내가 말했다.

"자네는 그 원장들을 모르잖아. 그들에겐 돈발도 안 먹힌다고."

임지강이 말했다.

"돈발은 반드시 먹히게 돼 있어요(油鹽肯定是講得進的). 다만 누가 얘기하느냐, 어떻게 얘기하느냐에 달렸을 뿐이죠. 예를 들어 그 원장이 속한 기관의 사무국 국장 정도가 얘기하면 먹혀들지 않겠어요?"

나는 방금 진 원장 집을 방문했던 일을 얘기하려고 했지만, 동류가 바로 말을 잘라버렸다. 장모가 얘기했다.

"지강, 자네가 이번 일만 성사시켜주면 큰애가 평생 고마워할 걸세."

동훼가 말했다.

"나 일파 이모도 평생 고마워할 거야."

임지강이 말했다.

"기왕 이렇게 중요한 일이라니 한 번 해보죠. 나는 그 사람을 모르지만 적어도 그 사람과 아는 사람을 찾아낼 수는 있겠지요."

동류가 말했다.

"원래 내일 우리 일파를 인민로 유치원으로 보내려고 했는데, 그럼 며칠 더 늦출게."

임지강은 나에게 성 정부에 아는 사람이 있는지 물었다.

"한 사람만 알아도 거기서부터 일을 풀어나갈 수 있죠. 다리를 몇 개 거치든, 어쨌든 목표에는 도달할 수 있을 겁니다."

내가 없다고 하자, 그는 잠시 생각에 잠기는 듯했다.

"저한테 며칠 말미를 주세요."

임지강이 가고 나서 내가 동류에게 말했다.

"임지강 저 인간이 차가 한 대 생기더니 제 분수를 다 망각했나봐. 여기가 어디라고 달려와서 큰소리 떵떵 치는 거야!"

동류가 말했다.

"큰 소리 좀 치면 어때요? 일이 안 되더라도 당신 살 베어가는 일 없잖아요. 그리고 혹시 알아요? 정말 일을 성사시킬지. 휴…. 나는 또 가망 없는 희망을 품고 있네."

자려고 불을 끄면서 내가 말했다.

"사실 인민로에 있는 유치원도 당신이 생각하는 것만큼 그렇게 나쁘지는 않아. 시골 애들은 유치원도 안 가고 네댓 살이면 소 치러 나가는데, 그렇게 자라서 나중에 출세하는 사람들도 있잖아."

"그러면 당신은 우리 일파더러 가서 소나 치라고요? 내일 당장 소라도 한 마리 사와요. 우리 일파 소나 치게 합시다 그려!"

"소를 치는 것도 뭐 그리 끔찍한 일은 아니야. 모 주석도 어렸을 때 소를 쳤다고."

"남들은 자기 이익에 얼마나 민감한지 손해 볼 짓은 절대 안 하고 돈되는 일이라면 무슨 일이든 다 하던데, 남들이 가을바람 낙엽 쓸듯 온갖 잇속 다 쓸어갈 때, 우리는 도대체 이게 뭐예요? 손해란 손해는 다 보고, 실속은 하나도 못 챙기고. 다른 사람들은 손바닥만한 땅 하나를 갖고도 서로 차지하려고 머리 터지게 싸우는데, 우리는 손바닥만한 땅도 못 차지하면서 왜 엉뚱하게 일파에게 소나 치게 해요? 남들은 도대체 무슨 일을 하고 살아가지?"

"뭐 하냐고? 돼지가 되는 거지. 먹고 자고, 자고 일어나서 또 먹고. 그리고 또 개가 되는 거지. 하얀 이빨 드러내놓고 물어뜯을 준비나 하고."

"그래요. 당신은 돼지도 개도 아니다, 이거죠? 아무렴요, 당신이야 따로 뭔가 추구하는 게 있겠죠. 그럼 그 추구하는 게 뭔지 나한테 보여줘봐요! 결혼한 지 벌써 사오년인데, 나한테 보여준 게 뭐 있어요?"

"눈으로 볼 수 있어야 뭐가 있다고 할 수 있는 건 아니잖아!"

"눈에 보이지 않는 뭔가가 어디 있어요? 그건 아무 것도 없는 거예요!"

나는 화가 나서 일어나 앉으면서 말했다.

"당신하고는 말이 안 돼!"

"나는 여태까지 나 자신을 고상하다고 생각해 본 적 없어요. 내 코 바로 앞에 놓인 몇 가지만 제대로 붙잡으면 되는 거지, 그딴 고상한 것들 안 믿어요. 엘리자베스 여왕도 결국은 자기 엉덩이 위에 앉아 있잖아요."

"우리 모두 개, 돼지 같이 살고 치웁시다, 그럼."

"개 같이 살든 돼지 같이 살든 나는 아무 상관없어요. 중요한 것은 문제를 해결하는 거예요. 누가 우리 일파를 좋은 유치원에 보내줄 수 있느냐 하는 것이라고요. 개, 돼지는 물론이고, 나를 쌍놈의 자식이라고 불러도 상관없어요. 내 마음이 얼마나 초조한지 알아요? 우리 일파 때문에 초조하고, 또 당신 때문에, 그리고 나 때문에 초조해요. 사람들이 결혼하면 새로 태어난다고 하지요? 정말 맞는 말이에요. 그렇게 생각하면 난 첫 번째 태어날 때도 시골에서 태어나서 잘못 태어났고, 두 번째도 벌써 몇 년이 되어 가는데…."

"말도 안 되는 소리!"

나는 더듬더듬 침대에서 내려와 다른 담요를 찾아서는 벽을 향해 혼자 드러누웠다. 잠이 오지 않아 동류가 한 말들을 다시 한번 곱씹어보았다. 정말 세상이 변했구나. 실질적인 뭔가를 손에 넣어야만 그것이 참인 것처럼 되어버렸다. 모두들 잘살아보겠다고 뛰고 있는데 나만 여전히 제자리걸음을 하고 있다. 정말 아들 볼 면목이 없다.

사흘이 지나도 임지강은 오지 않았다. 내가 예상한 대로였다. 모자라는 입 같으니라고…. 그런 식으로 손에 넣을 수 있는 게 따로 있지. 그가 일을 성사시키지 못한 것에 대해 나는 한편으로는 아쉬우면서도 또 한편으로는 기뻤다. 일이 성사되지 않았다는 것은 그것이 얼마나 어려운 일인지, 즉 내가 무능한 것이 아니라는 점을 증명해주는 것이 된다. 하지만, 낙담할 것까진 없었지만 역시 손해 본 것은 우리 일파였다. 아무리 생각해보아도 임지강이 신의 도움이라도 받아 불가사의한 방식으로 일을 성사시켰으면 싶었다. 정말 그럴 수만 있다면 내 얼굴에 회칠이 아니라 똥칠을 하는 결과가 생기더라도 그게 무슨 대수인가!

(이상 제1권)